CW01208384

LA TORRE

NICOLE CAMPBELL

Traducido por
JC VILLARREAL

*Este libro está dedicado a todos aquellos que he perdido.
Han cambiado mi vida para siempre y por lo tanto son parte de mi y de
todas las historias que escribo.*

Text Copyright © 2017 by Nicole Campbell

All Rights Reserved. Except as permitted under the U.S. Copyright Act of 1976, no part of this publication may be reproduced, distributed, or transmitted in any form or by any means, or stored in a database or retrieval system, without the prior written permission of the author/publisher.

Cover: Micah Sedmak Photography micahsedmak.com

Editor: Swati Hegde at Geek Editing geekie-chic.blogspot.in

Printed in the United States

CreateSpace Independent Publishing Platform, North Charleston, SC

The characters and events portrayed in this book are fictitious. Any similarity to real persons, living or dead, is coincidental and not intended by the author.

Al cumplir dieciséis años, a nuestra especie se le otorgan poderes increíbles.

Excepto que no. No realmente, porque esto no es Narnia, ni Hogwarts o cualquier otra tierra mítica en la que se supone que viven brujas. Esto es Elizabethtown, Illinois, y para disgusto de la división local de amas de casa, vivimos aquí.

UNO
ROWYN

Sentí la sensación de hormigueo provocada por su energía antes de verlo. Si hubiese sido alguien más, podría haberme relajado en el pasillo de los pañales, maldiciendo a mi madre por enviarme a hacer mandados hasta que él encontrara el ungüento de hongos que estaba buscando y seguir adelante. Pero no. No con Bobby Stecker. Sí, su nombre era en realidad "Bobby". Legalmente. Como si fuera un bailecito en 1954. Afortunadamente, eso significaba que sus iniciales eran BS, y eso lo disfrutaba mucho.

No había escapatoria, así que respiré hondo y me preparé para cualquier comentario jactancioso que me hiciera hoy. Caminó pesadamente por el pasillo, nunca lucía lo suficientemente coordinado para su gran cuerpo. Su cabello estaba descuidado, y una vez que se acercó lo suficiente como para que yo respirara su hedor, olí levemente su aroma corporal *Ah, me voy a desmayar.*

"Hola, Bruja-Piruja". Sonrió ampliamente al decirme ese término que había acuñado desde el sexto grado. Este año sería su último, lo que significa que se le permitiría votar; me hizo temer seriamente por el futuro del país.

"Sí, *Bull Shit*, muy bien. Esas sí que riman". Ladeé la cabeza de la manera más condescendiente que pude para ocultar lo mucho que me irritó.

"Qué palabrotas. Muy inapropiado para un establecimiento familiar", regañó, usando probablemente la palabra más grande en su vocabulario para referirse al supermercado.

"Te das cuenta de lo que me acabas de llamar... ya no puedo con esto. Quítate de mi camino." Su aura, normalmente de color rosa, tenía un tinte naranja brillante, y vomité un poco en mi boca, sin querer siquiera imaginar lo que lo tenía sintiéndose, ah, *hormonalmente energizado* en ese momento.

"Te tengo un regalo. Pensaría que estarías agradecida, caramba."

Sólo cáete y muere, por favor. Ahora mismo. No creo que a mis guías espirituales les agradara mucho el asesinato, pero a veces, una chica tenía que preguntárselo. Se giró para tomar una escoba de su carrito, que de alguna manera no vi cuando se acercó. Me la dio, y como una idiota, la tomé. No podía comprender cómo la gente todavía encontraba cosas como esta divertidas. Reorganicé mi cara para que tuviera una expresión de confusión.

"¿Necesitabas ayuda para metértela por el culo?" La sonrisa se esfumó de su estúpida cara y por un momento me sentí victoriosa. Hasta que vi el corte estilo bob rubio que se acercaba desde la esquina unido a la expresión de desdén en el rostro de su madre. Ella podía ser la única persona a la que odiaba más que a Bobby.

"Qué cosa tan desagradable de decir. ¿Es ese el lenguaje que tu gente cree que es apropiado?" *Ah. tu gente. Los adoradores del diablo que son todos paganos y brujos.*

"Señora Stecker". Intenté decirlo bajo la pretensión de un saludo cortés, pero mi mandíbula estaba demasiado apretada para eso.

"Bobby, Amy Sue y yo estamos listas para irnos. Ni siquiera sé qué haces conversando con... ella". Sujeté fuertemente el carrito deseando más que nunca ser el tipo de bruja que podía mover la nariz y convertir a alguien en un burro.

"Sólo intentaba ayudarla", Bobby mintió mientras se iban.

"Bueno, eso es admirable, pero no podemos salvar a todos.

Algunas personas están destinadas al infierno, hijo, recuérdalo." Estaba viendo rojo. Bueno, en realidad, vi marrón, porque ese era el color del aura de la mujer. Me mordí el labio para no maldecir como un marinero. El único resquicio de esperanza que pude encontrar en mi ira fue que Amy Sue no había estado allí para esa interacción. Sip. Amy Sue Stecker. ASS. Tratándose de una más de la familia, no podrían ser más adecuadas sus iniciales que significan *culo*.

Conté hasta cien para asegurarme de que se habían marchado cuando llegué a la caja registradora, pasé la caja de pañales de entrenamiento para Tristen en el carro, y fingí que iba a dejar que todo esto se me resbalara.

Me paseé por mi habitación esa noche con demasiados pensamientos, intentando recomponerme. Cuando llegué al armario, me di cuenta de que necesitaba un par de aretes diferentes, pero cuando miré en mi joyero, lo único en lo que podía pensar era en arreglarme el cabello. Afortunadamente, Reed estaba sentado en los escalones afuera de mi puerta y no podía criticarme por andar en círculos como un enfermo mental.

No importaba que tanto respiraba profundamente, no podía deshacerme de mi enojo. Me tumbé en la cama destendida, tomando un momento para templar mis pensamientos de asesinato. *Envenenarlo podría ser gratificante. Poder verlo marchitarse lentamente.* Este fue el único pensamiento mórbido que me ayudó a calmarme. Mientras miraba al techo, oí a mi mejor amigo suspirar dramáticamente desde los escalones y sonreí a pesar de mí.

Siempre me ha gustado el tejado inclinado de mi habitación en el ático. Ni siquiera me importaba que técnicamente no tuviera puerta, que mi armario fuera casi inexistente, o que el calor fuera a veces sofocante en el verano. Las vigas expuestas con luces colgantes me hacían sentir que el espacio contenía magia. En cambio, respiré y me concentré en eso.

Aunque trataba de no hacerlo, casi comenzaba a disfrutar de la progresión del nivel de molestia de Reed mientras esperaba a que me preparara. Había un patrón predecible de suspiros, golpecitos con los dedos, paseos y acostarse en los escalones antes de que se volviera completamente loco. Ya cuando pude pensar en una tarea a la vez, saqué un top blanco recortado y mi falda gris favorita del armario. Era larga y con volantes, y le había cosido una campanita, así que tintineo cuando camino.

"¿Es posible que te tardes aún más? Hablo en serio, por cierto. Me encanta sentarme en las escaleras como si tuviera doce años y nunca antes he visto a una chica en *bra*." Me horrorizaba la idea de que Reed viera a cualquier chica en *bra*. No era que quisiera que me viera en el mío. Era sólo...como sea.

"Deja de intentar convencerme de que te deje verme vestirme. Suenas como un pervertido." Maldije bruscamente cuando se me enganchó el pelo en uno de mis siete brazaletes. Sí, siete. Más cuatro collares, seis anillos, cinco aretes y un pequeño diamante de imitación en mi nariz. "Ay, ay, ay".

"Si, vale. Voy a entrar," anunció Reed antes de subir las escaleras. Sus ojos oscuros y de párpados pesados brillaron ante mi dilema. En vano, estaba tratando de desconectar mi cabello de un brazalete lleno de objetos aparentemente no peligrosos: una flor, un hada, un árbol, un gato y un pentagrama. No estaba exactamente segura de cuál se había adherido a mi tornado de cabello. Si pudiera, tendría a mi cabello en terapia. De verdad que tenía un trastorno de personalidad. El cuerpo alto de Reed se alzaba sobre mí mientras observaba el daño, y un aroma familiar de cítricos y cedro lo acompañaba.¿. La madre de Reed hacía jabones caro como uno de sus muchos pasatiempos, lo que significa que siempre olía a algo ... delicioso. Sin embargo, nunca le diría eso; ya tenía una gran opinión sobre sí mismo.

"Podrías cortarte el cabello, ¿sabes? Literalmente te quejas de ello todos los días. Desde que teníamos cinco años. Todavía te querría sin cabello". Hizo esta absurda sugerencia con una sonrisa mientras desenmarañaba gruesas hebras negras del pequeño gato plateado. Lo miré con desprecio aunque no podía verme. Espero lo pudiera sentir. "Tal vez entre y te lo corte mientras duermes".

Mis cejas reaccionaron ante la seriedad de sus palabras. "Juro por la tumba de mi padre que tomaría tus guantes de boxeo favoritos y dibujaría gatitos en ellos con un Sharpie plateado." Me podía imaginar su expresión de pavor al pensarlo.

"Me perturba mucho tu amenaza", se quejó, finalmente tirando y liberando mi cabello. Corrí al espejo para ver si había algo que arreglar. Parecía que podíamos ser parientes Reed y yo. Teníamos el mismo color de piel aceitunado, ojos casi negros rodeados de pestañas gruesas y cabello rizado oscuro. El suyo le funcionaba a él un poco mejor que el mío para mí. Aunque a mi favor, yo tenía pechos y piernas más bonitas. "Número uno, tu padre no está muerto."

"Aún", sonreí dulcemente, volviéndome hacia él.

Reed suspiró. "Y número dos, nunca destrozarías mi alma tomando mis guantes de la suerte. Seguramente me he ganado más lealtad que eso. Y sé que todavía estás enfadada por lo de Stecker y la escoba".

"Número uno, creo que seriamente subestimas el tipo de efectos emocionales a largo plazo que tendría en mí el andar toda trasquilada. Pero está bien. Número dos, no menciones el nombre de él en mi presencia. Lo he procesado y he seguido adelante".

"Claro que sí. Es totalmente una mentira, pero me gusta el empeño". Sus ojos oscuros mostraban que se estaba divirtiendo, y mis pensamientos de asesinato volvieron. Habría sido difícil mentirle ya que era estúpidamente intuitivo. Me conocía desde hace mucho tiempo.

Suspiré e intenté hacer que mis palabras sonaran ciertas. No era el hecho de que lo de hoy hubiera sido algo nuevo, era exactamente que hoy no había sido nada nuevo. Estaba tan harta de existir dentro de los límites pequeños de este pueblo. Al menos la Luna Llena me podía distraer un poco. La última del verano siempre era la más divertida.

"Solo sé amable y no digas tonterías. ¿Podemos irnos ya?"

"Sí, sí. Con Rose fuera de la ciudad, no hay nadie que nos grite por llegar tarde."

"¿Pero quién va a evitar que te grite cuando trates de coquetear con chicas con las que no deberías coquetear?" La media sonrisa que me dio sugirió que sabía exactamente de lo que estaba hablando. Solo sacudí mi cabeza y comencé a bajar las escaleras.

"Aw, Row, te prometo que solo coquetearé contigo toda la noche. No habrá necesidad de gritar".

"No me refería a eso, Reed".

"Eres tan atractiva cuando te sientes incomprendida". Me detuve en seco al pie de las escaleras y le di un codazo en las costillas tan fuerte como para que fuera una broma. Se rió de todos modos y me siguió para irnos hacía El Círculo.

DOS
REED

Deseaba que algún día por fin me disparara y me sacara de mi miseria. Era imposible resistirse cuando me dejaba coquetear con ella así. Había pasado mucho tiempo desde que los dos saliéramos, bueno, a cualquier parte, sin Rose, y parecía que nuestro *referee* había desaparecido. Bueno, de todos modos, esta noche será interesante.

"¿Puedo conducir?" Rowyn me lo pidió mientras salíamos con una sonrisa inocente a la cual no era inmune. Su casa estaba rodeada de tantos árboles que el aire sólo olía a *verde* cuando el clima se volvía cálido.

"Ni soñarlo". Mi Jetta de 1990 era mi tesoro más preciada después de mis guantes de boxeo. Le dediqué más trabajo a él que a cualquier otra cosa.

"Seré tu mejor amiga".

"Ya lo eres". Sonreí fácilmente, conociendo bien su patrón al rogar. Lo que seguía era ofrecer leerme las cartas gratis, lo que siempre hacía de todos modos, y yo hacía una broma imprudente sobre la negociación de nuestros términos. Caminé hacia el lado del conductor del coche.

"Está bien. La próxima vez no te haré sentar en las escaleras". *Eso* no lo esperaba. Sentí que mi cara se iluminaba con una sonrisa acompañada de pensamientos muy inapropiados sobre su habitación. Di la vuelta y le lancé las llaves. Ella se sentó en el asiento del conductor y puso sus manos en el volante.

"Podríamos usar tu coche, ¿sabes?" Tuve que decirlo para irritarla y causar que hiciera lo de morderse la lengua en señal de molestia. Tenía su propio coche, pero el pequeño Civic rojo era bastante temperamental con el arranque y la conducción, así que no lo sacaba a menudo. No obtuve respuesta a ese comentario. "Bien, pues, trata de no matarnos".

"Cállate". Reía mientras ella daba la reversa. El crujido de la grava bajo los neumáticos fue un sonido satisfactorio al salir. Su casa estaba en las afueras del pueblo, en el bosque, y a veces me sentía más en casa allí que en la mía. Verla revisar todos los espejos antes de que saliera a la autopista de dos carriles me hizo amarla un poco más.

Ya que salimos de la carretera principal y nos dirigiamos de nuevo al bosque, me sentí un poco culpable por insistir en llegar tarde. A veces olvidaba lo agradable que era el evento.

Tomé la mano de Rowyn mientras caminábamos por el desgastado sendero entre los árboles. Esta noche, no intentó detenerme. El camino del bosque nos guío a un prado, y parecía que había llegado una caravana de gitanos. Bueno, prácticamente era el caso, ya que la mayor parte de nuestra ascendencia podría ser rastreada a viajeros rumanos del siglo pasado. Eso me agradaba; era a lo que atribuía mi oscuro y misterioso buen aspecto. Había mesas y sillas ligeramente agrupadas, junto con un altar improvisado. Vestíamos con ropa casual para negocios, nivel bruja. Tal vez casual de playa últimamente, ya que la insistencia de nuestros padres en nuestra práctica había disminuido en los últimos años. Las cosas de la vida se interponen en el camino a veces, supongo. Pero esta noche, en la última Luna Llena del verano, será una buena excusa para reconectar. Siempre me sentía mejor luego de participar en un círculo.

Rowyn me soltó la mano para ir a revisar si su madre necesitaba ayuda con Tristen, y yo recorrí el lugar para encontrar a mi hermano y sus amigos. Y lo habría logrado si no hubiera habido comida que me distrajera. Podía convivir con mi hermano en cualquier momento, pero el pan casero y el pollo al romero eran menos comunes

"¿Has estado comiendo todo este tiempo?" Rowyn apareció detrás de mí y me pellizcó los costados. Ya iba en mi tercera porción.

"Soy un hombre que necesita sustento, Row. No puedes desafiar la naturaleza".

"Sí, sí. Mary quiere que vengamos con nuestra energía limpia para los niños antes del círculo. Pero tendrás que dejar el pan. Probablemente."

"Creo que podría usar el pan para purificar la energía."

"Sólo ven a ayudarme ahora mismo."

"Vale, vale, ya voy". Devoré el resto del pan y seguí a Rowyn a la parte real de El Círculo. La arboleda tallada modelaba un arco casi perfecto, creando un escenario para los hechizos y rituales. La luna se elevaba a medida que cada uno de nosotros encendía su salvia y comenzaba a despejar la energía de la multitud joven que entraba al espacio.

Despeja la mente de la preocupación,
el corazón de la ira,
y los pies del deseo de andar.
Llena esta alma con permanencia, amor y raíces
mientras entra en nuestro círculo sagrado.

REPETÍ ESTO UNA Y OTRA VEZ, LA SALVIA ENCENDIDA EN MI mano mientras el círculo se formaba, las briznas de humo en espiral volando hacia el cielo rosado del atardecer. El lago distante estaba en calma, y la sensación de verano estaba viva bajo la luna. Una mujer llamada Cecilia comenzó el ritual, varita de cristal en mano para dirigir la energía, llamando a la Tierra en el norte, al Aire en el este, al Fuego en el sur, al Agua en el oeste, y al espíritu en nuestro centro, encendiendo velas a medida que avanzaba. Nuestro círculo se cerró, y la magia se instaló en el espacio que se iluminaba de colores plateado y blanco para honrar a la luna. Me encantaba este sentimiento. Ceremonia, ritual, sentir la energía de todos concentrada en un lugar a la vez. Eso es lo que era la magia.

Me pegaba la realidad de todo esto... que todos estábamos conectados. Unos con otros, con la magia del bosque, con el polvo de estrellas del que venimos. Me sentía bastante filosófico mirando la puesta de sol y viendo a Rowyn pensar en cualquier nuevo comienzo en el que debíamos concentrarnos. Únicamente podía verla a ella.

El hechizo se rompió cuando Cecilia abrió el círculo, así que usé toda la energía que corría por mí para cargar a Rowyn sobre mi hombro y tirarla al lago.

No estaba para nada agradecida al respecto, pero valió la pena verla mojada y con una especie de candente rabia.

TRES
ROWYN

Me aseguré de estar lista para cuando Reed llegara a mi casa a recogerme ese fin de semana. Todavía me sentía molesta por tener que sentarme junto a la fogata en Luna Llena con una toalla encima, y no cumplí en absoluto mi promesa de liberarlo de su puesto en las escaleras después de eso. *Y nunca lo haría, en realidad.*

Esta vez, él era el que se estaba tardando una eternidad, además de tomarse el tiempo de contestar un teléfono imaginario cuando mi hermano se lo entregó. Tristen era un poco difícil de resistir.

"¿Podrías apurarte? Rose probablemente esté cogida de la mano de Jared en este mismo momento. ¿Quién sabe en qué se meterán esos chicos locos sin nosotros? Podría haber roces de nariz involucrados". Reed puso los ojos en blanco, pero su silencio indicaba que estaba de acuerdo, y me siguió por las escaleras y la puerta principal después de que mi madre distrajera a Tristen con algún tipo de caramelo orgánico. "Voy a conducir de nuevo, por cierto", le informé. Esta vez no era pregunta..

"Ni soñarlo. Ni siquiera cumpliste tu promesa de la última vez".

"Bueno, tendrás que llegar más temprano, No puedo evitar ser puntual".

"Claro. Tú siempre a tiempo." Sacudió su cabeza hacia mí a sabiendas, y me alegré de que ya estuviera oscureciendo y poder fingir que no me hacía sonrojar, pensar en lo que él estaba pensando.

"Me lanzaste al lago. Yo conduzco".

"¿Seguimos con eso?"

"Fue hace sólo dos días, Reed."

"Bien. Puedes conducir, pero no puedes seguir enfadada conmigo por lo del lago".

"Trato hecho". Sonreí. Me divertía ganar. La sonrisa se aflojó un poco cuando recordé adónde íbamos. Puso las llaves en mi mano y suspiró con anhelo. *Súper dramático.*

Eché un vistazo al porche de mi casa de campo blanca con sus adornos color amarillo jengibre. Podía asegurar de que se habían hecho muchas bromas en el pueblo sobre nuestra casa atrayendo a niños como en Hansel y Gretel, la gente siendo tan original y todo eso. Pero me encantaba la casa.

Esa noche iba a haber un tipo de incómoda no-cita doble. Rosalyn estaba saliendo con un jugador de fútbol dolorosamente mundano llamado Jared, el cual me molestaba muchísimo. A pesar de su reputación de ser un buen chico, cada vez que estaba cerca, el tipo parecía estar a punto de desarrollar un grave tic en el ojo. Estaba segurísima de que temía que le sacara el alma y la convirtiera en un horrocrux. No importaba que Rose tuviera tantos *talentos* como Reed y yo; nadie le sostuvo crucifijos en su cara durante el octavo grado ni le colgaban ajo en su casillero. *Honestamente, algunas personas merecen ser sacrificadas por el bien del mundo moderno.* Imágenes de Bobby y la horrible cara de madre aparecieron en mi cabeza. La gente llamaba a Rose "curandera" o "herbolaria". Pero ella es una bruja. Una pagana. Pero es rubia y adorable y mucho más agradable que yo. Al menos yo no le guardaba resentimiento por ello.

Nos dirigimos al autocinema, el cual era una de las tres atracciones semi-locales. En un pueblo de 1600, la diversión era un bien difícil de conseguir.

"Recuérdame otra vez por qué estamos haciendo esto", se quejó Reed.

"Porque Rose es nuestra mejor amiga, y nos lo pidió. Y ninguno de nosotros puede decirle que no".

"¿Pero con Jared Simpson? Parece que se va a mear en los pantalones cada vez que estamos en una habitación con él."

"Acepto el desafío".

"Espera, ¿qué?" Reed preguntó, aunque por su risa supe que entendió. "Rose te matará".

"Meh". Me encogí de hombros.

La casa de Rose estaba a la vista. En realidad estaba *en el pueblo* - una frase que sólo significaba algo en los lugares con una sola calle principal - y se encontraba en el límite exterior del parque. A pesar de la xenofobia desenfrenada y la naturaleza aburrida de Elizabethtown, teníamos un bonito parque. Toqué la bocina cuando nos detuvimos en el frente de su casa, y aún así nadie apareció en el porche. "¿De verdad nos va a hacer entrar?"

"Oh vamos, apuesto a que habrá galletas". Reed sonrió mientras salía ágilmente del coche. Rosalyn tenía una pequeña adicción con la cocina. Tenía una forma de mezclar ingredientes poco convencionales y todo lo que resultaba era, bueno, espléndido. Así que si te ofrecía un helado de sal de mar y cardamomo, te lo comías. Cuando yo lo intentaba, Frisbees salían del horno.

Reed me tomó la mano al dirigirnos a la puerta, y me preparé para una de *esas* noches. No tenía sentido explicarle que éramos *amigos*. Insistía en que cogerme la mano de forma *amistosa*. De todas formas, tenía una mano agradable para sostener, era grande y cálida y no muy suave. Por mucho que le hiciera pasar un mal rato a Reed, era una especie de yin tranquilo para mi yang de mal genio. *O algo así*. Recibía bastante hostigamiento de los chicos de la escuela por ser uno de nosotros. Ser un hombre-bruja no proyectaba masculinidad para los externos, y antes de que fuera lo suficientemente fuerte para aguantarlo, la gente era menos que amable. Sin embargo, se lo tomó con calma. Lo que no hacía daño era que las novias de los chicos que lo molestaban más tuvieran dificultad en despegar los ojos de él. Era bastante guapo.

"Holaaaaa", exclamé cuando entramos. Nadie llamaba a la puerta de los Stone. Sería considerado grosero. Mi falda tintineo mientras caminábamos hacía a la cocina. Su casa era pequeña pero cálida, acogedora. Olía a canela recién horneada, así que Reed tenía razón en lo de las galletas. Tengo que admitir que sentí que mi humor mejoraba con sólo estar en la casa. La felicidad de Rose era contagiosa cuando estaba horneando.

"¡Aquí dentro!" Rose llamó. Al entrar, la encontramos con el aspecto de la segunda venida de Martha Stewart, con un delantal de volantes rosas y todo. "Lo siento, ya estamos listos, de verdad, sólo estaba empacando unos bocadillos."

"¿Qué tipo de bocadillos?" Reed preguntó, luego de haber soltado mi mano para esculcar en una cesta de picnic en la desgastada repisa. "Hola, Jared", saludó por añadidura al chico pulcro sentado incómodamente en la isla.

"Hola, ¿cómo te va?" fue la respuesta retórica. Jared era el tipo de hombre que sería el protagonista de una telenovela o de una novela de Sweet Valley High: pelo rubio y corto, ojos azules, complexión media y una sonrisa serena. Su nombre debió haber sido Todd. Por alguna razón, siempre he pensado que los hombres blancos genéricos deberían llamarse Todd.

"Bien, bien, vamos", dijo Rosalyn, quitando la mano de Reed de la cesta. "¿Tú conduces?" le preguntó.

"¡No! ¡Yo sí!"

"¿Le permites conducir el Jetta?", le preguntó a Reed.

"Eh, prometió dejarme verla vestirse, la lancé al lago, es todo un asunto." Rose me clavó las uñas en la palma de la mano, obligándome a contemplar su mirada de desaprobación. Decía: *"No seas tonta"*. En silencio le respondí: *"Lo sé, lo siento"*. Pero de verdad quería conducir.

Hunter Stone, el hermano mayor de Rose, entró por la puerta principal justo cuando nos dirigíamos hacia ella. Juro que llevaba consigo el aura color rojo más poderosa que jamás había visto. Era como el chico pagano modelo en todo su esplendor con cabello grueso, musculoso, perforado y tatuado. También era un patán. Me miró de arriba a abajo con sus serios ojos marrón oscuro antes de pasar sin decir una palabra de camino a su habitación.

"Buenas noches a ti también", murmuré, haciendo una mueca. Rose sacudió la cabeza ante el típico comportamiento de su hermano antes de salir por la puerta.

Subimos en el coche y encontré mi lista de canciones favoritas en el teléfono de Reed. Canté fuerte, y quizás un poco desafinado, mientras Reed jugaba con las puntas de mi cabello.

"Entonces, ¿qué vamos a ver hoy de nuevo?" Pregunté, al no haber prestado atención antes cuando hicimos los planes.

"Oh, están haciendo su serie de fin de verano, creo que esta noche es *Dirty Dancing*", nos informó Rose. La parte femenina de mí se puso muy nerviosa y emocionada.

"Blegh".

"Lo siento, ¿qué?"

"Sólo, el baile y la *música*", se quejó Reed.

"Irás, y te gustará."

"Me gusta cuando eres mandona". Esta vez dije *cállate* con mi mirada.

CUATRO
ROWYN

Rose o no notaba la incomodidad de Jared al estar encerrado en un espacio tan pequeño con Reed y conmigo, o simplemente eligió ignorarla. Me sentía más inquieta de lo normal al saber que este tipo pertenecía al círculo íntimo de amigos de Bobby Stecker. Yo era una firme creyente de que una persona era tan buena o tan mala dependiendo de con quien se asociaba, y nadie que se asociara con Bobby podría ser tan bueno.

"Así que Jared, eh, ¿cómo va el fútbol?" Pregunté, recurriendo a cualquier tema de conversación.

"¿Ah, el fútbol? Todo bien".

"¿Qué tiene de bien?" Existía la posibilidad que quería saber de verdad. También era posible que sólo quisiera señalar su falta de respuesta.

"¿Eh?"

"Rowyn", advirtió Rose. Reed sonrió al techo mientras yo conducía hacia la entrada del autocinema.

"¡Sólo tengo curiosidad! Caray. ¿Quieres que te lea las cartas en relación a esta temporada? Podría avisarte de lo más difícil..."

"Son dieciséis dólares", interrumpió el tipo de los boletos en la entrada. Todos me dieron billetes arrugados hasta que ya tenía suficiente para pagar. Los coloqué en las manos extendidas del chico con una sonrisa. Dirigiendo el coche hacia la pantalla correcta, volví a centrar mi atención en Todd. Jared.

"Así que, con gusto puedo hacerte una lectura si tú..."

"Oh, no gracias, estoy bien así."

"OK, pues. Sólo intento..."

"¡Caramelos!" Reed gritó.

"¿Qué te pasa?" Le pregunté, mirándolo con preocupación.

"Sólo quiero caramelos. Ven conmigo." Ya estaba saliendo del coche. Era un poco temprano para un sermón, pero no tenía mucha opción a menos que quisiera montar un escándalo frente nuestro *invitado*.

"Puedes ahorrarte el sermón", murmuré después de cerrar la puerta del coche un poco más fuerte de lo necesario. Me gustaba causarle estrés.

"No hay sermón, Row, sólo quería salir del coche."

"Tonterías".

"Da igual. Sólo céntrate, ¿sí? Te estás poniendo toda nerviosa por nada. Te das cuenta de que en dos semanas ella seguirá su patrón usual de *él no es el adecuado*, y Jared ni siquiera sabrá que pasó, sólo le agradecerá por los panecillos". Tuve que sonreír al escuchar eso. Siempre acusaba a Rose de atar sus panecillos con uno de los hechizos que mejor dominaba, pero ella lo negaba rotundamente. Era muy buena para dar malas noticias, y muy buena para hornear panecillos. Había estado conteniendo mi respiración y exhalé y conté: cinco cosas que podía ver, cuatro que podía oír, tres que podía tocar, dos que podía oler y una que podía saborear. Odiaba que Reed tuviera razón. Siendo tan sensible a la energía como lo era yo, tenía inconvenientes además de beneficios. Salir a donde había muchas personas era difícil, y era posible que me hubiera relajado un poco al protegerme de los demás, ya que sólo había estado con mis amigos durante todo el verano.

"¿Te sientes mejor?"

"No".

"Eres muy mala mentirosa. Compremos algunos dulces esperemos que esta noche pase rápido". Sus pulgares se dirigieron a mi nuca y presionaron. A pesar de mi respuesta, me disgustaba la elección de chico de Rose, y Reed lo sabía.

"Después de todo lo que hemos pasado para quitarnos a la gente de encima todos estos años... ¿por qué cree que está bien salir con alguien que no tiene ni idea de cómo son nuestras vidas, de lo que...?"

"Row, lo sé. Pero es Rosalyn. Ella le da a todo mundo una oportunidad, o treinta oportunidades. Me gusta eso de ella, de verdad. Creo que se divierte al sorprenderte a ti y a Hunter", admitió, avanzando en la fila de la dulcería. "Sabes que también te encanta jugar con la gente, Señorita 'Oh, Jared, ¿quieres que te lea las cartas?' En serio. Probablemente le dirá a su madre que le ofreciste, y ella lo empapará en agua bendita antes de tomar su trinche para darte una visita". Fruncí mis cejas ante esto.

"¿Por qué sólo trinches para mí?"

"Soy elegantemente guapo y Rose es tan intimidante como un lirio de agua. Definitivamente estás en la parte superior de la lista del trinche".

Casi gruñí con eso. "Puede que no parezca intimidante, pero es más poderosa que nosotros dos. No lo niegues". Ver a Rosie conjurar un hechizo era mágico en sí mismo. Era un arte.

"Sí, sí. Cómete tus Sour Patch Kids". Creo que ni siquiera me gustaban los Sour Patch Kids. Era uno de esos hábitos de la infancia... Los compré porque recordaba haberlos comido de niña y haber sido feliz. Empezaba a pensar que mi felicidad anterior no tenía nada que ver con Sour Patch Kids, y todo que ver con no ser consciente de la idiotez del mundo que me rodeaba. Estúpidas falsas esperanzas en forma de niños masticables. Mi lengua ya estaba escaldada después de comerme doce de los pequeños bastardos.

Reed abrazó mi cuello y me arrastró torpemente de regreso al coche. "Espacio personal".

"Es para la gente que no somos ni tú ni yo", terminó, plantando un

LA TORRE

beso en mi cabeza. Justo como lo sospeché, Rose y Jared fueron sorprendidos en el acto... de tomarse de la manos. Incluso podría haber sido considerado como un besuqueo. Al examinarlo más de cerca, quedó claro que ella había convencido al tipo para que le permitiera dibujar sobre él. Era una onda. Le gustaba tatuar a la gente. Y al papel, camisetas, lo que sea. Al estilo henna, pero menos marrón. Tal vez era la única cosa que ella y Hunter tenían en común, aunque él prefería el tipo de tinta más permanente.

"Aquí tienes, Tod... Jared, voy a compartir mis Sour Patch Kids contigo. Eres aceptado".

"¿Gracias? Creo." Se los lancé y miró los caramelos de forma algo sospechosa. La película ya había comenzado, pero ¿acaso a alguien le importaba lo que pasaba antes de que arrinconaran a Baby? Era poco probable.

"Les prohíbo a todos comer esa basura cuando ya tengo galletas y pan de canela". Rose tiró a un lado mi ofrenda de paz fingida. Qué grosera. Se puso de repartir bocadillos a todos, y le olí el cabello cuando se inclinó hacia delante. Vainilla y miel. No es que yo fuera era una extraña olfateadora o algo así, sólo que Rosalyn tenía cabello de modelo de champú. Rubio y largo hasta la cintura, sin ni siquiera una pizca de encrespamiento o puntas abiertas. De nuevo, sospeché de su particular brujería, pero usé su champú en muchas pijamadas, y todavía tengo una nube negra de tristeza sobre mi cabeza. Me desconcertó sinceramente que mi cabello siempre oliera a *cabello*, y el suyo olía a un pastelito horneado por un ángel.

Todos comimos en silencio durante un rato, y asumí que los demás estaban tan hipnotizados por el meneo de caderas de Patrick Swayze como yo. ¿Cómo es que podía moverse así? "¿Aprenderías a bailar así para mí?" Le pedí a Reed, incapaz de permitir que el feliz silencio continuara.

"Absolutamente", respondió sin titubear.

"¿Están ustedes, como... juntos?" Jared preguntó desde el asiento de atrás, claramente haciendo un esfuerzo por estar involucrado o algo así.

"No", respondí claramente.

"Es complicado", respondió Reed en cambio.

"No, no es complicado en absoluto. No hay unión".

"No les hagas caso, sólo están evitando lo inevitable", aseguró Rosalyn a su cita, que parecía haber deseado mantener la boca cerrada. La miré desafiantemente luego de su asunción.

"¿Y *ustedes*? ¿Son pareja?" Pregunté vengativamente, Rose inclinó su cabeza decepcionada, haciéndome saber que había violado el código de chicas. Jared aclaró su garganta y se excusó para ir al baño.

"Eres una chica mala, Rowyn Black", dijo Rose una vez que él se fue. Su tono era lo suficientemente suave como para saber que no era tanto lío.

"Tal para cual", respondí, sacando la lengua de una manera muy madura. "Entonces, ¿cuál es la historia? Satisface nuestra curiosidad para que no diga algo más que te haga enojar".

"Es agradable".

"Ohhhh, ¿estamos jugando adivinanzas? ¿Dices algo vago y sin sentido, y tenemos que turnarnos para averiguar lo que realmente piensas? Yo iré primero. Es... aburrido".

"Lento", Reed aportó.

"Besa muy mal".

"¿Un poco muy *metro*?"

"Un travesti en secreto".

"Ustedes dos son verdaderamente seres humanos terribles."

A pesar de sus palabras, la vi cubriéndose la boca para ocultar una sonrisa. "Y no es aficionado de la ropa de mujer que yo sepa. Me agrada. No es aburrido cuando ustedes dos no están aquí. Tiende a tomar el control de la energía del espacio."

Mi cara se frunció a lo que estoy segura que era una expresión no agradable. "No me lo creo. Al menos todos tendremos panecillos sobrantes de ruptura ", mencioné, ganándome una caja de Sour Patch Kids lanzada a mi cabeza.

"Sé *amable*. Es un buen chico".

"Bien, bien", estuve de acuerdo, un poco más relajada con la esperanza de que este cuarteto forzado no fuera una aventura recurrente.

———

El ambiente estaba fresco y denso cuando Swayze completó su último giro de cadera en la pantalla, y yo andaba en la fina línea entre quedarme dormida y conseguir un segundo aire.

"Quiero pijamas o una Coca-Cola de treinta y dos onzas", declaré cuando aparecieron los créditos finales.

"¿Te conformarías con una sudadera y unas cervezas?" Reed preguntó traviesamente. Aunque a decir verdad, tenía cara de travieso siempre... eran sus ojos oscuros emparejados con la sonrisa que rayaba en lo sarcástico en todo momento. Sólo le disparé una mirada que decía *¿en qué piensas?* "Vamos al círculo. Podemos cantar canciones de fogatas borrachos". Sabía que estaba bromeando, que sería como entrar a una iglesia y emborracharse. Rose, sin embargo, siempre siendo nuestra chaperona, no lo consideró divertido.

"Reed, no vamos a ir al círculo a emborracharnos", dijo simplemente. "Y no le animes." me dijo.

"¿Qué es el círculo?" Jared preguntó en un tono medio interesado.

"Es un espacio para ceremonias y fiestas", respondió Rose de forma concisa.

"Donde todos nos desnudamos y bailamos bajo la luz de la luna para unirnos con la naturaleza. Y luego bebemos la sangre de simples mortales hasta que sale el sol y empezamos a brillar. Obviamente, brillar es realmente peligroso." Bien, entonces, estaba claro que había dejado el reino del sentido del humor y entrado a la tierra de *por eso no le agradamos a la gente. O sólo yo no les agrado.* Los rostros que me miraban fijamente estaban en su mayoría molestos, aunque el de Jared mostraba más intriga de lo que yo hubiera imaginado.

"Rowyn, en serio", continuó Rose, giró su cabello suelto y trenzado y volteó hacia Jared para evaluar los daños a su cita. "Es sólo un prado en el bosque que funciona para reuniones y celebraciones. Pero no es para emborracharse con cerveza barata."

"¿Y si fuera cerveza cara?"

"Cállate". El aura de Rosie estaba teñida con un toque de rojo, y sabía que teníamos que calmarnos.

"Da igual, podemos ir y relajarnos en mi porche si quieres, no en el círculo sagrado. Pasaremos por el 7-11 y conseguiremos unos vasos grandes". Nadie discutió, así que parecía que íbamos a estar bebiendo en mi casa con nuestro nuevo amigo Todd. Me preocupaba equivocarme y llamarle Todd en cuanto se me subiera. "Voy a dejarte conducir ahora. Tengo sueño".

"Vaya, gracias por permitirme tener mi propio vehículo".

El tono de Reed era un poco más brusco de lo normal, y sentí una lenta sensación de hundimiento en mi estómago, preguntándome cuán profunda había afectado la pregunta de Jared sobre nosotros.

"De nada", me quedé paralizada, tratando de mantener el ambiente ligero mientras caminaba por la lateral del coche. Yo simplemente salté sobre la consola central.

"Reed puede dejarnos en mi casa si necesitas volver a la tuya", le explicó Rose a Jared. Su tono de disculpa me molestó un poco. Beber cerveza gratis con nosotros no era un castigo. Éramos increíbles, embriagados o no, y debería sentirse muy afortunado de haber sido invitado.

"Nah, sí me apunto". Se me ocurrió que él esperaba algo más que panecillos de Rosie si ella se ponía un poco ebria. *Pervertido. Se llevará una sorpresa.* Rose no bebe. Ella no bebe *en absoluto*. Sólo agua, o agua infundida con cualquier mezcla de hierbas que se le ocurriera. A veces té. Eso era todo. Pensé en hacérselo saber, pero en realidad, siempre era más divertido ver las reacciones de la gente cuando se sorprendían. Compramos nuestros contenedores de 32 onzas y caminamos con sigilo de ninjas en el camino de grava frente a mi casa, los llenamos con la cerveza que el hermano de Reed le había dado.

"¿Es normal que tengas una nevera con alcohol en la cajuela?"

Jared preguntó, aparentemente lo suficientemente cómodo como para empezar a hacer preguntas.

"No sé si *normal* es la palabra que yo usaría, pero no es *anormal*". Rose volteó los ojos y sorbió de su botella de agua, dirigiendo silenciosamente al camino por la parte de atrás de la casa.

"Vaya, ¿este es tu patio trasero?" Jared preguntó.

"Eso es, T... totalmente mi patio trasero." *Me salvé*, pensé para mí misma. Mi casa casi tocaba los árboles del comienzo del bosque que había detrás de ella. Mi madre se había tardado años en colgar lámparas esféricas alimentadas por energía solar además de luces y linternas en tantas ramas como pudo, lo que significa que cualquiera que se sentara en nuestro porche trasero se sentía rodeado de luz. Este era mi lugar favorito. La madera de la cubierta estaba gastada y astillada, los muebles del patio se descoloraban por el sol, pero no importaba una vez que los ojos de alguien se posaban en la vista.

"Ahora lo tenemos en nuestra guarida", le susurré a Reed, añadiendo una ensayada risa malvada al final. Vi cómo sus hombros temblaban con una risa silenciosa mientras sorbía su bebida.

"Es tan raro que la gente de este pueblo no te acepte con los brazos abiertos", respondió en voz baja.

"Lo sé. Algunas cosas no se pueden explicar." Volví a sonreír, sintiendo que podría ser una muy buena noche después de todo, de una manera u otra.

CINCO
REED

Cada vez que bebía con Rowyn, era jugársela un poco. Quizá por eso me gustaba hacerlo. Lo que me gustó más fue el hecho de que había tomado la sudadera negra que le di de mi cajuela y se la puso sin dudarlo. No había tenido la intención de invitar a Jared y Rose, pero me invadió una curiosidad morbosa para ver hasta qué punto Row iba a sacar a este tipo más allá de su zona de confort antes de que Rosalyn se enfadara lo suficiente como para detenerla.

Beber Fat Tire a través de un popote no era el escenario que había imaginado cuando soborné a mi hermano para que me comprara cerveza, pero lo acepté. La ambientación del patio trasero de Rowyn compensaba todo lo demás. La charla sin sentido salía de nuestras bocas y subía al cielo, todo sin mucha seriedad. Las treinta y dos onzas de cerveza nos pegaron a Rowyn y a mí al mismo tiempo, lo que se hizo evidente por su repentino interés en sentarse en mi regazo, y mi habilidad para dejarla hacerlo sin intentar poner mis labios en su cuello. Su cabello era suave, y me hacía cosquillas en los antebrazos mientras se ponía cómoda. La rodeé con mis brazos de la manera más platónica posible, pero no se sentía solamente amigable.

"Entooonceees, no están juntos, ¿eh?" Jared preguntó de nuevo, su embriaguez aparentemente. Sus brazos no estaban cruzados, y si no me equivoco, una verdadera sonrisa iluminaba su cara.

"Cállate, Todd-Jared", respondió Rowyn sin siquiera mirar en su dirección.

"Rowyn tiene miedo de no poder conmigo", le expliqué, anticipando plenamente al menos un puñetazo en el brazo.

"Entre otras cosas", añadió Rose, dejando notar su lado sarcástico raramente visto. Rowyn pareció reflexionar un poco sus palabras, pero aparentemente decidió dejarlas pasar. Enderezó su espalda con un renovado interés en su presa.

"Así que, Jared. Juguemos a las veinte preguntas. ¿Quieres empezar? ¿O lo hago yo?" Preguntó con una sonrisa que debería habernos preocupado a todos, pero Rose parecía divertirse tanto como yo. Siempre pensé que en secreto estaba un poco celosa de Rowyn, sobre todo porque Row siempre decía lo que todos los demás pensaban. En una movida sorpresiva por parte de la oposición, Jared se inclinó y respondió: "Yo primero".

Su repentino uso de contacto visual fue bastante impactante, pero la expresión sonriente del chico fue casi suficiente para hacerme preguntar si estábamos equivocados sobre su naturaleza de chico bueno.

"Muy bien, me intriga", respondió ella. Su energía recibió una sacudida por el atrevimiento de Jared, y pude sentir la emoción de un desafío desprenderse de ella. Su rostro se iluminó con una sonrisa. Podía sentirlo, aunque no pudiera ver auras como ella. Puse mis manos en su cintura. El repentino cambio de comportamiento de Jared me puso en alerta. Intelectualmente, supuse que era inofensivo, pero también sabía que cuando Rowyn bebía, las energías de los demás le afectaban mucho más, y se descuidaba a la hora de protegerse. Me quité el brazalete de obsidiana Lágrima de Apache de mi muñeca y lo puse en la suya. Por si acaso. Cuando vio lo que hice, se movió en mi regazo y me miró confundida. No le presté atención; ella sabía exactamente por qué lo había hecho. "Debo advertirte, Todd, hay algunas preguntas que me molestan. Sólo prepárate. Ve con calma".

"Oh Dios, Row, no otra vez con el..." Rosalyn comenzó.

"¡Sí otra vez con los P-I-J!" exclamó indignada. La cerveza que tenía en la boca amenazaba con salir de mi nariz por eso.

"¿Los qué?" Jared y yo preguntamos simultáneamente.

"Rowyn tiene su propia versión bruja de 'Preguntas Frecuentes'", explicó Rose, riéndose. "Ella es muy apasionada por ellas."

"Entonces, ¿qué significa PIJ?" preguntó Jared, que seguía pareciendo relajado y entretenido con su brazo alrededor de Rose.

"Me alegra mucho que hayas preguntado, Todd..." Le agarré la mano, sin tener idea de por qué lo seguía llamando Todd. Estaba seguro de que había una razón perfectamente ridícula detrás de ello. "Lo siento. Jared", salió, aunque la cantidad de disculpas en su voz era nula.

"Creo que todos podemos usar nuestra imaginación, Row", le aseguró Rosalyn. Rowyn se inclinó hacia atrás y presionó sus labios contra mi oreja. "Preguntas increíblemente jodidas", susurró antes de volver a prestar atención a cualquier juego que estuviera jugando.

"Bien. Aquí hay unas cuantas PIJSs sólo para no estorben. Ya sabes, para que seas libre de ser más original", le aseguró. "Uno. '¿Puedes hacer un truco de magia?' La respuesta es no. No soy un mago. Dos. '¿Adoras al diablo?' La respuesta es no. Tendríamos que creer en él para poder adorarlo. O en ella. ¿O quizás ambos? Da igual. Tres. '¿No te da miedo terminar en el infierno?' Esta es súper interesante ya que normalmente va junto con la adoración al diablo. Si lo *adorara*, ¿por qué tendría miedo de ir a su casa? De todos modos, la respuesta es no. Vea la respuesta anterior. Creo que esas son, con seguridad, las tres primeras. Te toca a ti", le dijo a Jared. A su favor, no parecía disuadido por la pequeña presentación.

"Bien, entonces. ¿Por qué se llaman brujas?"

"¿Por qué te llamas a ti mismo un ser humano semi-inteligente?" respondió inmediatamente, para la consternación de Rose.

"No puedes responder a una pregunta con una pregunta, y no

seas una perra", advirtió Rose levemente. Nunca levantaba la voz; esa era su manera de ser. Moviendo el cabello de Rowyn hacia un lado, apoyé mi barbilla en su hombro, tratando de calmarla. Era normal que no le importara lo que la gente pensara, o al menos fingía muy bien. El problema era que cuando bebía, tampoco le importaba una mierda lo que Rose y yo pensáramos. Esas no eran noches divertidas.

"Bien", aceptó con los dientes apretados. "¿Por qué nos llamamos brujas? Porque eso es lo que somos. No así de mover nuestras narices y que se haga nuestra voluntad, sino que usamos la energía para afectar a nuestro entorno o circunstancias. Usamos el equilibrio y el poder del mundo natural para dirigir o controlar la energía de la manera que queremos."

"¿Qué quieres decir con 'dirigir energía'?" preguntó con una expresión curiosa. Era casi la hora de terminar este juego. Crucé miradas con Rose en el tenue resplandor; su ceño fruncido me hizo saber que estábamos en el mismo canal.

"Quiero decir *dirigirla*. Enfocarla, ¿manejarla? No conozco más sinónimos. Con nuestro propio poder, o a veces con un cetro".

"¿Un cetro?"

Lo interrumpí con firmeza, exasperado con el tono condescendiente de Todd. "Sí, un cetro, al menos a veces. No siempre." Se *sentía* mejor llamarlo Todd. *Qué raro.*

"OK", aceptó. Parecía un poco reacio de continuar, pero se notaba que tenía algo más que decir. "¿Cómo aprendiste a hacerlo? Con la energía, o el cetro. ¿Algo de eso... si no es como un... poder? Supongo que sí".

"De la misma manera que se te erizan los pelos cuando alguien te mira, o de la misma manera que cuando eras pequeño probablemente asustaste a tus padres diciéndoles que viste a tu bisabuelo a pesar de que había muerto hace quince años. Todo el mundo tiene la habilidad de enfocar la energía, conectar con los guías espirituales, todo eso. Algunos pueden con más naturalidad que otros, pero cuando te educan que es malo, lo pierdes. No nos enseñan eso; no lo perdemos.

Lo fortalecemos". El rostro de Todd parecía más contemplativo que crítico. Otra sorpresa. "¿Algo más?"

"Ah, no lo sé, supongo que eso es todo."

"Si quieres que te lea las cartas, tal vez puedas entender lo que quiero decir", ofreció Rowyn con un suave tono poco característico.

"¿Qué significa eso?" Jared preguntó. Parecía aliviado de que la tensión se calmara.

"Ella es increíble, de verdad", alardeó Rosalyn. "Deberías probarlo". *¿A qué estaba jugando Rose esta noche?*

"Claro, ¿por qué no?" Jared aceptó. *¿A qué está él jugando esta noche? ¿Qué demonios está pasando?*

"Iré a buscar tus cosas, Row. Quiero un poco de agua de todos modos, ¿alguien más quiere?" les pregunté. Hubo un coro de "sí" por todas partes. "Rose, ven a ayudarme a cargar los vasos. Saltó con demasiada agilidad, siendo la única persona completamente sobria allí. Entramos por las puertas francesas que daban a la cocina de la casa de los Black.

"¿De verdad crees que es buena idea dejarlos a los dos solos ahí fuera?" Rose me preguntó con un tono medio serio mientras yo buscaba la cristalería en silencio.

"No del todo, pero la seguridad de Jared Simpson no es mi preocupación realmente. ¿Qué haces con él? Honestamente, es el tipo más genérico que he conocido. Y tú... eres cualquier cosa menos genérica". La oí suspirar y me di la vuelta para encontrar sus ojos azules sobre mí. Ojos que se habían vuelto casi tan familiares como los míos propios. Todos nos conocíamos desde que habíamos nacido. Y aunque el hecho era muy discutido, no era una coincidencia que todos nuestros nombres comenzaran con "R". Era ridículo, o tal vez no, ya que eran buenos nombres, pero creo que nuestros padres tuvieron una visión de nosotros como los tres mosqueteros. O los tres pequeños paganos. "Dilo de una vez".

"Por la misma razón por la que te encuentras en el asiento trasero del coche de Amy Stecker frecuentemente."

"¡Cómo di...!"

"Shhhh, cállate. No despiertes al bebé o todos lo lamentaremos". Tragué saliva con fuerza, el miedo se elevó en mi pecho. Amy era... ¿Una distracción? Una distracción con potencial para convertirse en un desastre si demasiada gente se enteraba.

"¿Cómo sabes eso?"

"¿Qué, crees que ella quiere mantener su pequeña rebelión en secreto? Escucho cosas", sonrió con tristeza. "A veces cosas que no quiero saber, pero por favor dime que no pensaste que ella se callaría acerca de salir contigo."

"No lo sé, pensé que no querría que la gente lo supiera. Mierda, no quiero que la gente lo sepa. "¿Rowyn...?" Ni siquiera pude terminar ese pensamiento, y mucho menos la frase. Row podría alejarme teniendo la oportunidad, pero no sería bueno para ella saber que yo... bueno, sería malo por muchas razones.

"Chicas como ella siempre quieren la atención, pero no las consecuencias. Las cuales habría si sus padres se enteraran, sabes eso. ¿Y realmente crees que Rowyn estaría toda cariñosa contigo si lo supiera? Por favor. No tengo intención de decírselo, pero...

"Lo sé, lo sé. Dejaré de hacer... lo que sea que esté haciendo con Amy. Sólo se sentía... no sé, fácil. Normal, o algo así".

"Y ahora entiendes el *porqué* de lo de Jared. Juro por la luna que si alguna vez le dices esto a Rowyn, te llamaré mentiroso, pero a veces una chica sólo quiere salir con el mariscal de campo. ¿Y qué? Es dulce y sexy y besa bien y me deja usar su chaqueta de Letterman. Soy una chica superficial, superficial", concluyó con una sonrisa culpable. Me reí ligeramente, la ansiedad que se había acumulado finalmente se disipó.

"Guardaré tu secreto si tú guardas el mío".

"A la tumba", bromeó, llenando los vasos. "Volveré a hacerla de *referee*".

"Voy para allá", le prometí, buscando la bolsa de seda donde Rowyn guardaba su mazo favorito.

SEIS
ROWYN

Puede que haya estado un poco borracha, pero lo que mi poco sutil mejor amiga había hablado dentro tenía a Reed nervioso... o culpable. No podía decidirme y no estaba totalmente segura de que eso importara. Jared Simpson estaba sentado en mi terraza esperando que le hiciera una lectura. Era como existir en un universo alterno. Ni siquiera sabía por qué me había ofrecido. Tal vez porque me gustaba la mirada de la gente cuando se daban cuenta de que no era puro cuento. Era una mirada que hablaba mucho de sus propios sistemas de creencias, y me ofrecía una sensación algo egoísta de "te lo dije". Incluso si al día siguiente la mayoría de ellos negaran cualquier cuestionamiento de su propia fe, en ese momento...significaba algo. Podía *ayudar* a la gente. Si me lo permitieran.

Jared mantuvo su recién descubierta valentía inducida por la cerveza mientras yo extendía la seda azul en nuestra vieja mesa de madera. *Pido y agradezco al universo por su ayuda, guía y protección. Pido a mis guías espirituales que dirijan esta lectura y que ofrezcan su conocimiento.* Repetí esto varias veces con diferentes variaciones y me permití sentir el bosque frente a mí y la brisa fresca en mi piel. Normalmente, tomaba unos momentos para relajarme lo suficiente como para ver lo que necesitaba ver, pero el alcohol en mi sangre hizo este proceso mucho más rápido. No podía *ver* con mis ojos a mis guías, no como a las personas de todos modos, pero podía ver su energía y escucharlos cuando lo necesitaba. Mis pies permanecieron arraigados al suelo mientras barajaba las cartas.

"Bien, ¿tienes una pregunta en específico?" Su energía fue fácil de encontrar porque ya estaba en sintonía con Rosalyn y Reed. Él era el único ajeno aquí. Aunque era evidente que no estaba súper abierto a esta experiencia, tenía la curiosidad suficiente para que yo lo sintiera.

"Emmm, no estoy muy seguro de lo que se supone que debo preguntar."

"Bueno, cualquier cosa, en realidad, pero podrías darme un área de tu vida en la que te gustaría tener algo de claridad, y yo podría ver lo que surge."

"Claro, bueno, pronto tendremos el partido de apertura contra Riverside, y el entrenador quiere probar todas estas nuevas jugadas, y parece algo, no sé, exagerado... Está mal visto protestar o algo... Siento que vamos a quedar como idiotas". Eso fue más de lo que le había oído decir en un momento dado. *Fútbol, vale*. Escuché la respuesta antes de que terminara la pregunta, pero coloqué las cartas para más información de todos modos. Una vez que El Emperador apareció, todo estaba claro.

Leer el Tarot era como leer cualquier cosa. Primero aprendí lo que significaban los símbolos, los significados tradicionales, y luego aprendí lo que significaban *para mí* con la práctica. Cuando una lectura iba bien, era como leer mi libro favorito, fácil, claro e intuitivo. Cuando una lectura no salía bien, o no obtenía ninguna información, era como tratar de comprender otro idioma. Esta lectura iba bien.

"Tu entrenador no tiene ninguna preocupación por el partido de Riverside. Piensa que van a ganar sin mucho esfuerzo, por lo que está dispuesto a dejarlos ver como idiotas haciendo jugadas que aún no conocen".

"¿Por qué querría hacer eso?"

"Ocurrió algo en el pasado entre él y uno de los entrenadores de otro equipo rival, no sé quién, pero quiere tener algo llamativo que mostrar cuando llegue ese partido. No veo ninguna razón por la que no debas hacer lo que te pide. Parece que funcionará cuando llegue el momento". Jared se mantuvo escéptico, pero hizo varias preguntas sencillas de seguimiento. Con cada carta y cada respuesta, me empezó a aceptar. Es la única forma en que podría describirlo. Cuando me miró a los ojos, supe que lo que realmente lo motivaba a aceptar mi oferta estaba a punto de aparecer.

"¿Puedo... puedo preguntar sobre mi mamá?"

"Claro, podemos preguntar y ver lo que sale."

"Ella... su salud. No sé..."

"Está bien, puedo hacerlo solo con esa info", le aseguré, viendo que no estaba totalmente tranquilo. En mi mente empecé a sentirme culpable por llamarle Todd toda la noche. Sentí un hormigueo en el pecho, haciéndome saber que su madre estaba teniendo algún tipo de problema cardiovascular, o algo con su sangre. *Vale... ¿qué necesita saber esta mujer?* Conocía a la madre de Jared, así que podía imaginarla claramente a los ojos de mi mente. Todo lo que oí fue "Nashville". ¿OK? "Ella lo sabrá" fue la única respuesta que obtuve antes de que mis guías espirituales se retiraran del tema.

"Entiendo que ella está luchando con algún tipo de problema cardíaco, tal vez... ¿O algo con su sistema vascular o respiratorio?" Jared se mantuvo callado, pero por la forma en que sus ojos ahora reflejaban la luz de la luna, supe que mi gente no me había defraudado. "Necesita ir a Nashville. Pregunté por qué, pero solo sé que si se lo dices, ya sabrá lo que significa." Eché un vistazo a las cartas que había colocado distraídamente, y suspiré con alivio cuando vi muchas que representaban la curación. Lo encontré asintiendo con la cabeza, y me pregunté si ya tenía una idea de lo que ella encontraría en Nashville. "Oye". Interrumpí sus pensamientos. "Es una mujer fuerte. La van a ayudar allí."

"Gracias", pudo contestar, regresando a la normalidad. Rose le cogió la mano en silencio, y la energía y vibrante protectora de Reed se había calmado un poco.

"¿Algo más antes de que terminemos?" Pregunté, esperando terminar con algo menos emocional.

"Ah, claro. ¿Vamos a ganar el estatal este año?" Esa pregunta me hizo sonreír. Volví a mis guías, esperando una respuesta de "tal vez", como era la norma cuando alguien preguntaba sobre un resultado como ese, pero me inquietaba encontrar que habían cerrado completamente esta línea de interrogatorio. *Eso es extraño.* Mentalmente reformulé la pregunta cuatro o cinco veces; no obtuve nada. *Vale, pues, ¿aparentemente todos son unos fanáticos de los deportes?*

Volví a las cartas, puse tres, luego dos, luego tres más, y fue como en chino. Pregunté por última vez, y la única carta que saqué fue La Torre. La Torre era mi carta menos favorita de la baraja, y solía traer consigo un cambio en todos los cimientos. No siempre conducía a un resultado negativo, pero el camino *nunca* era fácil. Tal vez estaba demasiado embriagada como para saber lo que eso podía significar, pero estaba segura de que ganaran el estatal era improbable.

"Lo siento, no tengo una respuesta muy clara sobre eso. Supongo que tendrás que esperar y ver qué pasa", aconsejé. No había necesidad de aplastar los sueños del mariscal de campo antes de que empiece la temporada.

"De todas formas, probablemente sea mejor no saber", aceptó. "Gracias por... ¿qué? ¿Leer? Por mí. Algunas de las cosas que dijiste antes... ahora tienen más sentido. Lo siento si te he ofendido o algo así". Jared parecía sincero.

"Cuando gustes". Cerré la lectura de la misma manera que la abrí, y agradecí a mis guías a pesar de su comportamiento anormal. Mientras barajaba el mazo, me salió un bostezo, y me pregunté qué hora era.

"Son las 12:30", respondió Reed sin que yo tuviera que preguntar. "¿Puedo quedarme aquí?", murmuró en voz baja.

"Sí, está bien, como sea. Estoy agotada".

"Rose, aquí están mis llaves", dijo Reed, lanzándoselas.

"¿No vienes con nosotros?"

"No, me voy a quedar aquí."

"Estaré en mi habitación", dije. "Estar despierta no me sienta bien. Hasta luego, Rosie Posie. Te quiero." Le di un abrazo, y admiré su pelo perfumado una vez más. La cerveza me hacía abrazar.

"Sé *amable*", susurró. "Y no dejes que Reed duerma en tu cama. Ya no tienen siete años".

"Lo que tú digas". Asentí con la cabeza, medio dormida.

"Te llamaré mañana". Atravesando la puerta y caminando por el piso de madera de mi casa, reconocí el sentido de propósito que a menudo tengo cuando leo para alguien nuevo. Había sido algo intenso ver a un chico como él ser vulnerable. Después de sufrir la injusticia que fue el primer tramo de escaleras, me asomé a la habitación de Tristen en silencio, recogiendo el conejo de peluche del suelo y colocándolo de nuevo en su cuna.

El segundo tramo de escaleras se burló de mí, pero finalmente llegué a mi santuario y me tumbé en la cama.

SIETE
ROSE

¿Cómo es posible que sea tan estúpida? Aunque, siendo sincera, no es que Rowyn fuera estúpida, es que estaba siendo descuidada. Ella sabía que Reed seguiría regresando sin importar cuántas veces lo apartara. Tan pronto como la puerta de la casa se cerró, inmediatamente lo abordé.

"Reed Hansen, te encanta torturarte. Debes dejar de quedarte a dormir como si esto fuera el maldito *Dawson's Creek*. Especialmente cuando estás borracho. Sólo déjame llevarte a casa".

"Sí... esto es incómodo, así que estaré en el coche", declaró Jared antes de bajar las escaleras exteriores.

"Aw, Rose, ¿estás preocupada por mí?" Reed sonreía de forma insoportablemente. Me sorprendía cómo era tan engreído y seguro de sí mismo con todos menos con Rowyn. Era realmente sorprendente; era la razón por la que todas las castas chicas del coro entraban en celo tan pronto como él pasaba.

"Sí. Quiero mucho a Rowyn, pero se va a aprovechar de ti."

"Estoy bien, Rose. Un poco borracho y muy cansado, pero bien."

"Vale. Volveré para dormir aquí también. Puedes llevarme a casa por la mañana, solo iré a dejar a Jared."

"¿Vas a ser nuestra niñera?"

"No. Voy a hacer de *tu* niñera." Se rió y me despeinó el pelo antes de darse la vuelta para entrar a la casa.

"Oye, Rose", me llamó.

"¿Sí?"

"¿De verdad crees que me va a pisotear?"

Suspiré. Deseaba no pensar en eso. "Ella te quiere. No creo que ella quiera hacer el pisoteo. Sólo..."

Parecía que continuaba hacia la casa, pero en cambio se acercó a mí y me dejó caer un beso en la cabeza. "Gracias por preocuparte. Te esperaré despierto hasta que vuelvas. No dejes que este tipo Todd te convenza de que te manosearte ahora". Usó su voz seria pero obviamente haciéndose el chistoso.

"No hay de qué. También por no golpearte después de usar la palabra "manoseo". Asqueroso. ¡¿Y qué *demonios* le pasa con llamarlo Todd?!"

"No tengo ni idea". Reed se rió. "Te veo en un rato". Vi su alta figura entrar a la casa y no pude evitar preguntarme adónde había ido mi torpe amigo con el pelo revuelto y frenos en los dientes de antaño. Era raro crecer con alguien y ahora verlo como un hombre, pero aún verme a mí misma como una niña. No como una mujer. *Debería haber una palabra para un punto medio. Aparte de "jovencita". Qué término tan ridículo.*

"Oh, mierda". Casi me había olvidado del muy lindo jugador de fútbol sentado en el auto. Jared estaba a punto de dormirse en el asiento del pasajero del Jetta cuando me acerqué, tratando de no hacer ruido con la grava bajo mis sandalias doradas. Se veía muy dulce, y pude apreciar su aspecto limpio y bien peinado sin parecer como una acosadora. De todas formas, el hecho de que me pidiera salir fue muy de repente, pero no pude evitar creer que había un par de guías espirituales que me llevaron a la sección de alimentos congelados del supermercado donde me había encontrado con él hace unas semanas. Ni siquiera comía comida congelada. Sólo se me antojaba un helado de leche de coco en el momento en que pasé por el mercado.

Me puse del lado del conductor, haciendo que los ojos de Jared se abrieran de golpe.

"Oh, hola. Aquí están las llaves."

"Gracias". Había todo tipo de cosas que pensé decirle que involucraban su impresionante habilidad de no hacer enojar a Rowyn, bueno, dentro de lo que cabe, y cómo deseaba que me hubiera dicho sobre su madre. El coche arrancó, y debatí conmigo misma sobre qué decir. Entendí que no estábamos realmente *en ese punto* después de tres o cuatro citas, dependiendo de si lo del supermercado contaba como una cita, pero esta noche fue la primera vez que pensé que tal vez quería llegar allí. En cambio, me incliné y presioné mis labios justo debajo de su oreja. Sus mejillas estaban un poco peludas al final del día, y eso también me gustó.

La sonrisa dulce que me había gustado de él apareció, y se volvió para besarme en serio, apartando los largos cabellos rubios que se habían escapado de mi trenza. Los besos de un chico nuevo tenían que ser una de las mayores maravillas del mundo. ¿Cómo es que podían hacerme sentir emocionada y nerviosa y segura e insegura y realmente emocionada? ¿Dije excitada? Porque sus besos eran profundos y lentos y deliciosos. Un pastel de chocolate realmente bueno y delicioso. Entonces quise hacer un pastel.

"¿Te gusta el pastel?" pregunté al apartarme.

"Sí, me gusta el pastel. ¿Te gusta el pastel?" preguntó.

"Me encanta", respondí, volviendo mi atención al vehículo en cuestión y saliendo a la carretera principal. Hubo un silencio cómodo en el corto viaje, y me detuve junto a la acera frente a su pintoresca casa estilo rancho, a sólo una cuadra de la mía, con una valla incluida.

"¿Por qué me invitaste a salir?" No estaba segura de por qué necesitaba saberlo *ahora mismo*, pero con los años había aprendido a confiar en mis instintos, que usualmente tenían razón.

"¿Por qué dijiste que sí?" Me agarró la mano e hizo pasar sus dedos por los míos. Abundaron más sentimientos de "el chico nuevo me toca".

"Me gustó tu chaqueta de futbolista, sinceramente". Coquetear con el chico nuevo era otra de las sensaciones favoritas.

"Y a mi solo me gustaba que pudiera ver tus marcas de bronceado con cualquier tipo de ropa que llevaras puesta." Traté de recordar.

"¿El *romper* blanco?"

"¿En serio se llama *romper*?"...Eso parece inapropiado". Se rió..

"Cállate", así se llama. ¿Así que esa es la única razón por la que me invitaste a salir? ¿Viste mis líneas de bronceado y tuviste que invitarme a ir al lago?"

"Sí, quería ver el traje de baño que dejaba las marcas de bronceado."

"Estás mintiendo, pero está bien, te sacaré la verdad tarde o temprano", prometí, dejándolo pasar por el momento.

"¿De verdad quieres saberlo?"

"Por supuesto. He preguntado, ¿no?" Su pulgar estaba ahora haciendo círculos en la palma de mi mano, y eso hizo que mis pensamientos fueran confusos.

"Porque parecías la persona más feliz que había visto nunca. Había ido a una práctica de fútbol terrible, mi mamá acababa de ir a una cita complicada con un médico, pero no lo sabías y me sonreíste de todos modos. Sabía quién eras... bueno, todo el mundo sabe quiénes son ustedes. No quiero decir eso ofensivamente, yo sólo..."

"Lo entiendo. Es la verdad, no te preocupes."

Parecía aliviado por eso. "Sólo sabía que quería estar cerca de ti. Eso es todo. No me importaba lo que había escuchado, tú sólo estabas... feliz".

"Eres algo sorprendente".

"Sí, a veces me dicen eso", admitió irónicamente.

"Bueno, me alegro de que preguntes. Y aun me gusta la chaqueta".

"¿Ésta chaqueta?" preguntó, refiriéndose al estampado azul y dorado que tenía.

"Sí, esa."

"Eres tan superficial". Se inclinó hacia adelante, se quitó la chaqueta y la puso sobre mis hombros. "Pero te perdono. Cuídala hasta que te vea la próxima vez." Sus labios se juntaron con los míos, y puede que me haya derretido un poco en este momento de película de adolescentes.

"Oh, voy a volver a casa de Rowyn. No puedo dejarlos a su suerte. Reed terminará escribiendo poesía oscura en un rincón o algo así".

"¿Te vas a quedar a dormir con los dos?"

"Sí, ¿por qué?"

"¿Tú y Reed nunca, ... salieron juntos?"

"¿*Reed*? No. Es como mi hermano. Bueno, en realidad es mucho más amable que mi hermano, pero aún así es un hermano. ¿Estás *celoso*?"

¿"Que duerma en la misma habitación que tú"? Sí, un poco. Pero estamos bien. Mantén a raya la poesía oscura; eso suena terrible. ¿Te llamo mañana?"

"Sí, por favor". Un beso más tarde, y me detuve en mi casa para recoger a escondidas al Sr. Frío, mi pingüino indispensable para dormir, antes de continuar mi camino de regreso a casa de Rowyn. La sonrisa que se dibujó en mi cara no mostró signos de desaparecer.

―――――

"¡Por fin!" Escuché que una vez subí los escalones de la habitación de Rowyn. Esta habitación se notaba que pertenecía absolutamente a mi amiga. Podría haber sido el escenario de una película para una bruja adolescente. La mía era amarilla con margaritas estampadas en la pared. Mis talentos estaban en la cocina; la decoración no era lo mío.

"¿Por fin qué? Pregunté en voz baja, tratando de no despertar a una Rowyn roncando suavemente extendida en la cama.

"Te dije que esperaría a que volvieras. No pensé que te besarías con "Joe Football" por una *hora*."

"Hago lo que quiero", respondí con sarcasmo, haciendo reír a Reed.

"Ahora suenas como Rowyn. Trata de no canalizarla demasiado, sólo puedo con una. Se supone que tú eres la buena".

"Sí, sí, eso me dicen diariamente mis padres. Sería increíble si Hunter no fuera tan malo. De todos modos, gracias por esperar. Me voy a dormir. Y tú también. En el *suelo*", le aclaré mientras la miraba con nostalgia. Me quité las sandalias y agarré una camiseta de gran tamaño de la cómoda. Mi cuerpo estaba cansado, pero mi cerebro estaba inquieto mientras repetía las palabras de Jared en mi mente. Intenté recordar cómo Reed había descrito su aventura cuando estábamos en la cocina. *Fácil y normal*, recordé. Esas eran dos cosas que definitivamente podía manejar.

OCHO
ROWYN

El sonido desgarrador de un suspiro de resignación me hizo abrir un ojo, lista para atacar a quien sea que me estuviera despertando. Demasiada cerveza y poca agua equivalen a párpados que se sienten a papel de lija, además de un sabor agrio en mi boca. Mi madre estaba de pie al borde de mi cama y parecía que tenía prisa.

"¿Pijamada?", preguntó, aunque no era nada nuevo para ella tropezar con Reed en una mañana cualquiera. Nuestra presencia se hizo casi fija en las casas de los demás en cuanto tuvimos edad para ir en bicicleta por la calle; nuestros padres se habían rendido hace mucho tiempo.

"Claramente. ¿Qué pasa?" Respondí con mi nueva voz grave.

"Tengo que irme. El bebé Watson aparentemente quiere llegar temprano. Voy a poner el monitor aquí; tendrás que levantarte con Tristen. Lo siento." Hice un leve quejido, pero tomé el monitor de todos modos. Solía quejarme mucho más en el tiempo que mi madre salía corriendo por la noche y se iba durante horas, pero me recordó que generalmente me gustaba la comida, la ropa y el refugio, así que tenía que ella debía responder a las llamadas de las madres en parto cuando llegaban. Era un poco irónico que la mayoría de la gente nos evitaba en la calle si pasaban cerca, con miedo de que los maldijéramos o algo así, pero estaban de acuerdo en contratar a mi madre como partera para literalmente traer a sus hijos al mundo. La gente tiene extraños complejos.

"Oh, y si te apetece terminar la orden de ungüento de hierba de San Juan que he empezado, adelante", añadió apresuradamente al pasar por encima de Reed para salir de la habitación. De estar acostada, me senté.

"Mamá, apesto haciendo esas cosas, y tú lo sabes, yo..."

"¡Gracias!" Y luego se fue.

Me puse la almohada en la cara y gemí, deseando de verdad tener un galón de agua, cuatro Advil y un burrito de desayuno para suavizar el golpe de realidad de que toda mi mañana se había ido a la mierda antes de que empezara. Casi me daba un aneurisma cuando un ser humano habló a mi lado.

"Está bien, yo haré lo de la hierba de San Juan", prometió la voz de Rose en voz baja. No parecía ni remotamente resacosa. *Probablemente porque no bebió nada, idiota.*

"¿Cuándo llegaste? ¿O regresaste? ¿Estuviste siempre aquí?"

"Volví para asegurarme de que no aplastaras a Reed hasta la perdición en tu estado de embriaguez. De nada". Se dio la vuelta, claramente con la intención de volver a dormir.

"¿Hasta la *perdición*? Empiezas a sonar tan dramática como yo."

"Mhm". Esa fue la única respuesta que obtuve. *Eso fue anticlimático.* Sí me había acurrucado con él, pero eso lo que hacíamos normalmente. Bueno, lo que hacíamos cuando necesitaba alguien con quien acurrucarme. Él sabía lo que sentía por él; no era como si le estuviera dando alas o algo así. Rose suspiró a mi lado. "¿Puedes calmarte, por favor? Me estás manteniendo despierta con lo que sea que estés pensando".

"Bueno. No estoy pensando en nada".

"Mhm". *Si dice "mhm" una vez más, mi almohada se dirigirá a su cabeza.* "¿Algo que quieras decir?" Rose tenía la fastidiosa costumbre de sonar siempre alegre. Incluso cuando estaba siendo fastidiosa.

"No".

"No te enojes sólo porque me doy cuenta de tus mentiras. Ya dije que trabajaría en las hierbas. Con eso me merezco una respuesta honesta, ¿verdad?" Rose argumentó, y parece que seguía acomodando en la cama.

"No tengo ni idea de por qué todo el mundo piensa que tú eres la simpática". Ella se rió, y yo me di vuelta con un suspiro y me volví a dormir con el monitor de Tristen en la mano.

NUEVE
REED

Iba a matar a Rose. De ninguna manera estaría aún dormido mientras caminaban por encima de mí y los quejidos ruidosos de Rowyn. Sin embargo, siguieron parloteando como si yo no estuviera allí. Eran unas tontas. Bueno, quizás eso no sea del todo cierto. Rowyn tenía resaca, y Rosalyn era astuta como un zorro. No tenía ni idea de por qué de repente sintió la necesidad de insistir en el tema de Rowyn y yo. Me había dado cuenta cuando estábamos en quinto grado, de que necesitaba estar cerca de Rowyn... más cerca que sólo siendo su amigo. Nos llevábamos bien porque nunca lo he dicho como algo más serio que una broma. Estaba ahí, en el aire, pero nunca frente a nuestras caras. Imaginé que nuestra precaria torre se desmoronaría en presencia de una conversación sobre el tema, y no estaba listo para tenerla. Si la ignoro, tal vez un día me despierte y ya no estaría enamorado de ella. Parecía que Rose estaba planeando un afrontamiento, pero la fuente de su motivación me eludía. Suspiré fuertemente antes de volver a dormirme.

LA TORRE

Había un dedo muy pequeño en mi nariz. Esto fue desconcertante hasta que fue acompañado por una risita aguda. Reprimí el impulso de darme la vuelta y responder a la llamada de seguir durmiendo, ya que esa pequeña risa me hizo reír. Abrí los ojos lo suficiente como para ver a Tristen con su cara posicionada justo encima de la mía, y lo alcé al cielo, al estilo de un avión, incitando otra ronda de risas.

"¿Ves, Tristen? Te dije que estaba despierto", comentó Rose.

"¡Otra vez!" insistió cuando lo bajé.

"Ahora todo ha terminado para ti", dijo Rowyn desde su cama. La miré, con el pelo recogido en un moño mentalmente inestable en su cabeza.

"No hay problema. Te llevaré en avión, T. Sólo deja que el Sr. Reed traiga un poco de agua. ¿Puedes mostrarme dónde está?"

"¿Agua? Ven comigo", insistió, tomando mi mano. Mi cuerpo protestó por la noche que pasé en el suelo al ponerme de pie.

"Vale".

"Prometo que bajaré en cinco minutos", prometió Rowyn. *Veinte minutos*, corregí en silencio. "¿Cómo diablos se ve tu cabello así por la mañana?" nos preguntó a Rose y a mí.

"El tuyo estaría bien sin la mirada de bibliotecaria drogada que tienes." Tomé a Tristen en mis brazos y fingí que me comía su barriga. Gritaba mientras nos dirigíamos a las escaleras que conducían a la cocina.

"Idiota", murmuró Rowyn en un volumen suficientemente alto para que yo lo oyera. Si no hubiera tenido en brazos a su hermano, supuse que un zapato habría chocado con la parte de atrás de mi cabeza.

Casi me sentí culpable cuando Rowyn apareció unos veinte minutos después con una cola de caballo mucho más discreta. A veces olvidaba que no era tan ruda como actuaba. Rose se veía como el sol, como siempre. Rowyn sacó huevos, pan, azúcar y canela, que era mi señal para irme.

"Oye, tengo que salir, tengo que terminar un trabajo para mi papá en el garaje hoy."

"¿No quieres desayunar?"

"Ummmmm. Estoy bien así."

"Voy a ayudarla a hacerlo", prometió Rose.

"Bueno, eso hace que la oferta sea más tentadora, pero realmente me tengo que ir. Gracias por dejarme dormir aquí." Rowyn me dio el adiós con su mano y Rose me dio un abrazo. "Adiós, amigo", le dije específicamente a Tristen, sus ojos sorprendidos al ver la mezcla de ingredientes en la encimera.

"Bye, Weed". Eso siempre se ganaba unas cuantas risas cuando lo decía.

"Te enviaré un mensaje de texto más tarde." Mi mirada se cruzó con la de Rowyn y me dirigí a la puerta. No tan sutilmente agarré el codo de Rose y la arrastré conmigo.

"Te acompañaré a la salida, entonces."

"Vaya, gracias".

"¿Qué pasa?" preguntó una vez que estuvimos a salvo fuera de la casa.

"Lo que pasa es que tienes que dejar pasar esto con Rowyn. No va a 'aplastarme hasta la perdición' porque se siente en mi regazo una noche. Me estás haciendo sonar como un marica. En algún lugar de su cabeza, sabe cómo me siento realmente, pero no necesita que la obliguen a tomar una decisión... una decisión que no creo que vaya a ir bien para mí, por cierto. ¿Puedes dejarlo?"

"No te estoy haciendo sonar como un *marica*, pero está bien. Intentaré no presionar tanto. Es sólo que... no sé, tengo *un presentimiento*. Como que se supone que debo despertarla. ¿Sabes lo que quiero decir?"

"No".

"Cállate, sí que lo haces. Y yo soy del Equipo Reed, ya lo sabes. No estoy tratando de empeorar las cosas. Pensé que podría estar haciéndolas mejor. Quiero ser una dama de honor en tu boda". Rose sonrió como si estuviera soñando.

"Sé que tus intenciones son buenas, pero por favor, no más charlas de medianoche que me hagan parecer un hada de las flores en vez de una bruja malvada. Una bruja varonil, debo añadir."

"Oh Dios mío, eres un bruja hombre. ¡Cómo un "man-witch"! ¿Te gusta el sándwich? ¿Por qué, por qué, por qué nunca te hemos llamado "man-witch" antes?" Rose se dejó caer rápidamente al suelo, sentada en la grava y temblando de risa. Dejé escapar una risa, pero sobre todo por su incapacidad para ponerse de pie cuando se reía. Siempre terminaba en el suelo.

"No me has llamado así porque pondría un gran esfuerzo en un hechizo para hacer que las arañas te sigan a todas partes. No me vas a seguir llamando así."

"¡Eso es cruel!" gritó, limpiándose las lágrimas de los ojos y finalmente se puso de pie. "¿Puedo al menos decírselo a Rowyn? Por favoooooor, es tan divertido."

"No. Literalmente *acabamos* de tener esta conversación. Así es como lo de "man-witch" empezó incluso. Ya no más hacerme ver como el escuálido de quinto grado al que le pegaban todo el tiempo. No sé si te has dado cuenta, pero ahora tengo un gran abdomen. Y músculos pectorales reales". Le sonreí, mordiéndome la lengua antes de continuar con mi arrogante discurso, pero me mantuve firme en esto, y sabía que ella cumpliría su promesa si aceptaba dejar de hablar del tema con Rowyn.

"Bien, bien. Aguafiestas. Te veré más tarde."La di un abrazo antes de sentarme en el asiento del conductor del Jetta. Había una ligera posibilidad de que me tomara un momento para averiguar si "man-witch" cabría en las placas del coche. Maldita sea ella y su ingenio.

DIEZ
ROSE

Vi a Reed salir a la carretera principal, preguntándome cómo iba a cumplir mi promesa. Podía ver a mis amigos siendo felices juntos en mi mente; era enloquecedor estar al margen y ver que *no* sucediera. Suspiré al volver a entrar. He admirado la casa de Rowyn desde siempre; era tan... *brujezca*, incluso desde fuera, con su tejado inclinado y el bosque que la rodeaba. Su madre tenía la habilidad de cultivar cualquier cosa, y había todo tipo de hierbas y flores en macetas donde quiera que alumbraba el sol. Subí la corta escalinata y abrí la puerta principal para toparme con Tristen gritando, "¡mi teléfono!" y huyendo de Rowyn.

"Estamos jugando a 'Atrapa al niño antes de que se le caiga mi teléfono'. Tú eres de mi equipo". No pude evitar reírme junto con el pequeño diablillo mientras huía por su vida.

"¡Tristen! ¿Quieres ver a Daniel Tigre?" Yo llamé. Este chico amaba a ese tigre.

"¿Daniel?", preguntó, con los ojos bien abiertos alentando su paso. Rowyn agarró su aparato y lo levantó, para su sorpresa.

"Eres un pequeño ladrón". Ella sonrió, haciéndole cosquillas. "Supongo que ahora estás verás a Daniel Tiger mientras Rosie y yo trabajamos en estos pedidos". Corrió al control remoto y lo puso en su mano. Ojalá pudiera emocionarme tanto con un tigre parlante.

Volví a la cocina para darme cuenta de que Rowyn había abandonado la idea del desayuno y había tostado pan en su lugar. Probablemente era mejor idea, y ahora podía trabajar en los pedidos. Hice un conteo de lo que la Sra. Black, er, la Srta. Black había preparado. Parecía que todas los ingredientes para los ungüentos estaban listos. De todos modos, todo tenía que ser armado y etiquetado. "Así que cuando dijiste 'Rosie y yo', asumo que realmente querías decir que yo trabajaría en esto y te quejarías de que eres tan terrible trabajando con hierbas que no podrías mezclar tres cosas juntas. ¿Correcto?"

"Suena bastante atinado". No pude evitar echarle una mirada que decía: *Qué dramática*. "¿Qué?" exclamó. "Cada vez que intento usar la cera de abeja se derrite demasiado rápido y termino cubierta de ella. Todo es un desastre y una estupidez. Tú eres mucho mejor en eso, así que deberías hacerlo". Encendí la doble caldera y esperé a que se calentara. Esta batalla no la ganaría hoy.

"Así que, anoche fue divertido", declaré, sabiendo que le agradaba mucho más Jared después de su lectura.

"Fue sorprendente, lo reconozco. Tal vez Jared no sea tan malo".

"Tu lectura fue buena, Row. Ni siquiera sabía todo eso de su madre, pero me di cuenta de que se sintió aliviado cuando lo llevé a casa".

"Me alegro. Supongo que al menos hice una cosa bien".

"¿Qué se supone que significa eso?"

"Sólo soy un idiota, eso es todo. Nada nuevo." Esperé. Conocía a Rowyn de toda la vida, y si quería que supiera lo que pasaba por su cabeza, me lo diría. Empecé a medir el aceite para verterlo en la caldera. "Sé lo que piensas", me informó, descansando su cabeza en la isla de la cocina mientras yo trabajaba.

"¿Ah, sí? ¿Ahora también lees mentes?"

"No. Sólo nunca dejas de decirme lo que piensas. No *puedo*, eh... *estar* con Reed. Y sé que no debería haberlo estado, no lo sé. Y luego dijiste que lo aplastaría hasta el olvido anoche. ¿Qué clase de persona le hace eso a su mejor amigo? Sé que él... bueno, creo que sé cómo se siente; es demasiado".

"¿Demasiado qué?" La culpabilidad comenzó a invadirme por todos lados. Tal vez mi intuición estaba equivocada, y estaba causando problemas sin razón. Estaba tan cerca del límite de mi promesa a Reed, pero yo no hacía nada en este caso... todo esto era Row. Quería saltar y gritarle que por supuesto podía estar con él. A veces pensaba que daría cualquier cosa por que alguien sintiera por mí lo que él sentía por ella. Y sería tan fácil para ellos. No habría preguntas religiosas incómodas o preguntarse si la familia del otro los odiaría.

"Él ya lo sabe todo, Rose," se quejó. Supuse que parte de su problema era un serio dolor de cabeza por lo de la noche anterior. Juré en mi mente hacerla una cura para la resaca después de terminar lo que estaba haciendo. "Me ha visto a través del tiempo; desde los bra de entrenamiento y el acné, hasta la vez que pensé hacerme un permanente ayudaría a mi cabello y cuando usé Crocs. Me puse *Crocs*,"Creo que eso es algo... increíble. Digo, ya sabes que te ha visto a través de todo. ¿Qué más pruebas necesitas de que él seguirá contigo? Supongo... ¿es que no te sientes atraída por él? Sólo se me dificulta ver el problema".

"¡No lo sé! Quiero decir, se ve bien. Y huele bien todo el tiempo. Pero el problema con todo eso es... bueno, cuando estás con Jared... ¿no es algo emocionante? ¿Que no lo sepas todo sobre él? Tal vez si tuviera más experiencia en citas que simplemente haberme enganchado con Ryan Summerton en Yule. Espera... nunca le dijiste a Reed sobre eso, ¡¿verdad?!" Su voz se elevaba al menos una octava cuando se ponía nerviosa.

"No. Nunca le dije. Y tal vez no tengas experiencia en citas porque el chico con el que deberías salir está justo delante de ti. Él ahora tiene esos brazotes, ya sabes", dije, tratando de convencerla, sutilmente por supuesto. "¿Te imaginas besándolo? Besarlo *de verdad*. Entonces sabrás si te sientes atraída por él o no. Porque puedo imaginarme a mí misma besando a Jared. Mucho", añadí, lanzándole una sonrisa mientras rallaba cera de abeja sobre la olla. Todo lo que veía en la encimadera era la enorme cabellera de Rowyn mientras escondía su cara completamente en sus brazos. *Eso es nuevo. Pero no realmente,* pensé. Rowyn tenía un don para lo dramático, pero era bien intencionada. Por lo general.

"Supngss".

"¿Eso signfica algo en latín?" me burlé. Cada uno de nosotros sabía un poco de latín, sólo porque lo usábamos en hechizos o ceremonias a veces, pero yo sabía con certeza que *no* era latín. Empecé a alinear botellas en la cocina después de haber añadido el último par de ingredientes a la caldera.

"Dije: 'Supongo que sí'. En serio Rose, se supone que me debes comprender." Trató de fingir estar molesta, pero sus mejillas estaban rojas, y sabía que estaba pensando en besar a Reed. *Sabía que tenía razón en esto también.* Debí haber sabido en no dudar de mi intuición. Casi siempre tenía razón. Excepto aquella vez que me dijo que debería adoptar un gato. Un gato callejero. Un gato muy probablemente feral de un callejón cerca de mi casa. *Mala intuición.* Una sonrisa se extendió por mi cara.

"¿Estás diciendo lo que creo que estás diciendo?"

"No lo sé".

"¿Que vas a dejar de dar largas a nuestra adorable amigo y finalmente sacarme de mi miseria al tener que aconsejarlos a los dos?"

"Al menos estoy pensando en ello".

"Creo que tus guías probablemente están teniendo una fiesta de baile y nos están lanzando un coro de 'Aleluya' en este mismo momento."

"Sí, bueno, hazme saber lo que van a cantar cuando todo esto salga terriblemente mal y seas la único amiga que me quede".

"Row... eso ni siquiera debe ser una preocupación, ¿cierto?"

"¿Osea, ¿cómo? ¿Le diré que quiero que salgamos, y vamos a terminar viviendo felices para siempre y nos casaremos y tendremos pequeños bebés brujos y envejeceremos juntos?"

"Precisamente". Sabía que ella se estaba volcando fuertemente en el pesimismo, pero eso era honestamente lo que veía.

"¿Cómo sabía que dirías eso?"

"Creo que quieres decir: 'Tienes tanta razón, Rose. Nunca podría dudar de tu intuición'".

"Tengo tres palabras para ti: Smokey el Oso". Ese fue el nombre que le di al gato salvaje que casi destruye mi casa. Traté de mirarla con desprecio, pero una risa se me escapó de todos modos. Ese gato estaba realmente loco. Rowyn fue a ver a Tristen, y yo terminé el brebaje y empecé a etiquetar tarros. Si me lo permito, se veían bastante bien. Todo estaba saliendo de "Rosas"... con todo y el cursi juego de palabras.

ONCE
ROWYN

Aunque fui a asegurarme de que mi hermano pequeño no se había comido un cojín del sofá o algo así, necesitaba que salir de la cocina. *¿Por qué dijiste esas cosas en voz alta?* No le pregunté a nadie en particular, cuestionando mi propia cordura en ese momento. Me dolía la cabeza por la resaca, pero eso no era nada comparado con la sensación de mierda que tenía en todas partes. La idea de admitir que sentía algo por Reed *a Reed* era, sinceramente, lo más aterrador que jamás había contemplado. *¿Y si sólo le gustas porque no te gusta... y en serio vas a empezar a* besuquearte *con él? ¿Cómo es que dos personas que se conocen de toda la vida tienen una primera cita? Ha visto toda mi ropa. Oh Dios, ¿y si quiere que me* quite *esa ropa? No puedo hacer esto. No* puedo *hacer esto.* No me había dado cuenta de lo que estaba haciendo, pero terminé acurrucada en el sillón de nuestra sala, con Tristen mirándome con curiosidad.

"¿Estás triste?" me preguntó con esos grandes ojos marrones.

"No, socio, estoy bien", le prometí, dispuesta a creerlo. Procedió a cantarme una canción de Daniel Tiger sobre estar triste a veces. Mi hermano era el mejor niño del planeta.

"Oye... no tenemos que hablar de Reed. Lo siento, no debería haber..." Rose comenzó, uniéndose a nosotros en la sala de estar.

"Está bien. Yo lo mencioné de todos modos. Pero estoy de acuerdo en no hablar de ello."

"¿Quieres leer mis cartas sobre el tema de Jared?", preguntó tímidamente.

"¡Sí! ¡Algo que tiene sentido!" exclamé, contenta de tener algo más en que concentrarme. Me aseguré de que Tristen tuviera unas pasas y un jugo antes de barajar mi mazo en la mesa de la cocina. Este mazo era viejo... no el mismo que había usado para Jared. Reservaba estas cartas para mí y mis amigos... no quería que una energía extraña las fastidiara. Rosa, turquesa, oro, plata y negro se difuminaron juntos mientras las cartas volaban entre mis dedos. Con dificultad, aparté a Reed de mi mente para concentrarme en Rose. Era fácil conectar con ella y me miraba con las mejillas sonrojadas y los ojos más brillantes de lo normal. "Diablos... te gusta *gusta*. ¿Cómo me perdí eso?" Me preguntaba en voz alta. Su sonrisa creció, pero no contestó, agitando su mano sobre las cartas para apurarme. "Bien, pues...pregunta."

"De acuerdo... bueno, ¿prometes no juzgarme?"

"No. Si te lo prometo, estaría mintiendo. Pero te seguiré amando después de juzgarte".

"Bah. Bien. Cuando volvamos a la escuela esta semana... ¿las cosas, no sé, seguirán? O... sus amigos..."

"Sí, ya sé cómo son. Entiendo." También juré para mi misma que si Todd o alguno de sus amigos parecidos a Todd lastimaba a Rose, me convertiría en el tipo de bruja que todos pensaban que era de todos modos, y se arrepentirán. Para siempre. Comencé a poner cartas. No había recibido una respuesta inmediata cuando ella hizo la pregunta; mi gente no me estaba ayudando en este momento. Cinco cartas, seis cartas, siete. No tenía sentido.

"Oh vamos, ¿está tan mal? Nunca estás tan callada cuando haces lecturas".

"No, no, no se, es sólo... ¿confuso? Parece como si el mazo no funcionara".

"¿En serio? Te encanta esa baraja".

"Lo sé... me siento rara. Pregunté si se quedarían juntos al comienzo del año escolar, y sigo recibiendo sí, no, sí, no." Miré hacia abajo de nuevo para intentar hacerle sentido a las cosas. Era como si supiera todas las letras pero no pudiera leer las palabras de la historia. La estúpida carta de La Torre me miraba desde el medio del montón, pero el resto de las cartas eran tan variadas que no significaban mucho. Viendo el gesto en la boca de Rose, sabía que estaba preocupada.

"Probablemente sea culpa de estar estresada por Reed, lo que me está despistando. ¿Quieres que pruebe otra baraja?"

"No, está bien, tal vez es mejor que sea una sorpresa de todos modos, ¿no? Puedo disfrutarlo mientras dure".

"Okay", estuve de acuerdo, sintiéndome culpable. "Si estás segura. Lo siento."

"No, no, no seas así. Hagamos otra cosa. ¡Vamos a hornear!"

"Oh, cielos. Está bien. Será hornear." Todavía podía ver sus nervios en la sonrisa que me dio. "Oye", dije, antes de que Rose continuara.

"¿Sí?"

"Siento haber sido, bueno, como soy *yo*... en el autocinema. Jared es... diferente de lo que pensé que sería."

"¿Sí? Para mí también". Sabía que me estaba perdonando sin que ella lo dijera, y eso era suficiente para mí. Llamé a Tristen, sabiendo que le emocionaría romper huevos, y felizmente le entregué la cocina a Rose. Aunque no era del todo inusual tener una lectura extraña de vez en cuando, había tenido dos en los últimos dos días. Lo dejé de lado, pero hice una nota mental para trabajar en mis cartas más tarde y eliminar cualquier energía que remanente.

El pastel de chocolate estaba delicioso, y no tenía ni idea de cómo esa chica usó los mismos ingredientes que todos los demás usaban e hizo magia. Elegí comer hasta que empanzarme en lugar de enfrentarme a los sentimientos que había confesado antes. De hecho, estaba firmemente decidida a no volver a mencionarlos. Las cosas podrían seguir como estaban por un tiempo más.

DOCE
REED

No me había alejado ni a medio kilómetro de la casa de Rowyn cuando recibí un mensaje de Amy.

Amy: Oye, ¿quieres que nos veamos en el parque? Podríamos ir a dar un paseo o algo así.

Era lindo que ella todavía fingiera que hacíamos algo más que besarnos. No estaba ni cerca de estar listo para tener esa conversación. Intentar romper con una chica con la que ni siquiera salía era un nuevo nivel de incomodidad. Apague mi teléfono; podía fingir más tarde que estaba sin batería. *Una decisión muy adulta.* Daba igual. De todos modos, tenía que pasar una tarde limpiando el garaje antes de poder "ir a dar un paseo".

Me estacioné en la entrada de la casa y encontré a mi padre y a mi hermano mayor, Cole, de pie, con aspecto consternado. El garaje estaba... bueno, más de veinte años de basura de la que nadie quería deshacerse, pero mi madre fue a un taller de meditación para "limpiar el desorden", y ahora debíamos cumplir sus exigencias si queríamos comer. Me acerqué a ellos para compartir su desconsuelo. "En serio... prefiero aprender a cocinar que lidiar con esto. ¿No podemos llamar a alguien para que se lo lleve todo?" pregunté, mirando las pilas de cajas. Nadie había había puesto su coche dentro del garaje de nuestra casa de tres pisos con estilo de los ochenta desde que tengo memoria.

"Claro. Intenta preguntar eso a mamá", sugirió Cole de forma jocosa. "En realidad, ¿*podrías* intentar preguntar eso a mamá? Tú le agradas más". Su expresión se volvió seria al decir eso. Mi hermano y yo nos veíamos casi exactamente igual. Durante la mayor parte de nuestras vidas, la gente pensaba que éramos gemelos. Si nuestras fotos no estaban etiquetadas, era difícil decir cuáles eran de él y cuáles de mí. Pero me enojaba porque Rowyn no ocultaba el hecho de que pensaba que él era sexy cuando yo era una copia bastante fiel, con sólo cuatro años menos.

"No lo aceptará si sugiero que tiremos todos sus 'recuerdos', Cole. Tienes que saber cómo jugar el juego, hermano". Por poco me atina al azotarme con una toalla que encontró en nuestro episodio de *Acumuladores*.

"Sí, sí", mi padre entró a la conversación. "Los queremos a los dos por igual, son las luces de nuestras vidas; ya saben cómo va. Ahora mismo, estamos limpiando este garaje para poder estar en paz de nuevo. No quiero tener que hacer otro viaje al lote de contenedores, y seguro que no dejaré que tu madre me arrastre a través de dos líneas estatales para ir a IKEA, así que tenemos que hacer que esto funcione, ¿entendido?" Mi padre era gracioso cuando se ponía severo; normalmente era bastante tranquilo. Pero no le gustaba IKEA, así que supongo que la expresión de su cara estaba justificada. Cole y yo heredamos su aspecto, aunque tenía el pelo más corto que el nuestro, y estaba salpicado de plateado.

"Entendido", murmuramos los dos. Empezamos a sacar cosas de las cajas al azar y a apilarlas en el jardín para determinar qué guardar.

Tenía la sensación de que esto no iba a tomar solamente un rato de la tarde.

"Más vale que haya lasaña después de esto", gruñó Cole, bajando un montón de cartón medio podrido.

¿"Lasaña"? Hermano, quiero filete mignon. Y tarta de queso".

"Bien. Buena decisión con la tarta de queso".

———

Estaba quemado por el sol, y me dolía todo el cuerpo cuando por fin arrastramos todo al basurero y a la acera para que lo recogiera el servicio de la basura. Sin mencionar el hecho de que el garaje estaba todavía medio lleno de cosas que necesitaban ser "organizadas" en los contenedores del lote. Sí hubo lasaña para la cena. No era tan buena como bistec y pastel de queso, pero al menos estuve satisfecho. Se sentía bien estar acostado boca abajo en mi cama destendida, pero de mala gana pensé que era hora de sacar mi teléfono y lidiar con la situación de Amy. Gruñí mientras me daba la vuelta y jalaba el edredón de rayas blancas y grises. Tenía diecisiete mensajes de texto y tres mensajes de voz. *Miiierdaa*. La mayoría de ellos eran así:

Amy: Ooooookay entonces? Supongo que no.
    Amy: ¿En serio me estás ignorando?
    Amy: ¿Qué demonios, Reed?
    Amy: Genial.
    Amy: ¿Sabes siquiera quién soy? No puedes hacerme la ley del hielo y esperar que no me moleste.

Amy: Vete al carajo. No vuelvas a llamarme nunca más.

. . .

Estoy seguro de que esto va a ir muy bien. La imaginaba meciendo su largo cabello rubio con furia cuando envió esto. También había un mensaje de Rowyn diciendo que fuera a comer pastel al día siguiente, y eso era todo. Solo en *pensar* en verla eclipsó cualquier duda que yo tuviera sobre terminar la confusión que era mi relación con Amy Stecker. Borré sus mensajes de voz sin escucharlos, sabiendo que nada de lo que Amy dijera cambiaría lo que estaba a punto de suceder. Me deslicé de mi cama hacía el piso viejo de madera y me convertí en un charco. Parecía más apropiado estar ahí abajo.

También tuve la ventaja de que encontré una de mis pesas atrapada entre mi cama y la pared, aunque no tenía ni idea de cómo había llegado allí. La mayor parte de mi habitación estaba ocupada por la cama y el equipo de entrenamiento. Cuando tenía doce años y llegué a casa con un ojo morado y una costilla rota, cortesía de algunos ciudadanos honrados a los que no les gustaban las "brujas maricones", decidí que era el último día que se iban a aprovechar de mi. Mi padre me llevó a todas las tiendas de segunda mano, de empeño y ventas de garaje del condado hasta que tuve un sistema bastante decente instalado en la casa, y me llevó a un gimnasio de boxeo cercano para aprender a golpear. Ese lugar era como un segundo hogar para mí ahora. Después de tres años de levantar pesas constantemente, los idiotas como aquellos al menos dudaban antes de empezar a insultar.

Al buscar su información de contacto de mi teléfono, no sabía si me iba a contestar la dulce, linda, Amy a la que le gustaba tomarse de la mano y hablar de caricaturas, o la perra loca Amy que tenía que probarse a sí misma ante todos. Basándome en los mensajes, supongo que sería la segunda. Presioné "llamar" y me preparé para lo peor.

"Ho-*la*" respondió, aunque era más una acusación que un saludo.

"Oye, lo siento, mi teléfono murió y estaba ayudando a mi papá..."

"Sí, lo que sea, Reed. *No* acepto tus disculpas. Podrías haber estado muerto en una zanja en algún lugar. Hiciste que me preocupara por ti todo el maldito día".

"¿Estabas preocupada por mí?" Eso me pegó en un punto que no esperaba. Sabía que Amy y yo no éramos nada especial, pero no me di cuenta de que tal vez ella pensaba en mí como algo más que un medio de rebelión.

"Cállate. ¿De verdad tu teléfono estaba muerto?"

"Sí". Era necesario mentir en esta situación.

"¿Y qué estabas haciendo qué era tan importante?"

"Cole y yo ayudamos a mi papá a limpiar el garaje. Era una especie de gran proyecto".

"Hmpf".

"¿Debo tomarme eso como 'siento haberme vuelto loca por ti'?" pregunté, pensando que esto podría ir mejor si no estuviera ya enfadada.

"Sólo si estás arrepentido de haberme ignorado todo el día."

"Lo estoy... pero, Amy, escucha. Tenemos que hablar de... lo que sea que sea esto".

"En serio, ¿estás empezando con 'Tenemos que hablar'? Como si no fuera eso un cliché."

Suspiré. *Es como un curita, solo arráncala.* "Lo siento... sabes que me gustas, y me divierto contigo, pero esto no es... bueno, no es como si pudiéramos tener una relación o algo así. Tus padres se volverían locos, y yo sólo..."

"¿Tú sólo *qué*?" *Maldición.* Había estado contando con que ella ya dejara las cosas así.

"Sólo necesito dejar de perder el tiempo". No sabía de qué otra forma decirlo sin mencionar a Rowyn. Amy sabía que Rowyn y yo éramos cercanos, y preguntaba frecuentemente por ella, pero no pensaba que fuera buena idea usar esa excusa.

"Maldito imbécil", dijo con calma.

"Amy... vamos, no estoy siendo un imbécil. Si las cosas fueran diferentes, quizás podríamos tener una cita normal. Tal vez las cosas no serían así. No estoy tratando de lastimarte".

"No lo haces. Fuiste divertido mientras duraste, supongo." *Yyyyyyy, ahí aparece la perra.*

"Vale. Si así es como quieres dejar las cosas, bien."

"Me pregunto cómo se sentiría Rowyn al saber cómo has pasado tu tiempo libre los últimos cinco meses." *No se atrevería*, razone antes de dejarme entrar en pánico. Prácticamente podía ver su expresión furiosa a través del teléfono.

"Vamos, Aimes. ¿No podemos llevarla en paz? Me gustas, pero esta no es una relación real. Esto es... amigos con beneficios. Entonces, ¿por qué no podemos ser sólo amigos?"

"OH DIOS MÍO, ¿acabas de decir eso?" Su voz se estaba volviendo cada vez más chillona, y mi paciencia se estaba acabando.

"Sí. Lo hice. Y no, no creo que vayas a llamar a Rowyn, o acercarte a ella en la escuela. Uno, porque ella te colgaría el teléfono o posiblemente te golpearía en la cara. Y dos, porque si todo el mundo supiera lo nuestro, eso significaría que tu hermano también lo sabría, y tengo la impresión de que aprovecharía cualquier oportunidad para exponerte con tus padres. Así que a menos que quieras explicarle al Pastor Papá lo que hacías conmigo, el tipo al que se ha referido frecuentemente como un pagano, en el asiento trasero de tu precioso Jeep? Yo no lo haría".

"Eres tan imbécil, no puedo creer que yo..."

Pero ese fue el final de la conversación. No estaba de humor para oírla decir lo inútil que era y que sólo estaba conmigo por morbo. Y *ahí se acabó lo fácil y lo normal*. Era hora de volver a lo complicado y doloroso.

Reed: El pastel suena bien. ¿Me lo darás en la boca? ;)

Rowyn: ¿Atascarlo en tu cara cuenta cómo dártelo de comer en la boca?

Reed: En algunas culturas estoy seguro de que eso es muy erótico.

Rowyn: No vuelvas a usar la palabra "erótico" nunca más. Ven mañana, y podrás comer pastel como una persona normal. Con un tenedor. Necesito ayuda con mis cartas, de todos modos.

Reed: Hasta mañana.

. . .

Añadí las palabras *sexy* y *nena* al final de ese mensaje unas cuantas veces, pero me rendí ya que había sido un largo día.

TRECE
ROWYN

Estaba dando vueltas y vueltas mientras esperaba que Reed llegara a mi casa el domingo por la mañana. Me sentí completamente estúpida. Incluso había usado el accesorio especial para rizos en mi secadora de cabello. En mi frenesí, intenté calmarme contando el número de bellotas en nuestro altar de Mabon. En esta festividad, siempre hacíamos algo pequeño, porque la escuela empezaba al mismo tiempo y nadie quería esforzarse. Sin embargo, me seguía gustando la sensación de otoño, y me gustaba *mucho* la comida. Si tan sólo el mismo equilibrio de luz y oscuridad que el universo encontraba en el equinoccio encontrara su camino hacia mí. Me sentía muy oscura y retorcida. Como, realmente retorcida. Pensé que podría vomitar.

Me las arreglé para salvar dos trozos del pastel de chocolate de Rose, e intenté enterrar profundamente en mi cerebro los pensamientos que dejé escapar antes en la parte de "secretos". Simplemente no se *iban*. Había un millón de otras cosas en las que mi mente podría haberse concentrado. Necesitaba imprimir mi itinerario o tal vez comprar un cuaderno o algo así, ya que la escuela empezaba en menos de veinticuatro horas. El tercer año no me entusiasmaba mucho. Eran los mismos chicos, los mismos profesores y las mismas tonterías. Así es como era. Los pueblos pequeños podían ser un capullo de familiaridad o una prisión de mentes estrechas. ¿Para mí? Era la segunda.

Sentí como intensamente mi estómago intentó dejar mi cuerpo cuando oí su coche llegar. *Estás volviéndote loca. Nada ha siquiera cambiado. Es exactamente lo mismo que ayer y antes de ayer. Sólo deja de ser estúpida. Actúa* normal.

"Hola, perdedor", llamé una vez que abrió la puerta.

"Em, ¿OK?", respondió. *Bueno... exageré un poco.*

"Lo siento. No sé por qué dije eso. ¿Cómo va todo? ¿Sobreviviste al garaje?"

"Sí, supongo. Mi cuello está quemado por el sol infernal, pero mi mamá comenzó a cocinar de nuevo, así que todo está bien. Tu cabello es diferente. Me gusta." Tiró casualmente de uno de mis rizos y miró con expectativa al sentarse en la barra de la cocina. Era alto. Como, grande, más o menos. O varonil o algo así. No me había dado cuenta. "¿Tengo algo en la cara?" preguntó, dándome una mirada curiosa al encontrarme observándolo.

"¿Eh? Oh, no. ¿Supongo que quieres pastel?" El hecho de que se fijara en mi cabello fue... bueno, estúpido. O dulce. O prueba de que nos conocíamos demasiado bien. O sólo que *se fijó en mí*. Ugh.

"Esa fue la promesa, sí. Junto con que me lo dieras de forma erótica".

"¿Qué te dije sobre esa palabra?"

"Mierda, ¿está tu mamá en casa?" Su rostro se veía moderadamente preocupado. Me tuve que reír. Mi madre fue bastante directa con las charlas sobre de donde venía la cigüeña, pero imaginarla pidiéndole a Reed que explicara lo que quería decir con "erótico" era un escenario que deseaba haber visto

"No, bobo. Pero no deberías andar en las casas de las personas diciendo cosas así."

"Lo siento". Sonrió, no parecía arrepentido en absoluto ahora que la amenaza de una charla sexual había desaparecido. "Dame pastel".

Sólo mire al techo y saqué dos piezas obscenas de decadencia con glaseado de crema de mantequilla. "Amo a Rose", declaró Reed con la boca llena de productos horneados.

"Yo también", estuve de acuerdo, también llenando mi boca. Estaba tan espantosamente delicioso.

"¿Y qué pasa con tus cartas?"

"No lo sé. Sólo he tenido lecturas raras un par de veces. Dos mazos totalmente diferentes. No estoy seguro de lo que me pasa".

"Tal vez no eres tú... ¿Tal vez fueron las preguntas?"

"Posiblemente", asentí, empalando una esponja gigante de pastel a mi tenedor, "pero no había nada particularmente difícil en ninguna de las preguntas. Me sentiré mejor si despejo su energía."

"Está bien. Bueno, léelas por mí primero y ves lo que pasa. Luego podemos mancharlas y ponerlas en sal". Odiaba admitirlo, pero Reed era quizás el mejor en trabajar la energía, al menos para su edad. Mejor que yo. Era bueno en muchas cosas, pero mi talento residía principalmente en leer lo que ya estaba ahí fuera en el universo: tarot, auras, ciertos hechizos. A menudo, él podía sentir cosas que estaban ocultas... enfermedades, intenciones. Sus dones particulares hacían casi imposible mentirle. De repente mi garganta se puso muy pegajosa.

"Claro, sí. Déjame coger la baraja que estaba usando ayer". Era como si hubiera olvidado la estructura de mi propia casa. Era una idiota. Reed iba a *saber* que había estado pensando en besarlo. Si estuviera pensando racionalmente, habría sabido que él no *leía* la mente, pero no estaba pensando racionalmente. Estaba intentando no hiperventilar. Me encontré vagando por mi sala, habiendo olvidado lo que estaba buscando.

"¿Son éstas?", preguntó su voz, de repente muy cerca de mí. Su mano estaba entonces en la parte baja de mi espalda, y salté. "¿Qué te pasa?"

"Nada, sólo me asustaste. Sí, son esas."

"Bien, entonces. Veamos que tienes." Sus ojos oscuros lucían juguetones cuando agarró una almohada de lana del suelo y se puso cómodo. Al quitarse la sudadera que llevaba puesta, pude ver su estómago mientras se estiraba. La camiseta negra que tenía debajo se extendía a través de su pecho sin tomar en consideración el rato difícil que me estaba haciendo pasar. *Es una camiseta ridícula*. Me obligué a tragar algo de la incomodidad que estaba surgiendo. No funcionó del todo. *Tal vez sí me veía besándolo*, admití momentáneamente. Abrí la sesión con las típicas palabras de agradecimiento y empecé a barajar. Como siempre, me conecté con él sin siquiera intentarlo, de verdad. También podía sentir a mis guías en algún lugar de la periferia al estarme relajando con la lectura.

"¿Pregunta?"

"Mmmm, ¿cuál será mi materia favorita este año?"

"¿Con eso vas a empezar?"

"Sí. Necesito estar preparado para causar una buena impresión mañana."

"Lo que tú digas". Ya había escuchado *Química* en mi cabeza, y casi me reí cuando escuché el motivo. Puse varias cartas para confirmarlo y me sonrojé.

"¿Qué?"

"Química".

"Porque..."

"Porque la llevaré contigo".

"Bueno, qué modesta" Reed bromeó, con una expresión divertida.

"¡No es mi respuesta, es la respuesta de ellos!"

"Sí, sí, culpa a tus guías espirituales". Sonrió. "Esa parecía beneficiarte también a ti. Haremos una más. Emmm, lee para mí sobre cualquier posible interés amoroso."

¿"Intereses amorosos"? ¿Es esto *Cosmo*? ¿Quién dice eso?" Estaba bastante, bastante, bastante segura que no quería poner esas cartas.

"¿Juzgas tanto las preguntas de todos?" preguntó Reed, todavía sonriendo. Intuía que había sentido algo. *Maldito sea*.

"Sólo las estúpidas".

"Intereses amorosos", repitió lentamente. Juraba a la luna que mis guías se reían de mí. Podía sentir su regocijo. Carta tras carta decía que *sí*, que tendría un "interés amoroso", pero que aparecerían obstáculos en el camino. Todos esos obstáculos se parecían a mí.

"No puedo responder a esta pregunta".

¿"No puedes? No te lo creo."

"Reed..."

"Sólo dime lo que ves, Row." Mi cara se sentía rojísima. Si tuviera algún superpoder para congelar el tiempo, lo habría activado en ese momento.

"Sí. Tendrás una... persona," *Y seré yo*, añadí en silencio. *Esto no está saliendo como esperaba.*

"¿Una persona?"

"Una mujer persona".

"Gracias por esa aclaración. ¿Quién podría ser esta chica?" Me forcé a mirarle a los ojos. De seguro estaba jugando conmigo. Todo lo que vi en él fue curiosidad. Y sólo... Reed. Su rostro era reconfortante, y todavía podía ver al mismo chico que conocía desde el principio de los tiempos. Aclaré mi garganta, esperando aclarar mi cabeza en el proceso.

"Ni idea". Una expresión de comprensión cruzó sus rasgos, pero no estaba lista para tener *esa* conversación. Todavía no. En su lugar, cerré la sesión y saqué una gran bolsa de sal de la despensa.

CATORCE
REED

No tenía ni idea de qué demonios estaba pasando, pero fuera lo que fuera... lo estaba disfrutando mucho. Nunca había visto a Rowyn tan nerviosa o ansiosa. O usando esa ropa. Sus pantalones de lino eran bajos y sueltos, pero su blusa blanca no, y era muy probable que sólo estuviera tratando de volverme loco. La conocía de toda la vida, y ni una sola vez se había peinado así. Claro, era posible que de repente decidiera preocuparse por el primer día de clase, o que quisiera vestirse para Mabon, pero eso no había sucedido, nunca, en casi diecisiete años.

Su energía estaba alocada, y estaría totalmente mintiendo si dijera que no me moría por saber qué pasaría si la presionaba para que me diera una explicación. Honestamente, me rendí a que me viera como soy ahora, en vez de como el chico que siempre había conocido, pero podía sentirlo. Podía sentir sus ojos sobre mí, y la tensión que creaba era casi tangible. Quería agarrarla y ver qué pasaba. "Eso es mucha sal, Row."

"Sí. Supongo que no necesitaba traer toda la bolsa aquí, ¿eh?"

"Probablemente no. Pero como sea, está bien. ¿Dónde está tu palillo de manchas?" Lo puso en mi mano, y la sensación de sus uñas en mi palma persistió. Quería besarla desesperadamente, pero no era un sentimiento nuevo para mí. Era para ella, si la estaba leyendo bien. "Empieza a acomodar tus cartas". Era raro que me pidiera ayuda, en realidad. Normalmente, a menos que se tratara de hierbas, insistía en que ella era mejor que nadie. Yo no tocaba sus cartas, pero era una sensación agradable el ser necesitado. La vi extender el mazo sobre la mesa y apilarlas rápidamente en orden, primero los Arcanos Mayores.

"OK, listo." Finalmente me miró, pareciendo más cómoda ahora que teníamos algo más en que concentrarnos. Su cabello se veía muy bonito, y me sentí mal por el comentario del día anterior de "bibliotecaria drogada".

"¿Por qué?"

"¿Estás siendo la difícil a propósito? ¿Quieres saltarte la meditación?"

"*No*", respondió con un tono de advertencia. "Sólo lo olvidé". *Claro*. Ella extendió sus manos acompañado de una mueca. Eran suaves y cálidas, y esperé a que cerrara los ojos antes de cerrar los míos. Se veía mucho menos orgullosa sin su mirada usual. Me mordí el labio para evitar inclinarme y besar el suyo, y finalmente dejé que mis propios párpados se cerraran también. Estaba seguro de que meditar con mis amigos parecía raro para los no-paganos, pero lo hacíamos desde que teníamos dos años. Tal vez desde antes, pero definitivamente había evidencia fotográfica de los bebés Reed, Rowyn y Rosalyn sentados con los ojos cerrados. Me senté atentamente y me concentré en extraer cualquier energía extraña del espacio y asumí que ella estaba haciendo lo mismo. Sentí que ella volvió al presente después de algo de tiempo, y eso me hizo volver también. Tracé las líneas de su palma con mi pulgar, sin querer soltarla, y para mi propia incredulidad, no dejó caer mis manos sino que me miró, con incertidumbre dibujada en su cara. La situación de que ella estuviera ansiosa dejó de dar gracia, y la realidad de su cambio de humor comenzó a asentarse en mis hombros. A pesar de que me había imaginado ideas a lo largo de los años sobre lo que sería estar con ella... algunas más apropiadas que otras, no sabía si mi cerebro había considerado realmente que podía suceder.

"Em, OK, así que... ¿ahora qué?" preguntó, alejando lentamente las puntas de los dedos. Me llevó unos largos segundos entender lo que quería decir, y casi escupo un monólogo embarazoso sobre cómo obviamente deberíamos estar juntos. Se me ocurrió momentos después que se refería a las cartas.

"¿Fósforos?"

"Aquí". Encendí la salvia blanca y le soplé hasta que el humo se elevó entre nosotros.

"Sólo, em, mueve el mazo a través del humo, bueno, ya sabes cómo hacerlo." Hizo lo que le dije y murmuró una especie de oración de purificación en voz baja. "Y ahora la sal. No toda", bromeé flojamente, tratando de actuar normal.

"Ja. Ja."

Ya que sus cartas fueron metidas en una bolsa de lino con una generosa cantidad de sal para sacar cualquier negatividad persistente, comenzó la verdadera incomodidad. "¿Quieres ver una película o algo así?" empecé, sentándome en el sofá.

"Claro... ¿ya estás de humor para *Dirty Dancing* de nuevo?"

"¿Lo estás ofreciendo?" Inmediatamente me arrepentí del momento en que se hizo esa insinuación. *Idiota*. Esperé la ingeniosa réplica que nunca llegó. En cambio, Rowyn parecía dividida entre compartir el sofá conmigo o tomar la silla para ella sola. *Esto es tan jodidamente raro.*

"Tal vez olvidemos lo de la película... no hay algo que quiera ver de todos modos. Probablemente debería salir a comprar lápices o algo para escribir para la escuela mañana. Gracias por ayudarme con mis cartas. Eres... bueno en esas cosas."

"Bien. ¿Quieres que vaya contigo? Te dejaré conducir mi coche." En ese momento, estaba agarrando pajitas.

Oh, no, está bien. Puede que tenga que hacer otros recados de todas formas. Gracias de todos modos."

"Está bien, supongo que te veré mañana en Química". Envíame

un mensaje de texto esta noche." Nunca me había esforzado en una conversación con esta chica. Las cosas siempre fluyeron. Esto fluía tan bien como la melaza en invierno. Y aparentemente también estaba usando frases pertenecientes a un hombre de ochenta años.

"Claro. Que tengas un feliz Mabon". Era como si fuéramos completamente nuevos en la amistad. Me acerqué a darle un beso en la cabeza como lo había hecho un millón de veces antes. En lugar de quejarse o encogerse de hombros, Rowyn apoyó sus manos en mis caderas y las dejó allí. Me detuve en un nuevo territorio y dejé que mis manos se apoyaran en sus hombros antes de frotar sus brazos ligeramente. Fue la situación más vertiginosamente dudosa en la que me he encontrado. Mi barbilla se encontró descansando en su cabeza, y la inhalé. Su frente estaba presionada contra mi pecho, y la oí murmurar: "Lo siento".

"¿Por qué, Row?"

"Sabes por qué. ¿Podemos dejarlo así?"

"Bien". Esto se sentía como una posición precaria en la que estar, y mi anterior confianza en querer ver hasta dónde podía empujarla había casi desaparecido. Sólo quería... bueno, a ella, pero que ella me quisiera a mí también. La besé en la cabeza una vez más, y finalmente dejó caer sus manos sólo para cruzar los brazos sobre su pecho, y me eché atrás. "Hablaré contigo más tarde."

"¿Quieres volver para la cena?", dijo rápidamente. "Sé que es un día festivo y que tu madre está cocinando, pero si quieres venir aquí, puedes hacerlo. Podríamos salir después de la cena."

"Sí, claro. No le importará. Sólo mándame un mensaje y hazme saber cuándo, ¿sí?"

"Sí, está bien. Te veré en la cena". Agarré mi sudadera del sofá y ella me siguió hasta la puerta.

"Diviértete comprando lápices, estoy seguro que..." Mi oración fue detenida por la mano de Rowyn en mi muñeca y sus labios en mi mejilla. "

"...será divertido..." Hubo muchas veces antes de eso que la besé.

En la mejilla, en la mano… en raras ocasiones en el pie, pero nunca era ella la que en el besaba.

"Gracias, estoy segura de que así será." Su cara reflejaba la sorpresa que ciertamente se mostraba en la mía, pero de todas formas alcancé el pomo de la puerta y salí, donde todo era normal y no estaba en un sueño.

QUINCE
ROWYN

¿Qué demonios fue eso? Balancee mi peso de un lado a otro con impaciencia, esperando que se fuera. Se estaba tomando su maldito tiempo para alejarse de la entrada. Tan pronto como el Jetta se fue, tomé mis llaves y recé en silencio para que mi auto arrancara. No tenía ninguna intención de ir a comprar lápices.

DIECISÉIS
ROSE

Al inspeccionar la cocina, supe que tenía mucho que hacer. Las galletas del desayuno estaban en el horno, y los panecillos de arándanos y jengibre se enfriaban en la encimera. Ahora solo faltaba la limpieza. *¿Por qué no hay pequeñas hadas que vengan a limpiar mis sartenes?* Puede que haya sonado ridículo, pero me sentí mal tan pronto como lo pensé. Como si las pequeñas hadas mágicas debieran ser relegadas a la cocina. Fui prejuiciosa. Incluso si no eran reales.

Cuando el fregadero estaba lleno de burbujas, oí el gemido del Civic de Rowyn afuera. No solía ser una buena señal cuando aparecía sin avisar, pero intenté no llegar a conclusiones mientras me secaba las manos. La puerta de entrada se abrió fugazmente, y me di cuenta de que debí haber continuado imaginándome conclusiones. Sus cejas estaban tan furiosamente cerca que prácticamente se tocaban, y aunque su cabello parecía más brillante de lo normal, tenía un grueso mechón envuelto fuertemente alrededor de su dedo.

"Necesito tu ayuda", declaró, en el umbral de la puerta.

"Aparentemente". Me reí ligeramente, asumiendo que habría una historia dramática a seguir sobre una amenaza de matar a alguien y la necesidad de calmarse. "¿Qué pasa? Ven a la cocina, estoy lavando los platos." Pasó a mi lado y tenía un panecillo en la mano antes de que pudiera volver al lavabo. "Claro, provecho".

"Por favor. No puedes sacar panecillos y decirme que solo los mire. Fueron hechos para comer, Rose."

"Soy consciente, yo los hice", respondí. "¿Qué está pasando contigo?"

"¡Tú! ¡Tú y tu magia de bruja vudú!"

"Sí, no hago vudú. Pero me atribuiré todo el mérito de la magia de las brujas si me haces saber lo que hice".

"Me hiciste pensar... o tratar de imaginar... ¡No puedo estar cerca de Reed ahora! Hoy lo besé."

"¿Qué? ¡¿Cómo es que entraste aquí y no dijiste primero: "Hoy besé a Reed"?!" Prácticamente le grité, mi voz resonaba en nuestra pequeña cocina.

"No en la boca, sólo... lo besé en la mejilla, pero Rosie, toda la mañana fue tan INCÓMODA, y ni siquiera podía recordar cómo sentarme correctamente, y mucho menos mantener una conversación. Y entonces él me besó. En la cabeza, ya sabes cómo es él, pero luego las cosas no fueron... iguales, y lo besé. ¿Por qué lo besé? Esto es absolutamente tu culpa," dijo ella. Dejé de escuchar después de la parte del beso.

"¡Rowyn!"

"¿Qué?" espetó.

"Voy a dejar que te vuelvas loca. Pero quiero que conste en acta que esto me ha hecho el día. Año. Tal vez mi década. Y las cosas se volverán menos incómodas".

"¿Las cosas se pondrán menos incómodas que qué?..." La voz de mi hermano entró en acción. Hunter entró sin camisa en la cocina.

"...Que tú entrando aquí sin camisa. ¿Puedes ponerte ropa?" Actuaba como si fuera el único humano con abdominales, y era su deber ponerlos a la vista de cualquiera que lo mirara.

"Sí, no. Es mi casa."

"Nuestra casa. Y tienes veinte años. Consigue tu propia casa."

Normalmente no me metía con él. Diecisiete años de discutir me habían enseñado a no meterme en asuntos ajenos, pero quería que se fuera. Me ignoró y tomó un panecillo.

"Rowyn", tomó nota.

"Hunter".

"Gracias por hablarme de esa banda. Voy a verlos el próximo fin de semana."

"¿Vas a ver a *Zombies*? ¿Cuándo y dónde? ¿Y por qué no me dijiste que estaban tocando, imbécil?" Rowyn no tuvo tales reparos en entablar combate con mi hermano.

"Porque es un espectáculo de veintiún años y más, pequeña".

"Y tienes veinte años."

"Según mi identificación, no. Te compraré una camiseta". Sonrió, dando un gran mordisco a su panecillo y salió de nuevo por donde había entrado.

"¿Qué demonios? Tu hermano es un..."

"Sí, lo sé. No me importa. Por favor, procede".

"Agh. Por favor, haz un hechizo para mí. Necesito que las cosas sean... mejores. Más fáciles. Ni siquiera sé cómo sobreviviré la cena de esta noche". Puse los ojos en blanco.

"No puedes venir aquí y decir 'Rosie, haz un hechizo'. Sabes que no funciona así. Necesito mirar la fase lunar y las hierbas que necesito y si tengo las velas del color adecuado".

"Sé que eres un perfeccionista, y me encanta esto de ti cuando estoy comiendo tu pastel de chocolate, pero por favor, por amor a todo lo sagrado, ¿no puedes improvisar? Por favor. ¿Para mí?"

"Buscaré algunos hechizos, sí. Si las cosas siguen siendo raras. No voy a ir a medias y hacer un círculo en mi cocina. No seas loca, sólo relájate".

"Oh, las cosas van a seguir siendo incómodas. Especialmente cuando vuelva y yo aún no tenga material escolar, que es lo que se supone que debería estar comprando ahora mismo." Rowyn se desplomó sobre la encimera, y yo le acerqué un panecillo a su cabeza.

"Los productos horneados no bastarán. Tú me metiste en todo este lío".

"Sí. Sí lo hice. Y me encanta." No podía dejar de sonreír. *Sabía* que tenía razón en cuando iba a suceder. *Maldición, soy muy buena a veces.* Me di cuenta de que también era buena en otras cosas. "Bien, bueno... puedo prepararte un poco de té".

"No quiero té. Quiero... no sé lo que quiero".

"No es Earl Gray, rarita. Te prepararé algo para superar las dificultades en el amor. Bébelo antes de que vaya y mira si te ayuda. Estoy casi segura de que tengo todo lo que necesito..." Abrí nuestra despensa para revelar una gran cantidad de ingredientes de brujas en la cocina, algunos comunes, otros no tanto. Saqué raíz de diente de león, jugo de mora e hibisco seco. Rowyn simplemente puso su mejilla contra la tabla de cortar y esperó a que yo terminara. "Por cierto, tengo cuadernos para ti. Sobre todo porque sabía que no irías de compras, y un poco porque quería dibujar para ti en las portadas interiores. Pensé que un pentagrama era apropiado en caso de que quisieras hacer enojar a alguien el primer día. Pero puse flores alrededor... así que al menos es bonito".

"¿En serio me compraste material escolar? ¿Con arte controversial dentro?"

"Sí", respondí, hirviendo el agua.

Rowyn suspiró. "¿Quién más podría anticipar mi necesidad de rebelión a principios de año? Creo que me gustas más que Reed."

"Por supuesto que sí. Te doy té y pastel." Eso provocó una risa en la encimera, y me concentré en mi objetivo para el té. *Sólo deja que se unan el uno al otro.*

El porche trasero de mi casa era uno de mis lugares favoritos. Podía ver el lago en el parque del pueblo con el singular rocío de la fuente en el medio, y el columpio se deslizaba sin ruido de un lado a otro. Puede que se haya mejorado aún más por el brazo sobre el que apoyé mi cabeza.

"¿Vas a acompañarme a mis clases mañana?" La pregunta era juguetona, pero aún me preocupaba lo que iba a pasar entre Jared y yo una vez que el calor del verano se enfriara. La incapacidad de Rowyn para leer las cartas acerca de ello no había ayudado.

"No. Estaba pensando que probablemente no te hablaría más después de hoy. Lo siento, nena", Jared contestó inexpresivamente. Le aplasté el estómago, pero eso sólo lo hizo reír. "Sí, Rosalyn. Planeo acompañarte a todas las clases. De hecho, te llevaré a la escuela si quieres."

"¿En serio?"

"De verdad".

"Creo que me agrada eso".

"Aunque sólo si me pagas con panecillos."

"Ah, eres graciosísimo".

"En realidad no estaba bromeando sobre eso. Realmente quiero unos panecillos. Soy un chico en crecimiento".

"Bien. Habrá panecillos". Empecé a desplazar mi peso para que mi trasero no se durmiera en las tablillas duras del columpio, pero Jared me sorprendió sosteniéndome en su lugar.

"¿Puedo besarte?" Su pregunta me hizo sonreír, llevándome de vuelta a nuestra primera cita, cuando él había preguntado lo mismo. Me gustó ese beso. Simplemente, asentí con la cabeza en respuesta. Mi estómago aún desafiaba la gravedad cuando sus labios se encontraban con los míos, y más aún cuando no se contenía. El sol se ponía perezosamente al otro lado del lago, y no podía imaginar una forma más deliciosa de terminar el verano.

"¡Rosalyn!" Escuché a mi madre llamar desde la cocina, terminando efectivamente nuestro momento.

"¿Sí, mamá?"

"¿Jared se queda para la cena de Mabon?" Sus ojos parecían confundidos.

"¿Te quedas a cenar en Mabon?" Susurré.

"Ummmm, ¿qué es un Mabon?"

"Es el equinoccio de otoño. Tenemos una especie de celebración de la cosecha. Vino, bueno, jugo de uva para nosotros, pollo al romero, sopa, es una especie de invitar al otoño. Es muy casual, sólo nosotros. Si no quieres quedarte, no tienes que hacerlo. Aunque puede haber tarta de manzana", le expliqué en voz baja, sin querer hacerlo sentir incómodo. Sabía que esperaríamos hasta más tarde para purificar la casa.

"Eso suena genial. Definitivamente me quedaré".

"¡Se queda!" Grité a mi mamá.

"¡Grandioso, entonces ambos pueden entrar y poner la mesa!" Le eché una mirada de disculpa, pero ya estaba levantándose del columpio y extendiendo su mano por la mía.

DIECISIETE
ROWYN

Agarré mi vaso de té como si fuera un salvavidas. *Tal vez se olvide del beso, y podamos volver a ser amigos. Los amigos que ignoran que hay algo entre ellos y uno hace al otro miserable. Un plan increíble.*

"Rowyn, ¿podrías ayudar por favor? ¿Con la comida o con Tristen?" Había estado de pie como una persona loca al borde de la cocina, ignorando completamente el hecho de que Tristen se había apoderado de la mitad del Tupperware y dos ollas muy grandes con planes de comenzar su carrera musical.

"Sí, lo siento". Me tragué el resto del té con esperanza y miedo y recogí a mi hermano para buscarle otro sitio donde hacer música. "Bien, amigo. Puedes tocar la batería para mí aquí", le expliqué, agarrando uno de sus muchos juguetes musicales.

"Juega commigo".

"Vale. Voy a revisar la comida, y luego volveré y podremos improvisar, ¿de acuerdo?"

"Ve rápido".

"La más rápida".

"No, yo el más rápido". Sólo me reí y caminé de vuelta hacia el gran olor de la cocina.

"¿Necesitas que haga algo?"

"Mmmm, sólo carga el lavavajillas con todo lo que ya he usado. Me encantan las vacaciones, pero ¿por qué hay tantas cacerolas?" se dijo a sí misma. Su cabello se escapaba del moño suelto en su cuello, pero aun así se veía bonita. No como "mamá bonita", sólo "bonita-bonita". Se había mantenido fuerte a través del divorcio, pero podía notar el estrés de ser madre soltera en su rostro. No siempre le ayudaba, y una bola de culpabilidad se asentó en mi estómago mientras alineaba nuestros platos astillados en el estante. "¿Necesitas útiles escolares?" preguntó abruptamente, alejándose de la sopa.

"Estoy bien. No te preocupes". Entrecerró los ojos sospechosamente.

"¡En serio! Rose me consiguió unos cuadernos. Estoy bien. Te haré saber si necesito algo específico después de recibir mis programas de estudio. ¿Plan de estudios?"

"Plan de estudios. OK, de acuerdo. Bien. Dale a Rosalyn las gracias de mi parte".

Escuché un portazo de coche mientras terminaba de lavar los platos, y podría jurar que mi cuello empezó a sudar. Estaba bastante segura de que era una función corporal anormal. Me había puesto una larga falda púrpura y una camiseta turquesa desde que llegué a casa. Para estar guapa para la festividad, por supuesto. *No para Reed*. El timbre sonó, lo que era extraño en sí mismo ya que no lo había tocado en probablemente siete años.

"¿Weed?" Tristen llamó interrumpiendo su solo de batería.

"Sí, Reed", le respondí, yendo de puntillas a la puerta y la abrí. Mi voz se atascó en mi garganta cuando traté de criticarlo por usar el timbre. Estaba vestido con una camiseta gris y un saco negro. Un saco. ¿Mencioné que llevaba un saco? No como el saco que usaba mi abuelo. Como el que usaba Leo. *OK, pues*. También llevaba sus gafas de armazón negro... otra rareza. A veces me burlaba de él y le llamaba

Harry Potter, aunque el armazón no se parecía a las gafas redondas del niño mago, pero esta noche no lo haría.

"¿Vas a dejarme entrar? ¿O deberíamos quedarnos aquí toda la noche?" preguntó, aunque no había sido la única mirando. "Me gusta tu falda".

"Gracias. Sí, pasa." Hoy olía a pino, menta y café. *Jabón nuevo.*

"Oh, qué arreglado", mencionó mi madre cuando entró en la cocina.

"Oh, gracias. Mi madre me dijo que si usaba una sudadera con capucha, le daría permiso para quemarla, así que, aquí estoy".

"Debieron haber venido todos ustedes. Rowyn no me informó de tu inminente llegada hasta hace media hora, pero hace mucho tiempo que no pasamos las festividad sólo nosotros. Hubiera sido divertido". No dijo: "Desde que Mason se fue", pero eso es lo que quiso decir de todos modos. Sus mejores amigos estaban todos casados, y sus hijos eran todos mayores. Sabía que se sentía sola desde que mi padre se fue.

"Bueno, haremos algo por Samhain[1]," le prometí, sintiéndome culpable una vez más.

"Sí, definitivamente. ¿Con qué puedo ayudar?" Preguntó Reed, mirando perdidamente alrededor de la cocina.

"Con nada". Mi madre sonrió a sabiendas. "Vayan a jugar con Tristen, y les avisaré cuando la cena esté lista". La mirada que nos echó a los dos cuando salimos de la cocina me hizo sonrojar. Como si supiera exactamente por qué mi cabello estaba brillante y por qué Reed llevaba un maldito saco. *Somos tan obvios.*

———

No estaba lista para darle todo el crédito al té de Rose, pero las cosas eran definitivamente menos incómodas de lo que habían sido esa mañana. Podía respirar. Parecía que él podía respirar. Todos estábamos inhalando y exhalando muy bien durante la cena. Puede que incluso haya habido bromas. Por lo menos, sabía que había estado sonriendo porque podía ver sus dientes. Estaban casi demasiado rectos, pero no del todo, y estaban extrañamente blancos. Cuando se reía, venía de algún lugar profundo... no era falso, como lo era reírse entre dientes. Era una risa genuina, y me hacía reír a mí también, incluso cuando no quería. Hubo varias miradas de reojo dirigidas hacia mí mientras comíamos, su cabello rizado apenas rozaba sus pestañas mientras yo intentaba no mirarlo de vuelta. Tristen me proporcionó una buena distracción, por suerte.

"Chicos, ya que yo cociné todo, eso significa que ustedes limpian mientras yo acuesto al señor Tristen aquí, ¿verdad?" preguntó mi madre, esperando que diéramos excusas.

"Por supuesto, sí", respondió Reed por mí, ya apilando platos.

"¿En serio?"

"Sí, mamá, la cena estuvo genial. Limpiaremos. Vayan." Dejó escapar un largo suspiro antes de sacar a mi hermano de su silla elevada. Besé su carita mientras ella lo sostenía y los vi desaparecer por las escaleras. "Gracias", le dije a mi mejor amigo/pretendiente.

"Gracias por invitarme", respondió lentamente. Se quitó el saco y se subió las mangas antes de abrir el grifo del lavabo. Al menos se veía como un Reed normal. "Vamos, yo lavaré, tú secas. O cárgalo en el lavavajillas, como quieras."

"Sí... esperaba a que lo hicieras todo, y yo observarte. Te ves súper sexy lavando platos". Las palabras salieron de mi boca antes de que recordara que estábamos haciendo todo este juego incómodo. No lo habría pensado dos veces antes de hoy, en realidad, pero tampoco había pasado tiempo analizando sus dientes antes. *Mierda*. Mi cara debió mostrar mi aprensión porque Reed sacó esa risa que me gustaba. Y luego, sin miramientos, me tiró agua jabonosa a la cara. "¿Vas en serio? ¿Tienes idea de cuánto tiempo me llevó tener el cabello tan poco encrespado?" Empecé a frotar frenéticamente una toalla en mi cabeza, sólo para hacerle reír más fuerte.

"Tu cabello se ve bien. Lo siento." *No parece arrepentido*. Presionó sus labios y dejó salir un aliento como si lo hubiera estado aguantando un tiempo. "¿Es... te has arreglado el cabello para mí? Ah, eso suena estúpido. Quiero decir, sé que te arreglas el cabello porque es tu cabello, sólo se ve bien, no es que no siempre se vea bien. ¿Puedes decir algo?" Me divertía su divagación porque estaba atrapado en el fregadero y no podía ir a ninguna parte o mover las manos. Era agradable no ser la única idiota torpe en la habitación. Mi primer instinto fue decirle que controlara su ego, pero estaba tan aturdido que sabía que una palabra equivocada lo rompería.

Aclaré mi garganta, al parecer ya un nuevo hábito. "Sí. Lo hice". Me sentía demasiado cerca de él y demasiado lejos al mismo tiempo, así que obligué a mis pies a moverse hasta que estuve situada entre él y el lavavajillas, lista para ayudar con el quehacer.

DIECIOCHO
REED

Agradecí que mis manos estuvieran ocupadas lavando los platos, porque no tenía idea de qué hacer, decir o pensar. El día entero había sido enloquecedor. Le envié 47 mensajes de texto a Rose después de conducir a casa esa mañana, y lo único que me respondió fue que me pusiera algo bonito y fuera "normal". *Ese es el peor consejo de la historia.* Esto no fue normal. Pero fue mejor que normal. Por primera vez, sentí que si me inclinaba para besarla, besarla *de verdad*, Rowyn podría no golpearme. Lavar los platos fue rápido, y hubo un silencio agradable entre nosotros, no muy diferente a nuestra meditación de la mañana. Había un miedo creciente en mi pecho de que si no encontrábamos un punto de encuentro esa noche, la oportunidad podría desvanecerse. *Eso no puede suceder.*

"Oye", comencé. No había pensado bien que iba a decir antes de hablar.

"Oye", sonrió, con las cejas levantadas.

"Vamos afuera". *Afuera siempre es mejor.*

"OK", Rowyn se encogió de hombros y se fue primero. Alcancé su mano y la seguí, aliviado cuando me dejó cruzar los dedos con los de ella. El viento ya era mucho más fresco por la noche que hace unas semanas, pero yo era el único loco en la ciudad que esperaba que el verano concluyera. Mabon era una de mis festividades favoritas por lo mismo. Me mordí el labio cuando cruzamos el umbral que daba a la terraza. Toda esta noche tenía el potencial de salir muy mal, pero ahora que había probado lo que era que ella me quisiera de vuelta, ya que la mirada que dio cuando abrió la puerta no fue *de amigos*, no podía ignorarlo. Ninguno de los dos nos sentamos; ella sólo se apoyó contra el barandal de madera, volteando hacia mí. "Entonces, ¿tu mochila de dinosaurio está lista para mañana?"

Había llevado la misma mochila de un dinosaurio verde desde el jardín de niños hasta el tercer grado, negándome a mejorar o evolucionar. Me gustaba esa mochila.

"Si fuera posible llevar esa cosa sobre mis hombros, por supuesto que la llevaría. Tengo estos enormes músculos, así que... es difícil, ¿sabes?" Sonreí.

"Oh cielos, sí, los músculos. Que fortachón. ¿Cómo llegaste a ser...?"

Fue un paso completo hacia adelante y una diferencia de altura de unos quince centímetros los viajé durante esa única frase sarcástica. Mis manos se encontraron en su cintura y mis labios apretados contra los suyos, robándole el aliento. Hubo un momento incesante de *mierda ¿por qué hiciste eso?* Hasta que sentí que me devolvía el beso. Ella me devolvió el beso. Me devolvió el beso... con sus labios y su lengua y tal vez con su corazón. Sus brazos me rodearon el cuello, y estábamos en una pose de baile lento. Tenía demasiados nervios de que si nos movíamos, todo se iría a la mierda. Puede que tuviera más miedo de dejar de besarla que de empezar. Su cuerpo estaba cálido a pesar del frío, y sentí cada movimiento de sus dedos en mi nuca. Le mordí ligeramente el labio, decidido a hacer mi mejor esfuerzo en caso de que sólo me diera esta oportunidad. Mis brazos la acercaron y los besos que dejé en su cuello provocaron sonidos desconocidos que pasaron por sus labios. Sonidos que no había tenido el privilegio de escuchar como *su amigo*.

"Que presumido". Esas fueron las primeras palabras que

pronunció cuando nuestra conexión terminó, y mi corazón pudo haber pasado por una de esas licuadoras de infomerciales. No podía mirar a algún lado que no fuera ella, y no podía controlar la derrota que sabía que estaba escrita en mi cara. "Eso es lo que preguntaba antes... cómo llegaste a ser tan presumido. Tan grosero como para interrumpirme en medio de una frase, Reed." Era una maldita. Y ni siquiera me importaba. Acabábamos de besarnos en su porche trasero, y todavía estaba bromeando conmigo cuando todo estaba dicho y hecho. Lo único que pude hacer fue sacudir el cabeza, sinceramente aliviado de que mi corazón no hubiera sido exprimido o triturado o hecho puré. El oxígeno comenzó a regresar a mis células. "Aunque ya he terminado de hablar... así que... si hay algo más..." Nunca había existido una chica más sensual que Rowyn en ese momento, pidiéndome que la besara de nuevo.

Luego de que mis ojos volvieran a su tamaño normal, estaba de vuelta en nuestro espacio compartido, descubriendo cómo nos besábamos y jugando con las puntas de su cabello. Titubee sólo un poco, sin saber adónde ir desde aquí. "¿Te vas a asustar si te digo cuánto tiempo he querido hacer eso?"

"Bueno... hay una ligera posibilidad que ya lo sé", murmuró cerca de mi oído.

"Espera, ¿en serio? Es un poco vergonzoso". Me reí. "Tengo un poco de miedo de que tan pronto como me vaya, voy a despertar de un sueño. ¿Esto es... estamos bien? Esto es bueno, ¿verdad?"

"Sí. Esto es bueno. No sabía si podía serlo, pero lo es. Creo que sí". Dejó que sus dedos descansaran en mis caderas y dibujó ochos sobre mi camiseta.

"¿Puedo convencerte un poco más?" le dije con mucha esperanza; quería desesperadamente probarla de nuevo, pero la idea de asustarla después de haber comprendido la posibilidad de un "nosotros" fue suficiente para templar mis acciones. En su lugar, Rowyn se paró de puntillas y me besó brevemente en los labios.

"Probablemente deberíamos entrar. En realidad mi mamá no se tarda tanto tiempo en acostar a Tristen, y podría prescindir de una charla de "sexo con protección" esta noche." No estoy seguro de lo que mi cara hizo con la palabra "sexo", pero se notó.

"Oh Dios mío, eso no... no quise decir como... ¿Podemos mantener las cosas sin complicaciones? Finge que no acabo de decir 'sexo con protección" después de nuestro primer..."

"Bueno, si dejaras de decirlo, sería más fácil de fingir", bromeaba, sin poder ocultar mi diversión.

"Cállate, Reed." Me empujó ligeramente y empezó a fingir que entraba en la casa.

"Sí, no. Buen intento, Row." La jalé hacia atrás y encontré su boca una vez más. No podía irme ahora, sabiendo que podía besarla en la vida real.

"Oye, Reed", me preguntó cuándo nos separamos.

"¿Sí?" Ya estaba preocupado.

"Mañana... o incluso cuando entremos, ¿podemos, no sé, no anunciar esto? ¿Lo que sea que sea esto? Mm, ¿podemos resolverlo entre nosotros primero?"

"Sí, podemos hacer eso. ¿Puedo... puedo pedir que no sea para siempre? ¿La espera? No tienes ni idea de cuántas fantasías he tenido sobre meterte en el armario del conserje en la escuela y..."

"¡Demasiada información, Reed! ¡Algunas cosas están destinadas a quedarse en tu pequeño y espeluznante cerebro!" Sólo me reí al verla terriblemente avergonzada, pero ni siquiera intentó pegarme. Puede que haya estado contemplando en silencio llevar un saco y mis gafas todos los días por el resto de mi vida cuando volvimos a entrar en la casa.

"¿Puedo llevarte a la escuela mañana?" Ya estaba sintiendo que íbamos a estar muy lejos físicamente, para mi gusto. En mi mente sabía que estaba fuera de límites, pero me estaba matando no sólo pedir quedarme a dormir.

"Oh, em, claro. Sí, eso suena bien."

"Bien". Y no pienses ni por un segundo que te vas a aferrar a la historia de saber que quería besarte desde hace mucho tiempo. Voy a necesitar escuchar tu teoría sobre eso". Sonrió misteriosamente, con sus ojos haciendo lo que más me gustaba. Pero Judith eligió ese momento para volver a la cocina y abrazarme en agradecimiento por lavar los platos. Curiosamente, yo había hablado más abiertamente con ella sobre mis sentimientos por Rowyn que con mi propia madre a lo largo de los años, siendo la Srta. Black más parecida a mi tía que a la mamá de mi amiga. Tenía ganas de decirle que había tenido razón al esperar mi momento. También tenía ganas de no ser asesinado mientras dormía por mi posible novia. *Novia*. Ese término me dejó alucinado; parecía tan mediocre comparado con las fuerzas universales cuando miraba a Rowyn.

"¿Me acompañas a la puerta?" Me puse mi saco y no tuve problema con la forma en que sus ojos oscuros persistieron antes de que ella accediera y abriera la puerta de la casa.

"Te crees muy guapo en ese maldita *saco*".

"En realidad, cuando salí de mi casa esta noche, pensaba que me veía moderadamente guapo. No fue hasta que te pusiste toda nerviosa cuando me recibiste que lo mejoré a *muy* guapo."

"¡No lo hice!" Apretó los dientes, y sabía que estaba luchando contra una sonrisa.

"Claro. Te veré por la mañana, nena." Sabía que la palabra estaba equivocada antes de que saliera, pero tenía que satisfacer la curiosidad que corría por mis venas.

"¿Nena? No."

"¿Cariño?"

"Ni de chiste".

"¿Bombón?"

"¿Bombón?"

"Sí. Me gusta bombón". Hubo un silencio contemplativo acompañado de una expresión coincidente.

"Está bien".

"¿En serio? Está bien. Te veré por la mañana, Bombón."

"Eres tan raro. Te veré mañana." Me incliné para robarle un beso más en la mejilla y me escondí bajo el disfraz de la caballerosidad cuando la vi subir los escalones de la puerta de su casa, en realidad sólo quería ver sus caderas balancearse en esa falda. Había muy pocas posibilidades de que durmiera esa noche por miedo a perderlo todo en un sueño.

Me sorprendió un poco encontrar a Cole levantando pesas en mi habitación cuando llegué a casa. Ni siquiera recordaba el viaje; mi cerebro estaba demasiado ocupado repitiendo cada momento de la mejor noche de mi vida.

"Oye, lo siento, no estabas en casa, así que..." me explicó entre respiraciones laboriosas.

"Está bien. Honestamente, nada podría molestarme ahora mismo."

"¿Nada? ¿Ni siquiera tu novia apareciendo en la puerta en medio de la cena con aspecto de acosadora?" preguntó, sentado en el banco, su expresión mostrando claramente que se estaba divirtiendo.

"¿Eh?"

"¿Comosellame Stecker?"

"¿*Amy* vino? ¿*Aquí*?"

"Sí. Fue la conversación más incómoda que he escuchado, ella tratando de explicarle a mamá por qué estaba aquí, y mamá diciéndole que estábamos celebrando como una familia y que se fuera a casa. Tío, ya sabes lo que piensa mamá de los Steckers, sólo digo..."

"Espera... detente. ¿Qué demonios dijo Amy?" Tuve que sentarme en el borde de mi cama para calmar el shock.

"Sólo que esperaba hablar contigo antes de la escuela mañana. ¿Qué le hiciste?"

"Nada... digo, no nada, pero nada."

"*No* dejes embarazada a una chica como esa. No puedo ni imaginarme la mierda que eso causaría, joder."

"Ella no está embarazada. No hicimos... como sea. Sólo le dije que ya no quería estar jugueteando con ella. No puedo creer que haya venido aquí". Me sentía como un imbécil, y eso estaba poniendo en riesgo lo bien que me sentía de conseguir todo lo que siempre quise.

"Pues, bien. Chicas como esa... sólo se meten con tipos como nosotros para hacer enojar a papi. No vale la pena."

"Lo sé... lo entiendo. Yo... ¿puedo decirte algo?" Cole y yo siempre habíamos sido muy unidos, pero como cualquier hermano mayor, me fastidiaba la mayor parte del tiempo. Tal vez no tanto como yo lo hacía por seguir viviendo en casa, pero sabía que él al menos estaba trabajando para conseguir su certificado de mecánico y su propia casa.

"Claro, pero que sea rápido, tengo que levantarme mañana al amanecer."

"Rowyn y yo... creo que las cosas podrían ser como, una cosa." Usaba demasiado la palabra "cosa", pero no era muy hábil para hablar de mis sentimientos con nadie más que con Rose, y no podría hacerlo ahora si quería honrar la petición de Rowyn de mantener las cosas en secreto.

"Claro, amigo. Llevas diciendo eso como diez años. Buena suerte."

Tuve que reírme de eso. Había hecho discursos similares en el pasado siempre cuando emocionaba demasiado. "Esto no es una ilusión. Bueno, esta vez no lo es".

Parecía escéptico. "Creo que eres un mentiroso".

"¿De verdad vas a hacer que te dé detalles? Nos besamos. No me golpeó"

"Reed", declaró dramáticamente. "¿Tienes alguna idea de lo que esto significa?"

"¿Qué?" Cole raramente estaba tan animado.

"Podemos dejar de escucharte lamentar por Row cada día de nuestras malditas vidas. Esta es la mejor noticia de la historia".

"Idiota. Siento habértelo dicho".

Cole se rio del insulto y se levantó del banco de pesas, estirando los brazos por encima de la cabeza. Me cabreó que aún tuviera más masa muscular que yo, aunque yo hacía el doble de ejercicio. "Hermano, mejora tu actitud. Tienes a la chica. Bien por ti." Me dio una palmadita en la cabeza como si fuera, y pues lo era, un hermano mayor y se fue de la habitación. "No la dejes embarazada tampoco", me llamó desde el umbral antes de cerrar la puerta. Tiré una almohada tras él en una inútil agresión.

No podía importarme menos el primer día de clases, pero elegí lo que vestiría de todos modos, sabiendo que recogería a Rowyn por la mañana en circunstancias completamente nuevas.

DIECINUEVE
ROWYN

Me senté en mi cama tranquilamente, cepillando la pelusa invisible de mi falda, esperando a que llegara el pánico. Me había *besado* con mi mejor amigo hace menos de una hora. Pronto tendré que caer en cuenta. *Tal vez el té de Rose funcionó muy bien, y mañana todo será incómodo y raro y no sabremos qué decir o hacer.* A esto le siguió inmediatamente la necesidad de conseguir más té. *Ahora soy adicta al té.*

Era cierto que le había pedido a Reed que no le dijera nada a nadie, pero me sentía bastante confiada en el hecho de que lo mismo no aplicaba a mí. Yo era la que establecía las reglas, no la que las seguía. Mi teléfono estaba en mi mano tres punto dos segundos después.

"¡Hey!" Rose respondió alegremente.

"¿Estás sentada?"

"Oh, Dios mío. No. Pero dame un segundo, y lo estaré". Podía oír sus pasos en las escaleras y el clic de la puerta de su dormitorio. "Adelante".

"Ni siquiera sé cómo hacer que estas palabras salgan de mi boca, pero tampoco sé cómo mantenerlas dentro."

"Rowyn Black, no puedes *no* decirme lo que pasó. Te di un té del amor. Me lo debes". Podía sentir su sonrisa a través del teléfono.

Respiré profundamente. "Toda la noche fue totalmente normal y entonces yo estaba, como, *coqueteando* con él y fue tan fácil y luego salimos y me besó y es un muy buen besador y no quiero ni saber cómo llegó a ser tan buen besador, en realidad, porque eso es inquietante y luego nos besamos de nuevo, más o menos mucho y me va a recoger para la escuela mañana y me temo que sin el té todo se va a ir al infierno".

"Vuelve a la parte de 'besar muy bien' y la parte de 'mucho'. Eso requiere una explicación más detallada".

"Rose, sabes que no soy la chica que habla de todo eso. Por favor, no me hagas explicártelo de nuevo."

"En primer lugar... Tú eres absolutamente esta chica. Cuando te enrollaste con Ryan el año pasado, eso fue todo lo que hablamos durante dos semanas."

"Agh! Eso fue diferente, y lo sabes. ¿Puedo ir a tomar un té?"

"No. No necesitas té. Ustedes dos están bien. Deja que te recoja y te bese y te coja la mano. Estará más que bien. En realidad, será genial."

"Rose-"

"No hay té para ti".

"Eres cien por ciento la mala".

"Oye, Rowyn", preguntó, su tono ahora serio. "Esto es bueno. A riesgo de hacerte sentir completamente incómoda, Reed es un buen tipo. El mejor tipo, tal vez. Te lo mereces. Si creyera que necesitas un hechizo o ese té, haría lo que fuera para ayudarte. Sólo que no lo necesitas. Lo de ustedes dos estaba escrito en las estrellas; el uno para el otro. He visto los mapas, así que soy la autoridad oficial en este asunto". Sólo estaba bromeando parcialmente sobre la última parte. A Rose le encantaba leer los mapas estelares de la gente y determinar el propósito de su relación. Era increíblemente buena en ello, pero nadie la tomaba tan en serio. Tal vez porque convertía todo en un "felices para siempre" siempre cuando podía.

"¿Realmente crees eso?"

"De verdad que sí".

"OK. Sin té. Gracias Rosie."

"No hay de qué. ¿Quieres oír detalles melosos sobre mi noche con Jared?"

"Si digo que no, ¿me dirás que te debo y me obligarás a hacerlo de todas formas?"

"Sin duda alguna".

"Entonces dilo. Espera, ¿fue a cenar a tu casa? ¿Para Mabon?"

"Lo hizo", respondió ella, con su tono lleno de un silencioso "te lo dije".

"Bien, estoy intrigada". Si alguien tenía la habilidad de convertir al chico de oro del pueblo en un pagano en secreto, era mi amiga, la rubia seductora.

VEINTE
ROSE

Pude dormir fácilmente esa noche. Normalmente, yo era la nerd que no podía descansar la noche antes de que empezara la escuela. Los nuevos comienzos me alegraban, pero el saber que el mundo era como debía ser... Eso hacía que el primer día de clases fuera sólo un pequeño punto en mi radar. Casi llamé a Reed para gritarle por no haber llamado después de que se fue de la casa Rowyn, pero fue algo lindo que tratara de hacer algo honorable. Como si Row no fuera a decírmelo.

Me desperté antes de mi alarma por una hora. Cada vez que esto ocurría, era la forma en que el universo me decía que cocinaré algo maravilloso. Esta mañana serían magdalenas con chispas de chocolate, porque nadie podría estar malhumorado por el fin del verano cuando se comía una magdalena con chispas de chocolate. También sabía que eran las favoritas de Jared, pero eso no influyó en mi decisión. Aunque estaría tan lindo cuando me agradeciera por ellas. Imaginarme los hoyuelos en sus mejillas casi mantenía a raya mis temores sobre cómo se comportaría con sus amigos. Era más fácil concentrarse en las magdalenas. El acto de hornear al amanecer mientras todos los demás estaban dormidos era casi una meditación para mí. Me gustaba crear algo de nada más que elementos de la tierra. Y chispas de chocolate. No creía que esos elementos vinieran técnicamente de la tierra, pero imaginar un árbol de chispas de chocolate era un concepto que realmente disfrutaba.

"Por favor, dime que estas no son saludables", anunció Hunter cuando entró en la cocina.

"No lo son. ¿Pero qué haces despierto a la hora normal de los humanos?" Era más bien un tipo que amanecía a mediodía.

"Yo también tengo clase hoy, genio. Y el sádico que hizo el horario en la CCE decidió que las ocho de la mañana era la única hora que debían ofrecer-"

"¿Vas a volver a la escuela? Lo último que supe es que habías abandonado la universidad para convertirte en un artista de tatuaje."

"Dame un panecillo".

"No están listos todavía. ¿Cuándo decidiste volver a la escuela?" Por lo que yo sabía, no había asistido a ninguna clase en el semestre de primavera, haciendo que las cosas se pusieran tensas a la hora de la cena en familia. De hecho, no estaba segura de lo que había estado haciendo todos los días durante los últimos seis meses.

"Mamá me sobornó con una moto nueva", admitió, metiendo café en la máquina.

Apreté la mandíbula. "Increíble", murmuré.

"Si vas a decir algo, solo dilo." Ya sabía lo que quería decir, pero su fingida curiosidad me hizo enojar.

"Debe ser agradable no hacer nada de lo que se supone que debes hacer y sacar una motocicleta del trato."

"Sí. Es bastante agradable. Paso en los panecillos. Y en la crítica. "Feliz primer día de escuela, hermana", exageró, dándome un "golpe de amigos" en el hombro antes de ir a la lavandería. Todavía tenía que buscar ropa a pesar de que nuestra madre la lavó y la dobló mientras él estaba fuera. Haciendo lo que sea que haga. Si mis padres alguna vez lo hicieron responsable de algo, podría haber tenido una razón para conseguir un trabajo de verdad y un apartamento. Me imaginé a Hunter a los 35 años, todavía viviendo en su habitación y tocando la guitarra antes de dormir. Ni siquiera podía aguantar el suspiro. El horno sonó y puse a enfriar los panecillos en la encimera, sabiendo que faltaría uno cuando volviera a bajar. Nunca se perdería de una magdalena de chocolate. A pesar de todo, desestimé la molestia que se me venía encima y aprecié esa emoción del primer día de clases. Casi me entristecía saber que sólo me quedaba una experiencia más del primer día de escuela después de esto, preguntándome vagamente si en la universidad me sentiría igual.

―――

Salí de la puerta principal cargando productos horneados y mi mochila escolar floreada bien surtida cuando Jared llegó. La sonrisa que me dio fue la misma de todos los días, e intenté decirme a mí misma que estaba preocupada sin razón.

"Oye, niña bonita, habría subido a buscarte".

"No seas tonto. ¿Magdalena?"

"Por supuesto ¿Qué he hecho para merecer panecillos y que tú te veas así?" coqueteó, refiriéndose a mi largo vestido blanco. Había sentido la necesidad de aferrarme al verano esa mañana, y era lo más veraniego que tenía con flores bordadas en el frente. Se inclinó para besarme antes de que pudiera responder.

"Hmmm, no estoy segura. Ahora que lo mencionas, tal vez no las merezcas". Siendo muy honesta, me encantaba la parte de una relación donde el coqueteo abierto y totalmente cursi era aceptado e incluso alentado.

"¿Qué tal si te lo compenso?" Me besó de nuevo con un poco más de entusiasmo.

"Mejor".

"Eso espero. Entonces, ¿estás lista?"

"Por supuesto, me encanta el primer día."

"¿Quieres saber un secreto?" preguntó, dirigiendo su camioneta a la carretera principal.

"Siempre".

"A mí también. Siempre me ha gustado. Pero eso seriamente perjudica mi reputación como un dios del fútbol súper rudo, así que guarda el secreto".

"¿'Dios-del-fútbol-súper-rudo'? Te sientes muy confiado esta mañana. Me estás haciendo repensar mi elección en los productos de panadería. No quiero que te mimes".

"Shhh, no digas eso de las chispas de chocolate".

Muy pronto estábamos en el estacionamiento de la secundaria Constitution High. Sí. La gente de Elizabethtown amaba su país. Mi aliento se atascó en mi pecho mientras subíamos los escalones delanteros hacia el viejo edificio de ladrillos, pero lo dejé salir cuando sentí el brazo de Jared descansando alrededor de mi hombro. Había unas cuantas pestañas batidas, la mayoría venían de la sección de porristas en el patio, pero aparte de eso, las cosas parecían normales. Jared no pareció notar ninguna de las miradas revoloteantes que nos lanzaron, así que opté por tomar su estrategia y actuar como si estar juntos no fuera una anomalía social. Traté de disfrutarlo por el momento, y me sentí infinitamente más curiosa sobre cómo estaban mis recién descubiertos tortolitos esta mañana. Jared ni siquiera pestañeó dos veces cuando le informé que teníamos que esperar a mis amigos antes de entrar. Era una tradición que llegáramos juntos a la escuela el primer día.

Le dejé que se echara sus brazos a mi cintura mientras se apoyaba en el barandal de la escalera. "¿Te he dicho que estás muy guapa?"

"Creo que lo has insinuado".

"Inaceptable. Te ves hermosa". Sus palabras hicieron que me sonrojara las mejillas y besó una de ellas. *Las cosas van a estar bien*, me dije felizmente.

VEINTIUNO
ROWYN

Había un serio arrepentimiento fluyendo por mis venas esa mañana mientras esperaba a Reed. No es que lo haya besado. O que le dejara besarme. Quienquiera que haya hecho el beso... fue genial. Tal vez mejor que genial. No había besado a mucha gente, pero sabía que cuando me besaba a mí, él se entregaba. Nunca me había sentido más *vista* en toda mi vida que cuando sus labios tocaron los míos aunque tuviéramos los ojos cerrados. Me arrepentía de no exigirle a Rose que me ayudara a asegurar una mañana tranquila. Era una acaparadora de té y una bruja malvada. *Ugh.* Sacudí mis manos, juzgando mi ropa por trigésima novena vez. Estaba molesta por haberme sentado frente a mi armario más tiempo del que me importaba admitir antes de decidirme por unos jeans rasgados y una especie de top amarillo que mostraba el hombro que mi madre me hizo comprar hace tres meses. No me encantaba, pero él ya me había visto en todo lo demás. Tiré los cuadernos que Rose me había dado en la misma mochila negra que había llevado desde el primer año y lentamente bajé las escaleras para esperar junto a la puerta. Prefería que nuestro saludo fuera más bien un encuentro privado en caso... bueno, en caso de muchas cosas.

"Te ves adorable. Estoy tan feliz de que lleves esa blusa, te ves genial en amarillo", dijo mi mamá cuando llegué a la cocina.

"Oh, gracias".

"¡Déjame tomarte una foto!"

"Mamá. No tengo cinco años."

"Soy muy consciente de la edad que tienes. Y sólo tengo uno más de estos antes de que te gradúes, así que déjame tomar la foto."

"Bien, bien". Posé con un signo de paz muy moderno frente a la puerta, y esto apaciguó a mi madre.

"¿Qué estás esperando de todos modos, no deberías irte?"

"Oh, mmm, Reed me va a recoger." No debería haberme sentido incómoda diciendo esto; no había nada de loco en que me recogiera, pero lo sentí de todas formas.

"¿Ah, en serio?" Sonrió de tal manera que aunque no supiera lo que estaba pasando, aun así lo sabía. "Se veía bien anoche, ¿no? Ha crecido tanto que casi me olvido del espantapájaros flaco que solía ser. ¿No lo crees?"

"Sí, mamá. Se veía bien." *Si no llega a esta casa en los próximos sesenta segundos, lo lamentará mucho.* Esta conversación no me estaba gustando.

"Ustedes dos se verían tan bien yendo al baile de bienvenida juntos. Podría empezar con tu vestido este fin de semana si crees que vas a ir..."

"Reed está aquí, tengo que irme. ¡Podemos hablar de esto más tarde!" *No hablaremos de eso más tarde.* Los bailes escolares eran como un infierno especialmente diseñados sólo para mí. *Nop.*

"Que tengas un buen primer día", me dijo con resignación.

Estaba fuera antes de que mis pies tocaran el suelo, aunque en mi prisa por escapar de mi madre, casi olvidé que no tenía ni idea de cómo saludarle. *¿Un beso? ¿Abrazo? ¿Un saludo cortante?* Reed estaba fuera del coche y con la puerta del pasajero abierta, los brazos cruzados sobre la ventana. Su sonrisa, aunque detestablemente segura de sí misma, me hizo sonreír a mí también. "Buenos días".

"Buenos días, Bombón". Puse mis ojos en blanco ante el nuevo apodo, aunque no podía decir que lo odiara. Era un poco nauseabundo. Si lo hubiera dicho cualquier otra persona, habría fingido que vomitaba. Ahora... mi estómago estaba haciendo revoltijos, pero no eso. Me dirigí a la puerta abierta, parando para enfrentarlo antes de sentarme. Había un ambiente bastante intenso de *qué hacemos ahora que estamos tan cerca* rondando entre nosotros, así que, siendo yo, opté por la opción más audaz. Sentí la ligera sorpresa que se desprendió de él cuando lo besé, pero fue fugaz. Sabía a menta, y su mano se sintió bien cuando llegó a mi nuca. Me alejé, sabiendo con casi segura consternación que mi mamá estaba sufriendo un ataque al corazón dentro de nuestra casa, mirando a través de algún lugar oculto de espionaje. La sonrisa de Reed era menos segura de sí misma ahora. Se veía feliz cuando me encontré con sus ojos oscuros.

"¿Puedo conducir?" Se lo pedí lo más dulcemente posible, haciéndole gemir.

"¿En serio? ¿Todo eso era un soborno para poder conducir mi coche?"

"Sólo un pequeño soborno." *También en parte porque quería asegurarme de que lo de anoche no fuera una casualidad.*

"Me estás matando. Por favor, déjame llevarte a la escuela. Te dejaré conducir cada dos días durante un mes." Hice un puchero los labios, pero me deslicé hacia el asiento del pasajero.

"Bien. Sé el hombre y llévame a la escuela".

"Gracias por entenderme", murmuró, besando la parte superior de mi cabeza.

Fue un poco incómodo él tratando de sostener mi mano mientras conducía con la palanca de cambios, pero traté de acostumbrarme. Me había quedado despierta durante horas la noche anterior. Intenté leer mis cartas sin éxito. No podía leer para mí misma, especialmente no sobre algo como esto. Incluso intenté sacar mi péndulo que casi nunca usaba para tener algo de claridad sobre cómo proceder con toda la situación, y estaba bastante segura de que el universo se burlaba de mí al hacer que se balanceara en todos los sentidos excepto en los que me daban respuestas. Al final, la única conclusión que pude sacar fue que tenía que dejar que se desarrollara con naturalidad. Incluso la incomodidad. He ahí el extraño e intermitente agarre manos. Reed se aclaró la garganta al entrar al estacionamiento aproximadamente cuatro minutos después. Ni siquiera me había dado cuenta de que no hablábamos en el viaje, pero honestamente, no era tan extraño. El silencio no era incómodo en nuestro mundo.

"Adelante, pregunta", le ofrecí.

"¿Preguntar qué?"

"Lo que sea que esté sentado en tu cerebro. Puedo sentir el estrés". La energía en el coche era claramente Reed, pero mucho más caótica de lo habitual. Tenía que conscientemente alejarla antes de que me pusiera nerviosa también. Sólo suspiró.

"Anoche dijiste... que debíamos guardar las cosas para nosotros mismos, y eso está bien. Sólo... ¿me permites tocarte?"

Casi me río con la redacción de su pregunta, pero se veía tan serio que no podía reírme. Si realmente había decidido dejar que las cosas se desarrollaran, entonces sólo había una respuesta para dar. "Sí. Siempre y cuando lo digas en un sentido que no termine con uno o ambos suspendidos."

"¿En serio?" Su tono era de sorpresa, y debe haberlo sido para dejar de lado mi insinuación.

"Sí". Me sentí bien con esto. Sobre nosotros. Nunca me he sentido bien con nada, de verdad. Pero siempre me sentí segura de Reed, así que iba a intentar no estropearlo. Fiel a mi naturaleza, me preocupaba el estrés cuando estaba pensando en algo, pero era solo de averiguar las cosas. Había cruzado esa línea cuando le devolví el beso, así que ahora era el momento de ver cómo era en este lado.

"¿Quieres irte de pinta el primer día e ir a algún sitio para besarnos?" Había muy poco indicio de broma en su expresión.

"Sí, por supuesto. Sólo sigue conduciendo". En el mío había más o menos la misma cantidad de broma. De verdad *odiaba* la escuela. Yo era una de esas chicas que hubiera estado completamente de acuerdo cursando la escuela secundaria en línea. La pretensión, los grupitos, los abrazos demasiado entusiastas de los amigos que viste hace cuarenta y siete minutos, la jerarquía... todo eso podía irse al carajo. En cambio, Reed estacionó el Jetta y me lanzó una sonrisa de disculpa antes de entrar al nuevo año escolar. Me alegré un poco cuando vi a Rose esperándonos en los escalones, Jared a su lado, pareciendo embrujado por sus encantos. Parecía que no tenía nada de qué preocuparse. Ese momento de satisfacción fue aplastado cuando recordé dónde estábamos e hice cuenta de toda la gente que había estado evitando durante todo el verano. *Sólo mátame*, fue el único pensamiento que me vino a la mente cuando vi el resto del estacionamiento. Había más camionetas alteradas que en un video musical de Luke Bryan y demasiados shorts recortados.

Todo estaba aparentemente bien en el departamento de "lo hará o no lo hará" para Rose y Jared. La mañana incluso fue bastante tranquila para mí. Me sentí muy desubicada al no estar de mal humor antes del tercer período. Hasta que llegó el tercer período. Estaba tomando Introducción al Arte en el edificio más lejano del campus, así que además de ser una artista realmente terrible, tuve que arrastrar el culo para llegar allí. Las cosas no se veían bien.

Eso se convirtió en un eufemismo cuando entró Imbécil Respiraporlaboca. Miré furiosa hacia el techo, haciéndole saber a mis guías que esto era inaceptable. *Maldita sea. Maldita sea, maldita sea, maldita sea.* Bobby Stecker me vio y se dirigió al escritorio detrás del mío. Rápidamente, me dirigí a un asiento de la ventana en la última fila, teniendo recuerdos de él cortando trozos de mi cabello por "accidente". Me di cuenta de que esto sería típicamente una preocupación para una niña de cuatro años en la clase con otros niños de cuatro años que no podían usar tijeras. Me sentí mal por insultar a dichos niños de cuatro años en comparación. Me aguanté el quejido cuando Bull Shit se levantó y se movió al escritorio junto al mío. Al menos tendría alguna visión periférica si aparecían las tijeras de esta manera.

"Tienes razón, la parte de atrás es mucho mejor". Lo miré fijamente hasta que estuve segura de que estaba incómodo.

"¿No se supone que los de último año ya terminaron con todas sus asignaturas optativas básicas? ¿Reprobaste en cerámica o algo así?"

"Nop. ¿Y tú?"

¿En serio es este el nivel de habilidad de conversación que es aceptado por las personas? Reed sin duda habría dicho algo inapropiado sobre no reprobar nunca en cerámica porque era demasiado bueno con sus manos. Rose me habría reprendido por avergonzar a la gente con deficiencias académicas. Pero "¿y tú?" me dejó con nada más que una mirada en mi cara que estaba segura que era ofensiva.

"Em, no, no lo hice."

"Es bueno saberlo. Así que, Bruja..."

"Espero que las próximas palabras que salgan de tu boca sean para preguntarme qué tipo de arte espero aprender este semestre." *Si la campana no suena pronto, voy a terminar con sangre en mis manos. Por darle un puñetazo en la nariz.* Se río con esa estúpida arrogancia creyéndose superior. "En realidad, iba a ver si podía conseguir el número de tu amiga para cuando Jared terminara con ella. Algo tienen esos vestidos de verano en una chica que adora al diablo, no sé... es sólo..."

"Lo sé, es bonita, ¿verdad? Estoy segura de que te pone triste, ya sabes, por tu, ah, problema." Hubo momentos en el pasado en los que dejé que él me alterara. Amy Sue también. Pero yo había perfeccionado mis habilidades a lo largo de los años, y aunque hubiera necesitado cada onza de fuerza de voluntad para no decirle que se fuera a la mierda, no podía dejarle ganar.

"¿Qué problema sería ese?" El asunto de ser arrogante, y más que un poco estúpido, fue que causó que él caminara directamente hacia la trampa.

"Tú sabes, que no puedes, em, *desempeñar*. Quiero decir, odio escuchar chismes, siendo un pecado y todo eso, pero cuando *todo el mundo* habla de ello, es *duro* de ignorar." Puse la expresión más apologética que pude. "Oh, lo siento, mala elección de palabras".

"Jódete, Bruja-Piruja". Para entonces ya habíamos ganado una audiencia, pero que nos miraran fijamente no era algo nuevo, así que no me importaba realmente. Había conseguido lo que quería.

"Tu tambíen, Bull Shit". Me di cuenta que el Sr. Roth estaba en la habitación en cuanto las palabras salieron de mi boca. Si hubiera prestado más atención a mi entorno, habría sentido cómo cambiaba la energía de todos.

"Srta. Black... trabajando en ese encanto desde el primer día de clases, ya veo."

"Lo siento, Sr. Roth". La gloriosa victoria que había logrado momentos antes, ahora se ahogaba en el típico escenario de que yo dijera lo correcto en el momento absolutamente equivocado. Había tenido al Sr. Roth en la clase de teatro de primer año, y no él era mi mayor fan después de que lo llamara misógino. Todas las obras que había elegido tenían débiles protagonistas femeninas, y no tuve más remedio que dejarle oír mi rugido feminista.

"¿Por qué no vas a visitar al Sr. Hyllar esta mañana? Estoy segura de que te echó de menos durante el verano." Respiré hondo y me abstuve de decirle que tenía razón sobre el comentario misógino. Bobby me sonrió como un niño de diez años que había metido a su hermana en problemas.

"Ciertamente. Me aseguraré de ponerme al día mañana en todas las cosas importantes de arte que me perderé". Agarré mi bolso y juré que Bobby Stecker recibiría lo que se merece algún día.

———

"ROWYN... NO HAS ESTADO AQUÍ NI SIQUIERA TRES HORAS." Hyllar estaba sentado en su silla de cuero negro, luciendo más divertido que enfadado. No es que haya hecho algo realmente terrible; sólo tenía problemas para mantener las cosas *dentro* cuando querían *salir*.

"Lo sé. Juro que fue por una buena razón. ¿Eso cuenta para algo?"

"Siempre tienes una razón".

"Sólo... Bobby." Hyllar suspiró. No era la primera vez que estaba en su oficina por algo que le dije a BS.

"Una parte de mí quiere encerrarlos a los dos en una habitación hasta que puedan descubrir cómo compartir el aire sin hacer un escándalo". Siempre respeté al Sr. Hyllar. Era bastante razonable cuando se trataba de figuras de autoridad, pero esto era lo más aterrador que me había dicho.

"Señor, no quiero ser irrespetuosa, pero eso sería una violación de mis derechos constitucionales". Se inclinó en la silla, pero al menos se estaba riendo.

"Si cree que es la primera vez que alguien me acusa de un castigo cruel e inusual, subestima el tiempo que llevo en esta profesión." Su pelo ligeramente canoso y sus ojos arrugados mostraban que había pasado al menos unos años tratando con adolescentes. "No la encerraré en una habitación con él, pero intente cuidar su lenguaje, ¿sí?"

"Sí, señor".

"Y sólo porque me hiciste reír, te dejaré detención en la hora del almuerzo mañana en lugar de hoy."

"Es demasiado amable".

"Que tenga un día productivo, Srta. Black".

"Lo haré". Agarré mi bolso, resignada a mi destino. Al menos no llamó a mi madre. Me tomé mi tiempo e hice un desvío al baño para poder saltarme el resto del arte. Comenzaba a pensar que la cerámica podría ser más lo mío.

VEINTIDÓS
ROSE

Puede que haya sido el mejor primer día de escuela de la historia. Había lengüetas y bolígrafos de colores y notas Post-It involucradas.

La inmunidad sobrehumana de Jared a preocuparse por lo que los demás pensaban también era algo contagioso. Tomarnos de la mano y cargar nuestros libros se sentía como si hubiéramos estado juntos mucho tiempo. Me hizo querer pedirle a Judith que hiciera una regresión a mi vida pasada para ver cómo lo conocí antes. No era una cuestión de si, sólo de cuándo. Más allá de Reed y Rowyn, nunca había tenido una conexión en la que sintiera que estaba en el lugar y momento adecuados, como si sirviéramos a un propósito.

Soñaba despierta y felizmente cuando llegó el almuerzo, imaginándome a Jared y a mí en los años 20, o en la antigua Grecia en un templo de Atenea o algo así. Entonces vi la cara de Rowyn, y sus ojos se iluminaron con una furia que había visto antes, pero últimamente había sido mucho menos común.

"¿Qué ha pasado?" Me senté en la silla de plástico naranja que estaba a su lado en nuestra mesa de siempre en el comedor lleno de gente.

"Bobby está en mi clase de arte". Su voz estaba controlada, pero pude ver sus uñas clavadas en las palmas de sus manos mientras lo miraba con atención al otro lado de la habitación.

"Y..." En ese momento, ella escupió la historia sin respirar un momento, y sentí que mi presión sanguínea subía mientras lo contaba.

"Así que, por eso tengo detención en el almuerzo mañana. Estaba defendiendo tu honor, sabes. Soy como un maldito caballero".

"Y te quiero por ello, Row. Me sentaré contigo en la detención si quieres."

"¿Ya tienes detención?" preguntó Reed mientras se acercaba a Rowyn, con una ceja levantada.

"Ni siquiera preguntes. Sólo te enojarás y harás algo estúpido, y entonces también tendrás detención", le advirtió Rowyn. En cambio, me miró a mí.

"Estoy de acuerdo. Rowyn se manejó con gracia y decoro, como siempre". Sonreí, en parte porque esas no eran las palabras para describir a mi mejor amiga, y en parte porque no podía esperar a encontrarme con Bobby. Espié a Jared caminando hacia nuestra mesa y le di a Rowyn una sutil sacudida de mi cabeza. No habría ninguna damisela en peligro aquí. Rowyn y yo habíamos demostrado antes que éramos capaces de acabar con un idiota arrogante.

Me propuse dejar el almuerzo con Jared unos minutos antes, sabiendo muy bien que Bobby estaría entre sus amigos en los casilleros. A veces, una chica no podía esperar a que el universo organizara un encuentro casual perfectamente cronometrado.

"Oye, ¿todo bien?" Jared me miró una vez que salimos de la cafetería.

"Sí, ¿por qué?"

"Sólo estabas callada, eso es todo."

"Oh, bueno, no lo sé. Estoy muy molesta, pero no sé si debo

decirte en quién o por qué." No había planeado compartir el tema con él, pero cuando me lo pidió, me pareció buena idea hacerlo.

"Deberías decírmelo. Entonces puedo matar a quien sea. A menos que sea Rowyn. Ella da miedo". Me reí a pesar de mi ira.

"No, no Rowyn. Bobby".

"¿Bobby? ¿Por qué?" Le transmití una versión abreviada de los hechos, pero por la tensión de su mandíbula, entendió lo esencial.

"Lo siento mucho, Rosalyn. Nunca he dicho *nada* que le haga pensar..."

"No, no, lo sé. No estoy tratando de culparte. En realidad no quiero que hagas nada. Sólo voy a tener una charla rápida con él, eso es todo."

"Una charla rápida, ¿eh?"

"Muy breve, sí."

"¿Se va a convertir en un sapo o algo así más tarde? Porque pagaría un buen dinero por ver eso."

"Ahora te has ido y has arruinado la sorpresa." Sonrió más ampliamente e inclinó la cabeza hacia el otro lado del salón, donde estaba el hombre del momento.

"Avísame si necesitas refuerzos. Pero supongo que no lo harás." Besó mi sien y dirigió su atención a su casillero. Me tomé un momento para apreciar las últimas palabras que me dijo antes de seguir mi camino.

"Hola, Bobby, ¿cómo estás?" Se giró rápidamente, pareciendo sorprendido por mi presencia. Desde más lejos, entendí por qué les gustaba a las chicas. Tenía los hombros anchos y una sonrisa casi graciosa. Pero cuando me acerqué, era todo mala energía y una camisa arrugada.

"Eh, bien. ¿Tú?"

"Bueno, me gustaría poder decir lo mismo." Suspiré dramáticamente. "Sólo quería pasar por aquí y hacerte saber que dejarás Introducción al Arte, y que no pensarás en pedirme mi número de nuevo. El de nadie." Di este discurso como si estuviera explicando una receta a alguien que no sabe hornear. Sonrió de la manera menos amigable posible, y me esforcé por mantener mi almuerzo donde estaba.

"Eres graciosa".

"Tienes razón, soy graciosa. ¿Te gustaría escuchar algo aún más gracioso?" Dejé que mis ojos crecieran mientras le veía debatir en silencio lo que debía hacer conmigo. "Ese pajarito me contó hoy todo sobre tus planes de bromas para el último año." Amy Sue realmente tenía un problema para mantener la boca cerrada.

"No tengo ni idea de lo que estás hablando".

"Claro que no. Pero asegurémonos de que estamos en el mismo canal que si las cosas salen mal, y chocas el auto de Hyllar contra el asta de la bandera o algo así... Seré la primera en ofrecer información. Estoy segura de que las universidades desaprueban los cargos por robo e invasión de propiedad. Pero oye, ¿qué sé yo? Sólo soy una adoradora del diablo con un vestido de verano".

"Lo que sea, Bruja..."

"Puedes parar ahí. Bruja está bien."

"¿Estás lista para irte?" preguntó Jared, pasando por ahí.

"¡Sí! Gracias por esperar. Que tengas un buen año escolar, Bobby, fue genial para ponerse al día." Jared le mostró una sonrisa mientras nos alejábamos, y yo estaba segura de que habíamos estado en una situación similar en la Edad Media o la antigua Roma. Le cogí la mano y volví a soñar despierta.

VEINTITRÉS
REED

El primer mes del año escolar siempre era... extrañamente normal. Esa particular contradicción encajaba porque la forma en que las cosas solían ser, eran así: Voy a clases, un tipo me llama marica en voz baja, le digo que se vaya a la mierda, y me echan de la clase.

Recordé vívidamente la primera vez que casi maldecía en clase en el quinto grado. Este chico, Richie, no dejaba pasar la oportunidad de comentar como me quedaba a dormir con Rose y Rowyn. Pasó de que él y sus amigos pensaban que era genial porque nunca habían hablado con una chica de verdad antes, a decidir que yo debía *ser* una chica, a que finalmente sólo me debían gustar los chicos, lo que me llevó a suponer que estaban muy confundidos sobre la homosexualidad y la fluidez de género. Un mundo completamente nuevo se abrió para ellos después de eso. Yo murmuré "jódete" demasiado fuerte y tuve mi primer encuentro con el director de mi escuela primaria. Nos conocimos mucho mejor en los dos años siguientes, a medida que los insultos se volvían más creativos verbalmente. Y cuando dejaron de ser sólo palabras.

Este escenario se repitió más a menudo de lo que incluso

recuerdo, pero al menos a medida que crecía y dejaba de aguantar la mierda de la gente, volvía a ser sólo palabras y no los golpes bajos. O los ojos negros. O las costillas magulladas.

Este año, sin embargo... algo era diferente. Además de las miradas poco sutiles de Amy, la gente se dedicó a sus asuntos. No fue hasta más tarde que recordé que habíamos entrado a la escuela el primer día con Jared. Y él almorzó con nosotros todos los días desde entonces. Y aunque no éramos nuevos mejores amigos, se había ofrecido a ayudarme con las pesas, y tuvimos conversaciones decentes sobre boxeo. Si hubiera sabido que estar en buenos términos con Jared Simpson hubiera hecho mi vida mucho más fácil, habría aprendido a hacer un hechizo de amistad hace unos siete años.

"¿Has notado algo raro en este año?"

"¿Más raro que el hecho de que tu mano esté en mi bolsillo trasero ahora mismo?" Rowyn respondió, apoyándose en su casillero y viéndose increíblemente sexy comiendo un Tootsie-pop rojo. No debería parecerme tan sexy; no estaba tratando de volverme loco, no creía de todos modos, sólo... *maldita sea*. Le apreté el trasero cariñosamente ya que ella llevaba el mejor par de jeans que había visto antes de volver a poner mis manos en su cintura. Ella sólo sonrió. "No dije que no pudieras... sólo que es... nuevo". Mis manos volvieron a donde estaban. No necesitaba que me lo dijeran dos veces.

"Y me *refería* a que es diferente porque las personas se comportan... normal", aclaré.

"Bueno, he notado que se comportan más normales hacia *ti*. Sin embargo, en las primeras tres semanas, me han preguntado por marihuana más de una vez, porque aparentemente cuando tu madre cultiva muchas hierbas, la gente asume cosas. También me han dicho que están rezando por mí, que asumo es para no terminar en el fuego eterno del infierno, y me han pedido una poción de amor para hacer que una chica quiera perder su virginidad. Dos de estas peticiones eran de la misma persona, y no son dos que uno pensaría que irían juntas. Sólo lo digo. Parece un año escolar bastante común para mí".

"Apuesto a que el tipo del fuego del infierno y el de la virginidad son la misma persona".

"Tendrías razón".

"Lo sabía. La gente demasiado preocupada por el infierno es siempre la que está sexualmente frustrada." Las últimas palabras salieron antes de que me diera cuenta de cómo podrían aterrizar. Luego vino el silencio incómodo. Nunca antes había deseado que la campana de la mañana sonara antes, y retrocedí para comprobar la hora de mi teléfono. Casi habíamos perfeccionado el arte de besarnos y habíamos recorrido un camino bien transitado hasta la segunda base, pero había una pared invisible allí que no habíamos intentado probar. Estaba bien; no tenía prisa, pero había algo raro en hablar de ello sin hablar realmente de ello. Tosí en falso, deseando estar muerto.

"Bueno, me alegro de que la gente te deje en paz. Inteligente de su parte, ya sabes, con tus músculos de Hulk y todo eso." Me extendió la mano y me apretó los brazos juguetonamente. Agradecí al universo que estábamos avanzando. Ella también sabía exactamente cómo sacarme de mi cabeza. Rápidamente le saqué el dulce de la boca y la besé tan seriamente como pude en el medio del pasillo.

"Buenos días", una voz contenta interrumpió en voz alta. Si no hubiera sido nadie más que Rosalyn, podría haberla asfixiado.

"Hola, risueña", respondí, creando una distancia respetable entre Row y yo.

"¿Cómo es que siempre estás tan alegre por la mañana?" Rowyn exigió.

"¿Hola? ¡Esta noche es el Carnaval de Otoño! Habrá algodón de azúcar y lanzamiento de anillos y peces y peluches gigantes. Este es un gran día, anímate".

"Me animaré cuando sean las tres y podamos salir de aquí. Tengo que atravesar matemáticas y química antes de estar lista para afrontar las fiestas de Elizabethtown", se quejó Rowyn. La había ayudado con química, pero probablemente era el peor tutor de la historia; no dejaba de pensar en formas de distraerla.

"Bueno, quizás deberías dejarme ayudarte con química, y trabajar con la real, no con tu química personal", dijo Rose, mirándome fijamente.

"Creo que estoy haciendo un excelente trabajo." Ni siquiera yo me hubiera creído. La campana finalmente sonó, vi a mis dos mejores amigas ir a su primera clase y me dirigí al gimnasio. Tal vez una amiga más que la otra.

VEINTICUATRO
ROSE

Quería desesperadamente que fuera verano otra vez. Miré con anhelo los vestidos veraniegos en mi armario, ahora guardados como si fueran trozos de tela inutilizables. Había cierta emoción por la próxima festividad de Samhain, pero nada se comparaba con nadar en el lago y mirar las estrellas bajo el denso aire de verano. Me puse unos jeans oscuros con un suéter y unas botas, esperando impacientemente que Jared me recogiera. El teléfono sonó en mi cama y me abalancé sobre él, ya emocionada antes de que la noche empezara.

"Hola".

"Oye, niña bonita, ¿qué estás haciendo?" Jared preguntó, aunque debería haber sabido exactamente lo que estaba haciendo.

"Esperando a que llegues, tonto. ¿Dónde estás?"

"Bueno... hay un pequeño problema." Su voz llevaba la amenaza inminente de decepción.

"¿Oh? ¿Qué pasa?"

"Mi hermano llegó a casa con fiebre, y mis padres se ocupan de la caseta de la iglesia esta noche en el festival, por lo que no pueden quedarse en casa... Yo como que terminé siendo de niñera. Lamento mucho avisarte esto, literalmente entré y me enteré". Mi corazón se hundió un poco en mi pecho, y me enfadé conmigo misma por sentirme molesta. No era su culpa que su hermano estuviera enfermo. Sólo... este festival era uno de mis favoritos. *No seas egoísta.*

"No, no, está bien, lo entiendo. Espero que tu hermano se sienta mejor. ¿Quieres que vaya? Podría llevar sopa y jarabe de bayas de saúco. Eso lo curará enseguida."

"No tienes ni idea de lo mucho que quiero tenerte sola en esta casa..." Su voz se detuvo, y pude oírlo hablar con alguien que había entrado en la habitación. El rubor que sus palabras habían dibujado en mi cara permaneció. "Lo siento", murmuró, volviendo. "Mi mamá me ha informado que Josh puede que tenga estreptococos, así que probablemente sea mejor que no vengas". Su voz estaba llena de disculpa, y me sentí culpable de mi propia reacción.

"No te preocupes. Puedo verte mañana; sólo iré con Reed y Rowyn. Pero avísame si quieres que te lleve algo. Creo que el algodón de azúcar sabe muy bien como sobras", me ofrecí sin entusiasmo.

"Me has convencido. Quiero verte esta noche, aunque sea para un algodón de azúcar rancio".

"Pide y recibirás. Te enviaré un mensaje de texto más tarde. Dile a Josh que espero que se sienta mejor."

"Lo haré. Diviértete. Aunque quiero que me eches un poco de menos, así que no te diviertas demasiado".

"Lo prometo". Colgué el teléfono y le envié un mensaje a Reed.

Rose: Oye, recógeme cuando vayas por Rowyn. Jared no puede ir, así que voy a arruinar tu cita de esta noche.

Reed: Oh. Vale. Estaré allí en diez minutos.

Me mordí el labio al leer su respuesta. No había considerado realmente la posibilidad de que fuera a arruinar su cita;

lo dije más como una broma. Un nudo en forma de mal tercio se retorció en mi estómago.

Rose: Lo siento, eso fue grosero. Debería haber preguntado. No te preocupes por eso, puedo ir con mi madre o pedirle a Hunter que me lleve.

Reed: Detente, no seas tonta. Ya voy. Pero vives al lado del parque, chica loca.

Rose: Lo sé... Es sólo que no es divertido ir sola.

Reed: Entiendo. Te veo pronto.

Intenté deshacerme de la incómoda sensación de que mi posición en nuestra relación había cambiado en el momento en que los dos se unieron realmente. *Esto es algo bueno. Ambos son felices, y tú eres feliz con Jared. Es solo una estúpida noche en un carnaval. Podían mantener las manos quietas y actuar como mis amigos por una noche. En fin, eso creo.* Caminé por el pasillo y asomé la cabeza en la habitación de mis padres para encontrar a mi madre arreglándose el cabello. Su habitación siempre olía a calabaza en otoño. Temía que ella tuviera una seria adicción a todo lo que tuviera olor a calabaza. Era una mujer bonita; no se parecía en nada a mí. Más bien, le había heredado sus oscuros y encantadores rasgos a mi hermano.

"¿Necesitas ayuda?" Pregunté, refiriéndome a la trenza que intentaba envolver en la corona de su cabeza.

"De hecho, sí. ¿Lo harías?" Le quité las hebras y terminé el patrón con cuidado. "¿Todo bien?"

"¿Qué? Oh, sí. Jared tuvo que cancelar nuestros planes, y luego... no lo sé. No es nada."

"¿Qué es nada?"

"Le pedí a Reed que viniera a buscarme, y se comportó de forma extraña. No hemos salido los tres solos desde que él y Rowyn..."

"¿Se dieron cuenta de su ardiente deseo por el otro?"

"¡Mamá!" Ella se río de sí misma.

"Bueno, él la ha estado mirando de esa manera durante años. Ahora es agradable que ella lo note. Me gusta que estén juntos. No eres... nunca has tenido sentimientos por..."

"¿Reed? ¡No! Mamá, esta conversación se ha desviado mucho. Sólo digo que voy a ser mal tercio".

"Vale, vale. Y podrás vivir con ello. Puede que sea diferente al principio, pero los conoces desde hace más tiempo de lo que puedes apreciar. No es como si hubieras olvidado cómo ser amigos".

Me sentí mejor después de considerar sus palabras. Sólo estaba nerviosa por nada. "Tienes razón. Estoy segura de que todo estará bien. ¿Estás ayudando a la Srta. Black?"

"Conoces a la mujer desde hace casi diecisiete años, podrías llamarla Judith, sabes."

"Lo sé, me lo dice cada vez que la veo."

"Y sí, estoy ayudando. Probablemente beberé vino de un pequeño vaso de plástico, pero fingiré que estoy ayudando". Ella sonrió. Cuando se veía así, podía imaginarla a mi edad, cuando era libre y antes de que la vida le diera cosas de las que preocuparse. Como Hunter.

"Bueno, siempre dices que son las pequeñas cosas de la vida... ¿verdad? Eso tiene que aplicarse al vino también."

"Eres tan sabia, Rosalyn. Ahora ve, diviértete y deja de preocuparte". Salí de su habitación más ligera de cómo había entrado, y pensé que podía apreciar una noche con mis amigos en vez de con Jared. Parecía que había pasado mucho tiempo. El doble pitido de la bocina de Reed sonó afuera, y salté los escalones del porche antes de caer en su asiento de pasajero, mi energía renovada. Incluso me incliné y le besé en la sien, sabiendo que todos deberíamos disfrutar de ser jóvenes, ante las canas y las arrugas y la preocupación. Esta noche era para comer cosas que nos hacían mal y para montar en juegos mecánicos mal construidos que probablemente nos matarían y reír hasta cansarnos. Esa era el tipo de noche que debía ser hoy.

"¿Por qué hiciste eso?" preguntó Reed, reflejando mi energía de vuelta a mí.

"Sólo te extrañaba, es todo".

"Bueno, supongo que yo también te echo de menos."

"No suenes tan inseguro. Lo haces. Ahora vamos a buscar a tu novia", ordené y salimos de la acera.

"Sí, no vayas a estar diciendo esa palabra por ahí de forma casual".

"Espera, ¿en serio? Has estado enamorado de ella durante seis años, pero, ¿"novia" te ha preocupado? Ambos ciertamente han mostrado afecto en público como si palabra fuera desde hace mucho tiempo obstaculizada y olvidada." Supe que la sonrisa que me devolvió significaba él pensando en la última muestra de afecto en público que había conseguido. Le di una suave bofetada.

"No digo que sea racional, digo que así es Rowyn. No me importa si le dice a la gente que soy su camarero personal, siempre y cuando pueda besarla". Suspiré por esto.

"Parece que mi trabajo está incompleto, entonces." Sólo le mostré a Reed una sonrisa astuta antes de subir el volumen su estéreo para ahogar cualquier advertencia que me quisiera decir. Pronto nos detuvimos frente a la casa de jengibre y Rowyn apareció en la puerta. Me miró confundida mientras bajaba las escaleras y vi que se veía... bueno, sexy. Puede que haya sido extraño para mí pensar en el factor de la sensualidad de mi mejor amiga, pero parecía, a propósito, sensual. Definitivamente no era sexy en accidente. Llevaba unos jeans negros y un top verde que mostraba su anillo del ombligo, todo cubierto por una gabardina gris que casi tocaba el suelo, incluso con las botas. Su cabello era más brillante. De repente me sentí muy incómoda sentada en el asiento delantero, y me moví para salir.

"¿A dónde vas?" Rowyn preguntó, su mano ya en la manija de la puerta trasera.

"Creo que es tradicional que el mal tercio se siente en la parte de atrás." Puso los ojos en blanco por mi broma, pero no discutió más sobre sentarse adelante. Parecía que los ojos de Reed podrían salirse de su cráneo.

"Te ves increíble", le dijo, sin molestarse en saludarla. No pude ocultar la sonrisa cuando vi a Rowyn sonrojarse por su cumplido. Eran demasiado adorables como para no mirarlos.

"Eh, ¿gracias?"

"Te ves muy bien", añadí, sabiendo que no era mi opinión la que importaba.

"¿En serio?"

"En serio", Reed y yo respondimos juntos.

"Vale, dejemos de hablar de ello y vayamos al festival. Lamento ser un aguafiestas, pero le prometí a mi madre que paseaba a Tristen un rato cuando llegáramos. Estoy segura de que está lista para arrancarse el cabello después de intentar montar el puesto con él corriendo por ahí".

"No te preocupes. Puede ser mi cita". Recibí una mirada agradecida de Row en el espejo retrovisor.

Charlé animadamente todo el camino hasta el parque, aunque se hacía más difícil ignorar la forma en que Reed tocaba a Rowyn en cualquier momento que su mano no estaba en la palanca de cambios. Mi compromiso anterior de vivir joven y libre se hundía lentamente tras el horizonte de *extraño a mi novio*. Reed se detuvo en la acera a dos cuadras del festival y se estacionó, ya que literalmente todo el pueblo estaba allí. *Menos Jared*.

"¿En fin, dónde está J-Dawg?" Rowyn había dejado de llamarlo Todd por alguna razón después de esa noche en el cine, pero ahora le puso otros apodos a su gusto.

"Jared está en casa con su hermano. Está enfermo".

"Eso apesta, lo siento". Aunque no estaba segura de que su dolor fuera por mí. *Estás siendo paranoica*. Estaba malinterpretando todo.

El parque parecía el escenario de una película. Las hojas de otoño creaban un atardecer oscuro, iluminado por antiguas luces de carnaval y los chillidos y risas de todos los que estaban allí. Partículas invisibles de azúcar se arremolinaban en el aire, haciéndome desear un algodón de azúcar gigante. Suspiré, casi cómoda con el frío. En octubre, estaba completamente templado a 15 grados, y por eso estaba agradecida. Habíamos ido a carnavales pasados con ráfagas de nieve en lugar de hojas caídas. Esto era mejor. Vi a Rowyn susurrando algo al oído de Reed, inclinándose hacia él coqueteando. Sonreí y dejé que se adelantaran mientras inspeccionaba los puestos.

"¡Weed!" Escuché una pequeña voz gritando mientras llegábamos al centro del festival cerca del lago.

"Hola, amigo", respondió Reed, recogiendo una bola de risas y rizos negros y sosteniéndolo en el aire. Tristen había dominado las "R" de Rose y Rowyn, pero aun así insistió en llamarlo Weed. Era adorable. Reed era tan bueno con él, y el reconocimiento de eso estaba escrito en la cara de Rowyn. *Soy la mejor alcahueta que ha existido.* Aunque no podía atribuirme el mérito de haber hecho la pareja... ...sólo de los pinchazos y el fastidio que le di a Rowyn hasta que se puso las pilas.

"Oye, T, ¿quieres ser mi cita?" Le pregunté.

"¿Qué es una cita?"

"Es donde se toman de la mano y hacen cosas divertidas juntos."

"¿Como los juegos?"

"Sí, como los juegos. ¿Quieres ir a la rueda de la fortuna?"

"¡Si!" Respondió antes de que terminara la pregunta, casi saltando de los brazos de Reed hacia mí.

"Bien, ahí, pequeño demonio", advirtió Rowyn. "Podemos ir todos. ¿Alguien tiene hambre? Puedo agarrar comida antes de que nos pongamos en la fila".

"No, yo voy, Bombón", insistió Reed, escabulléndose a pesar de las protestas de Rowyn.

"¿'Bombón'?" Yo pregunté.

"Por favor, por favor no. Sé que soy la mayor hipócrita del mundo entero, y merezco las burlas. Pero hablemos de eso después".

"No me voy a burlar de ti. Creo que ustedes dos son tal vez los más adorables..."

"¡Alto! ¡Nada de superlativos de monada! He perdido totalmente mi mala leche."

"¡Cuidado con lo que dices!"

"Sí, sí, entre mi madre y yo, Tristen va a ser el más grosero de preescolar". Ella se río, alborotando el cabello del niño mientras caminábamos hacia la rueda de la fortuna. "Pero lo siento. He perdido mi *filo*. Necesito gritarle a alguien o algo".

"O no. O simplemente tienes una noche semi-romántica en la feria. Con tu hermano pequeño y yo y Reed". Le mandé una sonrisa comprensiva. Estábamos pasando por el último grupo de puestos antes de llegar al juego cuando ambos nos erizamos al escuchar un juicio poco sutil a nuestra derecha, que sonaba en un dramático acento sureño.

"Alguien debería llamar a los Servicios de Protección Infantil para ese pobre bebé. Sólo Dios sabe lo que pasa en esa casa". Sentí la rabia de Rowyn antes de verla en su rostro. La voz pertenecía a la Sra. Stecker, y anticipé que el filo perdido de Rowyn estaba a punto de aparecer.

"Row, vamos, subamos a la rueda". Tristen estaba ahora fuera de mis brazos y tirando de mí hacia adelante.

"Ni pensarlo". Redujo su paso hasta que la mujer estuvo a nuestro lado. "Buenas noches, Sra. Stuckup. Bonito clima para esta época del año, ¿no?"

"Divino", respondió fríamente la mujer, sus ojos azules encendidos con agresión pasiva. Se veía como la típica candidata a la venta de pasteles, ganadora de la presidencia de la Asociación de Padres y Maestros, conocedora de la ciudad y entrometida en carne viva. Rubia, ojos azules, zapatos cómodos, y el peso del embarazo que nunca perdió. Podría haber parecido el tipo de mujer que te da galletas y leche. Sólo que, en este caso, habría sido prudente revisarlas para ver si tenían cianuro. Ella *de verdad* nos odiaba.

"¿Cómo le está funcionando la crema para hemorroides? Mi madre quiso hacer un seguimiento después de que pasó por la casa el otro día. Espero que se sienta mejor". Si el asesinato no fuera un pecado bíblico, estaba segura de que Rowyn habría muerto por los cuchillos que la señora estaba disparando de sus ojos. La manada de mujeres a su alrededor parecía entre levemente divertida y severamente preocupada. *Ella es un maldito genio.* Me preguntaba si la Sra. Stecker realmente *había* comprado un remedio a la Srta. Black o si toda la escena era totalmente improvisada. No era raro que la gente del pueblo nos evitara en público hasta que necesitaban algo en privado.

"Nunca en mi vida he estado en tu..."

"Bueno, tengo que llevar a mi hermano a la rueda. No quisiera que se perdiera sus oraciones vespertinas antes de acostarse. Que tengan una noche encantadora, señoras". Pensé que la cabeza de Stecker iba a dar vueltas, al estilo "El exorcista". No podía dejar de mirar. Incluso Tristen se había detenido a ver el espectáculo. *"Vamos"*, murmuró Rowyn mientras volvía a caminar, recogiendo a Tristen por el camino. "¡Hora de subirnos, señor!"

"¿Quiero saber si algo de eso es verdad?"

"¿Importa? Se merecía algo peor." Su tono era pesado, y deseaba que Reed reapareciera pronto. Siempre había sido mejor para calmarla que yo.

"No. Tienes razón, no importa." Me puse a su lado y sostuve mi cabeza un poco más alto. "Querías gritarle a alguien".

"Así que lo hice". Sonrió con tristeza. Me mordí el labio cuando pensé en la dinamita que habría detonado si cualquiera de los dos hubiera sabido lo de Reed y Amy.

———

Como esperaba, Reed apareció con todo tipo de azúcar y carbohidratos procesados para el deleite de todos nosotros y calmó a Rowyn antes de que nos sentáramos en nuestros asientos.

"Yo voy con Weed".

"No, T, vas a venir conmigo, ¿recuerdas?"

"¡No! ¡Weed!" Miré con disculpa a Rowyn, pero no parecía para nada sorprendida.

"Vale, vale. Pero en la próxima, iré con Weed, ¿entendido?" declaró.

"Entendido". Sonrió victoriosamente.

"Muy bien, chico. Pero si vas a subirte conmigo, tenemos que ser valientes. Como los hombres. No hay que asustarse en la cima".

"No, no. Nosotros los hombres".

"Así es." Los ojos de Tristen se agrandaron cuando se deslizaron en el asiento y bajaron la barra del regazo. "Los veo allá arriba". Me senté primero cuando llegó el siguiente banco, y Rowyn se sentó a mi lado.

"Realmente te ves muy bien esta noche", le dije.

"Gracias. Me siento un poco estúpida. Como si me esforzara demasiado o algo así. O no lo suficiente. No lo sé. No puedo hablarte de él".

"Eh, ¿por qué no podrías hablarme de él? ¿Con quién más puedes hablar?"

"¡Con nadie! Ese es el problema." Su comportamiento más tranquilo allá abajo parecía disiparse cuanto más alto subíamos en el aire. "No quiero... no quiero que le digas las cosas que digo, pero tampoco quiero que guardes secretos. No lo sé. Hablemos de J-money."

"Jared. Y sabes que nunca le diría a Reed nada que no quisieras", dije en voz baja. Me dolió un poco que dudara de mi capacidad para mantener la boca cerrada; no me lo había ganado.

"No, lo sé... ugh, todo está saliendo mal. No quiero que decidas ocultarle cosas. Ni siquiera sé si él te dice cosas de mí que yo no sé, y es raro en este momento. Lo siento, no estoy tratando de ser mala. Sólo... ¿cómo están las cosas? Parecen estar bien. Risueños y felices y todo eso".

Quería seguir presionando el tema, pero decidí que habría tiempo para eso más tarde. En lugar de eso, seguí con su cambio de tema. "Creo que estamos bien. Risueños y felices y todo eso." Mi corazón no estaba dispuesto a divulgar mis sentimientos sobre Jared cuando me dijo que no me confiaba los suyos sobre Reed. "¿Qué quieres hacer la semana que viene para tu cumpleaños?" Un tema diferente era bueno. Mejor.

"Oh, um... No lo sé, en realidad. Está tan cerca de Samhain, probablemente haremos lo de siempre y comeremos un pastel o lo que sea."

"No".

"¿No?"

"Te robaron de un buen 16º cumpleaños por... todo lo que pasó después de tu padre. Pero las cosas son mucho menos caóticas ahora. Deberíamos hacer algo".

"Tal vez, sí."

"Déjame planearlo. Nada grande. Sólo cena y pastel y regalos, pero lo haré todo". Ya estaba planeando el menú en mi cabeza.

"¿Estás segura?"

"Sí. Ya está hecho; realmente no hay que cambiar de opinión al respecto." Sentí que finalmente se relajaba a mi lado, una energía más familiar se asentó a nuestro alrededor.

"Bien. Eso suena realmente bien." Mentalmente hice una nota para volver a un puesto que había pasado en el camino y comprar el regalo perfecto. Fue difícil, pero estaba tratando de aceptar que tendría que haber un período de ajuste mientras ella y Reed averiguaban lo que estaban haciendo. No era personal contra mí. "Me gusta mucho", susurró, apoyando su cabeza en mi hombro.

"Lo sé". Y eso fue un comienzo.

―――

Montamos casi todas las atracciones en las que Tristen era lo suficientemente alto como para montar, y duró más que todos nosotros. Finalmente, sus párpados empezaron a caer y lo dejamos de vuelta con la Srta. Black. Judith. Lo que sea. Me escabullí para recoger el accesorio brillante que había visto para Rowyn anteriormente. De verdad, *de verdad* que quería dársela de inmediato... mantener secretos los regalos no era un tipo de fuerza de voluntad que yo tuviera, pero me obligué a meter la pequeña caja cuadrada en mi bolso y regresar con mis amigos.

"Me voy a casa, tortolitos", bostecé, apretando mi abrigo alrededor de mi cuerpo e ignorando el resplandor que Rowyn irradió al usar el término "tortolitos".

"Déjanos acompañarte", insistió Reed.

"Mi casa está como a cien metros de distancia. Creo que lo lograré."

"Está oscuro, y hay gente alrededor. Te acompañaremos." Esto no estaba, aparentemente, en discusión.

"Vale, vale".

"Voy a ayudar a mi mamá a empacar sus cosas y meter a T en el auto. ¿Te veo aquí?" Rowyn le preguntó.

"Sí, por supuesto". La besó dulcemente, y otra vez tuve un giro celoso en mis entrañas de que Jared no estaba allí.

"Buenas noches Rosie. Te enviaré un mensaje de texto mañana." Se dirigió hacia su pequeña familia, y Reed y yo caminamos hacia el lago.

"Entonceeeeees", comencé. Siempre era más abierto conmigo que con Row. Quería detalles, y no habíamos estado solos por más de tres minutos en mucho tiempo.

"Entonces bronces."

"¿En serio? ¿Vas a volver a hacer bromas de tercer grado conmigo ahora?"

"Lo siento. Tenía que hacerlo. ¿Entonces qué?" Incluso en la oscuridad pude ver su sonrisa de satisfacción.

"Estás bastante satisfecho contigo mismo, ¿no?" No pude evitar reírme. Finalmente había conseguido exactamente lo que quería.

"Sí. Más o menos."

"Eres tan..."

"Encantador... sexy... magnético..."

"Humilde".

"Eso también", aceptó, ampliando su sonrisa. "Quería darte las gracias, por cierto. Por ignorarme cuando te dije que dejaras en paz a Rowyn. Claramente, uno de nosotros tiene una mejor intuición".

"¿Significa esto que podemos olvidarnos del incidente del gato?"

"Oh, eso es muy poco probable. Pero recordaré este también, así que deberían equilibrarse". La noche finalmente me alcanzaba, y me dolían los pies al dar los últimos pasos hacia mi porche.

"Me alegro de que seas feliz", murmuré, en serio.

"Yo también. ¿Alguna palabra secreta de sabiduría para mí? Las últimas funcionaron bien."

"Sigue poniéndote sacos y siendo amable con su hermano. Incluso yo me enamoré un poco de ti esta noche viéndote con T. No se lo digas a Jared."

Sus ojos se pusieron pensativos por un minuto. "Entiendo. Puedo hacerlo."

"Oh, y dale un estupendo regalo de cumpleaños. Yo haré la cena. El próximo fin de semana. No aparezcas con las manos vacías."

"Ya me adelanté con el regalo. Y eso suena bien. Te enviaré un mensaje de texto mañana, ¿de acuerdo?"

"OK. Te quiero."

"Te quiero". Lo abracé ferozmente por ser el amigo que siempre había amado, y por convertirse en un hombre al que respetaba. Me abrazó más fuerte de lo que esperaba, y yo miré hacia arriba.

"Se siente como si no fuéramos a hacer esto... a menudo. Ya no. No quiero que vuelvas a hacer un comentario de mal tercio otra vez, ¿vale?" Su voz era seria y finalmente se soltó, sólo cuando murmuré mi acuerdo. Trotó hacia las luces brillantes que se reflejaban en el lago, y elegí enviarle un mensaje de buenas noches a mi propio chico.

JARED: SI VOY A TU CASA, ¿PUEDES ESCABULLIRTE Y VERME?

Rose: Si por "escabullirme" te refieres a salir por la puerta de atrás y sentarme en el porche contigo, claro.

Jared: Vives en una casa muy diferente a la mía.

Rose: Me imagino que eso es un eufemismo :).

Jared: Llegaré en diez minutos, mi madre acaba de llegar a casa y tengo que encontrar una razón para darle sobre salir tan tarde.

Rose: Mmmmm... ¿pie de atleta?

Jared: Lol. No es una mala excusa. No es para nada lo que quiero que pienses ahora mismo ;) pero lo aceptaré.

Rose: Hasta pronto.

Cada vez que me besaba, se sentía diferente. ¿O me concentraba en algo diferente? La forma en que sus pestañas rozaban mis mejillas cuando sus labios presionaban mi mandíbula. La forma en que sus manos no se satisfacían al estar sentadas y mi piel se congelaba cuando dibujaba círculos en mis palmas, mis muñecas y mis caderas. Nos habíamos envuelto una gran manta mientras nos balanceábamos en mi columpio del porche trasero, pero no la necesitaba. Podría haberme dormido con mi cabeza apoyada firmemente en su hombro y mis piernas balanceándose sobre su regazo.

"Me alegro de que hayas venido. Te he echado de menos esta noche."

"Yo también te extrañé. No es tan divertido hablar con Josh. O tan agradable de ver." Su tono era bromista, pero sabía que lamentaba no haber podido ir al festival.

"Quedémonos aquí afuera para siempre".

"OK."

"Ojalá fuera una verdadera 'OK'."

"Yo también". Me besó directamente en la boca. "Pero necesito correr a la tienda antes de que cierren y conseguir algo para mi pie de atleta de mentiras."

"Bueno, por supuesto, tienes que ocuparte de eso." Dejé escapar una risa.

"Buenas noches, Rosalyn Stone. Te llamaré mañana".

"Bien, Jared Simpson. Hablaré contigo entonces".

La vida era buena.

VEINTICINCO
ROWYN

La casa estaba tranquila, lo cual era extraño. Cuando estaba sola, normalmente tenía que cuidar a Tristen, pero mamá lo había llevado a una cita de juegos. Sabía que "cita de juego" significaba que ella estaba comprando mi regalo de cumpleaños, pero aprecié que aun así intentara que fuera una sorpresa. Iba a cumplir diecisiete años en cuestión de horas. Ni siquiera sabía por qué estaba emocionada; nunca me volví demasiado loca por mis cumpleaños... No era el tipo de chica que insistía en un pony cada año. Esperaba un nuevo mazo de cartas que había encontrado en la librería en la sección "mística" (sí, en serio), y lo quería especialmente por las extrañas lecturas que había tenido con mis otras cartas últimamente. Suspiré en la soledad. Se sentía bien. Reed, Rose y J-Swizzle llegarían más tarde, y eso, más cualquier invento escarchado que Rose estuviera horneando, francamente, era suficiente. *Tal vez nos permita asar malvaviscos en el fogón ya que es mi cumpleaños*, pensé alegremente. Rose tenía un problema con los productos horneados procesados, y yo estaba segura de que habíamos cumplido nuestra cuota anual en el festival, lo que significaba que las galletas y los malvaviscos serían ciertamente contrabando, pero los cumpleaños eran cumpleaños.

Pasé por el espejo antiguo en el pasillo afuera de la cocina e hice lo que todos hacen cuando están solos. Hice una cara de pato frente a mi reflejo, apilé mi cabello sobre mi cabeza y me aseguré de que no hubiera nada en mis dientes. Decidí ser una participante útil en mi propia casa y lavar los platos mientras esperaba. Podía soportar casi cualquier tarea si podía tener mi música tan alta como quisiera. No en mis auriculares. En los altavoces, a un volumen que alcanzara a los vecinos de la calle. Era la única manera de limpiar. Fui a conectar mi teléfono al estéreo y vi que había un mensaje de texto de Reed.

Reed: Hey, feliz casi-cumpleaños. ¿Puedo llegar un poco más temprano esta noche? Tengo algo para ti, y quiero dártelo a solas.

Rowyn: Sí, por supuesto. De verdad no tenías que darme algo.

Reed: Es solo una foto mía desnudo, así que no me costó nada. Aunque no creo que tu madre quiera verte abrirla. Ligeramente inapropiado ;).

Rowyn: Eres un comediante.

Reed: ¿En serio? ¿Ni siquiera un "lol"? Me pareció divertido.

Rowyn: "lol"

Reed: Aguafiestas. Te veré en un rato. Con un verdadero regalo.

Rowyn: Gracias :).

Reed: <3

El corazón de los emoji era nuevo. Surgió una preocupación en mi pecho de que mi regalo podría incluir cuatro letras que no estaba preparada para escuchar. O decir. Al menos no en el momento en el que estamos ahora. Mis dientes rechinaron involuntariamente. No había mucho que pudiera hacer al respecto en este momento, aparte de disuadirlo si parecía que era ahí a donde iba con su "regalo". Me sacudí lo que me preocupaba y volví a centrar mi atención. Me interesó una banda que Hunter había mencionado la última vez que estuve en Rose's. Cuando presioné "play", esperaba muchos gritos de angustia, pero lo que encontré en su lugar fue música de verdad. Con instrumentos y voces y todo. Bien, entonces. Ya habiendo resuelto eso, me fui a la cocina y empecé a vaciar el lavavajillas. La mía no era la clase de casa en la que el fregadero estaba vacío y todo se volvía a poner en su sitio en cuanto estaba limpio. Sacábamos los platos limpios del lavavajillas durante días hasta que alguien se molestaba en guardarlos.

La música se detuvo a mitad de la canción, y pude oír el débil zumbido de mi teléfono vibrando en la otra habitación. ¿Ahora quién llama... en serio? Corrí ligeramente de puntillas hacia la sala de estar para cogerlo. El nombre de Hunter apareció en la pantalla. Estaba seguro de que mi cara decía "¿qué demonios?" pero en realidad estaba un poco emocionada de decirle lo increíble que era esta banda.

"¿Hola?" pregunté, aunque el identificador de llamadas estaba perfectamente claro. Supuse que había una posibilidad de que Rose hubiera perdido su teléfono y tuviera que usar el de Hunter. No quería arriesgarme a sonar demasiado amistosa con su hermano. "Rowyn", dijo Hunter lentamente, con su voz más baja y tranquila que de costumbre.

"Sí... ¿quién más podría ser? ¿Qué es lo que pasa? La banda de la que me hablaste es..."

"Detente. Em, tienes que venir. Al hospital". Sentí un hoyo en mi estómago. Inmediatamente me formé una imagen mental del padre de Rose. Estaba tomando medicamentos para la presión sanguínea o algo así, ¿y si tuvo un ataque al corazón, o...?

"¿Por qué? ¿Qué pasó? ¿Están todos bien?" Más imágenes mentales del Sr. Stone corrían por mi cabeza mientras buscaba distraídamente mis zapatos. Juraría que estaban justo a mi lado; ¿dónde podría haberlos puesto?

"No, Rowyn, no, es... es Rose. Por favor, ven. Ni siquiera sé qué habitación, Dios. Um, vale, habitación dos-veintisiete."

"Hunter, espera. ¿Rose qué? ¿Está lastimada? ¿Puedo hablar con ella?"

"No puedo... tengo que volver. Sólo apúrate." La línea se cortó antes de que mi cerebro procesara que mis zapatos ya estaban en mis pies. *Rose... ¿qué pudo haberle pasado a Rose? Será mejor que no sea una elaborada estratagema para llevarme a una fiesta sorpresa o algo así. ¿Pero por qué estarían en el hospital?* Estaba lista para matar a Hunter por hacerme preocupar. Le envié un mensaje a Rose para hacerle saber que estaba en camino.

Rowyn: Voy camino al hospital, espero que todo esté bien. Hunter sonaba muy dramático por teléfono. ¡Hazme saber si puedo llevarte algo!

Preocuparse no resuelve nada. Preocuparse no resuelve nada. Preocuparse no resuelve nada. Respiré mientras repetía ese mantra en mi cabeza mientras buscaba mis llaves y mi bolso. Luego de enviarle un mensaje rápido a Reed y a mi madre, me subí a mi pequeño y golpeado Civic y me puse en camino. Conduje en silencio, tratando desesperadamente de encontrar una sensación de calma antes de llegar a la entrada principal del Centro Médico de Elizabethtown. En realidad, sólo había estado allí dos veces: una vez por un brazo roto y otra cuando nació Tristen. Mamá quizo tenerlo en casa, pero mi padre no aceptó. No recuerdo que fuera una experiencia particularmente alegre, excepto por ese pequeño bebé con la cabeza llena de pelo negro. Él siempre ha sido una experiencia alegre. Pensar en Tristen y su pequeña voz feliz me ayudó a volver a la realidad. *Todo está bien. Hunter está siendo un idiota.* Salí del auto y entré al ascensor sin siquiera moverme conscientemente. Esperaba haberlo escuchado bien cuando dijo habitación 227. Las puertas se deslizaron y busqué frenéticamente una señal para dirigirme. Me encontré en la Unidad de Cuidados Intensivos. *Eso no puede ser correcto. Debí haberle oído mal.* Vi la flecha apuntando a las habitaciones 200 a la 225, pero no pude ver dónde estaban las demás habitaciones. Mis zapatos rechinaban innecesariamente fuerte al dirigirme a la estación de enfermeras.

"¿Puedo ayudarte, cariño?", me preguntó una enfermera de ojos bondadosos. Su piel era del color del café y sus dientes eran increíblemente blancos. No me di cuenta de que la estaba mirando hasta que puso su mano sobre la mía.

"Perdón, sí. Creí que buscaba la habitación 227, pero no creo que esté en el piso correcto. Estoy tratando de encontrar a mi mejor amiga, Rose, quiero decir Rosalyn, ¿Stone?" Me mordí el labio mientras ella escribía la información, y de repente me di cuenta que me estaba dando calor.

"Este es el piso correcto. Déjame acompañarte, voy hacia allá de todos modos." Salió de la estación; su uniforme tenía pequeños arco iris, y pensé que era bonito, si no fuera de lugar.

"Me gustan tus arco iris", dije. *¿Qué es lo que te pasa?* me preguntaba. Ni siquiera hablaba con la gente que me agradaba, y mucho menos con extraños.

"Gracias, cariño, creo que me alegran el día. Su habitación está justo ahí abajo. Su familia está dentro. ¿Quieres que entre contigo?"

"No, estoy bien", comencé. "Espera, ¿por qué? Qué está pasando... estoy tan confundida, me acaban de llamar para que venga..."

"¿Cómo te llamas?"

"Rowyn". Rowyn Black"

"Ah, sí. El hermano de Rosalyn estuvo aquí antes llamándote. Lo recuerdo. Cariño, quiero que me mires".

"¿Qué? Oh. Lo siento. Sólo estoy... confundida".

"Tu amiga..."

"Mi mejor amiga".

"Sí, por supuesto. Tu mejor amiga, Rose, ha tenido un accidente esta mañana."

¿"Esta mañana"? ¡Son casi las cinco! ¿Por qué nadie me llamó?"

"Ha sido una mañana muy difícil y caótica para ella y su familia. Estoy segura de que querían llamarte antes, pero no había tiempo, en realidad".

"Bueno, ¿ella está bien? ¿Qué ha pasado?" Miré hacia el pasillo silencioso, la puerta cerrada de la habitación 227 me asustaba. Quise entrar y exigir una explicación, pero mis pies se quedaron clavados en el suelo de azulejos multicolores.

"Entrarás ahí y Rose estará conectada a varias máquinas. Estas máquinas la están ayudando a respirar ahora mismo. No va a estar despierta, ¿vale? Puedes hablar con ella y su familia, puedes tocarla; sólo debes saber que no puede responder. Se ve bastante golpeada; tuvo una cirugía para reducir la hinchazón en su cerebro. No te sorprendas por las vendas. No tiene ningún dolor ahora mismo". La voz calmada de la mujer estaba en total contradicción con sus palabras.

"¿Su cerebro? ¿Le han operado *el cerebro*? ¿Hoy? ¿Cómo ha sido? Quiero decir, ¿cuándo se va a despertar? He estado en casa todo el día; no entiendo por qué nadie..."

"Esa información tendrán que decirte sus padres, cariño. Puedo acompañarte si quieres".

"Em, vale. Sí. Gracias". De repente no podía soportar que esta mujer me dejara. Ni siquiera podía sentir el suelo bajo mis pies... podría haber pensado que estaba flotando si no fuera por el ligero chirrido cuando me dirigía a esa puerta. El mismo ritmo se reflejó cuando abrió la puerta de cristal y el bip-bip-bip resonó cuando mi mundo se hizo añicos, junto con el ruido de alguna máquina en la esquina. Sentí la mano de la mujer en mi espalda mientras murmuraba algo a los Stone, y Karen, la madre de Rosie, pronto estuvo a mi lado.

No registré inmediatamente de que la chica de la cama era Rosie. Su cara estaba muy vendada, junto con el lado derecho de su cabeza. Todo lo que podía pensar era en lo disgustada que estaría cuando viera que le habían afeitado el cabello. Su cabello de modelo de champú. Descubrí que mi respiración no estaba siendo lo suficientemente profunda como para llenar mis pulmones mientras la ira inundaba mis venas. Me quedé allí de pie.

"Rowyn... ven aquí", dijo Karen en un tono tranquilo. Mi cuerpo le permitió llevarme a una silla de plástico gris junto a la cama del hospital. Vagamente noté a Hunter inclinado contra la pared frente a mí, se miraba... asustado. Parecía asustado. En ese momento, supe que no se había comportado de forma dramática. Nunca antes lo había escuchado asustado. El Sr. Stone se sentó en la silla a mi lado, su cabello canoso más prominente bajo los fluorescentes. Me dio una pequeña sonrisa antes de volver a estudiar los números que parpadeaban en las múltiples pantallas de los monitores.

"¿Qué...?" Empecé en un susurro. Alcancé la mano de Rose, pero dudé. Esto no puede ser.

"He estado tratando de pensar en lo que les diría a ti y a Reed cuando llegaran aquí", empezó Karen. "No sé si puedo... ten paciencia conmigo, ¿vale?" El mundo se sentía fuera de su eje. La madre de Rose siempre fue la más tranquila. Codificaba por colores sus listas de compras y tenía etiquetas para sus Tupperware. La mujer siempre estaba en control.

"Bien", respondí sin darme cuenta. El pitido era incesante. Su pobre cabello...

"Rose estuvo con Jared esta mañana. Volvían del supermercado en Hayetteville, y un camión, bueno, sin el remolque, cruzó la línea central de la autopista yendo a cien por hora. Todavía estamos tratando de entender exactamente qué camino tomó el camión, pero Rose... bueno, Rose estaba... herida. Mal herida." La voz de la Sra. Stone se hizo más tensa de lo que estaba acostumbrada, y Hunter se levantó de la pared y salió al pasillo.

"¿Cómo... qué tan mal?" No existía un marco de referencia para comprender esta información. Todo sonaba como una historia que había oído una vez y no podía recordar; no encajaba correctamente en los patrones de mi cerebro.

"Ellos... los paramédicos tuvieron dificultad para sacarla del coche, ya que estaba... estaba encajado en una zanja, así que eso llevó algún tiempo. Cuando llegamos aquí, estaba en cirugía para reducir la hinchazón en su cerebro y para tratar sus costillas rotas y un pulmón colapsado, entre otras cosas".

"Entre otras cosas... Eso... eso suena..." Fue lo mismo con la Sra. Stone. Sus palabras no coincidían con su voz. Hizo que todo fuera mucho más difícil de entender. Si estas palabras eran... si eran *verdaderas*, entonces ¿por qué no había gritos? ¿Dónde estaba la urgencia?

"Lo sé", aceptó, manteniendo la suavidad de su voz que no podía descifrar. Era antinatural. Quería gritarle al doctor que viniera y despertara a Rosie. Necesitaba hablar con ella.

"Rowyn".

"Sí..."

"Estas máquinas... están manteniendo a nuestra chica con vida ahora mismo. Nos han dicho que no hay ninguna actividad cerebral." En eso, la voz de la mujer se quebró, y cualquier fuerza que había estado usando para mantenerse firme, se desmoronó. Su dolor me inundó, y sentí las siguientes palabras antes de que las dijera. La verdad me golpeó como un mazo.

"Te llamamos aquí para que pudieras... pudieras..."

"Para que pudieras despedirte, Row", añadió el Sr. Stone, finalmente dejando de mirar las máquinas. Hunter volvió a entrar entonces con una taza de café para retomar su puesto en la pared. Me miró sólo por un momento, pero eso me hizo volver a la conversación actual.

"¿Qué? No. No voy a decir *adiós*. Está aquí mismo... se despertará. Sólo necesita tiempo para... curarse". Se me ocurrió entonces que necesitábamos hacer llamadas telefónicas. "¿Dónde están los curanderos? Los llamaré. Mary, y Joanna, y Rebecca, vendrán. No me digas que me *despida*. ¡*Ella se curará!*"

"Cariño..." La Sra. Stone comenzó de nuevo, con resignación en su voz.

Hunter suspiró. "Por supuesto que ya han estado aquí. No seas estúpida".

"No es... espera, ¿ya han estado? ¿A dónde fueron? ¡Deberían de quedarse!"

"Estuvieron aquí casi toda la tarde", explicó el Sr. Stone.

"Se ha ido, Rowyn. No está aquí. Esta no es vida para ella. Sabes que no creemos en una vida de medios artificiales. Ella no querría esto".

"Lo verías si te molestaras en mirar su aura. O la falta de ella", dijo Hunter otra vez. Sólo tuve un breve segundo para registrar que no sabía que él también podía leer auras antes de que el peso de su verdad se hundiera en mis entrañas.

"No. No, no. Sólo necesita... Está *herida*". Las palabras comenzaron a caer de dondequiera que estuvieran flotando en mi cabeza. Cada una aterrizaba más fuerte que la otra con más información imposible de aceptar. Era demasiado, demasiado rápido. "No puedes. No puedes dejar que... *la maten*. ¡Tampoco creemos en eso! Por favor, no lo hagan. Haré cualquier cosa. Dale más tiempo. Dame más tiempo. No puedo dejarte hacer esto, ella está *aquí*. Ella está *justo aquí*, no pueden..." Un sollozo destrozó el cuerpo de la Sra. Stone en medio de mi súplica. No pude oírlo, sólo lo sentí. O tal vez fue mío. Todo el dolor en la habitación se estaba volviendo demasiado abrumador para mantenerlo fuera. O dentro. O ambos. No sabía qué hacer con él, pero antes de que pudiera darme cuenta, estaba de pie y Hunter me estaba forzando a salir por la puerta hacia el pasillo demasiado silencioso. Lo empujé con todo lo que me quedaba. No podía salir de esa habitación. No podía dejarla.

"No vas a volver a entrar ahí hasta que puedas mantener la boca cerrada", exclamó.

"¿Qué?"

"Acabas de acusar a mi madre de querer *matar* a mi hermana. ¡¿Has perdido la maldita cabeza, Rowyn?! No has estado aquí todo el día. No has visto sus caras cada vez que un nuevo doctor viene a dar las mismas noticias una y otra vez. Es como estar en la Dimensión Desconocida y nada puede *detenerlo*, Rowyn. Están... están rotos, y no hay nada que pueda hacer. Debería ser yo, no ella. Cualquiera menos ella". Sus ojos amenazaban con ceder el paso a todo el resto de lo que estaba aguantando.

"Oh, Dios mío. Oh, Dios mío. Lo siento mucho. Lo siento mucho, mucho. Acabo de decir... No sé lo que dije. No puedo..." El aire ya no cooperaba con mis pulmones. No había nada que respirar, y mi estómago amenazaba con expulsar al suelo todo lo que había comido. Me dirigí hacia el cartel del baño y me abrí paso a empujones, dejando al hermano de mi mejor amiga luchando por aferrarse a su personaje de chico rudo en medio del pasillo estéril, los zapatos de las enfermeras en el piso, el único sonido que lo reconfortaba.

Mis rodillas golpearon el frío piso del primer cubículo y me las arreglé para mantener mi cabello fuera del inodoro mientras el trauma salía de mi cuerpo, dejando mi nariz ardiendo y mis ojos llenos de lágrimas. No estaba claro cuánto tiempo estuve sentada allí, apoyada en la esquina de la pared tratando de despertarme. Estaba familiarizada con los sueños espantosamente realistas. Eso era lo que era esto, y sólo tenía que convencerme a mí misma de despertar. La puerta del baño se abrió rechinando.

"Row... ¿estás bien?" una voz conocida habló en voz baja. Reed finalmente estaba allí. Él podía arreglar esto. Podía convencerlos... *Oh Dios mío, ¿y si ya... ¿Cuánto tiempo he estado aquí? No dije... no puedo decir... tengo que ver a Rosie.*

"Ahora mismo voy", dije con la garganta delicada por el vómito. Me salpiqué agua en la cara e hice gárgaras; sólo necesitaba volver a ella. Empecé a regresar a la habitación 227 en una misión, pero los brazos de Reed me detuvieron mucho antes de que la completara.

"Rowyn... Rowyn. Detente. *Detente.* Mírame." Yo lo hice. Y entonces no pude ver nada en absoluto, excepto un borrón de techo a suelo.

VEINTISÉIS
REED

Fue buena suerte que Rowyn cayó hacia mí y no hacia el borde del mostrador de la enfermería. La agarré del brazo con una mano y la empujé hacia mí antes de que ambos nos hundiéramos al suelo. Una mujer con pelo trenzado oscuro se acercó rápidamente a nosotros.

"Buena atrapada, joven. Déjeme revisar sus signos vitales". Estaba tranquila, como si esto fuera completamente normal.

"Sí, señorita", respondí, tan agitado que no me atreví a moverme.

"Estoy bien", murmuró Rowyn contra mi pecho. "Mareada. Muy mareada. Vomité... creo que sólo... Eso es todo lo que fue". La mujer asintió con la cabeza pero trabajó de todos modos, trayendo un manguito de presión sanguínea y un estetoscopio. Le hizo a Rowyn varias preguntas para determinar si estaba lúcida.

"Todo parece estar bien, pero voy a traerle un jugo y un agua. Tu nivel de azúcar en la sangre es probablemente bajo, y puedes deshidratarte fácilmente después de vomitar. ¿Puedes ayudarla a llegar a una silla?", preguntó la mujer, refiriéndose a los asientos fuera de la habitación de Rose. Rose tenía una habitación allí. Una habitación de la que no iba a salir. ¿Cómo era posible esto? Le envié un mensaje de texto anoche, y hoy... ni siquiera se parecía a Rosalyn. Su cara... estaba tan, tan, tan rota, y no había rayo de sol.

"¿Qué? Oh, sí. Puedo. Gracias." Puse a Rowyn de pie y los dos nos pusimos en las frías sillas de plástico. La mujer de los ojos amables también me trajo un poco de agua, y me pareció raro sentarme a beberla con Rose y su familia al otro lado de la puerta de cristal. Ni siquiera sabía que Rowyn estaba allí cuando llegué. La Sra. Stone salió de la habitación; dijo que no podía volver a contar la historia, y me senté con Brent, el padre de Rose, y le escuché hablarme de un camión en la autopista, pero nada de eso era real. La única realidad era la subida y bajada mecánica del pecho de mi mejor amiga. Su mano estaba cálida, y su padre me dijo que podía apretarla, y que podía hablar con ella. *¿Qué podría decir? ¿Qué le dices a tu amiga de dieciséis años que tiene todo por lo que vivir?* Sólo pude un "te amo". No fue hasta después que descubrí que Rowyn había desaparecido.

"¿Ya fuiste..." Rowyn habló.

"Sí. Siento no haber venido antes por ti. No sabía... que estabas ahí."

"Está bien. Es bueno que lo hayas hecho. ¿Sabes cuándo planean... Ni siquiera sé qué palabras usar".

"Creo que pronto. ¿Esta noche? ¿Tal vez mañana por la mañana? Creo que están esperando que su tía o abuela llegue aquí o algo así".

"¿Pudiste sentir su energía?" Traté de recordar.

"No lo sé. Supongo que no estaba pensando en ello... había demasiado..."

"Sí. Hunter me dijo algo antes de sacarme fuera de la habitación. Necesito volver a entrar ahí. Necesito decírselo, sólo... todo".

"Bien. Iré contigo." Sus ojos se encontraron con los míos por primera vez.

"¿Qué vamos a hacer, Reed? ¿Qué vamos a...?" Las lágrimas comenzaron en ese momento. Lágrimas que sólo había visto unas pocas veces antes, la última cuando su padre había empacado su auto y se fue. Claro, habíamos crecido juntos y lloramos por las rodillas raspadas o la injusticia de nuestros padres de vez en cuando, pero *estas* lágrimas eran de algún lugar que ella tenía escondido, y yo no sabía cómo arreglarlo. La puse en mi regazo y dejé que sus lágrimas rodaran por mi cuello. Intenté mantener la calma por ella, pero mi propia ola de dolor se hinchó, y mis propias lágrimas encontraron un lugar en la parte superior de su cabeza. Las uñas de Rowyn se clavaron en mis brazos como si ella se aferrara a este momento por su vida. Podría haberlo hecho. La puerta de la habitación del hospital se abrió, y los padres de Rose salieron, la fatiga se notaba en cada parte de sus cuerpos. La mano de la Sra. Stone me alisó el pelo y Rowyn finalmente levantó la vista.

"Oh Dios mío, lo siento mucho", se ahogó. "Lo siento mucho por lo de antes. Por lo que dije. Lo siento mucho". Repitió la frase una y otra vez mientras Karen la abrazaba, asegurándole cansadamente que todo estaba perdonado. No tenía ni idea de lo que Rowyn había dicho, pero no parecía importar ese punto.

"¿Por qué no entran los dos y se sientan con Rose? Tenemos que hacer algunas llamadas, y me sentiré mejor sabiendo que están ahí." Rowyn sólo asintió con la cabeza..

"Por supuesto, sí, gracias. Por favor, háganos saber si... si hay algo que podamos hacer, o..." Me di cuenta de que no tenía ni idea de qué decir. Karen sólo me frotó el hombro y se fue por el pasillo con su marido. "Vamos", empujé a Rowyn a mi lado, pero me hizo señas de que necesitaba un momento. Hunter permaneció en el mismo lugar donde lo había visto antes, pero se fue abruptamente cuando entré. Empecé a hablar, pero la mirada que lanzó me convenció de lo contrario.

Esta vez, sin la sorpresa inicial, pude ver a mi hermosa amiga. Sentado, pasé mis dedos por los de Rose y puse mi frente en el borde de su cama antes de empezar a hablar. Respiré. Respiré durante mucho tiempo mientras contemplaba lo que se suponía que debía hacer en esta habitación. Se suponía que debía decir un verdadero adiós. De los que no se devuelven. No sabía qué decir, pero mi corazón me dijo que esta era la única oportunidad que iba a tener. No habría un después. Las palabras salieron antes de que supiera realmente lo que estaba pensando. "¿Quién va a cuidar de mí, eh? Quién sabe qué tipo de daño emocional podría hacerme sin que tú me digas lo idiota que soy. No... no quiero saber realmente cómo es el mundo sin mis gafas de color Rosa, ¿sabes? Odiarías tanto ese juego de palabras, pero eso es lo que eres. Eres como un presagio de felicidad. Sabes... sabes cuánto te quiero." Cuanto más tiempo hablaba, más protestaban mis cuerdas vocales por su uso. Besé su mano e intenté respirar antes de continuar.

"Es color blanco". Rowyn casi susurró. "No sé cómo no me di cuenta cuando entré. Siempre era el violeta más bonito, combinado con rosa también..."

"Puedo sentirla aquí... pero no es lo mismo. Es como si estuviera en otra habitación". Dejé de hablar una vez que registré el dolor en la cara de Rowyn por mis palabras.

"¿Puedes darme un minuto? ¿Con ella?"

"Sí. Estaré afuera, sólo avísame... si me necesitas". Me moví con indecisión hacia la puerta. Ver a Rowyn herida no es algo que manejé bien. Dejarla sola era lo contrario de lo que mi corazón me pedía a gritos. A pesar de todo, me derretí en la silla una vez más fuera de la habitación. Envié un mensaje a mis padres y a la madre de Rowyn por si no sabían lo grave que era la situación. ¿Después de eso? Esperé a que los cimientos del mundo cedieran ante mí.

VEINTISIETE
ROWYN

Me senté un rato, deseando que las palabras salieran de mi boca. Podía oírlas en mi cabeza, podía saborearlas en mi lengua, y aún así no venían. Si las digo seran reales. Reed hablaba con tanta facilidad lo que tenía siempre en mente; yo nunca entendí cómo, pero sabía que sentada allí, escuchándole hablar poéticamente a Rose, no podía sacar lo que necesitaba decir estando él presente.

"Rosie... hay demasiadas cosas de las que tenemos que hablar como para que te vayas." Intenté desesperadamente detener las lágrimas en mis ojos, limpiandolas con las palmas de las manos. Debía hacer esto. Por ella. Debía decirle lo importante que era ella sin perder el control. "Mi recuerdo favorito de ti, creo, es del quinto grado. Miles Brekken me había tirado del cabello y me había dicho, quizá por milésima vez, que me iba a ir al infierno después de lo que le dijo su madre sobre nosotros. Sabía que le iba a dar un puñetazo. Mi madre me había hecho prometer que no le pegaría, así que, por supuesto, era lo único en lo que pensaba hacer". Me las arreglé para sonreír a eso. Le habría dado un puñetazo a cualquiera en ese entonces, aunque algunos dirían que todavía lo haría. "Juro que me agarraste la muñeca justo antes de preparar el golpe y la mirada en tu cara decía: 'Yo me encargo'. No creo que nadie en nuestra clase te haya visto enfadada antes, pero Miles parecía que estaba a punto de cagarse en los pantalones". En realidad me reí en voz alta de esa parte antes de darme cuenta de que probablemente no era el momento adecuado reírse de la cabecera de tu amiga moribunda, así que me aclaré la garganta. "Recuerdo que miraste a ese tipejo a la cara y dijiste 'Post Hoc Ergo Propter Hoc'[1] con un movimiento de tu mano. Ahí. 'Espero que disfrutes tu vida como un mitad hombre, mitad bestia. Será estupendo saber qué parte de ti se convierte. Nos vemos en el infierno.' Te lo juro Rose, nunca he estado más orgullosa de tenerte como mi mejor amiga en toda mi vida que en ese momento. No importa el hecho de que esas eran las únicas palabras en latín que conocías, y no tenían nada que ver con la brujería. Hasta el día de hoy, te digo, Miles está aún un poco nervioso a nuestro alrededor. Esa misma tarde obligué a mi madre a llevarme a Claire's en el centro comercial para poder comprarte un nuevo collar de Mejor Amiga". Ambas habíamos usado esos collares hasta que las cadenas se rompieron, pero yo todavía tenía el pendiente en una tobillera que usaba siempre. Distraídamente, me me puse el pendiente entre los dedos, preguntándome dónde estaba el suyo.

"Se suponía que íbamos a tener toda una vida entera de momentos como ese. Espero... espero haberte hecho sentir orgullosa también, y que no te avergoncé con mi necesidad de gritarle a cualquiera que estuviera al alcance. Porque eres... eres la mejor persona que creo que he conocido. No quiero que..." Toqué su mano por primera vez, esperando sentir lo que sabía que no sentiría. No quedaba nada de mi mejor amiga. La energía se había ido. Rose se había ido. No podía contener los pensamientos en mi cabeza, así que le susurré a Reed que volviera a entrar, esperando que me escuchara. Esto era oficialmente una sub-realidad. Un agujero negro en el que había entrado sin saberlo, y no sabía cómo reaccionar. Era como inhalar en una simple respiración, como lo había hecho mil millones

LA TORRE

de veces antes, y encontrar el aire sin oxígeno. Impactante, doloroso, confuso.

"Tu mamá me envió un mensaje de texto... está en camino", me informó una vez que se sentó en la silla contigua. "La mía también".

"Bien". Eso será bueno para Karen y Brent también... necesitan... no sé. ¿Qué necesitan? ¿Deberíamos hacer algo?"

"No tengo ni idea. ¿Deberíamos ofrecernos a ir a buscar algo de Rose? ¿Como de su altar o su pingüino o algo así?"

"Sr. Frío".

"Sí. Sr. Frio. ¿Querría... querrían ellos, cosas como esas aquí? ¿Antes de... todo?"

"Podríamos preguntar... Cuando vuelvan, preguntemos. Creo que ella querría al Sr. Frio. Ella se acostó con él todas las noches desde que tenía dos años, en realidad. Creo que ella querría dormir con él ahora". Me las arreglé para sacarlo sin perder la voz.

"Bien. Cuando vuelvan". Nos sentamos allí un rato, con las máquinas y nuestra amiga. Intenté coger la mano de Reed, pero fue demasiado. Podía sentir demasiado.

"Lo siento", le susurré, esperando que supiera lo que quería decir.

"Lo sé". También me duele a mí". Así que, silenciosamente nos sentamos, juntos pero solos, al final de todo.

———

UNA HORA MÁS TARDE, ESTÁBAMOS CONDUCIENDO. NUESTROS padres habían aparecido, y parecía que con su presencia, los Stone finalmente tenían permiso para derrumbarse, sólo por un momento, pero se sentía mal que estuviéramos allí, viendo cómo se desarrollaba todo. Mi mamá trató de hablar conmigo sola, pero no podía con eso aún. No quería quebrarme de nuevo. Tenía que pasar por esto primero; tenía que asegurarme de que Rose tuviera lo que necesitaba. Así que... Condujimos.

"¿Hay algo más...?" Me quedé a medio pensar.

"Sigo pensando que deberíamos llevar panecillos. Rose llevaría panecillos".

"Nadie comería ningún panecillo. No hoy."

"Tienes razón. No lo sé. ¿Qué más podría...?"

"OK. Necesitamos componernos lo suficiente para poder pensar correctamente. Terminar oraciones. Con sujetos y predicados".

"Sí. Bien. ¿Tal vez una manta? Las mantas del hospital son delgadas. Dan comezón".

"Sí. Es una buena idea. Una manta y el Sr. Frio. Vamos a..."

"Lo estás haciendo de nuevo".

"No. Estaba pensando. Vamos a entrar, cogerlos e irnos".

"OK". Reed apagó el vehículo. Unió uno de sus dedos con los míos, nuestras emociones ya se habían calmado un poco, y subimos las escaleras hacia su puerta amarilla. Entramos y la casa parecía demasiado tranquila. Había platos del desayuno sin tocar en la mesa de la cocina y me estremecí ante la imagen de uno de sus padres recibiera esa llamada.

"Entrar y salir, Row".

"Bien". Estuve de acuerdo incluso cuando mis ojos me rogaron asimilar el escenario. Los últimos momentos que este hogar estuvo completo. Traté de protegerme de la avalancha de recuerdos que sabía que ocurrirían una vez que entráramos en su dormitorio. La vez que derramamos esmalte de uñas por toda su alfombra - Ponche Venenoso se llamaba el color - e intentamos limpiarlo con quitaesmalte. Ese incidente había sido borrado con el nuevo piso hace cinco o seis años, pero nunca olvidaría la casi-crisis nerviosa de su madre por nuestra falta de sentido común. Solíamos poner telas de fondo para tomar selfies antes de que existiera tal cosa. Rose tenía una vieja cámara con rollo de verdad. Usábamos todo el rollo, nos cambiábamos de ropa, de cabello, de maquillaje, toda la cosa, y nos tomábamos fotos con diferentes muecas expresando seriedad. El por qué continuamos haciéndolo a pesar de que ninguna de nosotras quería recoger las fotos en la farmacia al ser reveladas era un misterio aun hasta el día de hoy. Todavía tenía montones de fotos de nosotras bajo mi cama en ridículos conjuntos coordinados.

Me apoyé en la cama para alcanzar al Sr. Frio, y el mágico aroma de su champú me azotó. Literalmente se sentía como si me estuvieran golpeando. Ella había estado aquí. En esta cama. Esa mañana. Se cepilló el pelo, se maquilló y se vistió. Se despidió de sus padres antes de salir corriendo por la puerta para...

"¿Estás bien?" Reed preguntó retóricamente. Inclinarse ya no se sentía como una opción. Me dejé caer en la cama, su alegre patrón de flores rosas se burlaba de mí.

"No sé si alguna vez estaré bien".

"Sí". Se sentó a mi lado durante un minuto y calló lo que iba a decir. Fingí que no podía verlo llorar.

"¿Encontraste una manta?" Forcé mis cuerdas vocales.

"Oh, sí." Sostuvo un afgano de ganchillo rosa y blanco de la abuela de Rose.

"Sí. Está bien. ¿Estás listo para volver?"

"Ni en lo más mínimo".

"Yo tampoco. Sigo diciéndole a mis pies que se muevan, y se quedan donde están".

"Lo mismo".

"¿A las tres?" Sólo asintió con la cabeza.

"Uno... dos... oye, ¿dónde está *Jared*?" Al principio, la pregunta sólo resultó curiosa. Reed parecía tan desorientado como yo, y yo sabía que él también se estaba devanando los sesos por la información.

"Nadie... nadie dijo dónde estaba".

"Ella estaba con él. ¿Verdad? ¿Eso era parte de lo que dijeron?" La histeria había vuelto a mi voz. Horribles pensamientos comenzaron a circular. Estaba preocupada, imaginándolo en una condición similar a la de Rose... o peor. *Podría estar en la morgue.* Una parte retorcida de mí se alegraría si lo estuviera, siendo el conductor del coche que le hizo esto a mi mejor amiga. Traté de sacudirme de esa oscuridad, sabiendo que no quería que nadie saliera herido; no quería que esto le sucediera a nadie. Pero menos a *Rose*.

"Deberíamos irnos. Podemos preguntar tan pronto como lleguemos allí. Siento... que no preguntamos, sobre él. Eso no es bueno. ¿Qué clase de..."

"Sujetos y predicados, Reed. Y somos el tipo de gente que vio a nuestra amiga en una habitación de hospital y no pudo pensar en nada más. Eso es lo que... Nos iremos. Preguntaremos".

Sólo asintió con la cabeza, viajando hacia afuera de la habitación llena de sol y recuerdos y hacia el mundo donde nuestra amiga pronto dejaría de existir.

―――

La habitación estaba llena de gente cuando volvimos. Demasiado llena, en realidad. La abuela de Rosalyn y su tía estaban allí, llorando abiertamente junto a su cama. Reed y yo nos acercamos y pusimos el suave pero andrajoso pingüino bajo el brazo de Rose y la cubrimos con el afgano. Su madre nos miró con lágrimas y gratitud desde el otro lado de la cama y murmuró "gracias" bajo el pitido de las máquinas. Elegimos esperar en el pasillo con nuestros padres después de eso. Afortunadamente, ninguno de ellos habló más que para el ocasional ofrecimiento de café o sobre los precios de la máquina expendedora. Parecía que, una vez que habían visitado la habitación, entendían la necesidad de silencio. No me di cuenta cuánto tiempo duró el silencio, la respiración y el pitido. En todo caso, fue hasta después del amanecer. Los doctores entraban y salían, algunos con papeles, otros con respuestas a preguntas inútiles. Mi teléfono se iluminó alrededor de las seis de la mañana por una alerta que había puesto para mi cumpleaños. Ese estúpido sonido de campana era el único trozo de mi antigua vida que me quedaba. Me perseguía en estos momentos antes de que pudiera apagarlo.

En algún momento de la mañana descubrimos que Jared estaba

en un otro piso del hospital, recuperándose de una pierna rota y una lesión en la cabeza. Su lado del auto había sido impactado con menos fuerza cuando se cayeron a la zanja. Sólo habíamos oído pedazos de información que flotaban en el pasillo cuando la policía llegó para dar una actualización sobre la causa del accidente. Todo lo que podía pensar era en cómo cuando mi madre se enfadaba conmigo por no coger el teléfono a veces, me decía: "Podrías haber muerto en una zanja en algún lugar". Realmente no parecía tan autoritario ahora. Era un pensamiento completamente errado y poco apropiado, por supuesto, pero ahí estaba yo.

Alrededor de las siete, una nueva enfermera que no había visto antes entró en el pasillo con una expresión compasiva. Se arrodilló junto a Reed y a mí, poniendo sus manos sobre las nuestras. Las suyas estaban cálidas a pesar del frío del pasillo, y sus ojos azules contenían el dolor de muchas otras personas, según parecía.

"Son Rowyn y Reed, ¿verdad?" preguntó suavemente.

"Sí", respondió Reed. Mi voz falló. Sabía lo que se avecinaba y deseaba que no me estuviera tocando. Su compasión y dolor se ejemplificaron en esa pequeña acción.

"Los padres de Rose me han dicho lo importantes que son para su hija, y les gustaría saber si querrían estar en la habitación cuando se despidan. Se están tomando un tiempo para hablar con Rose ahora mismo con su familia extendida, pero han decidido quitarle el soporte vital en breve. Me han dado permiso para discutir esto con ustedes y explicarles lo que pasará, si deciden entrar. Por favor, sepan que es una decisión terriblemente difícil que hay que tomar, y no hay una respuesta correcta". Mis ojos se congelaron en su boca en movimiento. Las palabras eran sólo... palabras. No había ningún significado detrás de ellas. Sentí los brazos de mi madre deslizarse alrededor de mis hombros, y pronto ella me abrazó fuertemente.

"Les voy a dar unos minutos para que piensen, ¿de acuerdo? Odio apurarlos, pero desafortunadamente esa es la situación. Tómense un momento". Se abrió camino hasta la estación de enfermeras. Su uniforme era gris. No había arco iris. Puse mis brazos alrededor de mi madre, que lloraba en silencio en la manga de mi camisa, pero mis ojos se dirigieron a Reed. Su mamá lo sostenía tan fuerte que podía ver que sus nudillos se volvían blancos, pero él también me miraba. Intercambiamos un gesto imperceptible, y ambos le dijimos a la enfermera que queríamos estar con Rose cuando llegara el momento. Ella explicó lo que pasaría con las máquinas apagadas, que Rose podría respirar por sí misma solo unos momentos, que su cuerpo se estremecería, pero que en pocos minutos se iría. Asentimos con la cabeza como si eso tuviera sentido o fuera aceptable, pero no había nada más que hacer.

Toda la familia Stone estaba en un círculo alrededor de la cama, dejando espacio para Reed y para mí a un lado. Nos unimos en la despedida que estaban recitando. Entrelacé mis dedos con los de Hunter por un lado y en los de Reed por el otro, y la energía que fluía a través de todos los reunidos allí casi me derriba. Apreté sus manos con fuerza, y para mi sorpresa, ambas apretaron de vuelta.

Viniste del amor
   Viviste en la luz
   Regresas a amar
   Vuelves a la luz
   Lleva el amor
   Llevar la luz
   Lleva la paz

Repetí estas palabras con todas mis fuerzas. Cerré los ojos para imaginar a Rose envuelta en la luz y siendo curada de todo su dolor al dejarnos. Vagamente, me di cuenta de que las máquinas se apagaban y de que no sonaban, pero no me detuve. La concentración sólo se rompió cuando uno de los médicos de cabecera puso sus manos sobre los hombros de Karen y le susurró que se había ido.

. . .

Rose se había ido.

Rose se había ido.

Rose se había ido.

Y yo también.

VEINTIOCHO
REED

Hubo un momento de silencio después de que el doctor habló. No fue algo planeado o requerido, sólo todos conteniendo el último aliento que habían inhalado mientras ella estaba todavía aquí. Así es como me sentía. Como si esperara pacientemente que el mundo se abriera y me tragara a mí también. Encontré mis manos tirando de las puntas de mi cabello sin otra razón que tener un lugar donde ponerlas. Un sonido torturante escapó de los labios de la Sra. Stone, y la habitación se volvió sofocante. Rowyn miraba fijamente a la cama, trazando el patrón de ganchillo en el afgano como si no pudiera oír los constantes sollozos que ahora rebotaban por la habitación. Agarré su mano con fuerza y la empujé hacia la puerta. Al principio se echó atrás, pero pareció reconocer nuestro entorno lo suficientemente pronto como para darse cuenta de que no era el lugar para nosotros. Tiré de nuevo, y nos encontramos en el pasillo. El olor del hospital era ahora tan abrumador que quería vomitar. Nuestros padres seguían allí en esas sillas de vinilo agrietadas, esperando como si esperaran un milagro. Sacudí mi cabeza hacia ellos, y la enormidad de la situación finalmente presionó sobre sus hombros.

Rowyn comenzó a temblar a mi lado, y la tomé del brazo para

acercarla. Judith estaba de pie y abrazando a su hija con fuerza en un abrir y cerrar de ojos. Intenté parpadear. Eran las luces fluorescentes o el fin del mundo lo que estaba interfiriendo con mi visión; no podía enfocar.

"Reed", susurró alguien, una mano en mi hombro.

"Sí", gruñí..

"Vámonos a casa. Necesitas dormir. El doctor te recetó algo para ayudarte". La voz de mi madre era baja y tranquila e insistente. Debí haberme visto muy mal, como para que ella aceptara los medicamentos recetados. Mi madre odiaba la industria farmacéutica casi tanto como odiaba los OMG.

"Um, está bien." Cuando hablé, Rowyn me miró suplicante antes de interrumpir.

"¿Puedes llevarme a casa primero? Volveré por mi auto mañana... sólo, ¿me llevarás?"

"Rowyn", mi madre empezó, "No creo que ninguno de los dos deba conducir. Se pueden ver mañana". Rowyn parecía atrapada, su madre asintiendo con la mía.

"Por favor". Eso fue todo lo que susurró. "Sólo necesito... sólo por favor. Son como cinco kilometros." Su dolor era tangible para todos en ese pasillo.

"Por supuesto que te llevaré. Mamá, todo irá bien, tendré mucho cuidado y volveré a casa". Me di cuenta de que eso es probablemente lo que los padres de Rose habían asumido esa mañana, que nada de eso podía ser garantizado, pero lo prometí de todos modos.

"Directo a la casa de regreso, Reed. Te esperaré." Mi madre me apretó el hombro durante un tiempo extraordinariamente largo, pareciendo contemplar la posibilidad de retractarse de su decisión. Finalmente, desapareció en la habitación del hospital con Judith y mi padre, que aún no habían hablado, para intentar ofrecer el consuelo que podían al infinito caos que había entre esas cuatro paredes. Me di cuenta que extrañaba el sonido de las máquinas.

"Vamos", murmuré, tomando su mano de nuevo y escuchando el chirrido de sus zapatos en el suelo brillante.

"Mis zapatos hacen ruido".

"Sí. Me he dado cuenta." En ese momento, lágrimas silenciosas comenzaron a caer en sus mejillas, y traté de detenerla. "Lo siento. No me di cuenta. Tus zapatos están bien".

"Es tan estúpido. Por favor, salgamos de este... lugar. No puedo estar aquí ni un minuto más con los pitidos y los chirridos. Voy a perder la cabeza". Sólo asentí y apreté los botones del ascensor para sacarnos de ese hospital.

Afortunadamente, el sol no tuvo la audacia de brillar esa mañana, y las nubes crearon un fondo de interminable gris y frío mientras vagábamos hacia el Jetta. Simplemente no era posible que lo hubiera aparcado allí hace menos de veinticuatro horas. Rowyn temblaba, todavía luchando contra lo que fuera que estuviera en su interior en ese momento, y no pude evitar que mis brazos la rodearan antes de abrir el coche. No podía soltarme. Ella tembló con fuerza, su piel fría bajo mis dedos, y sólo pude agarrarme más fuerte.

"No puedo ir a casa", dijo con angustia.

"OK". No estaba en condiciones de preguntar por qué, en realidad..

"Por favor, ¿podemos ir a otro lugar? Enviaré un mensaje a nuestros padres; puedes culparme de todo. No puedo ir a casa."

"Sí". En un nuevo mundo donde todo estaba mal y no había nada que pudiera hacer al respecto, me las arreglé para decirle que sí a esta chica que todavía estaba aquí, con sus dientes castañeteando contra mi pecho por razones que no tenían nada que ver con el frío. Abrí la puerta de su coche y le abroché el cinturón de seguridad yo mismo. Ayer me habría regañado por ser estúpido como si no pudiera abrocharse el cinturón. Hoy se sentó y me dejó. "¿Adónde?"

"El círculo". Parecía una elección obvia, y me dirigí del estacionamiento hacia las afueras de la ciudad. Rowyn envió un mensaje a nuestros padres y puso su teléfono en la guantera para evitar que alguien nos dijera que no. La grava crujió bajo mis neumáticos cuando salí de la carretera principal y atravesamos el bosque para llegar al claro. Incluso con cielos grises, era hermoso allí. Las hojas anaranjadas todavía se aferraban a sus ramas como si tuvieran una oportunidad de quedarse. Sin hablar, salimos y nos abrimos paso hasta el círculo a través de las hojas y ramas que ya se habían rendido. Dejé que el aire de aquí llenara mis pulmones, necesitando que el oxígeno reciclado del hospital saliera de mi sistema. Rowyn se sentó en mi regazo sobre un tronco fuera de nuestro espacio sagrado donde se hacían círculos y se hablaba de protecciones y hechizos.

"¿Me dices algo?" Rowyn preguntó en voz baja, sus rodillas vestidas de vaquero rozando las mías.

"Lo que quieras". El sonido del arroyo corriendo a través de los árboles detrás de nosotros era un sonido bienvenido para ahogar el ruido fantasmagórico de las máquinas que repetía en mi cabeza.

"Sólo algo". Algo que no tiene que ver con el día de hoy. Cualquier otra cosa".

"Claro". Era más fácil decirlo que hacerlo. Mi cerebro se había quedado sin espacio para la normalidad hace una hora. "Ummm, a veces vengo aquí. Yo solo."

"¿Al círculo?"

"Sí. Es sólo que, es bonito. A veces hechizo un círculo o trabajo para limpiar mi energía si he tenido un día de mierda. Me gusta estar aquí".

"Me gusta estar aquí también. No sabía que lo hacías." Ella miró a su alrededor, y yo la miré. Ella pertenecía a ese lugar. En un espacio de magia. Todos pertenecemos. Este era el lugar donde éramos poderosos y aceptados, pero todo lo que sentía ahora era impotencia y soledad.

"Bueno, ahora lo sabes".

"Estás arruinando tu reputación de chico malo al revelar esta información. ¿Sales a un prado vacío para contemplar tus sentimientos? Pensé que se suponía que eras todo un rudo-Superman-brujo-levanta-pesas-" Sus ojos se iluminaron por un momento. "Eres un 'man-witch'".

El momento permaneció allí el tiempo suficiente para que la diversión del nombre se cruzara en su cara y una risa genuina se escapara de sus labios, y fui llevado de vuelta a la expresión de Rose de meses antes. Eran las mismas, y una sonrisa involuntaria llegó a mi boca. "Sí. Ja.ja.ja. Soy un 'man-witch'. Es ridículo que Rose y tú tengan exactamente el mismo sentido del humor. No puedo..." Pero las palabras murieron en mi garganta. *Tenía. Tenía el mismo sentido del humor.* Eso dolió.

¿"Rose te llamó 'man-witch'? ¿Por qué no lo sabía?"

"Porque lo habrías usado para torturarme sin piedad. Por eso." Las palabras fueron forzadas a salir de mi garganta. Realmente no se lo había dicho a Rowyn, porque Rose era amiga de los dos por igual, y nunca tuve que preocuparme de que mis confidencias fueran traicionadas en una pijamada entre las dos.

"Realmente lo habría hecho". La risa que salió a continuación estaba envuelta en una capa de dolor tan fuerte que sonaba como si estuviera estrangulando cualquier alegría que hubiera existido hace unos momentos. Intenté aclarar mi garganta. Intenté respirar profundamente. Pero finalmente mi necesidad de ser fuerte por Rowyn se desmoronó como arena seca, la abrumadora pérdida inundó mis pómulos y su indómito cabello, y ahí terminó todo.

No supe cuánto tiempo estuvimos sentados ahí. En realidad no importaba. El tiempo no importaba porque era un mundo completamente nuevo, y me sentía cualquier cosa menos valiente. Comprendí la incapacidad de volver a casa porque el hogar no era un lugar, era un estado de ser, y sentía que ese estado había cambiado a nivel celular. Sentí que no importaba a dónde fuera, ahora reconocería la diferencia.

"Tal vez deberíamos pensar en regresar..."

"Deber y querer son cosas muy diferentes". Me agarró la mano que aún estaba apretada contra su estómago, tratando de mantenernos juntos.

"Lo sé". Ella suspiró, y pensé que ese sería el final de la discusión.

Sus palabras cayeron en un solo suspiro. "¿Qué va a pasar cuando lleguemos a *casa*? Siento que la dejamos allí. En el hospital. Y yo he estado sentada aquí pensando en cómo yo misma no me habría dejado. ¿Qué pasó cuando nos fuimos? Mi casa sigue decorada para una fiesta como si fueran a aparecer en cualquier momento, y ella no lo hará. Nunca más va a aparecer y no sé cómo manejar eso y estar bien. Todo esto es demasiado y está pasando demasiado y no quiero volver a casa." Al final, estaba susurrando, y no tenía ni idea de cuáles eran las respuestas que buscaba en mis ojos.

"Me quedaré contigo. Si quieres. Limpiaré todo". Ni siquiera había pensado en lo que deberíamos haber hecho anoche, o en el hecho de que hoy era el cumpleaños de Rowyn. Dudaba mucho que alguien escribiera una tarjeta para esta ocasión.

"¿Te sientes... como si hubiéramos hecho algo malo cuando salimos del hospital? ¿Deberíamos habernos quedado?"

"Creo... creo que lo que hicimos probablemente no importó mucho. Todo era un poco caótico, y no sé si nuestra presencia, o falta de presencia realmente hizo una maldita diferencia, Row."

"¿Crees que hubiera hizo una diferencia para Rose?"

"Creo que nos habría dicho que comiéramos algo orgánico y durmiéramos un poco". Sentí que parte de la tensión dejaba el cuerpo de Rowyn; ella sabía que yo tenía razón.

"Bien", suspiró de nuevo. "Podemos irnos. Pero sí quédate. A menos que tu madre esté increíblemente enojada ahora mismo por no haberte ido a casa".

"Creo que lo tendrá que aceptar. Vamos."

Las lágrimas comenzaron a fluir de nuevo mientras llevaba a Rowyn de vuelta al coche. Su mano se sentía más pequeña de lo normal. Toda ella se sentía más pequeña de lo normal. Pero todo lo demás parecía demasiado enorme para tocar o incluso ver, como si estuviéramos parados en el ojo de una tormenta que nadie podía rastrear. Eché un vistazo al círculo antes de que nos alejáramos demasiado para verlo. El sol había atravesado las nubes y salpicaba su luz en la hierba que no estaba cubiertas de hojas. Parecía equivocado que tanta paz pudiera existir en el mismo mundo con tanto dolor, pero allí estaba de todos modos, existiendo como si fuera el dueño del lugar.

Resultó que mi madre estaba increíblemente enfadada porque no había vuelto a casa, pero yo era su favorito, y sabía que no estaba realmente enfadada conmigo de todas formas. Podía oír la pena en su voz mucho más fuerte que cualquier enojo.

"Sólo quiero que vuelvas a casa. Así que ven a casa". Su tono vaciló.

"Mamá, te juro que volveré a casa. Sólo necesito... ayudar por aquí. Déjame hacerlo".

"Sabes que te quiero".

"Sí, mamá. Yo también te quiero."

"No puedo pensar en ello".

"¿En quererme?" Le pregunté, aunque sabía lo que quería decir. Quería desesperadamente evitar hacer esto por teléfono.

"Podría haber sido... podría haber sido yo la que recibió esa llamada. Ni siquiera puedo creer que esto esté sucediendo". Escuché su respiración al otro lado de la línea.

"Prometo que estaré en casa. Pronto."

"En una hora".

"En una hora".

"Conduce.. con cuidado".

"Lo haré". Colgué antes de empezar a llorar por mi madre delante de alguien, y dirigí mi atención a limpiar el pequeño surtido de globos, platos, vasos y una bolsa de malvaviscos en la cocina de Rowyn mientras se duchaba. Judith se había quedado en el hospital, pero me dijo que iba a recoger a Tristen de la niñera y volvía a casa. Una vez que puse la cocina en orden, empecé a ponerme nervioso. El silencio era ensordecedor. El olor de los pasillos del hospital aún persistía en mi piel, y anhelaba un aroma familiar de pino o sándalo, lo que fuera que mi madre hubiera hecho esa semana. Saqué mi teléfono, a pesar de que estaba casi sin batería, para distraerme hasta que Rowyn regresara. Fui a revisar los cuarenta y ocho mensajes de mi madre cuando vi un mensaje que había recibido antes. De Rose.

Rose: Voy a buscar cosas de lujo para hacer ganache de chocolate y algún tipo de hojaldre. ¿Alguna otra petición aparte del chocolate?
Rose: Bien, ignórame y tendrás chocolate. ¡Oh! Usa una chaqueta esta noche :). Ya he oído bastante sobre tu *sexy* saco del mes pasado. Sólo hazlo.

Miré la marca de tiempo y me di cuenta de que estaba en la ducha esa mañana, y que esto fue quizás una hora antes... justo antes. Tuve la oportunidad de decirle algo. Para decirle que la amaba, pero estaba demasiado ocupado con mi maldito cabello como para mirar mis mensajes correctamente. Había tanto odio a mí mismo zumbando en mi piel que *necesitaba* golpear algo. No había nada en esa maldita casa que pudiera golpear. En cambio, el silencio se rompió por mi derrota exhalada, y elegí sentarme en el suelo en medio de la sala, odiando cada momento y cada persona y cada átomo del maldito universo.

―――

Rowyn bajó las escaleras en silencio y se sentó a mi lado en el suelo, sin preguntar si había alguna razón en particular para que yo estuviera allí. Su pelo mojado me hacía cosquillas en los antebrazos mientras abría el teléfono y se lo daba para que pudiera entender. Escuché que su respiración se detuvo.
"No puedo mirar esto ahora mismo. Por favor."
La culpa inundó inmediatamente mi sistema. ¿Por qué iba a pensar que mostrarle eso serviría de algo? ¿Sólo para que se sintiera

tan mal como yo? "Lo siento, Bombón. No quise... no sé lo que quise decir. Mi cerebro no funciona." Rowyn había cerrado los ojos, y prácticamente podía oírla contar hasta diez en su cabeza, tratando de conectar su energía. Era un tonto. Me puse detrás de ella en el suelo y me puse a masajear los puntos de presión de su cuello y hombros.

"¿Cuándo aprendiste a hacer eso?" murmuró.

"¿Qué? ¿Los puntos de presión? No lo sé. Hace un tiempo. Mary me enseñó en algún evento, y yo... no sé, fui bueno en eso." María Clina era lo más parecido a la magia en el sentido de un cuento de hadas. Era muy buena en Reiki[1], tanto que incluso la gente que cruzaba la calle cuando nos veían la buscaban para que les ayudará con su dolor crónico.

"¿Por qué has estado manteniendo esto en secreto?" A pesar del ambiente, sabía que me estaba tomando el pelo.

"Porque sabía que ibas querer que lo hiciera todo el tiempo, y no creía que pudiera... ¿sabes?"

"¿Eh?"

"Que podría, como, tocarte pero no se me permite tocarte. Tal vez eso suena estúpido. ¿Te sientes mejor ahora?" Pregunté, todavía esforzándome para que ella estuviera bien.

"Lo siento, Reed".

"¿Por qué?"

"Por ser lo que sea que yo estaba siendo. Estúpida. Estremecida. Egoísta. Otras palabras con 'e'." Era lo último que esperaba oír, y mucho menos en este momento.

"Estamos bien, Row. Sólo planeo besarte mucho para compensar todos los años que me hiciste esperar". Quería que sonara juguetón, pero de todas formas salió triste. Pasé mis dedos por mi cabello y estiré mi espalda, manteniendo a Rowyn entre mis piernas.

"¿Recuerdas cuando me preguntaste en Mabon... ...si me asustaría si supiera cuánto tiempo quisiste besarme?"

"Recuerdo prácticamente todo sobre esa noche".

"Bien. Creo que lo sé. O lo sabía. Cuánto tiempo, de todos modos."

"Escuchemos tu teoría entonces."

"Quinto grado". Día de la foto. Lo recuerdo bien por los problemas que tuve cuando las fotos se llegaron a casa. Mi mamá me envió a la escuela con un vestido amarillo floreado con una chaqueta de mezclilla o algo que odiaba, pero había empacado una..."

"-Camiseta de las Tortugas Ninja y pantalones de camuflaje ", terminé por ella. "Y luego te cambiaste cuando llegaste a la escuela. Te vi salir del baño de las chicas, y te veías tan mal." Me reí. "No lo sé. Te parecías a ti, supongo. Y pensé que te veías mucho mejor con eso que con el vestido, de todos modos. Tanto mejor que no podía sacarlo de mi cerebro de preadolescente, esos estúpidos pantalones de camuflaje, Dios mío. No tienes idea de cuántas noches desperdicie pensando en esos..."

"Estás dejando rápidamente la tierra de 'aw, es adorable,' al reino de 'wow, qué repulsivo,' sólo para tu información."

El breve regreso de la chica que conocí me hizo reír un poco.

"Lo siento. Me dejé llevar. De todas formas, sí. Fue desde ese momento. ¿Cómo lo supiste?"

"Tu aura cambió ese día. No era muy buena para descifrar lo que los colores significaban en ese entonces; sólo quería ser normal, honestamente. Y mientras que el tuyo había cambiado ligeramente a lo largo de los años, habías sido bastante consistente en el color púrpura, quiero decir, eres un curandero, lo sabes, pero ese día, cuando te vi, estabas iluminado con naranja y rojo, y pensé que era extraño, pero de nuevo, mi yo de quinto grado no estaba totalmente en la práctica de mis dones. Nunca cambió cuando estabas con alguien más, no lo creo, aunque no quiero saber cómo conseguiste tu reputación con todas esas chicas del coro. En serio, no me lo digas. Pero... no lo sé. Fue cuando las cosas empezaron a ser diferentes."

"Así que todo ese tiempo pensé que estaba disimulando." Fue difícil evitar el comentario de las coristas, y traté de no pensar en Amy.

"Oh, lo estabas. Apenas me di cuenta, en realidad", mintió. No de forma convincente. El silencio volvió a aparecer después de eso. Vino de un lugar que no conocía. No era nada como compartir el silencio durante una meditación; era como compartir un vacío en el espacio. Sin oxígeno.

Rowyn suspiró en silencio. "Me siento mal por haberme reido. ¿Qué clase de persona está sentada en el suelo y riéndose con su novio después de esto? Después de lo que acabamos de..." Las lágrimas se derramaron de nuevo y la abracé más fuerte. No sabía por qué no estaba llorando también. Debería haber estado llorando. O algo así. No pude, incluso cuando lo intenté, así que la abracé en su lugar.

"¿No hay como un período de shock o algo así? ¿Es eso en lo que estamos?"

"Supongo. Ni siquiera sé cómo ponerle palabras..."

"Igual. Como si una parte de mí hubiera sido excavada, y no sé exactamente qué parte o de dónde vino, pero sé que falta."

"Sí. Puedo sentir que falta también."

VEINTINUEVE
JARED

O BIEN TODOS LOS HUESOS Y MÚSCULOS DE MI CUERPO SE habían manifestado y empezado a rebelarse contra mí, o algo muy malo había sucedido. Sólo podía abrir mi ojo derecho por completo... no estaba totalmente seguro de por qué el otro no estaba cooperando. La habitación era oscura, pero los pitidos me decían que probablemente estaba en un hospital, o que iba a necesitar desactivar una bomba en cualquier momento. Mis pensamientos estaban borrosos, y todavía había un dolor detrás de lo que sea que estaba causando la no-realidad. *Mierda.* Mi pierna derecha no estaba nada bien. Estaba muy mal. Empecé a mover el brazo para sentir el yeso hasta el muslo cuando escuché mi nombre.

"Jared, cariño, ¿estás despierto?" La voz de mi madre sonaba cansada, lo que me preocupaba. Estaba al lado de la cama en un momento, y por lo que mi único ojo bueno podía ver, había estado llorando. Sus ojos azules tenían rojo en las orillas, y su pelo corto y rubio colgaba cojo alrededor de su cara.

"Sí, yo..." Me detuve cuando me di cuenta de lo ronca que estaba mi voz. *¿Por qué me duele la garganta?*

"Te dieron anestesia. Tenías un tubo en la garganta. Por eso te duele". Ella explicó esto con calma, como si eso tuviera algún sentido. El hecho de que estuviera en una cama de hospital empezó a volverse importante..

"¿Qué?", traté de aclarar mi garganta sin éxito, "¿qué pasó? ¿Qué *pasó*? ¿Cómo terminé aquí?" Incluso mientras decía las palabras, algo de la niebla cerebral se levantaba, y recordé el chirrido de los neumáticos en el asfalto y el increíble dolor en mi pierna derecha. *Había una camioneta...*

"Jared... tuviste un accidente, pero estás bien. Eso es todo lo que importa ahora mismo, ¿vale? Estás bien. Tu pierna está rota y tienes una contusión bastante seria, algunos puntos en tu frente... pero estás bien." Su voz se quebró alrededor del segundo "bien", pero siguió diciéndolo de todas formas. Una enfermera vestida de rosa entró a tomar mis signos vitales mientras mi madre lloraba en su silla y llamaba a mi padre, lo cual era extraño en sí mismo. Supe que venía desde Ohio. Cualquier droga que me habían dado me hacía increíblemente difícil mantener los ojos abiertos. Así que no lo hice.

TREINTA
ROWYN

Reed y yo nos sentamos en el suelo así durante un rato. Hasta que oímos la camioneta en la entrada. Con palabras tácitas, nos fuimos a la cocina para que pareciera que habíamos hecho otra cosa, aunque no tenía ni idea de por qué. No era como si este fuera un día normal. O incluso un día comprensible. Tristen corrió por la puerta principal a su única velocidad, y saltó por Reed, no por mí. Ni siquiera sabía por qué me molestaba, pero sólo quería experimentar sus pensamientos felices por un minuto, así que se lo robé a mi novio. No fue una decisión consciente que tomé el usar la palabra *novio*, pero me alegré de que Reed lo aceptara y no hiciera un lío.

"¿Estás triste?" me preguntó con preocupación en su cara.

"Sí, T, estoy triste. Pero no por ti. Tú me haces feliz". Luego me saco la lengua directamente a la cara. Lo dejé libre para que corriera.

Al mirar a nuestra entrada, vi a mi madre poner con vacilación una bolsa de regalo azul con un pañuelo de plata en la mesita con el espejo encima. *Es mi decimoséptimo cumpleaños, y ella murió hoy.* Reed se mecía sutilmente en las talones con aspecto ansioso, así que alejé ese pensamiento con otros cincuenta mil. Hice que las palabras salieran de mi boca.

"Oye, sé que tu madre te quiere en casa. Puedes irte. Gracias por quedarte conmigo". Agarré su mano con firmeza, deseando que se quedara para siempre. No estaba lista para estar a solas conmigo misma. La apretó de vuelta y me besó la cabeza.

"Puedo volver más tarde. Si me necesitas. Estaré aquí cuando sea, ¿de acuerdo?"

"Lo mismo va para ti. Llámame." Se arrastró hacia la puerta, pero no escapó sin un fuerte abrazo de mi madre. La oí decirle que se pusiera el cinturón de seguridad. *Como si los cinturones de seguridad pudieran hacer algo contra camiones y las zanjas empinadas.* Me regañé a mí misma por dejar que esos pensamientos vagaran por allí. Algo estaba mal en mí. Él prometió que lo haría, y una vez que la puerta se cerró, la casa se quedó en silencio. La voz de Daniel Tiger desde el iPad no fue suficiente..

Mi mamá entró lentamente en la cocina, como si pensara que podría huir si hacía un movimiento brusco. "¿Cómo estás?"

"Mala pregunta, mamá".

"Lo sé. Incluso me prometí a mí misma que no lo preguntaría cuando venía de regreso. Pero no se me ocurrió nada más. ¿Qué tal esto? No estoy bien. Sé que no estás bien. Así que si quieres no estar bien conmigo en el sofá, hagámoslo porque podría caerme al piso".

"Creo... bueno, ¿puedo ir a acostarme? No he dormido... pero puedo quedarme aquí abajo si quieres."

"No, está bien. Ve a dormir. Te despertaré para comer más tarde." Se acercó soñolienta y me envolvió en un abrazo, con sus manos peinando la parte inferior de mi cabello. Su respiración era temblorosa, y sabía que había más que decir para los dos, pero no podía. "Te quiero, Rowyn".

"Yo también te quiero".

Llegué hasta arriba e incluso me las arreglé para ponerme un par de pijamas antes de intentar dejar el mundo consciente.

LA TORRE

Había algo raro con la cama. Y con mi habitación. Me quedé despierta durante lo que duraban dos clases de química. *¿Cuándo se hizo tan pequeña esta habitación?* Además, el techo era demasiado bajo en los lados. Había ropa *por todas partes*, y era completamente asqueroso. Ni siquiera sabía cómo vivía así; era como estar en un episodio de "Acumuladores" Traté de ignorarlo. Me esponjé la almohada y me cerré de golpe los párpados para bloquearlo todo. Juré que podía sentir el polvo de mi tocador blanco gritándome. Había rayas de maquillaje por todas partes, y podía visualizarlas con los ojos cerrados. Además, sabía que probablemente había diecisiete pares de pantalones en el suelo de mi armario. No había forma de apagar mi cerebro. Tiré mi edredón y apreté la mandíbula y me acerqué a la exhibición del desastre de sombra de ojos. Me quedé mirando todo el desorden de maquillaje y cabellos negros sueltos y el polvo sobre mi espejo y quise gritar. Gritar o tirar todos los muebles por la ventana de mi ático. Me quedé de pie, indefensa, sin un pañuelo o una toalla de papel o cualquier otro material de limpieza adecuado, y me quedé mirando todo.

Mis dedos se estiraron y contrajeron con ira envueltos en indecisión. Giré con fuerza, volviéndome hacia el segundo infractor. Las puertas de doble pliegue no podían ni cerrarse sobre el montón de tela que sobresalía. Empecé a recoger las piezas para meterlas en la cesta o colgarlos en la singular barra de madera del armario. Agarré una percha, nunca había estado tan enojada con un objeto inanimado en toda mi vida, e intenté deslizar un par de jeans a través de la abertura. Mis manos temblaban, y los jeans no se mantenían planos. Los arranqué de la percha y lo intenté de nuevo, sólo para descubrir que esos pantalones ni siquiera estaban limpios para empezar y que había una mancha de ketchup mirándome desde la costura encima del bolsillo.

"¡¿Me estás JODIENDO?!" Le grité a los jeans. Lancé los pantalones tan fuerte como pude hasta el cesto de mimbre a través de la habitación, y fallé por un metro. "Impresionante", añadí, arrebatándolos del suelo. Había tanta ropa metida en el contenedor de madera que se necesitarían al menos cuatro cargas para lavarlo todo. "¿Y cuándo diablos tengo tiempo para hacer eso?"

En algún lugar de los recovecos de mi mente, me preocupaba cuestionar a la nada, pero honestamente, para mí no era tan extraño. Le hacía preguntas a un mazo de cartas todo el tiempo. Lo que fue extraño era que decidiera atacar el cesto en su lugar. Mi pie se conectó con el costado y la ropa se desplomó muy insatisfactoriamente. Hubiera querido que volaran por todas partes. "¡Maldita sea!"

Escuché a mi madre en las escaleras antes de ver su cabello oscuro mientras subía. "Rowyn..."

"¿*Qué?*" Sus ojos se movieron alrededor de mi habitación, tratando de evaluar la situación, y me di cuenta de que no había suficiente aire en mis pulmones. Había un elefante sentado en mi pecho y no podía respirar. Tragué, aún más enojada por no poder inhalar correctamente después de todo lo que había pasado ese día.

"Rowyn, ¿estás bien?" Su voz tenía ese extraño efecto de "mamá tranquila". Sabía que estaba preocupada, y eso me asustó aún más.

"Sí. No puedo respirar por completo. Y estos pantalones, y el polvo, y hace calor aquí. Sólo quiero respirar profundamente". Me tiré en el suelo para abrazar mis rodillas y tratar de forzar mi pecho para tomar más aire.

"Escúchame. Estás teniendo un ataque de ansiedad. Voy a conseguirte algo para calmarte, y quiero que te acuestes y respires a la cuenta de cuatro, ¿de acuerdo? Cuatro para dentro, cuatro para fuera, como en el yoga. Sólo hazlo hasta que regrese".

"OK". En realidad no tenía intención de discutir. Yo era la chica loca que insultaba pantalones y respiraba de rodillas. Me tumbé en el suelo, todavía asqueada por el estado de la habitación, y conté. Intenté imaginarme el oxígeno viajando por mi corriente sanguínea. Entonces llegaron las lágrimas. Mis mejillas se sentían calientes y mis ojos ardían por haber llorado antes. La respiración se convirtió en un juego totalmente nuevo en ese momento... no podía contar sin tener hipo de forma desagradable. Quería que las emociones se quedaran dentro. Mi madre se apresuró a volver a la habitación con un frasco de medicamentos y un vaso de agua.

"No son de hierbas" fueron las únicas palabras que salieron de mi boca.

"Lo sé. Necesitas dormir. Mañana te prepararé algo natural".

"No crees en las pastillas para dormir". No sabía por qué mi boca estaba tan atenta a señalar estas cosas en este momento.

"Lo hago hoy. Y no es un somnífero. Es un medicamento contra la ansiedad, y el doctor del hospital lo recetó para ti antes de que me fuera. No quería tomarla... sólo insistió en que podrías necesitarla. Yo..."

Intenté de nuevo respirar profundamente y no pude, así que me senté y tomé la pequeña píldora blanca de su mano extendida y la coloqué en el dorso de mi lengua, disfrutando el agua fresca después. "¿Y ahora qué?" Esa pregunta fue mucho más significativa de lo normal en ese momento, pero mi mamá me ayudó a levantarme del piso y volver a mi cama.

"Me quedaré aquí un minuto, o puedo ir a buscar a Tristen, y los dos podemos dormir contigo." Sabía que la oferta era real, pero no podía imaginarme compartiendo mi cama doble con ellos dos.

"Sólo quédate un minuto".

Lo hizo. Y volvió cada cinco minutos después de eso. Cada vez que el elefante se desprendía de mi pecho, caía en un sueño negro, vacio de sueños por suerte.

TREINTA Y UNO
REED

Mi madre no había dejado de moverse desde que entré por la puerta. Me regañó por haberme ido tanto tiempo, me abrazó, y luego procedió a recitar una lista interminable de cosas que había que hacer. Entendí una octava parte de ella, mi cerebro sólo estaba interesado en dormir.

"Mamá. ¿Puedo... irme? ¿A mi habitación? Sólo necesito un minuto". Se mordió el labio y vi cómo las lágrimas le llenaban los ojos. Busqué a mi padre o a mi hermano para que me ayudaran.

"Salieron a buscar lo de mi lista de la tienda. Estoy haciendo comida, eh, cacerolas, para Karen. Y Brent, por supuesto. Necesitarán comida. Ella no querrá cocinar. O cocinar. Ni siquiera sé qué hacer. No sé qué haría yo, Reed". Estaba frente a mí pero su visión estaba en otra parte, y sabía que me estaba imaginando en esa cama de hospital.

"Mamá. Todo el mundo odia las cacerolas". Fue un intento poco convincente de traerla de vuelta al mundo real. Puede que fuera patético... pero funcionó. Sus ojos se volvieron a centrar en mí y se estrecharon.

"No, no las odian".

"OK. Me quedaré aquí hasta que papá llegue a casa." Me sumergí en la silla acolchada azul de nuestro comedor y vi a mi madre tener una conversación completa consigo misma sobre la seriedad con la que debe tomarse la fecha de caducidad de la paprika. Apoyé mi frente en la vieja mesa de la cocina y quise que cesaran las pulsaciones detrás de mis ojos. Vagamente, escuché la puerta del garaje abrirse y pasos en la cocina. La mano de Cole en mi hombro me devolvió a la realidad, y deseé que no lo hubiera hecho. Había estado en un feliz estado de incertidumbre sobre el hecho de que este mundo ya no mantenía a mi amiga dentro de su dimensión.

"Hey", casi susurró Cole, y su mano seguía agarrándome el brazo.

"Hey", respondí miserablemente.

"¿Puedo... necesitas algo?"

"Dormir".

"OK. Ve". Me encargaré del frenesí de la cacerola". Si me hubiera quedado una onza de energía, me habría reído al pensar en él tratando de administrar a nuestra madre y su cocina compulsiva, pero no pude. Recuerdo haberme quitado una de mis botas. Recuerdo una almohada. Eso fue todo.

La comida apareció en mi habitación en algún momento durante la tarde, pero lo que menos quería era comer. Si mantenía los ojos cerrados, casi podía convencer a mi mente del hecho de que no acababa de ver a mi mejor amiga dejar nuestro mundo entre paredes estériles y sábanas que dan comezón.

La siguiente vez que abrí los ojos, encontré a mi madre sacudiéndome, y estaba oscuro afuera. *Bien*, pensé. *Debería estar oscuro*.

"Por favor, come algo", susurró. "Hazlo por mí. No puedo dormir hasta que hayas comido". Alcancé la bandeja que ella había puesto en mi mesilla de noche y agarré un panecillo frío en mi puño. Lo rompí con los dientes, deseando poder vomitar, pero masticando y tragando en su lugar.

"Gracias", suspiró, poniendo su mano en mi cabeza y despeinando mi cabello ligeramente antes de volver a salir al pasillo. Metí el resto del pan bajo la almohada y dejé que mis ojos se cerraran de nuevo.

Afuera, el cielo parecía no poder decidir si era de noche o de mañana. Me había despertado unos treinta minutos antes, pero no podía convencer a mi cuerpo de que se moviera. Me dolía. Todo me dolía. Tuve que asumir que tenía hambre, pero a eso no le puse atención. Fue al odio al universo, porque el pensamiento que siguió inmediatamente al de la posibilidad de tener hambre... era sobre los panecillos. En la fracción de segundo entre ese pensamiento y el reconocimiento de la realidad en la que vivía, tuve el impulso de llamar a Rose y obligarla a que me trajera el desayuno. El final de ese momento fue lo màs agobiante que he sentido. Tomé un mordisco del viejo pan de debajo de mi almohada para evitar las lágrimas que se aproximaban. Mi primer instinto fue tragar algo de comida y volver a dormir el mayor tiempo posible, pero mi mente, como siempre, vagaba hacia Rowyn, y tenía un agujero de culpabilidad en mi estómago que se preguntaba si me necesitaba. Había hecho una promesa de ser su apoyo. Un gemido se escapó de mis labios, y estiré mi brazo hacía el mi teléfono. Estaba al dos por ciento, pero vi que tenía exactamente siete mensajes de mi novia. *Mierda.* "¡Mierda!" Lo dije en voz alta. Los leí frenéticamente, odiándome por ser tan egoísta.

Rowyn: Desearía que estuvieras aquí. Estoy perdiendo la cabeza.

Rowyn: Mi madre me dio algo. Una medicina. Supongo que me hará dormir. No sé si puedo dormir. No puedo pensar, pero no puedo dejar de pensar. ¿Qué haces tú?

. . .

Hubo varias horas entre eso y la siguiente ronda, y me di cuenta agradecido de que los mensajes más recientes sólo tenían diez minutos de antigüedad.

Rowyn: Parece que me dormí. Desafortunadamente, me desperté.
   Rowyn: Ven aquí cuando te levantes. Por favor.

El "por favor" casi me mata. Estaba tan destrozado, pero quería arreglar las cosas para ella. Era muy pesado aceptar que no había una solución.

Rowyn: Estoy empezando a asustarme de que no me devuelvas los mensajes, y me doy cuenta de que no he hablado contigo desde que te fuiste ayer, y te juro que si te pasa algo te mataré.
   Rowyn: Maldita sea, Reed, envíame un mensaje de texto.
   Rowyn: Iré a tu casa en cinco minutos. No será una visita agradable. Te odio por hacerme esto y hacerme pensar cosas horribles.

Mi dedo presionó el botón de "llamar" instantáneamente. *Eres un imbécil.* Ella contestó antes de que se completara el primer *ring*.

"¡Eres un TONTO imbécil!" Su respiración era pesada, y me di cuenta que antes de hablar estaba llorando.

"Row, por favor, lo siento mucho. Estaba dormido y mi teléfono estaba en algún lugar de mi cama, y lo siento mucho. Siento mucho hacerte preocupar, estoy bien. Me desvanecí en cuanto llegué a casa y recién desperté Por favor, iré, haré lo que necesites que haga, sólo perdóname. No puedo soportar que estés enfadada conmigo ahora mismo. Lo siento mucho."

"OK". Ya sonaba más tranquila, su respiración se nivelaba.

"¿OK?" *¿Qué brujería era esto?* No hubo gritos.

"No tengo ganas de enfadarme contigo. Ya casi estoy en tu casa, así que haz espacio en tu cama y asegúrate de que no haya nada peligroso en tu habitación". Su voz era llana y resignada. Podía oír el crujido de los neumáticos en la grava a través del teléfono y fuera de mi ventana.

"Sólo entra. No hay peligro." Apagué el teléfono y miré alrededor para asegurarme de que no estaba mintiendo. Suspiré y levanté mi trasero de la cama y lo llevé al baño. No es que pensara que era un momento apropiado para besarse, pero tampoco quería derretir su cara con mi mal aliento. Escuché abrirse la puerta principal y mi madre saludó a Rowyn en el pasillo. Por la falta de movimiento, asumí que había abrazos. Escupí en el fregadero y me miré a al espejo. Me veía espantoso. Pero me pareció apropiado. Cualquier sueño que hubiera tenido no había sido aparentemente tranquilo. Me salpiqué agua en la cara y salí al pasillo, encontrándome con Rowyn allí. Ella se veía igual que yo. Cuando nos vimos a los ojos noté que los suyos no tenían la chispa que normalmente reside allí. Su cabello salvaje estaba en una trenza, y su cuerpo nadaba en una sudadera de gran tamaño. La acerqué a mí y le besé la mejilla, deseando que pudiera hacer algo para que se sintiera mejor. "Vamos", susurré, y la llevé de vuelta a mi habitación.

Si mis padres lo hubieran pensado mejor, habrían negado que compartiéramos la cama. Sin embargo, habría sido una regla difícil de implementar ahora, después de diecisiete años de pijamadas. "Reed", habló mientras se acomodaba bajo el edredón azul.

"¿Sí?".

"No lo sé".

"Yo tampoco". Me deslicé a su lado y me convertí en la cuchara grande, tirando de ella hacia mí. Dormimos así hasta que mi madre

LA TORRE

entró y nos despertó. Había luz, pero no podía descifrar si habían pasado una o seis horas.

"¿Qué hora es?" Rowyn cuestionó, frotándose los ojos.

"No es exactamente mediodía", respondió mi madre, con aspecto nervioso.

"¿Qué pasa, mamá?" Mi estómago amenazó con expulsar los cuatro bocados de pan que había comido antes, pensando en cualquier otra cosa que pudiera considerarse una mala noticia. Mi indicador intuitivo de "malas noticias" estaba ahora destrozado y no podía confiar en él.

"Karen llamó. Están... están empezando a hacer, bueno, arreglos. Para un servicio. Le gustaría tener una opinión. De ustedes dos... le gustaría que vinieran... para asegurarse de que es algo que Rosalyn quisiera..." Su voz se disminuyó, y supe que era porque el idioma no tenía palabras apropiadas para explicar. ¿Qué es lo que Rose hubiera querido para su funeral? Tenía diecisiete años, y no debería haber tenido un funeral hasta dentro de setenta años. La cara de Rowyn reflejaba la de un ciervo enfrente de faros de un coche, así que me aclaré la garganta para contestar por los dos.

"Sí. Bien. Podemos ir. O yo puedo ir. Como sea. Dame un minuto". Mi mamá se veía devastada por haber tenido que preguntar, y se fue de mi cuarto. "Row... puedo ir. Puedes quedarte aquí, o puedo llevarte a casa. No tienes que..."

"No, está bien. Podemos ir los dos." Sus ojos no se encontraron con los míos. En cambio, miró el póster de Ali en mi pared. Era posible que ya era un poco mayor para tener posters de cualquier tipo en mi pared, pero no había pensado en ello hasta entonces.

"¿Quieres comer primero? Mi madre no ha hecho nada más que cocinar durante, creo, catorce horas."

"Oh, um, claro. Comida y luego irnos."

"Comida y luego ir".

Comimos los restos fríos de una cacerola de pollo y nos fuimos a mi coche. Quería devolvernos al mundo en el que nos despertamos hace dos días. Esta versión de la realidad apestaba. Rowyn me miró por encima del vehículo y me miró como si quisiera decir algo. En vez de eso, suspiró y se hundió en el asiento del pasajero, sus rodillas se clavaron en su pecho tan pronto como el cinturón de seguridad se colocó en su lugar. El silencio nos acompañó en nuestro camino hacia la casa de los Stone.

TREINTA Y DOS
JARED

La bombilla encima de la cama tenía un parpadeo. Me ardían los ojos de tanto mirarla, pero había olvidado cómo parpadear. O respirar. Hace cinco minutos, una enfermera había venido a verme. Se disculpó por mi pérdida. Era la primera vez que me despertaba sin mi madre o mi padre en la habitación para hablar con el personal médico, y se produjo una confusión. *Recuerda. Recuerda lo que pasó. Recuerda, recuerda, recuerda.* Recordé el camión. Recordé... el caos, brevemente. Cuanto más intentaba concentrarme y miraba esa estúpida luz, creía recordar que me desperté en la ambulancia y hablé con un paramédico. *Sí. Hizo un montón de preguntas estúpidas.* Me di cuenta de que estaba tratando de evaluar mis capacidades mentales. No podía recordar lo que había pasado inmediatamente *antes* del camión. Me dolió buscar en mi cerebro algo que no estaba allí. No tanto como tratar de entender por lo que la enfermera se había disculpado. *No se ha ido.* Rose no podía estar... lo que sea que haya dicho. La enfermera había salido de la habitación bastante rápido cuando la presioné para saber de qué demonios estaba hablando, pero las palabras ya habían sido dichas.

Sabía que si parpadeaba... si me movía, todo se desmoronaría. Mis manos ya estaban apretadas, listas para arrancarme la aguja de la intravenosa del brazo y empujar las máquinas ruidosas al suelo. Todo eso habría sido de gran ayuda con el yeso que traía puesto en la pierna. Intenté contar hacia atrás desde cien, diciéndome a mí mismo que mi madre explicaría el malentendido. 46...45...44...43...

La puerta se abrió, y finalmente tuve el coraje de mover mis ojos de esa maldita bombilla fluorescente parpadeante. Incluso a través de las manchas que parecían ser parte permanente de mi visión, al menos en mi ojo bueno, supe por la mirada aterrorizada en el rostro de mi madre que no había habido ningún malentendido.

TREINTA Y TRES
ROWYN

La cazuela de pollo no me estaba sentando bien. Le envié un mensaje de texto a mi madre para informarle de los últimos avances, y dijo que quería venir. Sabía que tenía a Tristen, así que decidí aguantarme y ser la persona quien los Stone necesitaban que fuera. Quién Rosie necesitaba que fuera. Miré a Reed y supe que él haría lo mismo. Su cabello negro colgaba sobre sus ojos cansados, pero aun así intentaba transmitir calidez a través de ellos cuando me miraba. Ninguno de los dos había intentado siquiera tocar las manijas de las puertas del coche.

"Bueno. Aquí estamos". Las palabras que salieron de mi boca pertenecían a otra persona. No tenía más de las mías.

"Síp. ¿Estás bien?"

"Sí". Más declaraciones falsas.

"Sabes que sé cuando estás mintiendo, ¿verdad? Puedo sentirlo en mi piel."

"Y sabes que puedo ver todo lo que escondes entretejido en tu aura. ¿Realmente quieres comparar nuestros talentos ahora mismo?"

"No".

"OK. Finjamos que somos adultos durante la próxima hora".

"Entonces tal vez nos emborrachemos mucho esta noche".

"Tal vez lo hagamos". Tocamos la puerta al mismo tiempo y dejamos atrás la pequeña burbuja de honestidad que habíamos creado. Era el momento de ser valientes.

Me sentí mal al llamar a la puerta amarilla. También se sintió mal entrar sabiendo que Rose no estaba en casa. *Que Rose no estaba... allí. Aquí. En la Tierra.* La palabra con "m" estaba resultando muy difícil para mí, aparentemente. Reed finalmente entró en acción y golpeó ligeramente con los nudillos en el marco de la puerta antes de asomarse dentro. Agarré la parte de atrás de su camiseta y la sostuve como si pensara que podría caerse por la borda. Me lo permitió. La Sra. Stone nos llevó adentro... Karen... y nos abrazó brevemente antes de llevarnos a la mesa de la cocina. Reconocí a Cecilia, sentada con su cabello color tierra en una trenza, con un cuaderno abierto frente a ella. Sus ojos contaban una historia de compasión, pero estaba claro que ella estaba allí para algo más que sólo apoyo. Recordé sus círculos de hechizos y su liderazgo en algunos de nuestros rituales, y asumí que estaba presente con ese propósito.

"Gracias por estar aquí, chicos. Espero... bueno, ¿cómo están?" La voz de Karen transmitía preocupación, pero su aura sólo mostraba dolor. Su típica tonalidad optimista color amarillo-verde no estaba siendo vibrante; era casi difícil de detectar. Ahora estaba opacada a un color mostaza, y podía sentir lo duro que luchaba por mantenerse presente.

"Estamos bien. Vamos bien". Reed respondió por los dos, afortunadamente, ya que parecía que mi habilidad para hablar no era funcional por el momento. Había estado ocupada intentando leer las notas de Cecilia al revés desde el otro lado de la mesa, deseando saber lo que Karen quería de nosotros. No sabía nada sobre la planificación de un funeral; nunca siquiera había estado en uno.

La mamá de Rose sólo asintió con la cabeza, lo que significaba que estábamos a punto de ir al grano. "Siento acudir a ustedes con esto... sólo quiero que sea, bueno, quiero que sea algo que... realmente no sé cómo decirlo". La frustración sonaba clara en su voz, y me sentí mal por haberla hecho explicar.

"Creo que todos queremos que la ceremonia refleje el amor de Rose por su familia y amigos, su personalidad. Tú entiendes", replanteó Cecilia.

"Mhm. Quiero decir, sí. Lo entendemos." Los adultos no decían 'mhm' cuando hablaban de preparativos para un funeral. Reprendí a mi cerebro de diecisiete años y me esforcé por concentrarme en todo lo que decían: las decisiones que ya se habían tomado, en qué les gustaría que les ayudáramos. Me sentí aliviada cuando vi que Reed estaba tomando notas en su teléfono. Algo sobre música, y, ¿tal vez hacer una lectura de algún tipo? Quedó claro que las indicaciones se habían detenido, y esperaba no haber estado mirando al espacio.

"Eso sólo deja una pregunta." Karen parecía nerviosa, y el Sr. Stone... Brent... le extendió el brazo y le apretó el hombro.

"Claro", respondió Reed por nosotros otra vez.

"Necesito saber cómo se sienten sobre Jared yendo al servicio". Su voz no demostró ninguna opinión, de una forma u otra. Intenté leerla con mis otros sentidos, pero todo lo que sentí fue tristeza. De nuevo, nos habíamos olvidado de Jared. *Jared*. ¿Qué le había pasado?

Reed se aclaró la garganta, arrastrándome de nuevo a la conversación. "¿Lo sabemos? Quiero decir... ¿cómo...?"

"Sabemos que el accidente no fue su culpa. La policía fue muy clara al respecto. No puedo... no quiero hablar del accidente más allá de eso ahora mismo." Su boca se hizo una línea dura.

"Por supuesto, no, está bien. No sabíamos qué..." El asunto de no terminar oraciones empezaba a ser ridículo por parte de Reed.

"Si quiere estar ahí, entonces creo que debería estar ahí. Quiero decir, si están de acuerdo con ello, obviamente. Rose realmente... bueno, eran buenos. Juntos. A ella le gustaba mucho y él la hacía feliz". No tuve que pensar de más en eso. Sabía que era verdad.

"OK. Le haré saber a su madre que es bienvenido si quiere asistir y si es que ha sido dado de alta. Ella mencionó... bueno, mencionó que le gustaría recibir visitas." Karen suspiró y enderezó los saleros y pimenteros de la mesa. "No le prometí que se los diría a ustedes. Así que, son libres de decidir qué hacer". Las palabras entrecortadas me dijeron que la conversación era probablemente más que difícil, sabiendo que a Jared le tocó quedarse y a Rose no.

"Lo pensaremos", respondí finalmente. "Sólo háganos saber si ustedes necesitan algo más". Empecé a pararme y empujar mi silla, necesitando estar lejos del espacio donde ella debería haber estado. Cuando me giré, un pensamiento me llegó. "¿Karen?"

"¿Sí, cariño?" Nunca me había llamado "cariño"... pero lo había hecho con Rose con frecuencia, lo que hizo que los restos de mi corazón amenazaran con explotar.

"Creo que deberíamos... o podríamos, más bien, decirle a la gente que vista colores de verano." Se sintió bien cuando las palabras salieron. "Sé que hace frío, pero Rosie amaba el verano. No querría que la gente fuera de negro o gris. ¿Podemos hacer eso?"

"Podemos hacerlo. Gracias, Rowyn". Vi sus ojos comenzar a brillar y sentí la mano de Reed en mi espalda. Antes de que pudiera guiarme fuera de la cocina, volví y abracé a la madre de Rose. Un abrazo de verdad, y ella me devolvió el abrazo, y no me importó cuando sentí sus lágrimas en mi blusa o cuando el dolor alojado en mi corazón se convirtió en un llanto apenas contenido. Finalmente, nos soltamos, y caminé con Reed de vuelta a su auto, con la respiración forzada de ambos mientras él ponía la llave en el encendido.

"¿Estabas escuchando? ¿Dijeron cuándo sería el funeral?" Con todo eso, no podía recordar.

"Pasado mañana".

"Vaya. Eso es rápido. Ella no... bueno, no estará allí, ¿verdad?"

"¿Quieres decir como cajón abierto? ¿Así es como se llama?"

"Sí".

"No lo creo. Creo que cuando alguien es incinerado lo hacen antes".

"Oh. Supongo que tiene sentido". Me quedé mirando por la ventana al día incoloro. Era una completa locura que mi novio y yo contempláramos la cremación y los funerales en nuestro viaje a su casa como si fuera una conversación casual. "Oye, ¿Reed?"

"¿Sí, Bombón?" Sus profundos ojos marrones dejaron el camino momentáneamente para mirarme de verdad. Era tan hermosamente familiar que a veces olvidaba mirarlo.

"Sé que es algo horrible, pero me alegro de que estemos juntos en esto. No es que quiera que te sientas así también... es sólo que, no lo sé. Tal vez soy una persona terrible".

"Es sólo que cuando me miras, sabes que ambos estamos extrañando a la misma persona de la misma manera. Es diferente a estar cerca de sus padres, porque ellos extrañan a su hija. Echamos de menos a nuestra amiga. Lo entiendo."

"Sí. Me imaginé que lo harías". Apoyé mi cabeza en el vidrio frío de la ventana, pero me acerqué para unir nuestros meñiques encima de la palanca de cambios.

"¿Quieres ir a verlo?" La voz de Reed era firme, pero sabía que había muchas variables envueltas en esa pregunta.

"Honestamente no tengo ni idea. Tiene que ser... difícil, supongo que es la palabra, para él ahora mismo. No sé si puedo soportar estar ahí para alguien más. Otra vez... siendo una persona terrible". Me bajé las mangas de mi sudadera de gran tamaño sobre las manos, deseando ser más fuerte.

"Sigo tratando de ponerme en sus zapatos, ¿sabes? Si realmente no fue su culpa, y solo fue un accidente de mierda... ¿Cómo lidias con eso?"

No tenía ninguna respuesta para él. "¿Vas a ir? A verlo, quiero decir."

"Creo que sí. No tengo ni idea de qué decir, pero siento que debería hacerlo".

"¿Quieres que vaya contigo?" Sabía que sonaba poco entusiasmada, y me odiaba a mí misma por no apoyarlo, pero realmente no quería volver a ese hospital. Era completamente posible que mis pies se negaran a entrar allí.

"Nah, haz lo que tengas que hacer. Puede que me dirija allí ahora, si vas a tu casa. Mi mamá probablemente seguirá cocinando y mirándome con su cara de "no sé qué decir". Todo está bien."

"Su cara realmente muestra eso". Se me escapó una sonrisa con eso, y me incliné para besarlo antes de salir. Me devolvió el beso con más intensidad de la que había previsto, pero me pareció correcto aferrarme a él.

"Tengo una pregunta", me preguntó antes de que tuviera la oportunidad de salir.

"Claro, ¿qué?"

"¿Quieres tu regalo de cumpleaños? Me siento raro por no haberte regalado nada... Aunque uno de tus regalos ahora parece mucho más inapropiado y mucho menos divertido dado la actual, ah, situación... No lo sé".

"Oh, no había pensado en ello. ¿Quieres dármelo?"

"¿Puedes decirlo de otra manera? Tampoco puedo responder apropiadamente."

"¿Desde cuándo te preocupa tanto el decoro?"

"No lo sé. Todo es tan difícil, y ni siquiera sé cómo ser yo". Tenía razón, por supuesto. Me puso triste y poco enojada.

"Te doy permiso para que en los próximos cinco minutos sólo seas tú. Si vas a lanzar cualquier insinuación abierta sobre "dármelo", ahora es el momento." Respiré profundamente y me concentré en Reed. Me concentré en la forma en que su cabello oscuro caía en su cara justo después del rabillo del ojo. En la forma en que su brazalete de Lágrimas Apache colgaba de su muñeca. En la forma en que los anillos de sus dedos se sentían cuando él tomaba mi mano. En la forma que un lado de su sonrisa era ligeramente más alta que el otro cuando estaba a punto de decir algo arrogante. Podíamos lograr esto, estar presentes, durante cinco minutos.

"Bueno, le quitaste toda la diversión a la insinuación cuando lo dices así."

"Lo siento mucho". Sonreí a medias.

"De todos modos", siguió adelante, se dio la vuelta y alcanzó algo en el suelo del asiento trasero. "Aquí". Era una caja más grande de lo que esperaba, toda envuelta de plata. "Lo siento, no hay moño. No tenía uno, y..."

"Reed. Cállate. No me importa el moño".

"¿Prometes no golpearme cuando lo abras?"

"No".

"OK pues. Siempre y cuando esté preparado". Entrecerré los ojos, ahora me pregunté seriamente qué diablos había en esta caja. Abrí el papel silenciosamente en las costuras y saqué la tapa de la caja. Había varias cosas dentro que flotaban en un papel púrpura. Lo primero que vi fue un par de calzoncillos, y entonces entendí la petición de una reacción no violenta.

"¿Qué es esto?" Parpadeé, pellizcando el algodón negro entre mis dedos. Al menos no eran de encaje, pero ¿en serio me compró *ropa interior*?

"Es ropa interior de bruja. Emmm, esto me pareció una gran idea cuando los vi en línea. Pensé que te gustarían y que tal vez te parecerían graciosas y me llamarías imbécil. También compré la blusa sin mangas para acompañarlas". Fue un raro placer ver a Reed avergonzado, pero quería salir de su coche por la ventana en ese momento. Había toda una parte de mí, la parte que había sido su mejor amiga durante diecisiete años, que quería hacerlo retorcerse por esto. Pero había una parte más nueva, la parte a la que le gustaba mucho que sus manos estuvieran en mi abdomen y que cuando sus dientes me mordían el labio, tenía una reacción muy diferente en mí. Eran, de hecho, ropa interior de bruja con una camisola a juego. Ambas eran negras con un solo pentagrama, que significaba los cuatro elementos naturales y el poder del espíritu. La camisola tenía la frase "No hagas daño, pero no te dejes", escrita en ella, y me reí en voz alta. "No hagas daño" era probablemente lo más cercano al "Código de Honor de las Brujas" que teníamos, pero la segunda parte era simplemente divertida. "Bien, ¿ves? Es divertido!" Su tono insistente me hizo reír de nuevo.

"Bueno, tendrás que hacerme saber cómo se me ven", dije tan casualmente como pude antes de pasar al siguiente regalo. También respiré un suspiro de alivio de que hubiera hecho la compra en línea, ya que él, en cualquier tienda en un radio de 50 millas conjuró imágenes de toda nuestra comunidad sabiendo que me compraba bragas.

"¿Disculpa?", preguntó, y su sonrisa se multiplicó por diez.

"¿Qué más tenemos aquí?" Me expresé en voz alta, incapaz de avanzar más con el coqueteo que había tirado. Se inclinó hacia adelante para besarme el cuello de todos modos, poniéndome la piel de gallina.

Mis ojos fueron inmediatamente atraídos por el mazo que había estado mirando desde la librería. Cogí las cartas y las saqué para apreciar las obras de arte y sentirlas en mi mano. "Esas eran las que querías, ¿verdad?"

"Sí. Son perfectas. Estoy tan emocionada de usar..." Me detuve en ese pensamiento. Mis *cartas*. Las cartas. Los mazos que no me funcionaban. Mi corazón latía con fuerza mientras intentaba recordar qué cartas había tirado durante la última lectura con Rose.

"Row, ¿qué pasa?"

"Reed, ¿qué pasa si me perdí... sentí que mis mazos no funcionaban, pero qué pasa si simplemente no lo entendía? ¿Qué pasa si dijeron algo y me lo perdí? No puedo recordar qué cartas saqué. ¿Por qué no puedo recordar? ¿Acaso no debería recordar algo tan importante?" Puse las nuevas cartas y la ropa interior de nuevo en la caja y estreché mis manos, deseando que mi cerebro se acordara.

"Rowyn. Sabes que no funciona así. ¿Tus guías transmitieron algo la última vez que leíste para Rose? No te perdiste nada; sólo que se suponía que no debías saberlo. Se supone que no debes saberlo todo".

"¿Cómo puedes decir eso? No estabas allí. Me estaba confiando demasiado."

"Detente. Piensa". Lo hice. Traté de pensar. Dejé que ese día volviera a mí lo mejor que pude.

"Está bien. Está bien. No. Mis guías me bloquearon durante esa lectura por lo que recuerdo. Lo mismo que hicieron durante la última lectura de Jared el fin de semana que estuvimos todos aquí." Ese recuerdo me golpeó como una tonelada de ladrillos también. Me pareció extraño que no pudiera decirle sobre las eliminatorias de fútbol. Ahora tenía sentido el porqué. No jugaría en ellas de todas formas.

"Rowyn. Obviamente se suponía que no debías saber esto. Por favor, no pienses así". La desesperación en su voz era espesa, y podía sentir su energía tratando de atarme a donde estaba.

Me tuve que haber perdido de algo ¿Por qué mis guías me ocultarían esto cuando podría haberlo *evitado*? Podría haberle dicho que... ¿que se mantuviera alejada de *todos los coches*? Que se mantuviera alejada de los coches *ese día*. Me lo perdí. La única maldita cosa en la que se suponía que era tan buena, dejar que la gente supiera lo que estaba por venir, ayudarles a tomar decisiones, y fallé cuando importaba. Yo completamente...

"Por favor. Deténte." La voz de Reed era ahora un susurro, y su mano estaba apretando la mía casi hasta el punto del dolor, devolviéndome a la realidad.

"No sé si puedo. Debería haberlo sabido".

"Y debí haber intentado curarla yo mismo cuando llegué al hospital. Pero no lo hice. Ni siquiera lo pensé, y sólo les creí cuando dijeron que no se podía hacer nada. Ni siquiera intenté ver si podía hacerla sentir más cómoda". No me miró cuando lo dijo. Miraba fijamente al agujero de mierda que era el mundo.

"Reed... la viste. La tocaste. Sabes tan bien como yo que no había... no había nada que arreglar". Verlo en ese estado me devolvió el ritmo cardíaco casi normal, pero también me devolvió el dolor. Había demasiado dolor en ese maldito vehículo.

"Aunque no ayuda mucho. Sabiendo eso. Tal vez si hubiera ido con ella a la tienda en lugar de Jared. O si..."

"¡Ni siquiera digas eso!" Le grité, mi voz finalmente se quebró. Él me miró, pareciendo darse cuenta de que yo todavía era parte de la conversación.

"Lo siento. Row, lo siento. No quise decir eso."

"Si los hubiera perdido a los dos... ¿Sabes? No puedo. No sé qué hacer sin ella. Eres la única persona que me mantiene cuerda en este momento". Tuve que salir del coche. Me estaba ahogando. Empujé la puerta, y ni siquiera me sorprendió ver a Reed casi a mi lado cuando mis pies tocaron el pavimento.

"Lo sé. Lo sé." Su voz era gruesa mientras me abrazaba con fuerza. Tan fuerte que no sabía si mis costillas podían soportar la presión, pero no me importaba. "Somos tú y yo, ¿vale? Saldremos de esta."

"¿Lo prometes?"

"No. Realmente no tengo ni idea de qué hacer." Mórbidamente, solté una risa, apreciando su honestidad. Se unió a mí, y nos reímos como un par de fugitivos de un asilo hasta que nos sentamos en la acera frente a su casa. Me hizo pensar en Rose, pero de una manera feliz, que no podía mantenerse erguida cuando pensaba que algo era realmente gracioso.

"Siento no haberte dado los cinco minutos completos de ser tú antes de asustarme."

"Eh. Todavía estoy sentado aquí contigo en mi regazo, así que voy a llamarlo una victoria para mí de todos modos. Más aún si te sientes lo suficientemente mal que vas a modelar el primer regalo que te di."

"Qué gran idea. Iré a casa y se las mostraré a mi madre y luego haré un desfile de moda para los dos. Deberías hacer palomitas de maíz para el evento." Me limpié las lágrimas saladas sobrantes de mi piel con mi mano, sabiendo que me veía como un desastre.

"Hazme un gran favor, ¿quieres? Absténte de mencionar a tu madre cuando coquetee contigo. Hace que mis entrañas hagan cosas raras, y ninguna de ellas es buena".

"Vale, vale, lo siento. Puedes seguir coqueteando conmigo si quieres".

"No puedo ahora. Estoy seguro de que tendré ganas de hacerlo más tarde".

"Bien. Hay rocas que se están asentando en lugares donde no deberían estar", me quejé, deseando realmente haber encontrado un mejor lugar para sentarnos.

"Bueno, no queremos eso". Se levantó y me tendió la mano.

"Gracias por mis regalos. Desearía... bueno, desearía tantas cosas que probablemente no debería empezar con esa lista ahora mismo. Pero hiciste un buen trabajo. Mucho mejor que la Barbie que me conseguiste en tercer grado".

"Por última vez, mi madre compró ese regalo e insistió en que era una pieza de colección. No sé qué más decirte al respecto".

"Era una reina rubia de concurso, Reed. Incluso a los ocho años, deberías haber sabido que le daría un mohawk y le perforaría la nariz o algo así".

"Sí, eso fue un buen look para ella. Con la banda y todo." Me sonrió. "Siento lo de la Barbie. Me alegro de que te haya gustado más este regalo". Hizo una pausa, y yo no sabía si era porque quería quedarse conmigo o porque tenía miedo de ir a ver a Jared.

"Puedes venir a mi casa después, ¿sabes? Ni siquiera tienes que ir."

"Lo sé. Creo que lo haré, sin embargo. No me quedaré mucho tiempo. Puede que pase por aquí después de que me reporte aquí... mi mamá ha estado un poco... ya sabes."

"Lo sé".

"Te llamaré de cualquier manera, ¿de acuerdo?"

"OK. Oye, pasado mañana... para la cosa. ¿Puedo ir contigo?"

"Por supuesto, Row. Te lo dije; estamos juntos."

"Te amo". *Espera, ¿qué?* Quería volver a meter las palabras en mi boca tan pronto como salieron volando. No las había dicho antes. Bueno, sí lo había hecho, pero de una manera como un "te amo, hermano". Como si se lo fuera a decir a Rose. No podía ir por ahí diciendo cosas como esa... ahora que, ahora que estábamos...

"Sabes que yo también te amo, Rowyn". Reed me sonrió a medias. "No te preocupes, puedes borrar la mirada loca de tu cara. Dejaré que lo repitas algún día bajo otras circunstancias, ¿de acuerdo?"

"No es una mirada loca", murmuré, a partes iguales molesta y aliviada de que me conociera tan bien.

"Está en los ojos, Bombón. La locura." Esta vez sonrió de verdad y volvió a su coche mientras yo me dirigía con dificultad a mi Civic para ir a casa, sorprendida de que hubiera difundido la situación como si no fuera nada. Podía leerme como un libro. Más fácilmente que un libro. Como un mapa que no necesitaba. *Eres un desastre.*

De camino a casa, decidí que comida y televisión eran lo único que necesitaba en ese momento, y crucé el umbral para encontrar... a mi madre ahogándose en sollozos en la cocina.

Bueno, ya qué.

TREINTA Y CUATRO
REED

Ella dijo que te amaba. Había estado repitiendo esto en mi cabeza mientras conducía hacia el hospital. Fue en las peores condiciones posibles, pero lo había dicho, y lo decía en serio. Podía sentir la intensidad de las palabras y el miedo que venía después, pero no era miedo a que fuera falso, sino a que fuera verdad, y que ella no pudiera soportarlo. Eso estaba bien. Había estado esperando que se diera cuenta desde que teníamos once años.

Me encontré en mi auto mal estacionado en un lugar frente al hospital sin recordar haber conducido hasta allí. Se me ocurrió que mi mente estaba tan desenfocada y tan desequilibrada que me estaba abriendo a casi todo, energéticamente hablando. Sabía que iba a sentir más dolor y más pena cuando fuera a ver a Jared. Iba a doler, pero necesitaba mantener mis sentimientos como propios. No podía dejar que su dolor o culpa o lo que sea que estuviera enfrentando se mezclara con mis propias emociones.

Vale. Respira primero. Siéntate y respira. Cerré los ojos y bajé las ventanas a pesar del frío. Necesitaba sentir algo de la naturaleza. Cualquier cosa, en realidad. Respiré tan profundamente como pude y lo mantuve ahí. Concentré todo lo que tenía en dejar que ese aliento recogiera toda la energía caótica dentro de mi corazón y quitársela cuando exhalara. Lo repetí hasta que sentí que parte del peso se desvanecía de mi pecho. Me tomé mi tiempo para visualizar mi escudo energético. Creé una pared mental de espejos, reflejando todo lo que venía hacia mí de vuelta a los que lo crearon. Necesitaba estar seguro de que iba a ser capaz de salir de allí llevando sólo mi propio bagaje. Era suficiente. Ya era demasiado. Me ajusté el brazalete y volví al último lugar en el que quería estar.

Lo primero que me golpeó fue la quietud. Uno pensaría que habría algún tipo de urgencia en un lugar lleno de gente enferma. Pero era sólo callado y estéril. *Respiraciones profundas. Esto no es lo mismo que antes.* Eso era cierto. Estaba en un piso diferente. La gente en sus habitaciones estaba despierta, alerta, no muriendo. *Vamos, solo quince minutos para ver cómo está el tipo.*

Me detuve en la estación de enfermeras para encontrar su habitación y toqué la puerta tentativamente una vez que llegué. Una parte de mí quería darse la vuelta y salir, pero no era mi naturaleza el irme así como así.

"Sí, entra". La puerta se balanceaba pesadamente hacia adentro. Jared estaba parcialmente sentado, usando una camiseta de la escuela con la pierna enyesada hasta el muslo. Se veía fatal, en realidad.

"Hey, hermano. Te preguntaría cómo va todo, pero no sé qué tipo de respuesta esperaría". Me miró con una expresión de dolor durante un rato. Lo suficiente como para que empezara a preguntarme si había sido una mala idea, pero no me sentí necesariamente mal recibido.

"Eso no impide que nadie más me pregunte", dijo en voz baja.

"¿Qué es lo que normalmente dices?"

"Eso depende. Sé que las enfermeras sólo quieren saber físicamente cómo estoy. Lo cual supongo que la respuesta es "vivo". Me iré a casa pronto. Honestamente ya no me molesto en escuchar. Pero mi madre sigue preguntando, y no creo que pueda decirle la verdad, así que miento". *Esto.* Por esto me sentí obligado a venir aquí. La gente me hablaba; siempre lo habían hecho. Él estaba desesperado, y estaba escrito en su cara. Había muy poco que lo mantuviera cuerdo. Me volví a centrar en mi escudo para asegurarme de que podía manejar esta conversación. Me arrastré hasta la silla cerca de su cama y me senté lo más casualmente posible.

"¿Y cuál es la verdad?" Las cosas se habían vuelto serias mucho más rápido de lo que había imaginado, pero era obvio que nadie le había dejado *sentir*.

"Ya no sé nada. No puedo recordar exactamente lo que pasó, y me está volviendo loco. Los policías vinieron y explicaron algo sobre las marcas de las ruedas y que fue culpa del camionero... está muerto. ¿Sabías eso? La razón por la que cruzó la línea... supongo que tuvo un ataque al corazón o algo así. Está muerto. ¿Cómo puedo odiarlo? No tengo a nadie a quien odiar excepto a mí. Esa es la verdad. Lo siento mucho". Perdió la voz en la disculpa.

Sin pensarlo realmente, respiré y me abrí silenciosamente para hacer Reiki. *Pido y agradezco a las fuerzas universales y a los guías espirituales por su asistencia, guía y protección. Pido convertirme en un canal para la energía de Reiki, para que mis manos sanen, y para que el resultado le otorgue el bien más elevado a Jared.* Mis dedos se movieron en la superficie del reposabrazos para trazar el símbolo adecuado para comenzar. Aunque esperaba que la energía comenzara a viajar a donde Jared la necesitara, había algo que no se conectaba del todo. "Yo también lo siento. Siento no haber venido a verte antes; todos hemos estado lidiando con... ha sido duro. Pero debería haber venido. Para decirte que nadie te culpa por lo que pasó. Ni yo ni Row, ni los padres de Rose... ...así que si eso te ha pesado, bueno, pensé que deberías saberlo".

"Gracias por decir eso. Yo sí me culparía a mí mismo. Yo me culpo. Pero gracias. No sé si debería... bueno, me dijeron que saldría a tiempo para ir al servicio. Pero no sé si puedo. Quiero hacerlo, quiero decir, siento que debo asumir la responsabilidad, pero su familia..."

"No vayas a asumir la responsabilidad. Ve a despedirte. Eso es todo lo que haremos. No quiero que esto suene mal, pero será suficiente. No creo que nadie se preocupe por ti. No en este momento, quiero decir. Sueno como un idiota".

"Un poco, pero eso es lo que necesitaba oír". Casi sonrió por eso. No tenía ni idea de si me dejaría ayudarle, pero no creía que pudiera irme sin intentarlo.

"Escucha... ¿puedo... ayudarte? Yo hago Reiki. Es como... es un trabajo de energía. Si no quieres que lo haga, está bien; sólo creo que podrías sentirte más lúcido." No gritó "no" o me acusó de querer tocarlo inapropiadamente o algo así. Estaba yendo bien.

"Mi madre sigue diciendo que debería estar agradecido de que me haya salvado. Que es un milagro que esté vivo, y que tengo que estar agradecido. Pero no lo estoy. No veo ningún sentido a que yo siga aquí y ella... y Rose no. Eso no tiene ningún sentido". Aparentemente iba a seguir con la evasión de la pregunta. Me di cuenta de que era la primera vez que decía su nombre, y me pregunté si realmente era la primera vez que decía su nombre desde lo ocurrido. "Y estaba empezando a pensar que ustedes tienen razón, siendo no creyentes, quiero decir". Suspiré. Mucha gente se equivocaba, pero no tuve tiempo ni energía para enseñarle sobre las creencias paganas y/o de brujas en este momento.

"Eso es algo muy serio de pensar... lo entiendo. Pero por favor no pienses que no creemos en nada. Creemos en muchas cosas, pero... bueno, sin entrar en detalles, todos tenemos la libertad de creer lo que queramos. Podrías ser un pagano y no un brujo, podrías practicar el oficio y no considerarlo una religión, y podrías ser wiccano, druida, lo que sea. Pero nosotros, o yo, debería decir, creemos en un propósito mayor, en la reencarnación, en un alma, en el poder de la energía en este mundo y en el siguiente. Todo eso". Tragué saliva, tratando de decir sólo lo que era necesario. "Creo... creo que deberías venir. Creo que te dará una mejor comprensión de quién era Rose... quiénes somos."

"Lo siento. No quería..." No terminó, pero estuvimos bien. Era raro que alguien me escuchara hablar tanto sin ignorarme. "Creo que sí iré".

"Bien". En la primera pausa de la conversación, las lágrimas se derramaron en sus mejillas, y quedó claro por su repentina frustración que no se había permitido mucho tiempo para llorar. Me levanté para irme, sintiendo que había sacado lo que necesitaba. "Oye, si necesitas algo..."

"Sí, gracias", dijo. Llegué a la puerta y añadió: "¿Qué es Ray-key?" Lo dijo como si fuera el nombre de alguien.

"¿Reiki? Es una curación energética. En realidad es bastante efectivo, si quieres probarlo. No tengo que tocarte ni nada. Es sólo... bueno, no es cualquier cosa supongo, pero es una práctica de sanación".

"¿Es eso raro? Vaya, tú eres un chico, y yo soy un chico..."

"¿Tu médico es un hombre?"

"Sí".

"¿Es raro?"

"No".

"OK".

"Vale. Sí. Supongo que la última vez... con Rowyn y las cartas. Eso salió bien. Mi madre está mejor con el nuevo tratamiento. Se fue a Nashville el mes pasado... le van a operar pronto el corazón". Ya ni siquiera me hablaba a mí. Sólo hablaba. Me paré al final de su cama; sentí que estaría más cómodo conmigo allí.

"Eso es genial, me alegro de que esté mejorando".

"Sí. Um, entonces... ¿solo me quedo sentado aquí? O... Esto es increíblemente incómodo y me siento como un idiota".

"Bueno, al menos ahora estás siendo honesto. Y siempre pensé que eras una especie de idiota, en realidad. Hasta este año, obviamente. Estás bien."

"Sí, sí, jódete." Por lo menos actuaba más como él mismo en este momento.

"No necesitas hacer nada. Sólo ponte cómodo. Cada uno experimenta el Reiki de manera diferente, así que no puedo decirte exactamente qué esperar, pero deberías sentirte... mejor." Ya había dibujado mi símbolo y sentí la energía moviéndose como debería esta vez. Fluyó bajo mis manos como agua corriendo.

"Me gustaría un 'mejor'", bostezó. El tipo parecía exhausto, aunque quizás no tanto como cuando llegué. Esperaba que algo de la pesadez se hubiera levantado después de poder hablar. "Hey... gracias por venir. No mucha gente lo ha hecho."

"No hay de qué". En pocos momentos, sus ojos se cerraron. Me quedé todo el tiempo que necesité para que el Reiki trabajara en su cuerpo, y dejé a mi amigo durmiendo, apagando la luz de arriba cuando salí.

TREINTA Y CINCO
JARED

No supe qué demonios hizo Reed, pero después de varias noches de sueños llenos de imágenes perturbantes -chirridos de neumáticos, crujidos de metal, sirenas a todo volumen- esa noche fue la primera en la que dormí sin despertarme con un sudor frío. No sabía quién era Ray Key, pero era mi nuevo mejor amigo. O tal vez sólo lo era Reed.

TREINTA Y SEIS
ROWYN

Era tan raro ver a mi madre llorar. Incluso cuando mi papá se fue, ella estaba más callada que nada. Esto no era callado; hizo que mi corazón se retorciera dentro de mí.

"Mamá, aquí estoy, ¿qué pasa?" Era bastante obvio que no me había oído entrar, porque trató de fingir como si tuviera un maldito resfriado. "No hagas eso, ¿vale? No tengo siete años. No finjas que es nada o que estás cortando cebollas o algo así". Me miró como si fuera la primera vez que pensaba en el hecho de que yo era casi un adulto. Sus ojos estaban rojos y reflejaban dolor, y la abracé como no lo había hecho en mucho tiempo.

"Karen llamó, y quiere que diga algo en el servicio. Dijo... dijo que va a tratar de hablar, pero no sabe si puede, y quiere... no lo sé exactamente. Sabes que Rosie era como... Su voz se quebró antes de que pudiera decir "otra hija", pero sabía que eso era lo que quería decir. Rose estuvo con nosotros casi tanto como en su propia casa mientras crecía. Me quedé sin aliento, deseando poder seguir plantada firmemente en mi estado de negación sobre lo que traería esa mañana. Supuse que debería haber agradecido a mi madre por traerme de vuelta al mundo real.

LA TORRE

Seguía teniendo momentos en los que lo olvidaba. Mi primer pensamiento después de decir que estaba enamorada de Reed fue que tenía que llamar a Rose. Hubo un breve momento, el tiempo que tardaba un colibrí en batir las alas... como el tiempo entre el sueño y el despertar, que olvidé que no podía llamarla. Al menos la crisis actual le estaba quitando la atención a esa.

"Puedo ayudarte, a escribir algo, quiero decir". Le rocé ligeramente las puntas del cabello, como solía hacerme cuando yo estaba enfadada. Me parecía a ella, aunque su cabello era siempre brillante donde el mío era áspero, pero los rizos oscuros eran los mismos.

"No quiero hacerte... sentir nada más de lo que ya sientes. Me duele verte sufrir y no hay nada que pueda hacer. No sé qué hacer, Rowyn. Incluso te dejé tomar esas píldoras, y no... no sé qué hacer". Ya no estaba llorando, pero esto era peor.

"No tomaré más las píldoras si te molesta. Sólo me ayudan a dormir, eso es todo." Sabía que no era el punto, pero era lo único que se me ocurrió decir.

"No me importa la medicina Row. Sólo me siento perdida".

"Yo también".

"Bueno, entonces supongo que estaremos perdidas juntas. ¿Quieres helado para la cena? Luego podemos escribir algo."

"¿Vas a dejar que Tristen coma helado también?" Pregunté, sorprendida. Siempre era muy estricta con todo lo que comía. Tuvo una fase de ver documentales acerca de alimentos saludables mientras estaba embarazada de él. Gracias, Netflix.

"Es orgánico y hecho con leche de coco. Es prácticamente un batido. Le pondré fresas encima". *¿Qué le está pasando al mundo?*

"Bien... helado para la cena entonces." Fui y le robé a T la atención de su torre de bloques y le conté nuestros planes para la cena. No me creyó, y no lo culpé. No había olvidado la vez que le dije que un huevo duro era realmente un caramelo lleno de chocolate. No se emocionó hasta que corrió a la cocina y vio tres tazones en el mostrador y el jarabe de chocolate orgánico exhibido con orgullo.

Era lo más delicioso que había probado en mucho tiempo. Había algo sobre el helado con jarabe de chocolate que superaba a todas las demás presentaciones de helado. Rose se habría horrorizado de que no estuviera sobre una rebanada de pastel casero. *"No somos niñas de cinco años. Esto no es un Chuck E. Cheese, Row. Podemos comer comida decente"*. Me habría regañado por los malvaviscos gigantes que apilé encima.

"Rose no era tan bonachona como todos pensaban que era", musité en voz alta, recordando que debíamos escribir algo. Algo que ninguno de nosotras tenía idea de cómo escribir.

"Rowyn. Sé que a veces la gente se enfada... con la persona que, bueno, falleció, pero yo..."

"No, no, no, mamá, para nada. Lo digo como algo bueno".

"¿Es bueno que no haya sido amable?" No estaba muy segura de cómo hacerla entender. Dejé que la cuchara golpeara en el tazón vacío y me apoyé en el frío y oscuro granito.

"Por supuesto que era *amable*. Digo que no era tan amable como todos pensaban. Todos los que no la conocían realmente. Era un poco mandona y tenía más descaro que yo cuando lo ameritaba, y no tenía miedo de ponerme en mi lugar. O a Reed. O a nadie en realidad; no dejaba que nadie se aprovechara. Sólo decía lo que necesitaba decir de tal manera que nadie cuestionaba si las palabras eran bonitas. Conseguía que la gente la escuchara cuando yo nunca pude. Sólo... desearía que más gente supiera que ella no era... ni siquiera lo sé. No era una persona normal. Y la gente nunca la trató como a Reed y a mí, como si fuera una bruja. La trataron como si estuviera confundida o como si le tuvieran lástima... la chica agradable a la que los paganos le lavaron el cerebro, pero no lo era. Era más bruja que nadie que yo conozco. Llevaba el "No hagas daño" al enésimo grado, y era tan buena, mamá, con las hierbas y los hechizos, ¿sabes? Mucho mejor que yo, pero rara vez se le reconocía el mérito. Pero no era sólo una "chica buena". Ella era mucho más, y siento que... no sé, no puedo pensar en lo que pasó. Debió haber estado asustada o con dolor o, honestamente, probablemente preocupada por Jared o el maldito conductor del camión porque así era ella, pero nadie la salvó, y tantas otras personas que son seres humanos horribles viven experiencias más locas, y esto fue sólo un accidente de coche, y ella podría haber salido caminando de eso fácilmente. La gente lo hace todo el tiempo. Jared está bien." Las siguientes palabras fueron las más difíciles de decir, pero tenían que salir. Para ser real. "Pero ella no".

Quedó claro que había estado hablando durante mucho tiempo. Me dolía la garganta; había evitado que las lágrimas que tenía en los ojos cayeran. Incluso Tristen había dejado de comer para escucharme antes de correr de vuelta a su torre de bloques, y mi madre parpadeaba demasiado mucho más despacio que una persona normal. Era posible que haya dicho algo malo o inapropiado. Ya no era fácil saber de qué estaba bien hablar; los pensamientos de mi cabeza eran a veces demasiado oscuros para compartirlos, y me asustaba que existieran. Yo sólo... quería despertar de lo que fuera esto.

La expresión de mi mamá era ilegible. No sabía si estaba triste o impresionada o incluso enfadada. "Deberías hablar. Yo no."

"¿Qué?"

"En el servicio. Quiero decir, no voy a obligarte, pero deberías ser tú. Karen lo había sugerido en realidad, sólo que no sabía si estarías bien con ello ¿Pero escucharte ahora mismo? Eres la persona adecuada para explicar quién era ella. La versión real".

"No sé si puedo decir esas cosas... frente a personas."

"No lo pienses así. Piénsalo como si lo estuvieras diciendo frente de Rose. Es la única persona a la que hay que rendir cuentas. Creo que encontrarás, en todo esto... todo lo que está por venir, que la muerte saca lo peor o lo mejor de las personas. Ellos van a tener sus clichés a los que se aferran, y eso te va a volver loca. Pero tú... puedes decir algo real, y eso es importante."

"Sí. Eso es importante. Vale. Ni siquiera sé por dónde empezar".

"Ve a tu habitación. Relájate. Medita o haz yoga. Pondré al señorito en la cama e iré a ayudarte".

"Suena bien".

"Puedes hacerlo". Limpié silenciosamente la mesa y escuché a mi madre llevar a T arriba. No creía que estuviera lista para estar completamente sola con mis pensamientos, pero podía hacer algunas poses de yoga y tratar de concentrarme en qué cosas decir y qué cosas guardar para mí. Estaba descansando en la postura del perro boca abajo cuando mi mamá finalmente vino a acompañarme.

"¿Estás lista?" preguntó, con el cuaderno en la mano.

"Ni siquiera un poco".

"Eso suena más o menos bien. Vamos a empezar." Nos sentamos en la desgastada alfombra púrpura de mi ático y escribimos lo que diría en el servicio. Iba a ser un mal día. El segundo peor día. Pero mi madre tenía razón cuando dijo que la única persona a la que tenía que rendir cuentas era a Rose, y que había decidido en ese momento dejar de importarme una mierda lo que pensaran los demás.

Para ser honesta, anhelaba el dormir sin soñar que me hubiera ofrecido los medicamentos recetados, pero le pedí a mi mamá que me hiciera un remedio herbal para dormir. Mientras estaba en la cama, con la esperanza de que funcionara, luché por mantenerme en la luz. Mi mente seguía serpenteando en la oscuridad, preguntándome si querría que me incineraran. Era común entre los paganos, querer que sus cenizas fueran esparcidas y estar entre la naturaleza, pero nunca había pensado en ello. El hecho de ser cremado hizo que el helado se agitara en mi estómago. *Dibujos, pan horneado, vestidos de verano.* Intenté concentrarme en las cosas que Rose amaba, cosas hermosas y simples. Eso duró más de lo que debía, pero finalmente la valeriana cumplió su cometido y caí en un sueño irregular.

TREINTA Y SIETE
REED

Hacía frío. Todo era un poco gris y tranquilo. Era casi Samhain, o Halloween para la mayoría de la gente, así que había decoraciones ridículas esparcidas por el césped de mi vecindario. Las calabazas y las luces las podía tolerar. Eran los zombis en porches, los cadáveres falsos colgados de los árboles, y la onda de sangre y tripas lo que no me gustaba. Samhain en nuestro mundo se trataba de terminar la temporada de luz y entrar a la mitad más oscura del año. Se trataba de honrar a los muertos. Se trataba de que el velo entre nuestros mundos fuera más delgado, más transparente. En realidad era una de mis fiestas favoritas, una vez que pasaba la comercialización de *Halloween*. Samhain ha estado en el mundo mucho antes que Halloween, antes del día de Todos los Santos, antes de la víspera de Todos los Santos. Pero aquí estábamos. Estaba a punto de asistir al funeral de mi mejor amiga unos días antes de esta "celebración". No sabía cómo celebrar nada, y mucho menos esto.

Saqué la cafetera, una rareza en nuestra casa, porque necesitaba algo que me diera calor en las venas. Tenía que superar este día. Y el día siguiente. Y el siguiente. Parecía cruel, realmente, que no hubiera un período de respiro. Y la *escuela*. Rowyn y yo tendríamos que volver a la escuela el lunes. Mi padre entró en la cocina con una camiseta y pants antes que nadie y se sirvió una taza.

"Este café es terrible, Reed". Parecía mayor cuando llevaba las gafas en lugar de los lentes de contacto.

"Sí... probablemente ha caducado. No quise comprobarlo y luego decidí no hacerlo".

"Buena decisión. ¿Cómo te va?" Hizo la pregunta lentamente, sorbiendo su taza llena de algo que se parecía al café.

"No lo sé realmente".

"Bueno, al menos eres honesto". Nos sentamos en silencio durante varios largos momentos, sorbiendo y suspirando.

"No fue muy honesto".

"¿A QUÉ TE REFIERES?"

"Siento que me estoy volviendo loco, papá. Como si no supiera qué partes de mi mente son seguras de visitar, y creo que he olvidado más cosas de las que he recordado. Estoy tratando de despejar mi energía y hacer Reiki y sólo respirar, y nada está ayudando. Todo sigue... matándome". En mi cabeza sonaba como un niño, aunque mi voz era tan profunda como la suya ahora. No lo había mirado durante mi discurso. No había planeado decir nada de eso, pero si algo no salía, mi cerebro iba a implotar por la presión que llevaba en la cabeza. Me sentí aliviado con sólo decirlo; no creí que me importara si él respondía.

"Eso es porque no hay nada que lo haga menos de lo que es. Y lo siento mucho por eso. Todas las creencias que tenemos sobre la vida y la muerte, no tienen nada que ver con el dolor. La pena es otra bestia completamente distinta, y nadie puede decirte cómo hacerlo o cómo sentirlo; sólo se hincha como una ola hasta que llega a su punto máximo. Pero te prometo que las olas se harán más pequeñas, y serán menos frecuentes. Ojalá pudiera hacer que eso ocurriera antes, Reed. Eres un buen... hombre. Iba a decir chico. Pero no eres un chico. Eres un hombre, y uno que estoy orgulloso de conocer".

Su voz se redujo en eso, y yo estaba hipnotizado al ver a mi padre hablar así de cándido y abiertamente sin que hubiera el remate de una broma al final. No era conocido por su sinceridad. De hecho, normalmente era el tipo que decía cosas inapropiadas en momentos inapropiados y nos avergonzaba a todos. No es que lo hiciera a propósito; simplemente marchaba al ritmo de su propio tambor. Quería ser como él en ese aspecto. Sostuve la taza de café como si me estuviera anclando al mundo. Mi padre me agarró el hombro con firmeza antes de salir de la cocina por donde vino.

Así que así será hoy, lo resolví. *Mucha gente diciendo cosas que dificultan la respiración.*

Miré fijamente mi armario durante mucho tiempo. Rowyn había dicho colores de verano. Supuse que serían rosas, rojos, naranjas, amarillos... algo. Todo lo que tenía era azul. *Eso tendrá que ser suficiente.* Me puse una camiseta azul pálido, y agarré mi blazer para ponérmelo encima. Esa fue una de las últimas cosas que Rose me regaló, así que pensé que sería apropiado honrar su petición. Fui con jeans, sabiendo que si llevaba pantalones negros, Rowyn se enfadaría. Parecía que iba a una cita, no a un funeral.

El resto de mi familia había cobrado vida, y oí los suspiros apagados que venían de la lavandería. Esto significaba que mi madre se había decidido en contra de su traje cuidadosamente elegido y ahora estaba en modo de pánico. Mi teléfono vibró en mi bolsillo antes de que fuera lo suficientemente valiente para salir de mi habitación.

Rowyn: Hola

Reed: Hola.

Rowyn: ¿Qué estás haciendo?

Reed: Preparándome... ¿estás bien?

Rowyn: No lo sé. Estoy leyendo algo. No sé cómo lo llamas. Como un discurso.

Reed: ¿Un elogio?

Rowyn: Sí. Eso. ¿Crees que podrías estar conmigo? ¿Si lo necesito? Sólo me preocupa no poder subir allí.

Reed: Por supuesto, Row.

Rowyn: Gracias. ¿Vas a venir a recogerme? ¿Tu madre está de acuerdo con eso?

Reed: Sí. Saldré de aquí pronto. <3

Rowyn: <3

El emoji de corazón era un método bastante seguro para hacerle saber que la amaba sin añadir presión sobre lo que decía. No tenía ganas de ocultárselo hoy. Hoy necesitaba que supiera que la amaba, y necesitaba saber que ella me amaba.

El camino hacia el círculo había sido... tenso. Me sentí mal al decir que Rowyn se veía hermosa, pero así se veía. Triste, pero hermosa de una manera inquietante. Ella vestía de amarillo. No era su color favorito, lo sabía, pero era el favorito de Rose, así que no parecía importar. Quería hacer algo, cualquier cosa, para que no se sintiera triste, y lo más difícil de todo era que estaba completamente desamparado. En vez de eso, la tomé de la mano y traté de equilibrar su energía dondequiera que estuviera.

"No tienes que hacer eso". Me miró de reojo y me ofreció casi una sonrisa.

"¿Hacer qué?"

"Puedo sentir que me estás leyendo. O Reed-eandome. ¿Ves lo que hice allí? Es un juego de palabras. Creo que..."

"Me gusta un poco".

"De todas formas. No tienes que hacerlo. Tal vez mañana puedas ser ese tipo. Hoy, ambos estaremos bien. Por Rose. Hoy superaré esto por ella".

"Bien. Eres increíble".

"No te acostumbres demasiado. Probablemente sea una anomalía". Me reí a pesar de la situación. Traté de tomarle la mano como un novio normal. He estado haciendo trabajos de energía quizás toda mi vida. Antes de saber lo que era un trabajo de energía, antes de poder decir la palabra "energía". Hay historias de mí calmando a nuestras mascotas cuando era un niño pequeño, sosteniendo las manos de los que estaban heridos o tristes en el preescolar, y calmando argumentos entre amigos en el segundo grado. Desafortunadamente, mi talento para esto nunca se tradujo en hacer que los chicos dejaran de llamarme maricón o que me golpearan, pero el metro ochenta y dos y las habilidades de boxeo detuvieron la mayor parte de eso.

Saqué el coche de la carretera principal y recorrí el conocido camino de grava hacia el círculo. El cielo seguía siendo gris, aunque había algunos rayos de sol que se abrían paso. Rowyn salió en silencio, y ambos nos concentramos en la misma escena. La madre de Jared estaba casi histérica, luchando contra una silla de ruedas de hospital en la grava, aparentemente tratando de abrirla sin estropear su cabello o su vestido. Estaba vestida de negro.

"¿Me encargo de esto si quieres adelantarte?" pregunté. Rowyn sólo asintió con la cabeza y me dirigí hacia ella.

"¿Sra. Simpson?" pregunté con calma al acercarme. Era una mujer bonita, aunque un poco sencilla. Su pelo rubio descansaba en sus hombros como todas las madres de la Asociación de Padres y Maestros que había visto, pero tenía ojos verdes que parecían amables. En ese momento se llenaron de lágrimas de frustración, aunque respiró hondo para dar un buen espectáculo.

"Hola..."

"Reed Hansen".

"Reed, hola. Jared ha hablado de ti. Gracias por venir a visitarnos al hospital. Ha sido..." se quedó callada con esta incómoda introducción.

"No hay de qué. ¿Puedo ayudar con la silla? Este lugar no es exactamente apropiado para las sillas de ruedas."

"No, supongo que no." La puerta del pasajero se abrió y pude escuchar la voz de Jared mezclada con demasiadas emociones.

"Mamá, usaré las muletas, sólo detente ya". Parecía cansado. Frustrado. Más que un poco enojado.

"Está bien, lo tengo", llamé.

"Se supone que no debe usar las muletas a menos que no haya forma de usar la silla", me murmuró. Aparentemente este era un punto de discusión. Desplegué la silla de metal y abrí los reposapiés para que pudiera entrar más fácilmente. Empujé la silla con cierta dificultad a lo largo de la grava hasta la puerta de la camioneta.

"¿Su carroza?"

"Amigo, estás tan románticamente enamorado de mí."

"Jared, eso no es apropiado", reprendió su madre. Sólo levanté las cejas en lugar de reírme.

"Nada de esto es apropiado, mamá. ¿Podemos dejar pasar algunas cosas?" Su tono se suavizó con ella mientras saltaba sobre su pierna buena. Le agarré el brazo por debajo del hombro y le ayudé a caer en la silla.

"Yo lo llevo si usted quiere adelantarse. Debería haber asientos y supongo que algún tipo de comida". Su cara palideció ante mis palabras.

"Yo... no sé si puedo ir." Su voz era un susurro, y sujetaba fuertemente su pequeño bolso negro.

"Mamá, ya hemos hablado de esto. Dijiste que querías venir..." Cuando la miré negándose a mirar a los ojos de su hijo, lo entendí. No podía sentarse en un servicio que podría haber sido fácilmente de su hijo. Todo el tiempo se estaría imaginándolo muerto, y luego se sentiría culpable por no pensar en Rose. Incluso sin mis dones intuitivos, la gente no era tan difícil de leer.

"Está bien. Puedo con él. Tengo mi coche aquí también. Si necesitas irte, er... Jared, puedo llevarte a casa. No es la gran cosa."

"Como sea. Gracias". Supe que estaba herido. Y enojado y culpable y muy triste. Y su madre también lo entendió.

"Lo siento, Jared. Yo sólo..."

"Vamos, Reed. No quiero que las cosas empiecen antes de que lleguemos". El claro había empezado a llenarse de coches mientras estábamos allí, la gente se dirigía por el camino hacia el lugar donde se llevaría a cabo oficialmente el servicio. Lo empujé hacia adelante, deseando que las ruedas se movieran más fácilmente y sabiendo que no había mucho más que pudiera hacer.

Al menos Jared se había tomado la directiva de la vestimenta a pecho, y llevaba un polo rojo y pantalones negros. Parecía un oficial escolar., pero no tuve el valor de decírselo.

"¿Algo que necesite saber? ¿Sobre toda esta... experiencia?"

"¿Eh? ¿Cómo qué?" Una vez fuera de la grava y en el camino más desgastado a través del bosque, la silla cooperó más, siempre y cuando me mantuviera alejado de cualquier rama gruesa en el suelo.

"No sé, hombre, ¿como las cosas ceremoniales? ¿Tendré que estar de pie o sentado?"

"No es una misa. No me imagino que *tengas* que hacer nada". Finalmente entendí que estaba preguntando si habría algo particularmente *brujo* en el funeral. No había estado en uno como este, así que no era una autoridad en el tema, pero a nadie se le pediría que participara en algo que no quisiera. Jared solo suspiró.

"Tampoco conozco el protocolo exacto para este tipo de cosas, pero hasta donde yo sé, habrá un servicio más tradicional y luego se formará un círculo para hacer un ritual de *Liberación del Alma*. Lo siento, tal vez no debería haber usado la palabra 'ritual'", le expliqué al ver que se tensaba. "Hay palabras habladas y poemas recitados y algunos que se repiten después de la persona que habla, no muy diferentes de las oraciones que se escuchan en un funeral cristiano. Estará todo bien." Se relajó visiblemente, y me pregunté sinceramente qué había estado imaginando, y cuánto valor necesitó para venir, dado que todo lo demás ya pesaba sobre él. "¿Quieres sentarte con Rowyn y conmigo?"

Caminamos, o más bien rodamos, lentamente y nos encontramos con la gente reunida. El espacio se veía hermoso. No importaba si el cielo era gris o el ambiente era lúgubre, el bosque siempre se sentía puro. La verdadera parte circular de "El Círculo" estaba a nuestra derecha, pero eso no sería hasta más tarde, así que las sillas se colocaron frente a los nogales y robles, con un altar para Rose colocado a un lado. Era simple pero llamativo, lo que parecía encajar. Una pequeña mesa blanca estaba cubierta del mismo color, todas brillando ferozmente contra la oscuridad de las nubes de media mañana. Ver la foto en el altar fue como un golpe justo en el pecho. Era la foto de la escuela de Rose de este año, que aún no habíamos recibido. Se veía exactamente como debería, como lo hizo hace unos días, y ahora se había ido. Cenizas. La felicidad en esa foto importaba mucho más que las velas y las piedras y el jarrón de agua y las flores. Rosas amarillas y blancas. No es tradicional, pero es absolutamente apropiado para ella. Me di cuenta de que había dejado de moverme, pero Jared no pareció darse cuenta ni preocuparse.

Se aclaró la garganta. "No, está bien".

"¿Qué está bien?" Ni siquiera podía recordar lo que había preguntado.

"Me sentaré atrás para que esta silla no estorbe. Gracias. Por traerme en silla de ruedas. Y por ofrecerte a llevarme a casa".

"No me agradezcas. Avísame si cambias de opinión." Lo llevé al final de la última fila de sillas y encontré a Rowyn con un aspecto estoico en la parte delantera. "Hola".

"Hola. ¿Todo va bien?"

"Sí. Está bien". Me senté a su lado, el asiento plegable se sentía endeble debajo de mí. Tan pronto como estuvimos en la misma altura, la mirada de Rowyn me atrajo.

"Esa foto".

"Lo sé. Es..."

"Es *ella*, y no la había visto antes. No sé, pensé que elegirían algo... algo que no fuera una sorpresa. No sé por qué..." Su voz dejó de funcionar en ese momento, pero yo sabía lo que quería decir.

"Tampoco sé por qué es más difícil". Cerró los ojos y apoyó su cabeza en mi hombro, respirando.

"¿Quieres que te ayude ahora?" Su cabeza apenas asintió. Tomé sus manos mientras la gente se alineaba a nuestro alrededor y empujaba en los puntos donde su mano se encontraba con su muñeca. Dejé que se relajara en mí y quise que la energía tranquila pasara de mí a ella.

"Juro que todo lo que haces es más efectivo cuando llevas este saco". *OK, volvemos al plan para salir adelante hoy.*

"Es un saco mágico". El hecho de que hacer bromas estúpidas fuera tan inapropiado hizo que fuera la única forma de comunicación que podíamos usar en ese momento. Ella soltó mi mano y se acomodó en su silla. *Así comienza.*

Judith se sentó en la fila de al lado y sostenía a un Tristen que se retorcía en su regazo. Ya casi se acababa uno de esos pequeños paquetes de pañuelos, pero el niño parecía no darse cuenta "Lo siento chicos, puede que tenga que levantarme e ir a la parte de atrás con él. Tal vez debería haberlo llevado a alguna parte. Sólo lo quería conmigo". No estaba hablando con nosotros, sólo se estaba convenciendo a sí misma. Esto parecía pasar mucho a mí alrededor.

"No te preocupes yo estoy bien con ello", aseguró Rowyn a su madre con su fachada actual. La Sra. Black dejó que Tristen se levantara de los asientos para que pudiera correr en algún lugar mientras ella lo miraba. Observé a mi alrededor por primera vez. Los Stone estaban sentados en silencio varias filas delante de nosotros. No pude verlo claramente, pero Hunter lucía... bueno, parecía estar drogado, pero podría haber habido otras razones de sus ojos irritados. Mi instinto me decía que quería ayudar a los padres de Rose... estaban totalmente derrotados, pero no había nada que nadie pudiera hacer el día que celebraban el funeral de su hija de diecisiete años.

Mi mirada finalmente aterrizó de nuevo en el altar. Mi hermosa amiga se había ido. Su sonrisa soleada sólo estaría en fotos como ésa. No envejecería, no se graduaría, no se casaría ni tendría hijos. Ese último pensamiento hizo trizas mi promesa a Rowyn de estar bien hoy. Hasta ese momento, creí que lo estaba superando. No lo estaba haciendo. Ni siquiera había empezado a entender lo que eso significaba. Rose habría sido la mejor madre. Habría horneado elaborados pasteles llenos de harina de trigo orgánico y cortado sándwiches en forma de corazones. Estaba tan concentrado en cómo me la quitaron que no me enfadé por lo que le quitaron a ella. Y eso fue todo. Eso fue suficiente para hacerme olvidar que se suponía que debía ayudar a Rowyn, que ella tendría que ir y ponerme de pie frente a esta gente en breve, nada de eso. Sólo dejé que las lágrimas vinieran, porque... ¿qué más había?

TREINTA Y OCHO
ROWYN

No no no no no no no, pensé mientras veía a Reed desmoronarse a mi lado. *No puedo hacer esto sin él.* Agarré su mano con fuerza y lo dejé ser. No podía mirar alrededor. No podía concentrarme en los Stone o en mi propia madre o en Jared o en nadie si quería ser capaz de decir lo que iba a decir. Cecilia se veía de la misma manera que en casa de los Stone, compasiva pero fuerte. Ella efectivamente marchó al frente de los congregados, y su presencia envió a la gente a sus asientos, también guardando silencio. Estaba vestida de lila, y le quedaba bien con su cabello oscuro y sus ojos grises. Hablaba sin palabras rimbombantes ni ceremonia, y eso hizo que me agradara más.

"Hoy es un día en el que luchamos. Esta tragedia no es una que hayamos empezado a procesar en su totalidad, porque ¿cómo podemos? Pero hoy no se trata de tragedia o pérdida. Hoy se trata del recuerdo, el honor y el amor. Conocí a Rose como muchos de ustedes, la niña sonriente que creció para ser una joven hermosa, lista para ayudar a cualquiera que pudiera en cualquier momento. Su luz brilló sobre muchos, y hoy recordamos eso".

Habló de los Stone y de los lazos de Rose con nuestra comunidad.

Todas las cosas altruistas que había hecho, desde llevar repostería recién horneada a los refugios, a ofrecer su tiempo con los niños durante los rituales y ceremonias. Todas estas cosas eran verdaderas. Eran cosas que sabía que la gente diría de ella. Durante el discurso, Reed se recompuso, y yo le apreté la mano otra vez. Supe por qué fue capaz de dejar de llorar. Escuchando sobre ella de esta manera, bueno, sonaba como una versión de catálogo de Rosie. Brillante y comercial. No es que alguien estuviera tratando de hacer algo malo, sólo que no era completamente real. Esto me dio la fuerza para leer lo que había escrito.

Me perdí un poco en mi propia cabeza cuando noté la calma. Miré a Cecilia y encontré su amable expresión centrada en mí, expectante. *Oh... Es mi turno*. Reed me miró, su rostro demostrando la pregunta que me quería hacer.

"Sólo... si te necesito", susurré mientras me ponía de pie.

"Estaré allí". Pasé junto a él en el pasillo improvisado entre las filas y me abrí camino frente a los reunidos. Había tal vez cincuenta personas sentadas. Parecía pequeño pero no tan pequeño al mismo tiempo. Nunca había hablado con cincuenta personas sobre nada. Se me ocurrió, al sentir que el ácido se agitaba en mi estómago, que no sabía muy bien cómo empezar.

"Rose es mi mejor amiga". Ya había decidido expresarme en tiempo presente. No dejó de ser mi amiga porque estaba al otro lado de todo esto. "Ella ha sido mi mejor amiga desde antes de que pudiera formar recuerdos, pero los recuerdos que tengo la suerte de tener son sólidos, vivos, y hay algunos que me gustaría compartir con ustedes."

Una vez que empecé, estuve bien. Me temblaban las manos y mi estómago se retorcía, pero sabía que podía seguir adelante. "No podía quedarse de pie cuando se reía". Tanto Reed como yo sonreímos ante esto. "Se reía tanto que se caía al suelo hasta que lo que era tan divertido había pasado. No era un problema estando en su cocina mientras cocinaba, pero *sí* cuando estábamos en la escuela o en un baño público." Más gente sonrió ante esto, incluyendo Brent y Karen. Hunter estaba en silencio, pero estaba escuchando. "La cosa es que no le importaba. No lo digo en el mal sentido, quiero decir que cuando ella se reía, tenía que terminar de hacerlo, ¿saben? No importaba si la gente nos miraba con desaprobación en Wal-Mart, porque cuando Reed se puso un disfraz de *Mi Pequeño Pony* sobre su ropa y galopó por la tienda, fue realmente muy divertido. Vivía el momento así". Sabía que Reed intentaba no ruborizarse con el recuerdo, pero si lo miraba, yo iba a llorar.

"Ella, em, bueno... A veces era mordaz y sarcástica, y desearía que todos hubieran visto ese lado de ella, porque cuando la hacías hablar de algo que la hacía enojar, como los productos horneados procesados, era una fuerza temible." Incluso Hunter se rió de eso. "Y a veces ella era mala". Una mirada de confusión cruzó varias caras, pero sabía que lo entenderían. "Si alguien trataba de herir a una persona que amaba, la elegante, propia y amable princesa de Disney que todos conocemos y amamos podría volverse contra ellos como la bruja poderosa a la que la princesa debería temer. Todavía hay algunos miembros del cuerpo estudiantil del CHS que se estremecen cuando ella les sonríe, probablemente deseando que nunca hubieran tenido la brillante idea de insultar a uno de sus amigos. He sido esa persona en más de una ocasión, y en su honor, nunca tuvo miedo de ponerme en mi lugar o de decirme cuando estaba siendo hiriente o imprudente". Finalmente le eché un vistazo a Reed, y él sólo asintió con la cabeza. "Era leal ante todo, y necesito recordar eso. Necesito recordar lo que me enseñó sobre ser una buena persona y una buena amiga, para que ella se sienta orgullosa." Me volví hacia el altar con su foto e hice una promesa susurrada de hacer esto justo antes de que me volviera a sentar. La Sra. Stone me cogió la mano mientras pasaba y se puso de pie para cogerme en sus brazos en un fuertísimo abrazo.

"Gracias, Rowyn. Gracias por darle vida a su memoria". Volví a mi asiento antes de que la gravedad de todo se estrellara a mi alrededor. Mi propósito de lograr mi discurso había terminado, y mis brazos y piernas temblaron por sí mismos cuando la adrenalina dejó mi cuerpo. Reed se encargó de tirar de mí tan fuerte contra él que yo estaba prácticamente en su regazo.

"Estás bien. Estuviste increíble. Rose estaría tan..." Interrumpió sus elogios susurrados, lo que se estaba convirtiendo rápidamente en su marca registrada, pero no me importó mientras bloquease cualquier otra cosa que estuviera pasando a nuestro alrededor. Sabía que su tía estaba hablando. Escuché las palabras, pero todo lo que se registró fueron cítricos y sal marina. Respiré con Reed y esperé que no me soltara. Me concentré en el calor de él en fuerte contraste con el frío mientras nos sentábamos a la sombra del bosque. *Inspira. Exhala.* Cuando pude hacer eso sin tener que sollozar, pensé que sería seguro mirar hacia arriba.

"Si todos se unen conmigo en un círculo, compartiremos un breve momento para honrar la vida de Rose y enviarle nuestro amor". Cecilia lideró el camino, y todo el mundo la siguió. Reed fue a ayudar a Jared, y yo me quedé atrás de la fila. Como había tantos allí, y porque unos pocos decentes habían venido de la escuela y no estaban acostumbrados a lo que significaba hacer un círculo, las cosas se hicieron de manera diferente para permitir que todos participaran. Observé a través de mis pestañas húmedas como la mujer llamaba a los elementos en silencio, cada uno encontrando su lugar. Nos guió en un breve momento de meditación, respirando con nosotros hasta que pude sentir que un foco silencioso se asentaba sobre todos. Cecilia sostenía una cesta de mimbre en sus brazos llena de docenas de rosas de todo tipo de color. Estas no eran parte de ninguna costumbre. Eran sólo para Rosie. En silencio y despacio, caminaba en el sentido de las agujas del reloj, permitiendo que todos eligieran y sostuvieran una flor. Busqué a mi madre en el espacio en ese momento, necesitando saber que estaba allí conmigo. Tristen estaba durmiendo en su hombro, y las lágrimas cayeron sobre sus mejillas. En ese momento nos parecíamos más de lo normal.

"Por favor, repitan después de mí". Hubo una respiración colectiva antes de que empezáramos.

"Nuestra Rosalyn. Nuestra Rose. Vienes del amor".

"Vienes del amor".

"Te vas con amor".

"Te vas con amor".
"Te encontrarás con el amor."
"Te encontrarás con el amor."
"Lleva el amor contigo siempre".
"Lleva el amor contigo siempre".

El silencio después de eso nos hizo saber que había terminado, y supe por sus movimientos que estaba abriendo el círculo. Aún así, nadie se movió durante varias respiraciones. Se sintió demasiado breve. No hubo suficiente... No habría nunca suficiente. Finalmente, el hechizo se rompió, y la gente comenzó a caminar hacia los Stone para ofrecer sus condolencias y despedidas. Me contuve, no estaba lista para dejar este lugar. Esto se sentía como la última cosa que Rose recibiría. La última vez que sería celebrada. No habría un dieciochoavo cumpleaños. No en el sentido de celebración, de todos modos. O su graduación. O su fiesta de bodas. Esto era todo. Intenté enviar mi amor por ella al cielo, deseando que lo oyera y supiera que era real.

TREINTA Y NUEVE
JARED

Sentí el peso de todo. Finalmente. Esto era real. Ella se había ido, y ahora lo sentí. No había habido absolutamente nada raro o incómodo en el servicio. Fue... hermoso. Ella era hermosa, y extrañé su risa por teléfono y la forma en que apoyaba su mano en la consola de mi camioneta como si fuera por accidente, pero en realidad ella quería sostener la mía, y la forma tan poco apologética en que me recordaba que no éramos muy diferentes en absoluto. De eso me di cuenta hoy.

No pude formarme en la fila y no tenía palabras para decirle a su familia. No había palabras, y eso me hizo un cobarde, pero estaba demasiado agotado para superarlo.

"Oye, Reed". Sabía que él había estado esperando a que lo procesara. Fue un poco extraño que comprendiera de esa manera.

"¿Sí?".

"No voy a... no puedo". Sabía que no me juzgaría, pero me juzgué a mí misma de todas formas.

"OK. Déjame ir a despedirme rápidamente y ver si Rowyn va con su madre o con nosotros. Regresaré enseguida". Su voz también se vio afectada por la tensión del día. Todo el asunto se sentía mal. El mundo no se armaba correctamente cuando le faltaba una pieza. Me di la vuelta cuando se acercó a su familia y dejé que eso se asentara encima de todo lo demás en mi estómago. No quería nada más que ser capaz de levantarme e irme. Huir, más bien.

CUARENTA
REED

Me sentí como si estuviera tratando de caminar bajo el agua. Quería salir de ella, pero al mismo tiempo no. Vi a Rowyn detrás del grupo de gente alrededor de la familia de Rose. Mi mano se posó en su espalda y ella se estremeció.

"Lo siento", suspiró, mirándome. "Me sorprendiste. Estaba... no sé dónde estaba".

"No quise hacerlo, lo siento". Estábamos diciendo "lo siento" todo el tiempo. "Sólo quería saber si ibas a ir con Jared y conmigo o con tu mamá".

"Oh. Em, supongo que con mi mamá. ¿Vendrás a la casa? ¿O tal vez yo iré a ti? Tu madre nos deja pasar el rato en tu habitación todavía." Judith tenía una especie de regla tácita sobre no estar en la habitación de Rowyn ahora que estábamos juntos. No era increíblemente efectiva para evitar que nos besáramos, pero eso no era una preocupación para hoy.

"De cualquier manera. Sólo envíame un mensaje de texto".

"Lo haré". Este sería el punto de ruptura natural para mí para besarla y alejarme, pero sus dedos se habían abierto camino para agarrar mi

LA TORRE

camisa debajo del saco, así que en lugar de eso me quedé allí con mi barbilla apoyada en su cabeza hasta que ella la soltó. Una vez que sus manos se soltaron, guié sus ojos hacia mí, y la besé en serio. Puede que fuera inapropiado, pero Rose nunca se hubiera opuesto. Abracé a cada uno de los padres de Rose como si fueran los míos y le di un fuerte apretón de manos a Hunter. Karen indicó que quería que Rowyn y yo fuéramos esa semana a recoger algo, así que sentí tan definitiva la distancia, como si no fuera a verlos de nuevo. No podía imaginarme no volver a verlos.

En el camino de regreso a Jared, me preparé para un posible y doloroso viaje en auto, y también para hacer ejercicio, ya que empujar esa silla a través de la grava era un trabajo duro. Con esfuerzo, llegamos a mi coche y me las arreglé para meter la silla de ruedas plegada en mi cajuela. Me tomé un momento a solas antes de moverme. La capa de nubes se había disipado en un claro día de otoño. Todo se sentía tan surrealista, que me estaba yendo de un funeral, que Rose se había ido. Intentar comprenderlo era como tratar de atrapar una tormenta. Podía sentir diferentes aspectos en diferentes momentos, la lluvia, el viento, los truenos y los relámpagos, pero no era algo que pudiera entender. Estaba en todas partes a la vez y no podía liberarme de ella.

Suspiré al caer en el asiento del conductor.

"¿Estás bien?" Jared no se molestó en mirar cuando preguntó.

"Nop. ¿Tú?"

"Nop. Siento que se supone que debo decirte algo como "fue un buen servicio", no sé. Te parece bien si no lo digo, ¿verdad?"

"Sí, estoy bien con eso". Arranqué el coche y retrocedí para volver a la carretera principal, pero frené bruscamente cuando miré por el espejo lateral.

"¿Qué demonios, hombre?" Eché un vistazo, esperando no herirle la pierna, pero había un tipo parado junto a la camioneta de los Black apoyado en el parachoques.

"Lo siento, lo siento. Cállate. Quiero decir, sólo cállate." No sabía por qué necesitaba que se callara, sólo necesitaba concentrarme.

Jared miró en el espejo de su lado para tratar de entender lo que estaba pasando.

"¿Quién es ese tipo?"

"Ese es el padre de Rowyn".

"Y esto es motivo de alarma, ¿por qué?"

"Sólo... Rowyn odia a su padre. Ni siquiera sé la última vez que lo vio. ¿El año pasado, tal vez? Ella va a enloquecer."

"Oh, no lo sabía. ¿Deberíamos esperar y llevarla?"

Me había quedado sin aliento. No tenía la capacidad manejar esto ahora mismo. "No lo creo. Si él está aquí, ella tendrá que verlo tarde o temprano. Mejor tener todo junto en un terrible puto día. Iré para allá más tarde." Sacudí la cabeza, deseando poder protegerla de la ira que estaba a punto de experimentar. Llevé a Jared de vuelta a su casa en silencio, excepto por la radio.

"Sólo toca la bocina y mi madre sacará mis muletas. Nuestra casa no es realmente accesible en silla de ruedas". Miré los escalones de su puerta. *Qué difícil no poder entrar en tu propia casa.* "Nunca lo he entendido antes, la gente que odia a sus padres, ¿sabes? ¿Después de un divorcio o algo así? En realidad me agradaron más mis padres después de que se separaron, aunque mi padre no está aquí con frecuencia. Pero ahora... es como si viera a mis padres como personas. No son sólo mamá y papá, están tan jodidos como todos los demás."

"Todavía estás enfadado con tu madre, ¿eh?"

"Ni siquiera sé qué decirle. Probablemente me hará un estúpido almuerzo en casa, y no me dejará en paz. Quiero decir, obviamente necesito ayuda para moverme, pero sólo quiero que me dejen en paz donde nadie me pregunte qué necesito. Necesito que Rose esté viva. Eso es lo que necesito. Y mi padre ha estado en la ciudad desde el accidente, y sólo quiere que vea el fútbol con él. Como si eso fuera todo lo que hacemos. Se supone que debo animar a los Osos al mismo tiempo que no puedo caminar y mi novia está... Lo siento. Este no es tu problema, y yo... bueno, sé que no tengo derecho a quejarme de que la echo de menos".

"No creo que exista una Carta de Derechos para este tipo de

cosas. Y si necesitas salir de la casa, mándame un mensaje. Entiendo lo que quieres decir sobre los padres. Mi madre sigue cocinando y cuando me habla, llora. Mi padre ha sido muy, no sé, consciente, sin embargo. Todo esto es... es difícil. De verdad no tengo ni idea.. Siento que tu familia no esté ayudando". En ese momento me di cuenta de que nunca tuve un mejor amigo hombre. No sabía cómo tener momentos de "hermano", y no sabía si lo estaba haciendo bien. Boxeaba con chicos en el gimnasio, y había jugado en las Ligas Menores hasta que se puso incómodo cuando algunos padres no me querían en el equipo, y bueno, Hunter. Pero eso no funcionó.

"Puede que te arrepientas de haberte ofrecido. Probablemente te insistiré para salir de aquí a veces. No es que mis amigos me estén evitando. Es sólo que..."

"Que te están evitando". Me reí. "No te estoy tomando el pelo. Lo entiendo."

"Yo también lo entiendo. No soy yo, y ellos quieren que lo sea. Como si hubiera pasado una semana, y se supone que debo ir a una fiesta o algo así. Jesús".

"Bueno, no será una fiesta, pero Cole suele comprarme lo que quiero siempre que cumpla el juramento de no decirle a nuestra madre que él me suministra la cerveza".

"Una vez que deje estos medicamentos para el dolor, beberemos".

"Trato hecho". Toqué la bocina dos veces, y la Sra. Simpson salió corriendo con un par de muletas mientras descargaba la silla del maletero.

"Gracias. Por traerlo en coche, y, bueno, gracias".

"No hay problema. ¿Necesitan ayuda?"

"No, no, estamos bien".

"Hablamos luego, J. Avísame si quieres pasar el rato".

"Lo haré. Buena suerte con Rowyn". *Mierda.* Casi me había olvidado del drama familiar que estaba ocurriendo mientras hablábamos. *Mierda, mierda, mierda, maldita sea.* Sólo quería dormir. O beber. O golpear a alguien. Tal vez todo con Rowyn esté bien y pueda boxear un rato.. Viví en esa ilusión todo el camino a casa.

En casa, el ambiente era raro. Todo estaba antinaturalmente tranquilo, lo que significa que cuando mi madre empezó a hurgar en las ollas y sartenes de la cocina, fue ensordecedor. Mi cuerpo vagaba por la casa, sin que mi mente lo procesara. No podía dejar de pensar, y se me ocurrió que el poco control que los humanos tenían sobre sus pensamientos era aterrador. Recordé la noche del carnaval de otoño, la última vez que estuve realmente solo con ella. Se había sentido importante el momento, incluso entonces, pero ahora... ni siquiera lo sabía. Quería abrazarla de nuevo y hacer una broma inapropiada sobre cómo morir no era una respuesta razonable a sentirse como mal tercio. Sabía que no era gracioso, incluso cuando lo pensaba, pero algo de aire salió de mi nariz en un intento de risa.

Finalmente llegué al garaje y me metí las manos con fuerza en los guantes. Luego me paré frente al saco de boxeo por un tiempo indeterminado, sin poder golpearlo. Me quedé mirando. Me estiré. Y luego me senté en el suelo y lloré con los guantes puestos. Lo único que me trajo de vuelta fue un mensaje de Rowyn de que estaba en camino.

Tenía que tener compostura por ella. Tenía que haber una manera de hacer esto. Tenía que haber una forma de que siguiéramos siendo nosotros, aunque no lo viera a través del aire sofocante de la realidad. Intenté visualizar cualquier fuerza que me quedara moviéndose a través de mi cuerpo hacia mi corazón. La necesitaba allí en vez de en mis puños, y me quité los guantes lentamente. Tenía la sensación de que podría no estar listo para ellos por un tiempo.

CUARENTA Y UNO
JARED

Como predije, mi madre tenía un pastel de carne esperando para el almuerzo cuando entré en la casa.

"No, gracias. No tengo hambre." Podía oír un juego de algún tipo en la televisión de la habitación de al lado, y todo lo que quería hacer era escapar.

"Jared. Por favor, come."

"Lo siento si lo que quieres no es realmente preocupante para mí en este momento, mamá." El tono se sentía extraño en mi lengua. En mi casa, contestarle a mi mamá no se toleraba normalmente. Hoy no era habitual, supongo. Sus ojos se llenaron de lágrimas, pero no podía sentirme mal por ello.

"Lo siento", susurró.

"Sí, yo también". Me las arreglé para bajar por el pasillo hasta la habitación de invitados, ya que había estado acampando allí por el momento. Subir y bajar las escaleras con muletas requería un poco más de audacia de la que tenía en ese momento. Me acosté incómodamente en la cama, sin suficientes almohadas bajo mi pierna enyesada. Miré fijamente a la pared y deseé poder cambiar de lugar con Rose.

Pero había una sensación profundamente arraigada que se deslizó sobre mí, haciéndome saber que no podía.

Quería que hubiera una razón por la que todavía estuviera viva, pero aunque no la hubiera, tenía que encontrar una forma de hacerla valer de todas formas. Ese pensamiento era el único que tenía sentido, así que me aferré a él e intenté dormir.

CUARENTA Y DOS
ROWYN

Era totalmente posible que haya salido del bosque con los ojos cerrados. No recordaba haberme ido, o haberme despedido de nuestros amigos y algunos conocidos. Hubo demasiados comentarios sobre Rose siendo parte de un "plan mayor", y demasiada charla sobre el giro de la rueda de la vida de gente que creía conocer. Parecía mucho más fácil soltar ese tipo de basura cuando no era tu mejor amiga o hija quien se había ido. Cada vez que alguien salía con algún tipo de cliché, sentía que me quitaban el derecho a sentirme así de rota, y me dolía.

Tristen y mi madre se retrasaron un poco, ya que salir con él a cualquier parte era como arrear a un gato. Parpadeé bajo el sol otoñal ante la posibilidad de sufrir un pequeño derrame cerebral porque podría jurar que vi a mi padre sentado en el parachoques trasero de nuestra camioneta. Volví a parpadear. Otra vez. Pero no se fue. *¿Debería darme la vuelta? ¿Debería decir algo?* No podía pensar lo suficientemente rápido, así que me quedé congelada. Y entonces me vio de pie, y él también se puso de pie. Se veía igual, tal vez... *¿más rubio?* Su cabello era oscuro como el mío, pero definitivamente había luces allí ahora. En realidad lucía californiano. Éramos la imagen propia de la incomodidad.

No siempre fue así. Una vez fui el epítome de una niña de papi... teníamos *cosas*. Como cosas específicas de padre e hija que eran sólo nuestras. Los enormes helados que me dejaba comer para la cena las noches en que mamá asistía a partos, o el hecho de que me dejaba perforarme las orejas aunque mi mamá me decía que tenía que esperar otro año, o cuando me dejaba conducir su viejo y destartalado Volvo por los caminos de tierra en las afueras de la ciudad mucho antes de que cumpliera los dieciséis años. Fue mi aliado durante mucho tiempo. Hasta que no lo fue. Me preparé para lo que fuera que se iba a añadir a este espectacularmente horrible día mientras avanzaba con dificultad.

Había trabajado como diseñador gráfico independiente en su tiempo libre, y era el profesor de arte en la escuela para su trabajo diario. Pero entonces su trabajo por cuenta propia traía más dinero que la enseñanza, así que lo dejó. Luego tuvo que viajar de vez en cuando, Nueva York, Los Ángeles, Boston, para reunirse con empresas que querían contratarlo, a veces revistas. Y entonces se fue todo el tiempo. Y luego consiguió el trabajo de sus sueños en Los Ángeles. Mamá pidió otro año, pero cuando llegó el momento, creo que todos sabíamos que ella nunca se iba a mudar a Los Ángeles. Tomó el trabajo y se fue. Pero no fue que se marchara por un trabajo. Era que se fue a una vida diferente, y no pareció molestarle que no estuviéramos en ella.

Decidí acercarme a él como si fuera un perro, no estando segura de si es amistoso o no.

"Papá..."

"Hey, Row", dijo cálidamente.

"Por favor, no hagas eso".

"No he hecho nada. ¿Podemos no empezar a pelear? Por favor. Vine a... bueno, por ti, y a despedirme de Rose." Su voz era gruesa, y podía oír a mi madre y a Tristen hablando con alguien mientras se dirigían a los demás coches aparcados.

"¡Papi!" Tristen gritó mientras corría hacia nuestro padre a través de la grava.

"Hola amigo. Hombre, te he echado de menos."

"Sí, eso pasa cuando nunca estás aquí." Me ignoró y se centró en T, lo cual no era atípico.

"Rowyn", murmuró mi madre suavemente al acercarse por detrás de mí.

"¿Sabías que venía?" Me había dado la vuelta, lista para discutir con alguien.

"Sí. Llamó ayer para confirmar. No quise decir nada porque ya estaban pasando demasiadas cosas, y bueno, siempre existe la posibilidad de que él..."

"No apareciera".

"Sí".

"Sólo quiero ir a casa, mamá. No puedo hacer esto. No con él ahora mismo". Ni siquiera tenía la energía para estar enfadada. Sólo quería irme. Lejos de todo.

"Bien. Nos iremos a casa. Puede llevarse a Tristen de paseo si no quieres ir."

"No quiero ir." Me metí en el lado del pasajero de la camioneta y cerré la puerta tan fuerte como pude. Pude oírle tomar un tono frustrado mientras le decía a mi madre que necesitaba hacerme ir con ellos. De verdad que me reí a carcajadas. Ya no me conocía.

Rowyn: Mi padre está aquí. ¿Puedo ir más tarde?
Reed: Creí haberlo visto al salir. Lo siento. Ven cuando quieras.
Rowyn: <3
Reed : <3

Mi madre se sentó lado del conductor después de transferir el asiento de Tristen al coche de renta de mi padre.

"Quiere sentarse un rato contigo antes de irse". Respondí con un giro de ojos. "Sabes que no te obligaré. Pero sólo tienes un papá, así que tal vez dale un minuto".

"¡Honestamente ni siquiera sé cómo puedes decir eso! Me enoja tanto que no estés enojada, mamá, porque deberías estar enojada porque nos dejó." Entonces empecé a llorar en serio. Era como si el universo no me dejara mantener la calma. Tenía que lanzarme a mi padre encima también. Hoy, de todos los días. Las lágrimas cayeron por Rose, por mi madre, por mi familia, y porque realmente extrañaba a la persona que fue mi padre. Presioné mi cara en mis manos y sólo quería que el mundo me diera un minuto para respirar. Sólo necesitaba un minuto, para que todo se detuviera.

"Rowyn... lo sé. Estuve enfadada durante mucho tiempo, y no mejoró mi vida. Y tal vez aun lo estoy a veces. Me siento como una vieja amargada cuando me miro al espejo la mayoría de los días, pero ya no puedo hacerlo. Perder a Rosie..." Respiró hondo. "Estoy tan agradecida de tenerte a ti y a T. Eso es más que suficiente para ser feliz. Puedo hacerlo." Sus propias lágrimas vinieron entonces, y me senté y lloré con ella. Finalmente salimos a la carretera principal después de que casi todos se hubieran ido. "¿Hay algo que pueda hacer?" La voz de mi madre se quedó en silencio cuando estuvimos paradas frente a nuestra propia casa.

"No lo creo. No a menos que puedas hacer algo de magia malvada y volver atrás en el tiempo y arreglar esto." Se veía tan herida que pensé que debía dejar de ser tan sarcástica. "Lo siento. Es que la extraño tanto. Siento como si alguien me hubiera sacado las entrañas y sigo viva.." Me estaba volviendo muy buena para llorar y hablar. Se estaba convirtiendo en una especie de necesidad.

"Lo siento mucho, Rowyn. No debería ser así."

"Pero es así. Y eso es lo que es tan difícil. Es como... tratar de encontrar tracción para mantenerse quieta, es imposible. Todo se está moviendo a la velocidad del rayo, y luego voy a volver a la escuela y va a ser... va a ser un infierno. Eso es lo que será".

"¿Quieres cambiar de escuela?" Miré a mi madre como si le hubieran salido cuernos. Parecía indefensa. Mi madre no era una mujer indefensa... era una ruda de verdad. Cuando estaba en su elemento, era una bruja loca con talento, era divertida, recibía a los bebés de la gente en sus casas. Ni siquiera comió helado el día que firmó los papeles del divorcio. Era una maldita superheroína. Y era incapaz de arreglar esto.

Parte de mí sintió un intenso alivio ante la idea de no volver nunca más. Ni siquiera había planeado lo que le diría en la escuela a la gente que sin duda fingiría que Rose era su mejor amiga. Podía evitarlo todo. Pensé en lo que le había dicho a toda esa gente del círculo, sobre la lealtad de Rosie y las veces que me cubrió las espaldas. No importaba lo fácil que fuera retirarse de la realidad, sentía que le debía a mi amiga resistirlo. La idea de dejar a Reed también envió un destello de miedo a través de mi corazón.

"No. Todo estará bien. Reed estará allí, y nosotros estaremos bien." No tenía ni idea de si eso era cierto, pero la mirada de aceptación en la cara de mi madre valió la pena la mentira.

"Está bien. Bueno, si se te ocurre algo que necesites, por favor dímelo. Necesito sentirme útil".

"Lo haré, mamá. Y tú siempre eres útil".

"Creo que voy a hacer algo para Karen y Brent. Algo que tenga el nombre de Rose. ¿Quieres ayudarme?"

"¿Quizás más tarde? O me voy a desmayar o voy a casa de Reed. Si te parece bien".

"Por supuesto, está bien. Me alegro mucho de que se tengan el uno al otro".

AL SENTARME EN MI TOCADOR, TRATANDO DE HACER QUE ALGO suceda con mi cara para que no se viera triste, miré de cerca todas las fotos pegadas al espejo. Fue un verdadero lapso de tiempo, que va desde el cuarto o quinto grado hasta Litha hace unos meses. Nos veíamos realmente felices. En todas ellas. Cuando estábamos juntas, lo habíamos sido. Los tres teníamos la clase de amistad de la cual la gente escribía libros. Solíamos querer ser Harry, Ron y Hermione, pero Rose y yo siempre nos peleábamos por Hermione. Nadie quería ser Harry... demasiada responsabilidad, salvar el mundo y todo eso. Al final, decidimos que ser nosotros estaba bien, que no era necesario fingir. Sin embargo, ni siquiera podía recordar cuántos niños en la escuela secundaria me preguntaron si podía levitar una pluma el año que salió esa primera película.

Salí de mi momento de álbum de fotos virtual y tomé una sudadera con capucha de la cama. Mi cara iba a tener que ser mi cara hoy. Intenté quitarme de la cabeza el pensamiento de que no habría más fotos felices. No por mucho tiempo, y nunca más de nosotros tres. Eso se sintió realmente final, y tenía miedo de que me chupara la vida.

Recordando una vez más, mis ojos se detuvieron en la foto más grande del grupo, tomada en el Círculo un año antes... Samhain. Reed y yo nos mirábamos... mi expresión transmitía una clara molestia por lo que acababa de decir, y su expresión no mostraba más que diversión. Rosie, sin embargo, sentada entre nosotros, miraba directamente a la cámara. Todo en ella irradiaba calidez y amor, incluso cuando Reed y yo estábamos en nuestro momento más irritante. En ese momento, me di cuenta de que lo único peor que perder a mi mejor amiga sería que ella me perdiera a mí también. Si realmente sabía algo de mis interacciones con la energía en este mundo, era que la parte más importante de quién era Rosalyn aún existía. No de una manera que fuera justa o aceptable, pero lo sabía tan bien como cualquier otra cosa. Me dolía el corazón ante el peso que llegaba con el conocimiento de que luchar a través de esta oscuridad sería mucho más difícil que dejar que me alcanzara. Dejé que el dolor de todo esto pasara por mis venas al salir por la puerta, pero no lloré. Sabía que habría tiempo para eso. Ahora mismo, sólo tenía que poner un pie delante del otro y encontrar el camino hacia la única persona que podía sentarse conmigo en este lugar de sentir todo y nada a la vez.

CUARENTA Y TRES
REED

Cuando Rowyn entró por la puerta de mi casa y me encontró tirado en el suelo de mi sala, encontré mi propio entumecimiento reflejado en su energía. Como si el día ya se hubiera llevado todo, y ahora tuviéramos que apagarnos, sólo por un tiempo. Me arrastré a su lado y la puse en mi regazo. Estuvimos sentados allí durante mucho tiempo, su cabeza metida bajo mi barbilla.

"¿Quieres tumbarte en el sofá y ver algo completamente sin sentido?" No creí que tuviera la capacidad mental para otra cosa.

"Da miedo lo bien que me conoces a veces." Casi sonrió y la seguí. El gastado sofá de tela había visto mejores días, pero era tan familiar que se sentía como en casa. Me hundí en mi lugar en el extremo más alejado del sofá, y Rowyn en el suyo en el medio. Rose siempre había tomado el otro extremo, el más cercano a la cocina. Me molestaba verlo vacío.

Rowyn encendió la televisión y la habitación se sintió muy ruidosa y brillante. Ni siquiera me di cuenta de lo que estaba pasando hasta que miré la cara de Rowyn. Era The Food Network, y una ex estrella de un reality show estaba horneando panecillos.

"Dámelo", dije, alcanzando el control remoto para cambiar el canal.

"No, déjalo."

"¿Estás segura?" Aún no había roto el contacto visual con la pantalla.

"Oye, ¿Reed?"

"Sí".

"¿Crees que ella está... bien? Quiero decir, dondequiera que esté..." La voz de Rowyn estaba tensa pero controlada, y me tomó un minuto para llegar a donde estaba su cabeza. Por mucho que hubiéramos hablado de muerte y funerales en los últimos cinco días, no habíamos llegado a esta parte.

"Sí, lo creo. Si alguien me hubiera preguntado hace cinco minutos qué tipo de señal querría saber que Rosie estaba bien, habría dicho 'panecillos'. Y bueno, ella los envió".

"Ja. Supongo que tienes razón. Siempre lo hizo, ¿sabes? ¿Responder cuando la necesitábamos?"

"Sí. Lo hizo." Pensé en todas las veces que me había llamado cuando lo necesitaba o guardado mis secretos cuando lo necesitaba también.

"¿Y te crees todas las cosas de 'la rueda gira' que todo el mundo decía hoy? ¿O el 'todo pasa por una razón'?" Para entonces, se había girado para mirarme directamente, la mujer de la televisión hablando de la importancia de la maicena para mantener los arándanos a flote.

Tomé un respiro que sentí que tendría que durar un tiempo. "Supongo que entiendo lo que piensa esa gente... como si fuera más fácil creer que todo es parte de la naturaleza o de algún plan maestro. Y tiene algo de sentido, como el reciclaje de energía y tener un propósito a lo largo de varios ciclos de vida, pero no creo que hubiera una razón para ese camión a esa hora de ese día. No me gustaría creer en un universo en el que algo así estuviera planeado. Creo que estaría muy enojado todo el tiempo si creyera eso".

"Yo también". Sus hombros se relajaron y se inclinó hacia mí. Ambos aprendimos algo sobre cómo verter la masa en vasos de papel.

"¿Vamos a estar bien?" Ni siquiera sabía si quería decirlo en voz alta, pero a veces las cosas salían cuando estábamos juntos.

"Bueno, mi primer instinto es decir que no. Quiero decir que todo está completamente jodido, ¿verdad?"

"Ah, ahí está mi pequeña optimista".

"Bueno, no puedo permanecer filosófica por mucho tiempo, Reed. Pero si trato de pensar en lo que Rosie diría, sería algo molesto y positivo sobre la búsqueda del lado bueno de las cosas y recordar lo que es importante, y un montón de otras cosas que nos habrían hecho sentir mejor. Así que pensemos en eso".

"Eso es, Bombón."

"OK, Man-Witch".

Hice una mueca al oír el apodo, pero aún así me aferré a ella con más fuerza. En el fondo, supe que, por más mierda que hayan sido los últimos cinco días, era sólo el principio de averiguar cómo sería la vida fuera de nuestra pequeña burbuja ahora que el mundo se había inclinado fuera de su eje. Pero si ella podía apoyarse en mí, y yo podía apoyarme en ella, entonces tal vez podríamos navegar nuestro camino hacia una nueva normalidad.

Tal vez.

―――――

La nueva razón por la que sabía que Rowyn y yo debíamos estar juntos era que podíamos entrar y salir de la oscuridad y la luz como un cuadro de Bob Ross. Feliz, triste, negro, blanco, gris... todo se mezclaba.

El resto del fin de semana después del funeral de Rose desafió las leyes del tiempo. Avanzaba, pero estábamos en un estado de animación suspendida, Rowyn y yo. Había muchos suspiros en mi habitación. A veces nos besábamos, pero sinceramente parecía que ambos intentábamos pasar el tiempo en lugar de comprometernos a hacer algo. Sentía que no sabía cómo existir. No podía estar triste cada segundo porque mi cerebro no funcionaba de esa manera; había demasiados pensamientos en todo el espectro de felicidad y tristeza, y no sabía dónde detenerme. Cada vez que me reía de algo que decía Rowyn, o me encontraba olvidando por un momento que Rose se había ido, la culpa era aplastante.

No fue hasta el domingo por la noche cuando la realidad de la vida que avanzaba llegó a mi mente.

Rowyn: Tenemos que ir a la escuela mañana.
    Reed: Sí. ¿Hiciste alguna tarea?
    Rowyn: ¿Sabes con quién estás hablando?
    Reed: Bien. ¿Deberíamos haber hecho alguna tarea?
    Rowyn: Ni siquiera lo sé. La escuela no existe en este momento.
    Reed: Va a ser raro.
    Rowyn: Sí. Tal vez... ¿Puedes recogerme?
    Reed: ¿Quieres decir como todos los días de este año?
    Rown: Cállate. Y tal vez podamos sentarnos en algún lugar diferente en el almuerzo.
    Reed: Sí, quiero decir que tal vez eso mejore las cosas. No lo sé. Podemos si quieres.
    Rowyn: Creo que al principio. Será demasiado raro sentarse en nuestra mesa sin ella.
    Reed: De acuerdo. En otro lugar.
    Rowyn: Te veré por la mañana.
    Reed: A menos que sueñes conmigo primero.
    Rowyn: Apuesto que te gustaría saberlo.

Los primeros días de vuelta fueron tranquilos. Mucha gente murmuraba sus "Lo siento mucho" en el pasillo si se veían obligados a hacer contacto visual conmigo, y más de un profesor me hizo a un lado para preguntarme cómo estaba. Era increíble cómo una pregunta tan benigna tenía tanto peso ahora. No tenía ni idea de cómo estaba, pero di las respuestas estándar: Bien, tranquilo, gracias por preguntar. Amy incluso pasó por mi casillero el martes. No habíamos hablado desde que le colgué el teléfono después de nuestra no-ruptura. Ni siquiera sabía dónde mirar cuando ella se paró frente a mí.

"Oye, sólo quería saber cómo estabas". Su largo pelo rubio me rozó el brazo; estaba tan cerca. Sinceramente esperaba que no hubiera dejado intencionadamente dos botones desabrochados en su top.

"Estoy bien, gracias por preguntar". Combinación de respuesta estándar número dos.

"Aunque sé que no estás bien realmente". Suspiré. No podía entrar en toda esta realidad con cada persona que preguntaba. Y estaba empezando a sentir un tic en los ojos, preguntándome qué pasaría si Rowyn apareciera mientras Amy todavía estaba allí. No había afecto entre ellas, incluso sin que Row conociera mi historia con ella.

"Amy. Estoy bien. Estoy lidiando. ¿OK?"

"OK. Sólo... llámame si alguna vez necesitas".

"Sí. Gracias". Se marchó con su cabello ondulando. Casi salté de mis pantalones cuando Rowyn se materializó a mi lado un momento después.

"¿Qué demonios quería la Srta. Remilgosa?"

"Sólo ofreció sus condolencias". *Avancemos de tema.*

"¿No intentó tirarte agua bendita?"

"No es católica. Y yo no soy un vampiro".

"No creo que ella sepa esa. Una vez trajo un atomizador a la escuela y dijo a todos que me quemaría si me rociaba porque estaba lleno de agua bendecida por un sacerdote". Las orillas de mi boca se levantaron un poco al recordar todo el incidente. Las chicas llevaban a cabo su tormento de maneras muy diferentes a las de los chicos. "No te atrevas a sonreír por ello."

"Nunca lo haría". Me golpeó el brazo cuando cerré mi casillero, pero en vez de tomar su mano y dirigirme a la clase, me incliné y la besé. Un beso de verdad, no un beso de paso. Uno en el que me agarró por los lados de la camisa y me tiró contra su pecho. Uno en el que pude saborear su brillo de labios. Uno en el que, si no hubiéramos estado en un pasillo, me habría esforzado mucho por no poner mis manos en un nuevo territorio. Ya no me importaba tanto que me reportaran por demostración de afecto público, sólo necesitaba sentirme presente por un minuto en vez de estar en una nube "que carajos está pasando" todo el tiempo.

"OK pues". No fue ni una pregunta ni una declaración cuando ella lo dijo. Sólo un conjunto de sílabas sorprendidas.

"OK pues". La campana tardía sonó mientras estábamos allí, finalmente nos obligó a movernos rápidamente para llegar a clase o enfrentar la ira de los prefectos. Tuve que pensar en sillas. Sillas o espárragos o globos de aire caliente. *¿Qué es lo que te pasa? ¿Cómo puedo estar así* cuando todo estaba tan jodido? No tengo ni idea de lo que vimos en Historia. Algo sobre los rusos y los bolcheviques. O la Fiesta del Té de Boston. *Mierda.*

ACEPTÉ LLEVAR A JARED A CASA AL DÍA SIGUIENTE YA QUE SU madre tenía una cita. Rowyn me había estado evitando desde nuestro momento del pasillo y conducía su Civic, lo que significa que tuve un poco de tiempo para hablar con otro hombre en privado.

Cargué su silla de ruedas y arranqué el coche, cerrando las puertas. No sabía por qué había cerrado las puertas; se sentía importante.

"Amigo, OK. No tengo mucha experiencia con los vínculos masculinos o como sea, y si hablo con mi hermano nunca me dejará en paz, así que sólo necesito decirte que creo que me voy a acostar con Rowyn".

"Em, de acuerdo. ¿Por qué necesitas que lo sepa?"

"Porque si no lo digo en voz alta, entonces voy a reprobar la escuela porque no puedo pensar en otra cosa. No estoy tratando de...

conocerte a un nivel más personal o algo así, pero ¿puedes decirme que no es una idea terrible. Eso es todo."

"¿Podrías por favor conducir, hombre? Me estás mirando demasiado intensamente. Al menos concéntrate en la carretera." Puse los ojos en blanco y saqué el coche del estacionamiento. Ya estaba dudando de toda la situación. Hubiera preferido comerme mis palabras y resolverlo por mi cuenta. "Lo siento, lo dijiste sin ningún tipo de aviso, y no hablo con la gente sobre... bueno, ahora que lo pienso, no hablé sobre nada real... antes. El fútbol y la escuela. A veces sobre chicas. En fin. ¿No es una idea terrible?"

"No lo digas como una pregunta, eso no ayuda. No necesito, como, instrucciones, me he enganchado con... bueno, no te preocupes por con quién, pero eso fue fácil porque no... no me importaba exactamente. Así que ahora estoy, no sé, tal vez voy a joder esto."

"Esto va a sonar completamente antihumano, pero tú y Rowyn son una especie de... bueno, no es que sean nuevos en esto. Han estado juntos desde que tenían cuatro años o algo así. Personalmente, ella me asusta mucho, incluso después de haberla conocido. Es como estar en una habitación con una bomba de tiempo".

Me reí de eso. "Casi me siento obligado a defender su honor, pero lo entiendo. Lo que es gracioso es que Rowyn no es la que da miedo. Es decir, por fuera lo es porque es ruidosa y está constantemente enojada, pero en realidad le importa mucho lo que la gente piense. Rose es... Rose era la que daba miedo".

"Sí, no. No había nada de miedo en Rose." Sonaba melancólico por eso, la risa se fue de su voz.

"Eso es porque nunca la hiciste enojar. Vale, como, ya sabes lo en serio que se tomaba la escuela, ¿verdad?"

"Sí".

"Así de serio se tomó el estudio de la brujería. Era muy buena. Leía todos los libros de todas las ideologías, escribía sus propios hechizos, estaba al nivel que Rowyn y yo tenemos ahora, pero a los trece años. Si quería hacer un daño serio, te garantizo que podría haberlo hecho. Pero no era así. Pero era como nuestra propia "brujipedia." Cualquier cosa que quisieras saber, ella podría habértela dicho".

"Vaya. No... supongo que no vi ese lado de ella." Me di cuenta de que estaba siendo un idiota al señalar todas las formas en que no la conocía. Pero era cierto. Ella era increíble y nunca tomó el tipo de crédito que debería tener.

"Creo que tal vez tengas razón. Sobre Rowyn". No sabía cómo hacer que él, o cualquier otra persona, se sintiera mejor sobre Rose, así que pensé que volver al incómodo tema de mi inexistente vida sexual era una mejor decisión. No era como si no tuviera ni idea. Ni siquiera sabía si iba a suceder pronto, pero algo en ese beso inició un reloj en mi cerebro, y quería ver qué pasaba cuando llegara el momento. Había estado pensando en estar con Rowyn toda mi vida de adolescente, así que estaba seguro de que podría...

"Sí, deja de pensar en tu novia de esa manera mientras estoy en el coche. Me estás asustando."

"Sí, claro, estarías totalmente de acuerdo con..."

"Hansen, juro por Dios que si terminas esa frase, saldré y me iré cojeando a casa. Guárdate tus sucias fantasías para ti mismo".

"Sí, sí". Me reí de todos modos. Fue un poco raro que fuéramos amigos. Era raro que no fuera para nada raro. Me detuve en seco fuera de su casa cuando me di cuenta de algo.

"¡Oye! ¿Por qué haces eso?", gritó. Me di cuenta de que era la segunda vez que pisaba los frenos así con él en el coche.

"Lo siento. Bueno, puede que no lo sienta. ¿Te acostaste con Rose?" No sabía por qué quería saberlo; era como preguntarle si se había acostado con mi hermana, pero me molestaba.

"No, hombre". Respondió enseguida, y supe que decía la verdad. Estaba bastante seguro de que Rosie me lo habría dicho, de todas formas. No teníamos ningún tipo de relación tradicional entre chicos y chicas, y yo sabía mucho más de cosas femeninas de lo que quisiera gracias a ella. Pero a veces las cosas cambiaban. Me alegraba saber que esto no había cambiado.

"No sé por qué pregunté. Yo sólo..."

"Es un asunto de protección. Lo entiendo. Siento no haber podido protegerla. Cuando debí..." Su voz se quebró y sacudió la cabeza.

"No pienses en eso. ¿Está bien? Nadie más está pensando eso. No hay duda de que habrías hecho todo lo que pudieras".

"Sí, claro. Gracias".

"El próximo fin de semana... haré que Cole nos traiga algo bueno. ¿Puedes beber para entonces?"

"Debería ser capaz, creo. Si no, siempre puedo pasar el rato. Hazme saber cuándo y dónde. Voy a rodar a donde sea".

"Hecho. Nos vemos luego. Lo siento por... bueno, no, no lo siento realmente."

"Sí, no te habría creído de todos modos. Diviértete con Rowyn". Toqué la bocina dos veces, y su hermano pequeño salió con sus muletas. Estaba solo con mis pensamientos dispersos otra vez. Levanté el teléfono e hice una llamada.

"¿Qué pasa?" La voz de Rowyn sonaba a pánico cuando contestó.

"¡Nada! No pasa nada, sólo quería hablar contigo".

"Me has asustado. Nunca llamas. ¿Qué pasa?"

"Lo siento. Sólo quería ver qué ibas a hacer el viernes".

"Em, probablemente pasando el rato contigo? Posiblemente cuidando a Tristen si esta señora se va a trabajar".

"Salgamos. Una cena tal vez, conducir, lo que sea. Salir. No puedo sentarme a mirar las paredes de ninguna de nuestras casas mucho más tiempo."

"¿Quieres tener una cita?"

"Sí. Quiero llevarte a una cita".

"¿Podemos decidir el viernes? No sé cómo me voy a sentir. Es como si... nada fuera normal".

"Oh, sí. Está bien. Sólo déjame saber". Me di cuenta de lo insensible que me parecía hablar de citas y películas cuando... Sólo quería algo que me esperara. Una noche para ser egoístamente normal.

"Ugh, lo siento. Sí, salgamos. En una cita. El viernes."

"¿Sí?"

"Sí. Tampoco quiero estar sentada en casa todo el tiempo. Será bueno ir a algún lugar. Tienes razón. Podemos ir a cenar, al cine, lo que sea".

"¿Y te pondrás mi regalo?" La estaba presionando ahora, pero no pude evitarlo. Todas mis necesidades estaban envueltas en ella. Hubo una larga pausa. Tal vez demasiado larga.

"Sólo hay una forma de averiguarlo". Estaba seguro de que lo que dije a continuación fue ininteligible, pero ella se rió de todos modos y colgó el teléfono. *Puede que tenga que comprar un nuevo saco.*

CUARENTA Y CUATRO
ROWYN

Estaba a punto de ser Samhain, y yo ni siquiera me había dado cuenta. Había pasado más de una semana desde que me paré en mi cocina y recibí esa llamada. Los alumnos de mi escuela no podían usar disfraces en el campus, así que era fácil olvidarlo o ignorarlo, hasta que vi pequeños humanos vestidos como todo tipo de criaturas y superhéroes caminando por ahí de camino a casa desde sus propias fiestas en clase. Celebraban Halloween esta noche, y normalmente íbamos al Círculo o invitábamos a gente a comer, para honrar a nuestros seres queridos, y para empezar el lado oscuro del año. Esperaba ansiosamente la lectura del Tarot para nuestros amigos de Samhain; la energía de la noche hizo algunas de las mejores y más intensas lecturas que jamás había hecho.

El nuevo mazo que Reed me había comprado estaba colocado en mi mesita de noche. Aún no había abierto la caja. Me hundí en mi cama y lo alcancé, con la intención de meterlo en el cajón, pero el arte ilustrado de la cubierta atrajo mi atención. Era la misma razón por la que me habían llamado la atención en la tienda. La mayoría de las barajas que poseía tenían una tarjeta de aspecto positivo en el exterior, por obvias razones. Esta tenía el "Hombre Colgado". Me pareció más honesto, anunciar la idea de que a veces la vida te deja colgado, y que tú eres el único con el poder de arreglarlo. Trazaba las líneas de las cadenas que mantenían al hombre en suspensión. Aún así era hermoso en la forma en que una victoria duramente luchada era hermosa, incluso si estabas ensangrentado y magullado.

Mi corazón protestó cuando pensé en sacar las cartas para leer o celebrar en Samhain de alguna manera. No podía fingir estar concentrada o clara en nada, mucho menos para un festival de los muertos.

Prácticamente abordé a mi madre cuando entró por la puerta con T. "Esta noche es Samhain", le expliqué después de que me regañara por haberla asustado.

"Sí, soy consciente de eso. No iba a insistir en nada, aunque Mary y sus chicas nos invitaron a ir a su casa, si quieres. Les dije que probablemente no."

"Oh". Ella ya había manejado la crisis antes de que empezara, y no estaba segura de dónde poner toda mi energía.

"¿Quieres ir?" preguntó, soltando a un Tristen que se puso a correr por ahí.

"No, no lo creo. Pero puedes ir. Quiero decir, no sientas que no estoy bien aquí. Puedo repartir caramelos. Al único "truco o trato" que viene a nuestra casa."

"Ya tengo la barra de caramelo para Lacey en la puerta para cuando pasen por aquí." Uno de nuestros vecinos siempre se preocupaba por venir con su hija para mostrarnos su disfraz, pero estábamos en las afueras del pueblo, nadie más venía. Yo estaba de acuerdo con eso. Cuando era muy pequeña, odiaba a Samhain, porque significaba que no podía disfrazarme y conseguir dulces gratis, pero mi madre me dijo hace tiempo que me compraría cualquier dulce que quisiera, y mis amigos más cercanos iban a estar en el Círculo, no caminando por ahí pidiendo golosinas en trajes baratos de poliéster. Lo superé. Eventualmente.

"Aunque en serio, sé que tú también necesitas salir. Así que ve. Tal vez haga algo pequeño por mi cuenta aquí. No lo sé."

"¿Estás segura? No quiero dejarte aquí..."

"Mamá. Tengo diecisiete años. Llamaré a Reed si me aburro".

"Si él viene, se quedarán..."

"Abajo con todas las luces encendidas y absolutamente sin fornicación alguna. Entiendo." Uno de sus ojos se arrugó mientras me miraba a medias. Puse los ojos en blanco, esperando que fuera lo suficientemente convincente. "Bien, bien, ni siquiera le pediré que venga. No es como si hubiera pasado la noche aquí hace tres meses", añadí para enfatizar.

"¿Necesitas tomar la píldora?"

"Mamá..."

"Tienes diecisiete años, conoces a Reed literalmente desde siempre, y está enamorado de ti. No sé si estás enamorada de él, pero hay cosas peores de las que podría preocuparme por ti. Tú y yo... tenemos que ser capaces de hablar de esto, y sabes que no te juzgaré. No se trata de una cuestión de moralidad o de carácter; se trata de tomar buenas decisiones por ti misma. ¿De acuerdo?"

"OK sí. Pero esa no es una conversación que deba tener lugar esta noche".

Me miró con escepticismo. "Entonces creo que iré a casa de Mary. Pero si necesitas algo, sólo llama. Tristen estará feliz de hacer travesuras en la casa de alguien más".

"Papá no vendrá, ¿verdad?" Necesitaba estar preparada para esa interacción.

"No esta noche. Mañana viene por Tristen, y el jueves quiere sentarse contigo. Se va el viernes". No respondí. Todavía había mucho tiempo para zafarme de esa conversación del infierno.

DEBÍ HABER APROVECHADO MI TIEMPO A SOLAS PARA PONERME al día con la tarea de la escuela. En vez de eso, estaba retorciendo secciones de mi cabello en las más pequeñas trenzas posibles sin ningún propósito. La casa estaba tranquila, y yo también. Era demasiado silenciosa. Conecté mi teléfono al estéreo y presioné el botón de reproducción en la primera cosa que apareció. Era la misma canción que había estado escuchando cuando Hunter llamó. Inmediatamente, desconecté el teléfono y volví al silencio. No estaba lista para tener una crisis nerviosa en ese momento. Ni siquiera había platos que lavar; habíamos pedido comida a domicilio casi todas las noches. Agarré mi chaqueta de mezclilla y me escabullí al porche trasero.

Estábamos en pleno otoño, y no había ningún lugar donde lo sintiera más fuerte que aquí. Era una noche perfecta para hacer rituales, y casi deseé haber aceptado ir con mi madre. Ni siquiera necesitaba una puesta de sol; los árboles eran suficiente para mí. Me senté en una vieja silla de madera del patio y torpemente traté de doblar las piernas debajo de mí mientras usaba botas hasta la rodilla. *Inspira profundamente, 2, 3, 4, y sale, 2, 3, 4.*

Sentí como si estuviera en un constante estado de indecisión ahora. No sabía si quería comer o dormir o salir o quedarme en casa, sólo quería sentir algo, decidir algo y sentirme segura. Incluso podría haber sido una decisión sobre elegir un cereal, no me importaba, sólo algo para *decidir*. Estaba congelada por la incapacidad de actuar. Me sentí mal por mi reacción a la invitación de Reed antes - él estaba intentando salir adelante y yo no. Sólo estaba existiendo. Quería llamar a Rosie y contarle lo de la ropa interior de bruja. Sin duda me habría dicho lo que pensaba sobre eso, y supongo que habría regañado a Reed por un regalo tan presuntuoso, o al menos me habría hecho entender cómo me sentía. Habría habido "galletas de charla sexual" con un nombre ridículo como "No regales la leche y las galletas". Su nombre habría sido mejor. La eché de menos como una extensión de mí misma. Extrañaba mi reflejo.

Hacía frío, y me metí las mangas del suéter por la chaqueta y me las enrollé en las manos. No quería entrar todavía. Las palabras salieron de mi boca antes de que supiera que quería decirlas.

"Te extraño". Me sorprendió lo segura que sonaba mi voz, pero me sentí bien al sacar los pensamientos de mi cabeza, así que los dejé venir. "Estoy *tan* enojada contigo, Rose. Nunca me hubieras perdonado si hubiera muerto, ¿sabes? Lo sé. Te habrías quedado enojada conmigo para siempre". No sabía si eso era del todo cierto, pero lo sentí en ese momento. "Siempre me decías que no me rindiera. Escuela, Reed, magia, lo que sea, se suponía que no debía rendirme, así que ¿por qué lo hiciste? ¿Por qué te fuiste cuando sabías que te necesitábamos aquí?"

Había un buen equilibrio entre la culpa y la ira que yo estaba atravesando. No quería estar enfadada con ella. La atropelló un maldito camión, y sabía que no era su culpa, pero... quería que se quedara. "Te echo de menos. Lo siento. Siento mucho que esto haya pasado y que no te haya avisado. No lo vi venir, lo juro. Tal vez debí haberlo visto, pero no lo hice. Nunca me perdonaré si me perdí algo. Sólo quiero que vuelvas, y quiero despertar de esto". Mi voz se estremeció demasiado para sacar más palabras en ese punto, pero se sintió catártico hablar en voz alta. Había guardado todo dentro, y me estaba comiendo por dentro. Afuera era mejor.

Suspiré y dejé caer los pies al suelo, levantándome de la silla. Cuando miré hacia abajo, había una sola pluma blanca en el brazo del asiento donde había estado, como si estuviera colocada allí sólo para mí. Conocía suficiente simbolismo pagano como para notar una pluma blanca como señal, aunque no podía pensar en lo que significaba exactamente. La cogí con dedos delicados y la sostuve en mi mano. Las lágrimas me pincharon los ojos y dejé salir un largo aliento. "Gracias", murmuré a quien sea que estaba escuchando. Metí la pluma fue directamente a mi joyero cuando llegué a mi habitación, pero incluso rodeada de piedras y plata, brillaba con una luz propia. Oí llegar la camioneta y puse mi otra cara, la que no hacía que mi madre y mi hermano se preocuparan. Se me ocurrió que no entendía el propósito de esta festividad hasta ese momento, sosteniendo la pluma en mi mano.

"¿Rowyn?" llamó mi madre.

"Sí, mamá. ¡Ya voy!" Cerré la tapa de mi caja de joyas improvisada, que en realidad era sólo un viejo contenedor de la Mujer Maravilla, y me dirigí abajo. "¿Cómo fue?"

"Bien. Fue agradable estar cerca de la gente, ¿sabes? Oh, y Mary envió esto para ti", me dijo, entregando un pedazo de pastel de calabaza envuelto en plástico.

"Fue muy amable de su parte enviar algo. Me alegro de que hayas ido". No estaba lista para contarle mi experiencia todavía. Sabía que lo haría, pero lo sentía como algo propio a lo que aferrarme por ahora.

"Karen llamó más temprano y preguntó si podíamos ir en los próximos días. Me adelanté y le dije que sí para mañana después de la escuela. Espero que esté bien contigo. Tu padre viene a recoger a T, así que pensé que sería mejor. Podríamos ir por nuestra cuenta". No me encantó que mencionara a mi padre, y aún así me mantenía firme en que no iba a conversar con él. "No empieces".

"Bueno".

"Perfecto".

Me tiré al suelo junto a Tristen e intenté ayudarle con su rompecabezas. Aparentemente no lo hice bien, porque me dijo que me fuera. No había mucho amor para mí en la casa de los Black esa noche.

———

Me quedé escondida en las escaleras cuando mi papá vino por T. La escuela había sido un desastre, y sabía que me estaba yendo peor en mis clases. No podía escuchar las lecciones cuando estaba allí, y no me importaba lo suficiente como para darme cuenta cuando llegaba a casa. La única esperanza que tenía era que mis profesores se apiadaran de mí este trimestre, o que de alguna manera aprobara mis exámenes parciales. Ninguna de las dos cosas era probable.

Mi papá se empeñó en saludarme para hacerme saber que era consciente de mi presencia. Eso me molestó aún más. Una vez que la puerta principal se cerró, salí.

"¿Has terminado de esconderte?" preguntó mi madre.

"No me escondo. Sólo soy selectiva de mi paradero".

"Sé que te estoy pidiendo mucho, pero necesito que seas prudente mañana cuando venga. No tienes que ser amable. Sólo... sabes lo que estoy diciendo, así que no finjas que no lo sabes. Necesito que hagas esto por mí".

"¿Por qué?"

"Muchas razones".

"Explícamelas", dije.

"Es tu padre. Quiere saber que estás bien".

"¿O qué?"

"O nada, por ahora. Sólo sé sensata". No me gustaron las palabras "por ahora" en su frase. Mi papá había hablado de luchar por la custodia de nosotros cuando se mudó, ya que era mi madre la que no quería ir a Los Ángeles, pero le hice saber en términos inequívocos que tendría que secuestrarme para llevarme allá. Tristen era tan joven que ningún juez le habría arrebatado de su madre, así que ahí más o menos acabó todo No había ningún escenario en el que yo pudiera manejar que él sacara el tema, y ya sabía que yo sería menos que prudente si lo hacía. Sólo asentí con la cabeza a mi madre y me dirigí a la camioneta.

Me incliné para subir la calefacción tan pronto como ella encendió el auto, el frío parecía alcanzarme con más fuerza ahora que el sol se estaba poniendo.

"¿Karen dijo por qué quería que fuéramos? Pensé que le había dicho a Reed que fuera también. ¿Debería llamarlo?"

"Creo que tiene algo para ti. No sé si ya ha llamado a Reed. No le pregunté. Si no, tal vez sólo quiera hablar con nosotras, así que no nos tomemos la molestia de invitar a nadie más. Me imagino que está... abrumada".

"Vale. Claro. Me siento muy mal, mamá."

"Yo también, chica. Es mi mejor amiga, y... bueno, no hay nada que pueda decir. Lo entenderás cuando seas madre algún día. Tus hijos son tu vida". No hablamos mucho en el corto viaje a casa de los Stone, sólo escuchamos los sonidos de los ochenta en la radio. Mi madre me cogió la mano como cuando tenía cinco años mientras subíamos los escalones de la puerta principal. Tocó la puerta ligeramente antes de entrar.

"¿Karen?" mi madre llamó.

"¡En la cocina!" Entramos para encontrarla con una cinta métrica encima del mostrador. "¡Hola! ¿Podría alguno de ustedes hacerme un favor y llevar esto al final de esos gabinetes?" Agarré el borde y tiré como ella pidió hasta que estuve al otro lado de la cocina leyendo las medidas.

"¿Qué vas a hacer aquí?", preguntó mi madre.

"Nuevos gabinetes, nuevos electrodomésticos, todo. Lo siento, pensé que terminaría antes de que ustedes llegaran". Se bajó del mostrador y nos abrazó a las dos. "Será un buen proyecto. Había un horno que Rose siempre dijo que necesitábamos, así que voy a conseguirlo, además de algunos de esos lujosos gabinetes con estantes giratorios."

"¿Un Lazy-Susan?"

"Sí, eso. Es mucho más fácil mantener todo organizado, creo. De todos modos, gracias por venir con tan poco tiempo de aviso. Tengo algunas cosas para ti, Rowyn. Déjame guardar esto iré a buscarlas. Siéntete como en casa en la sala". Se fue corriendo por las escaleras, y mi madre y yo nos hundimos en sus sofás blancos. Todo se sentía tan tranquilo. Vi la foto enmarcada que estaba en el funeral de Rosie colgada sobre la chimenea y tuve que recordarme a mí misma de tragar saliva y respirar. Estaba tan presente que era imposible creer que no lo estuviera.

Karen bajó las escaleras con un montón de bolsas de papel y una gran bolsa de ropa. Me levanté para quitarle algunas de las bolsas antes de que se tropezara y cayera por las escaleras. Parecían estar llenas de ropa.

"Lo siento, lo siento. No me di cuenta de que tenía tantas. De todas formas, lo primero es lo primero". Puso las bolsas en el suelo y sacó una pequeña caja envuelta de la parte superior de una de ellas. Era de color púrpura oscuro con un lazo negro en la parte superior.

"¿Qué es esto?"

"Bueno, tu suposición es tan buena como la mía, pero tiene tu nombre. Estaba en la habitación de Rose, así que asumo que es tu regalo de cumpleaños." Su voz se mantuvo extrañamente optimista durante toda esta explicación.

"Oh" fue todo lo que conseguí decir.

"No tienes que abrirla ahora si no quieres", añadió Karen rápidamente, sintiendo mi inquietud.

"No, quiero hacerlo. Es que... es raro que ella me dé algo".

"Bueno, tómate el tiempo que necesites. Puedo explicar el resto de esto". Hubo un parpadeo de dolor e indecisión en su cara antes de que la sonrisa forzada volviera. "Sé que eres más alta que Rose, así que no puse ningún pantalón aquí, pero pensé que podrías usar las camisetas y los vestidos; algunos de ellos son tan hermosos, y no quería que fueran sólo para donación. Me encantaría que te los llevaras."

"¿Su ropa? Oh, yo..." No tenía palabras para responder. No podía usar la ropa de Rosie. Se suponía que ella debía usarla. Bueno, era suya. Y aunque... bueno, nunca compartí la ropa con ella cuando estaba aquí. Prefería los colores oscuros y los jeans rasgados, y a ella le gustaban los vestidos de verano y los estampados florales. Éramos sólo... complementarias, pero no iguales. Miré las bolsas y agarré el regalo, olas de" no tengo ni idea de qué decir" azotándose sobre mí.

"Karen", dijo mi madre suavemente, "¿podemos darle un momento a Rowyn y hablar tu y yo en la cocina?" No vi su reacción, pero las dos me dejaron sentada en el sofá de la sala iluminada sin saber dónde mirar o qué sentir. Extendí la mano y recogí uno de los vestidos doblados en la parte superior de la bolsa más cercana. Era amarillo con flores bordadas a lo largo de la parte inferior en rosa y azul. Estaba bastante segura de que lo había llevado el primer día de clase. ¿Qué pensaría la gente si yo empezara a usar su ropa? ¿Qué pensaría yo? El feliz aroma que emanaba de los bolsos - distintivamente Rose- me hacía sentir como una impostora, sentada entre sus cosas. Podía oír voces que se elevaban en la cocina... no era como si estuvieran en privado. Intenté no espiar. No, eso era una mentira; absolutamente traté de escuchar a escondidas.

"Karen... no sé si deberías ser tan apresurada en regalar estas cosas... podrías quererlas."

"¿Para qué exactamente las usaré, Judith? ¿Podrías decírmelo? ¿Para sentarme en el cuarto de mi hija e imaginar que todo esto es una pesadilla y que ella entrará por la puerta y empezará a hornear? ¿Es eso razonable para ti? No puedo sentarme aquí y dejar todo como está. No puedo vivir aquí así. No puedo vivir así, punto. Necesito hacer algo. No puedo hacer nada, no lo entiendes." La voz de Karen se acercaba a un tono casi histérico.

"Tienes razón, no lo entiendo. Pero sí te amo. Y amo a Rose. Sólo que no quiero que hagas algo para lo que no estás preparada. Nadie te culpará por tomarte el tiempo para..."

¿"Para qué? En serio, ¿qué se supone que debo hacer con mi tiempo?"

"¿Has estado viendo a alguien?"

¿"A un terapeuta? Sí. Me dijo que estaba deprimida. Mi hija fue atropellada por un camión hace menos de dos semanas, así que le dije que tal vez no era tan buena en su trabajo si necesitaba cobrarme sesenta dólares por decirme eso. No hay nada que nadie pueda decir para arreglarme. Rosalyn se ha ido, y no se puede hacer nada. Me acuesto en su habitación y trato de imaginarla allí, preparándose para el regreso a casa o el baile de graduación, pero nunca va a suceder. Esto es lo que tengo ahora. Así que lo siento si la ropa es abrumadora para Rowyn. Al menos ella está aquí para ser abrumada". Me di cuenta de que estaba llorando en ese momento, y me sentí como una escoria. Debí haber aceptado lo que me dio con gracia. Eso es lo que Rose habría hecho. No se habría sentado ahí como un pez fuera del agua.

"Eso no es justo, Karen. Rowyn ama a Rose, y ella te ama a ti".

"No me hables de lo que es justo. Ni siquiera uses esa palabra".

"Lo siento mucho, Kar. No sé qué hacer o qué decir, y no quiero empeorar las cosas para ti". Hubo un largo silencio, y me encontré conteniendo la respiración.

"¿Sabes lo que es una locura?"

"¿Qué?", respondió mi madre con dudas.

"Siempre me preocupé por Hunter. Él es el que está en esa motocicleta y haciendo quién sabe qué. Me preocupaba todos los días cuando salía de la casa. No me preocupaba por Rose. Ella estaba tan... no sé. Ella era fácil. No tenía que preocuparme por ella. Y luego esto. Esto es... no sé qué es esto".

"Yo tampoco lo sé. Desearía que hubiera algo que pudiera hacer." Sentí que debía salir de la casa para el resto. No debería estar escuchando. Miré hacia arriba y vi a Hunter sentado en la escalera, con una camiseta negra y unos jeans, con el cabello recogido. Empecé a decir algo, pero me hizo un gesto para que me callara y se escabulló por la puerta principal. Todo su sigilo se hizo añicos, por supuesto, cuando la golpeó lo más fuerte posible. Apreté los dientes y la conversación se detuvo.

"Mierda. Debería ir a hablar con él", expresó Karen solemnemente mientras la moto de Hunter se desprendía de la entrada. Ella se quebró en serio entonces, y yo todavía no tenía ni idea de qué hacer.

"Volverá... él también está sufriendo", respondió mi madre.

"Eso no lo sabes. Él podría morir también. Podría desaparecer, y yo no tendría nada".

"¿Quieres que vaya a buscarlo? ¿Pedirle que vuelva?" Me di cuenta de que ahora se estaba agarrando a un clavo. Entré en pánico, tratando de encontrar algo que me hiciera parecer ocupada cuando volvieran y maldiciéndome por no tener mis auriculares en el bolsillo.

"No. Creo que sólo quiero que te vayas."

"Karen... por favor, déjame intentar ayudar."

"No puedes ayudarme. Aún tienes a tu hija. Pensé que podría hacerlo, y verlas a ambas, pero no puedo. Sólo... déjame en paz. Necesito estar sola y no verte. Lo siento, no puedo." La mamá de Rose salió de la cocina y subió las escaleras sin mirar atrás. La cara de mi madre contaba la historia de una mujer dividida entre el respeto a los deseos de su amiga y la marcha hacia arriba tras ella.

"Vamonos, Row."

"Mamá... ¿tal vez deberíamos quedarnos?"

"Lo intentaré más tarde. Lo prometo. Pero creo que por ahora, deberíamos irnos."

"Bien... ¿tomamos estas cosas?"

"¿Lo quieres?"

"No lo sé... no puedo usarlo. Simplemente no puedo".

"¿Por qué no eliges una cosa? No tienes que usarlo. Pero puede ser algo para tener, ¿sabes?" Asentí con la cabeza y miré hacia la recolección de los sacos de papel. Vi una chaqueta de cuero falso con una capucha gris. Recordé que Rose la llevaba puesta una vez y declaré que era simplemente demasiado deprimente. Había intentado dármela entonces, y le dije que podría encontrarle una ventaja y quererla más tarde. La recogí y me la puse sobre mi termal blanco. Lo envolví con fuerza y seguí a mi madre hasta el coche, con el regalo aún envuelto en la mano.

"¿Quieres abrirlo?", me preguntó mientras íbamos por la carretera. Sabía que intentaba concentrarse en algo más que en su amiga, que estaba sufriendo dentro de esa casa.

"Esto es lo último que voy a obtener de ella."

"Sí".

"OK". Ella conducía, y yo respiraba mientras mi dedo se deslizaba bajo la esquina el papel. Dentro había una caja blanca. Saqué la tapa del contenedor y sentí que todo mi cuerpo reaccionaba mientras tomaba lo que mi mejor amiga me había comprado. Era un hermoso collar, un amuleto circular de latón con una cita en el medio, cubierto de purpurina de plata. La cadena contenía varios cristales, y todo era simplemente... encantador. Pero las palabras... las palabras de ese amuleto fueron las que me robaron el aliento.

Decía "Donde caen las plumas, los ángeles caminan y los gitanos vagan".

Había muchas cosas en las que creía que otros no creían. Al ver esto, supe que algo en este universo había sido consciente de lo que venía. No era un regalo al azar, y la pluma que había encontrado era al azar. Antes de darse cuenta de que eso no era exactamente políticamente correcto, Rose siempre nos llamaba a Reed y a mí sus gitanos, cuando nos referíamos a ella como una muñeca Barbie. No sabía dónde encontró este collar, o cómo llegó a ser, pero esta fue mi última conexión con mi mejor amiga, y para mí, una prueba irrefutable de que ella todavía estaba conmigo de alguna manera. Agarré el collar en mis manos y dejé que los grandes pensamientos se abrieran paso a través de mí.

Mi madre sonrió cuando lo sostuvo en un semáforo y leyó las palabras, sin saber lo que había encontrado antes.

"Encontré una pluma". No la miré mientras transmitía esta información, sin querer admitir las cosas que había dicho en voz alta. O gritado. "Salí y hablé con Rose un rato en Samhain. Y cuando me levanté había una pluma blanca. Te lo juro, mamá, no estaba ahí cuando me senté. Y luego me sale esto". Vi sus ojos marrones llenarse de comprensión antes de que dejara caer el collar ligeramente en mi mano.

"Diría que Rose es exactamente quien siempre supimos que era. Un espíritu fuerte y feroz. Sigue hablándole, Row. Que no estemos en nuestros cuerpos no significa que no podamos ver, oír y sentir de alguna manera. Creo en eso con todo mi ser". Ambas nos quedamos en silencio mientras ella estacionaba la camioneta frente a nuestra casa. Iba a abrir la puerta, pero ella mantuvo el motor en marcha. "Entra, sólo necesito un minuto".

"No tienes que esconderte aquí para estar triste, mamá. Puedes entrar."

"Lo sé. Sólo quiero ordenar algunas cosas en mi cabeza antes de traer todo lo que siento a la casa."

"OK".

"¿Quieres leerme las cartas más tarde? Podrías usar tu nueva baraja". Mi cabeza empezó a moverse antes de saber cuál sería la respuesta.

"No". Sacudí la cabeza más de lo necesario. "Lo siento, no puedo. No puedo leer las cartas, ni siquiera he dejado entrar a mis guías últimamente. Sólo... necesito estar sola también, supongo." Se mordió el labio en un gesto de preocupación, pero aceptó mi explicación y me dejó salir sin más conversación. Se sentó con los ojos cerrados y las ventanas bajas en el camión, y deseé tener algún tipo de sabiduría para ayudar a cualquiera de las dos en lo que acaba de pasar. Pensé en todas esas bolsas de ropa en el suelo de la sala de estar de los Stone, y la culpabilidad me invadió inmediatamente. No quería que la Sra. Stone las llevara todas de vuelta o que las llevara a un centro de donación. Era demasiado. Con eso, me agarré el collar alrededor del cuello, bastante seguro de que nunca me lo quitaría, y me dirigí a mi cama destendida, cayendo en ella, exhausta.

CUARENTA Y CINCO
JARED

La comezón bajo mi yeso era molesto. Yacía despierto en la cama mucho después de una hora razonable para dormir y enderecé una percha de alambre del armario de la habitación de invitados para poder meterlo en la cámara de tortura de yeso blanco y rascarme.

No dejé que nadie lo firmara. Cuando tenía trece años, me rompí el brazo jugando al fútbol en la escuela. Estaba tan enojado por tener que usar ese yeso, pero todo mundo se alborotó y lo firmaron por mí. A los trece años estaba secretamente emocionado por tener una excusa para que una chica me tocara. Recordé el día en que me lo cortaron, y fue como la libertad... no podía esperar a lanzar un balón de fútbol de nuevo. En ese momento, ni siquiera sabía si había algo que esperar al final de esto. Supuse que sería genial no llevar esas estúpidas muletas a todas partes, pero ¿realmente iba a volver a jugar al fútbol? Me había preocupado mucho antes de que todo se fuera a la mierda. Mi pelota estaba en la cómoda frente a la cama, y deseaba que mi madre la sacara. Estaba seguro de que ella pensaba que me motivaría o algo así, pero hacía lo contrario. Ni siquiera debería tener la oportunidad de jugar al fútbol.

Dejé que mis párpados se cerraran al darme cuenta de que estaba a punto de llorar. Otra vez. Rose no tendría la oportunidad de hacer nada. Quería enseñar en la guardería, ya habíamos hablado de eso. Y estaba muerta. Me obligué a decir esas palabras en voz alta varias veces. *Rose está muerta.*

Se sentía como una asfixia.

CUARENTA Y SEIS
REED

La sensación del tiempo entre el miércoles y el viernes se ha cuadruplicado más que en cualquier otra semana de mi vida. Era jueves. Había sido jueves durante ochenta y cuatro años. Cuando mi mamá me preguntó qué hacía después de llegar a casa de la escuela, honestamente no lo sabía. Rowyn tenía su tan esperada cena con su padre, y yo tenía algunas palpitaciones cardíacas preocupantes tratando de averiguar si iba a perder mi virginidad al día siguiente.

Me sentía bastante seguro de que ya había cumplido mi cuota de "compartir" con Jared, pero necesitaba hacer algo. Por primera vez en un tiempo, tomé mi equipo de entrenamiento para ir al gimnasio de boxeo a dos pueblos de distancia. Había algo en ponerse un par de guantes y descubrir lo duro que podía golpear que hizo que todo en mi mundo tuviera más sentido. Había estado evitando mis guantes, sin tener realmente la energía para luchar

"Oye, ¿vas al gimnasio? ¿Te importa si voy contigo? El motor de mi coche está como... no en el coche. Ahora mismo." Aunque Cole no hubiera dicho nada, habría adivinado que su coche estaba estropeado. Estaba meciéndose con un casi chongo en el cabello sobre su cabeza, y estaba cubierto de aceite y frustración.

"Ah... no sé... Me estaba yendo ya"

"Amigo, dame cinco minutos. Necesito darle una paliza a una bolsa. O tal vez a ti. ¿Vas a subir al ring?" Sonrió, aunque sabía que estaba enojado con su auto.

"Depende de quién esté allí. Y es un bonito sueño el que tienes. No podrías tocarme aun con pesas atadas a mis tobillos". Resopló y se dirigió a la ducha. Era más voluminoso que yo, pero más lento. En realidad no me importaría subirme al ring con él hoy. Emparejarse con alguien más siempre era el mejor destapador de mentes que golpear una bolsa.

Me tomé mi tiempo para tomar agua y pasear por la cocina esperando a que estuviera listo para salir. A su favor,, apareció unos seis minutos después en pantalones cortos de gimnasio y una camiseta blanca. Yo llevaba casi la misma cosa, y me molestó que su camisa se viera más ajustada.

"¿Vas a usar ese peinado al gimnasio?" Esta era una tendencia que no podía entender.

"Es mejor que tener el cabello pegado a la cara. Pareces una rata ahogada cuando haces ejercicio". Agarró una de las botellas de agua que había llenado y me dio un codazo en el hombro al salir. Caminé muy despacio ya que tenía las llaves, y sabía que él tendría que estar ahí fuera en el frío y esperarme.

"Eres como un punk".

"Sí. Fuiste un gran modelo a seguir". Finalmente abrí las puertas y encendí el Jetta.

"¿Cuál es tu problema?"

"¿Qué quieres decir? No tengo un problema."

"Sí, estás, como, nervioso hoy. Y ayer. Ni siquiera te sentaste en la cena. Eres como una ardilla en crack. Entonces, ¿cuál es el problema?" Sabía que me arrepentiría el resto de mi vida si le contaba a Cole. No sabía si tenía los medios para fingir que no me estaba volviendo loco. Él había tenido dos novias desde hace mucho tiempo en la escuela, una de ellas desde entonces, y probablemente no había nadie más que yo conociera que pudiera arrojar algo de luz sobre mi situación en particular, pero era *mi hermano. Maldita sea.* Me mordí el pulgar mientras conducía, sin responder a su pregunta deliberadamente. "Me estás asustando, Reed. ¿Hiciste algo estúpido o no?"

"No".

"¿Vas a hacerlo?"

"No. No lo sé".

"Sácalo. No tengo tiempo para juegos mentales contigo, tengo a Jemma para eso." Me sonreí cuando lo admitió. Jemma había sido su novia-no-novia por un par de meses, y su irritación era evidente.

"Yo... creo que voy a... tener sexo. Con Rowyn."

"Obviamente con Rowyn. Realmente no necesitabas añadir esa última parte". Estuvo en silencio después de eso, y eso fue más desconcertante que cualquier otra cosa. ¿Quizás no era un gran asunto? Ahora él estaba masticando su pulgar.

"¿Qué? Sólo dilo."

"No lo sé, hombre. Ustedes están... bueno, un poco jodidos ahora mismo. ¿Quieres añadir eso a la mezcla? Quiero decir, por supuesto que quieres... tu polla tiene su nombre estampado desde la pubertad. Sólo quiero decir, eh, sobre ahora."

"Cállate", murmuré mientras le daba un puñetazo en el hombro demasiado fuerte para que fuera una broma.

"Vale, vale, perdón por ser honesto. Adelante, coge a tu novia mientras ambos se ahogan en todos sus problemas y espera lo mejor".

"No nos estamos ahogando".

"Bueno, seguro que no están nadando."

Definitivamente iba a subir al ring con mi hermano cuando llegáramos al gimnasio.

CUARENTA Y SIETE
ROWYN

La consejera me llamó a su oficina ese jueves. Me hubiera gustado que esperara hasta después de la cena con mi papá, pero allí estaba yo, sentada en un cojín turquesa, esperando al desastre. ¿Había algún tipo de regla que la administración tenía que tener estas sillas? Eran las mismas en todas partes.

Había evitado revisar mis notas en línea por una razón. Estaba imprimiendo algo de su portátil mientras yo esperaba. Sabía que el tercer año era importante para entrar en la universidad, y quería hacerlo mejor, o hacer algún servicio comunitario o algo así. El año pasaba demasiado rápido y demasiado lento al mismo tiempo, y no podía hacer nada. La Sra. Abrams tenía cincuenta años, asumí, una mujer agradablemente regordeta que se preocupaba por sonreír a todos en los pasillos.

"Muy bien, Rowyn", finalmente comenzó, mirando las notas recién salidas de la impresora. "¿Cómo te va?"

"Em, ¿bien?" Mi mejor amiga está muerto, no he entregado ni una sola tarea escolar en dos semanas, mi padre me ha obligado a conversar con él esta noche, no soporto tocar mis cartas del tarot cuando es lo único en lo que soy realmente buena, y creo que podría perder mi virgi-

nidad este fin de semana. Todo bien, ¿verdad? Imaginé brevemente lo que su cara redonda y rosada haría si expresara todo eso en voz alta.

"Eso no suena muy seguro".

"No lo sé. Quiero decir que estoy bien".

"Bueno, te llamé porque tus notas, aunque normalmente están en la media o por encima de la media, se están hundiendo en general. Sé que estás lidiando con mucho, así que quiero asegurarme de que hacemos todo lo posible para ayudarte a mantenerte al día con tus tareas escolares. No quiero que este semestre te impida hacer algo que quieras hacer en el futuro. ¿Tienes alguna idea de dónde te gustaría estar después de la graduación?"

¿No? No puedo decir que no.

"Bueno, no estoy segura. No sé si la universidad es... no sé si es para mí. Me gusta..." Realmente quería dejar de hablar en ese momento. Me sentí ridícula teniendo la conversación del jardín de niños sobre lo que quería ser cuando fuera grande. Pero me miraba como si quisiera oír el resto, así que lo dejé salir. "Me gusta ayudar a la gente a resolver sus problemas. O como, tomar decisiones, supongo." Ella no necesitaba saber que yo usaba el tarot o cualquier otra cosa; era verdad a pesar de todo. "Así que pensé en ir a la escuela de coaching... ¿O tal vez asesoramiento sobre adicciones? No sé si puedes ir a la escuela para eso." Mi piel estaba caliente porque esperaba que me dijera que necesitaba ir a una universidad de cuatro años y obtener un título de psicología. Eso es lo que mi padre diría, de todos modos.

"Absolutamente puedes conseguir una certificación para esas cosas. No recibo muchas solicitudes para eso, pero déjame buscarte algunos programas para que sepas cómo y cuándo solicitarlos o dónde están ubicados. ¿Esperas quedarte cerca de casa?"

"Sí. Bueno, no demasiado cerca. Pero sí, no quiero cruzar el país ni nada de eso".

"Me lo dicen mucho", sonrió. "Así que trabajaré en eso para ti, pero tú tienes que trabajar en algunas cosas para mí."

"OK". *Aquí viene.*

"Estamos en la mitad del semestre, así que puedes cambiar las cosas. Necesito que dediques tiempo todos los días a completar no sólo tu trabajo actual, sino también parte del trabajo que falta". Me entregó una copia de las tareas que no había hecho desde que salí.

"Creí que no podía entregarlas... ya pasó la fecha límite del trabajo."

"Hablé con tus maestros, y ellos aceptaron darte un poco de margen. Sólo no me hagas quedar mal por ir a responder por ti, ¿trato hecho?" Sólo he hablado con esta mujer tal vez dos veces en mi vida, pero me hizo sentir que realmente me apoyaba.

"Trabajaré en ellos. Gracias."

"Y al mirar las notas pasadas, estoy pensando en un tutor de química."

"Oh. Sí. La ciencia no es lo mío". Y ahora Rose no estaba allí para ayudarme. Reed sacó unas notas decentes; sólo apestaba como tutor.

"Tengo un par de estudiantes a los que puedo preguntar, los del último año que tomaron la clase el año pasado, si estarían dispuestos a ello." Tuve que pensar en eso. Ser forzada a sentarme frente a un humano desconocido era la última cosa que quería hacer. Tampoco quería reprobar química.

"Claro... sólo, tal vez alguien que sea..." No tenía idea de cómo pedirle a una persona que no fuera un fanático religioso que intentara darme la salvación en el pasillo. Sólo necesitaba ayuda con la química.

¿"De mente abierta"? Entiendo." Empezaba a pensar que esta mujer me estaba leyendo la mente.

"Gracias, de nuevo, Sra. Abrams. Aprecio todo esto".

"No lo menciones. Pero ven a verme si las cosas no mejoran, ¿de acuerdo?"

"De acuerdo". Recogí la lista de tareas y salí de su oficina, sintiéndome un poco más ligera que antes. Puedes darle la vuelta a esto. *Rose se enfadaría mucho si no aprobaras el tercer año.*

Llegué tarde a comer y encontré a Reed sentado con Jared y otro tipo llamado Brett en una mesa al otro lado de la cafetería. Tenía una sonrisa en su cara, y elegí llevar mi almuerzo a la biblioteca y tal vez trabajar en algunas de estas tareas mientras comía. Ni siquiera estaba segura de cómo hablarle de todos modos. Después de hacer el comentario de la ropa interior el otro día, sentí que se suponía que debía ser una seductora cuando lo viera porque ahora tenía una expresión constante de querer comerme. No era malo, sólo era mucho. Así que podía tener tiempo de vinculación masculina o algo así mientras yo intentaba aprobar mis clases. El centro de medios era tranquilo, y el bibliotecario ni siquiera me regañó por comer papas fritas mientras intentaba terminar un análisis de un poema de Langston Hughes para clase de inglés. Pensé que Hughes y yo podríamos haber sido amigos. Me entendía.

―――

"Hola. Te eché de menos en el almuerzo. ¿Dónde estabas?" La voz de Reed cuestionó suavemente cuando se acercó. Se apoyó en el casillero junto al mío y me hizo cosquillas en la espalda. Tenía una térmica azul marino y caquis oscuros, y hoy olía a pino y vainilla. Casi notó que lo estaba oliendo.

"Primero estuve en la oficina de la Sra. Abrams, luego fui a la biblioteca para tratar de ponerme al día con el trabajo. Estoy casi reprobando un montón de clases."

"Podría haberte ayudado". Parecía herido, y yo no tenía espacio para eso también.

"Sé que podrías haberlo hecho, pero me habrías distraído". Agarré mi cuaderno de inglés y cerré la puerta del casillero de forma convincente.

"Puede que tengas razón. ¿Qué tal esto? Me dejas distraerte después de la escuela, y yo haré las tareas de matemáticas que te faltan." Su voz se hizo más profunda cuando decía cosas como esa, haciendo que mi piel se calentara.

"Tienes quince minutos, Hansen. Luego tengo que prepararme para la cena con mi padre."

"Ughhhhhh", gimió ininteligiblemente.

"¿Qué?"

"No puedes hacer eso, Bombón. No sabes lo que me hace cuando usas mi apellido, y fui bastante claro sobre lo que me pasa en mi interior cuando mencionas a tus padres. En serio. Hay una horrible experiencia emocional dentro de mi cuerpo en este momento".

Me reí de su incomodidad dramática. "Lo siento. Sólo piensa en los quince minutos de distracción". Rasqué su estómago con mis uñas y aparentemente me perdonó porque la mirada de "quiero comerte" había vuelto. "Clase, Reed. Tenemos que ir a clase".

"Sí. Clase. Te veré después de la escuela." Presionó sus labios contra los míos rápidamente y se apresuró en la dirección opuesta.

"Ya sabes lo que dicen sobre dar la leche gratis, ¿verdad?" El tono crítico de Amy Stecker sonó desde atrás de mí.

"Hmmm, no he escuchado esa. ¿Te preocupa que la gente piense que eres una vaca? Estoy confundida." Su rostro se arrugó hasta quedar casi irreconocible, se dio la vuelta y siguió su camino. Seguía con la esperanza de ella fuera enviada a un internado muy lejano. Llegué a clase de inglés cuando sonó la campana y me hundí en mi asiento con alivio cuando vi que estábamos hablando de simbolismo. Casi todo el tarot, y la brujería, estaba profundamente arraigado en el simbolismo, y pude participar en algún tipo de discusión. *Puedes hacer esto y organizarte. Puedes hacerlo por Rosie, y por ti, y por el objetivo final de salir de esta ciudad. Sólo concéntrate lo suficiente para volver a un seis. Concéntrate, concéntrate, concéntrate.*

"Rowyn", el Sr. Thompson habló en voz alta, haciéndome saltar.

"¿Sí?" *¿Cuánto me perdí mientras me daba esa pequeña charla de ánimo?* Supongo que esto era parte de la estrategia "Traigamos a Rowyn de vuelta a preocuparse por la escuela" a la que la Sra. Abrams había aludido.

"¿Puedes hablar del significado simbólico del color rojo en nuestra novela?" Estábamos leyendo La Letra Escarlata, de Nathaniel Hawthorne, y aunque estaba definitivamente atrasada con la lectura, había visto la película. ¿Puritanos tratando de condenar a una chica por no encajar en el molde? Sí, podría hablar de eso.

"Bueno... el color rojo significa muchas cosas", comencé. Pude ver al Sr. Thompson a punto de regañarme por no ser específica, así que continué antes de que pudiera hablar. "Amor, ira, hostilidad, sexualidad, a veces romance, humillación, vergüenza, realmente todo esto puede ser, y es, representado por el rojo, volviendo a la Biblia y desde antes. Hester estaba enamorada, lo que causó todo el asunto, la gente del pueblo está enojada y es hostil hacia ella, y ella siente vergüenza por lo que vino de su propia sexualidad. Así que todo eso está envuelto en el color de la letra A que le hacen portar." En realidad, todas esas emociones podrían llegar a través de diferentes tonos de un aura roja también. Me preguntaba si muchos genios literarios famosos fueron paganos. Hubo silencio. Empecé a preocuparme, como si estuviera refiriéndose a la historia equivocada o algo así, así que añadí, "Creo".

"Esa es... una gran explicación. ¿Algo que añadir?" Se dirigió al resto de la clase, y me permití volver al espacio de existir mitad en mi cabeza y mitad en el mundo real. Era sorprendentemente agotador tratar de ser normal durante cualquier período de tiempo. Miré al otro lado del salón a la silla donde Rose se había sentado. Realmente deseaba que el Sr. Thompson hiciera un nuevo plano de asientos. Podía verla sentada allí, con una sonrisa de orgullo por haber respondido a una pregunta con autoridad. Siempre decía que yo me empeñaba demasiado en el patio de recreo y no lo suficiente en el aula cuando éramos niños. No estaba totalmente equivocada. Mis mejillas estaban mojadas antes de saber que iba a llorar. Me limpié furiosamente los ojos para que se detuvieran, tratando de concentrarme en la clase de Thompson para trasladar mi mente de donde residía actualmente. Una chica pelirroja llamada Alex estaba sentada a mi lado, y se levantó de su silla para ir al fondo del salón. Regresó con algunos pañuelos de papel y los puso en la esquina de mi escritorio sin decir una palabra. Eso hizo que las gotas se convirtieran en ríos de lágrimas, pero al menos estaban arraigadas en la bondad. Todavía había gente buena que hacía cosas por ti cuando no había beneficio para ellos. Le di las gracias al final de la clase, pero me dio una media sonrisa y un encogimiento de hombros antes de unirse a las masas saliendo el salón.

Me pareció que no tenía ni idea de cómo sería el resto de mi vida sin mi mejor amiga. Ella había estado ahí desde mis primeros recuerdos, y ahora no lo estaba, y ni siquiera creía saber cómo formar nuevos sin ella. O cómo sería intentar hacer nuevos amigos. Era tan extraño que tuve que parar antes de considerarlo realmente como una posibilidad. Nadie me conocería como ella me conocía. Sentí que la persona que era cuando estaba con ella también murió, y me eché de menos junto con ella.

Después del arrebato emocional que experimenté en inglés, no tenía ni idea de qué esperar de esta cena. Cuando entré a casa después de la escuela, mi madre estaba haciendo salsa de espaguetis desde cero, lo cual no era una locura, pero tampoco era ya del todo común. Mi sangre se calentó cuando me di cuenta de que ella estaba cocinando para él.

"¿Qué pasa con la salsa de espagueti?"

"¿A qué te refieres?" La agudeza de su tono sirvió como advertencia de que ya sabía exactamente lo que quería decir.

"Es ridículo que estés gastando energía en él, cuando él..."

"¿Qué tal si reconocemos el hecho de que todo lo que está a punto de salir de tu boca es algo que ya sé? Así que tal vez te lo puedas guardar". Su aliento estaba agitado, su rostro rígido, y yo me quedé callada ante su mirada. Su cabello se veía bien. Estaba más brillante que de costumbre. Necesitaba que me dijera cómo conseguía que sus rizos la obedecieran cuando quería.

"OK." Si usaba más sílabas, seguiría hablando de cómo mi padre nos dejó por un trabajo, dejó dos hijos y una esposa para estar más disponible para clientes, haciendo que nunca estuviera disponible para nosotros, y no merecía comida de cafetería, mucho menos comida casera. Me dolió en el corazón que ella aún lo amara tanto. Había una posibilidad real de que le diera una patada en las espinillas cuando llegara. Seguí haciendo pucheros en la sala y jugué un rato con Tristen antes de sacar mi tarea. Luego intentó comérsela.

"No creo que el Sr. Thompson acepte la excusa de que mi hermano se comió mi tarea, T."

"Tonta, sólo lamí".

"Bien". ¿Y cómo sabía?"

"De-licioso".

"Has estado viendo Food Network de nuevo". Sonrió y corrió a la cocina para molestar a nuestra mamá y dejarme con mi tarea de vocabulario.

Eran las seis en punto cuando sonó el timbre, y casi agradecí el indulto por intentar equilibrar las ecuaciones químicas hasta que recordé quién era. Metí mi trabajo en el libro de texto y lo cerré de golpe.

"Rowyn. Tómalo con calma". Abrí los ojos con inocencia sin decir nada. Tristen llegó a la puerta antes que cualquiera de nosotras.

"¡Papi!", gritó.

"¡Hola, amigo!" Recogió a mi hermano y le hizo cosquillas hasta casi llorar antes de bajarlo.

"Las dos se ven bien", dijo con un cumplido. Miré mis jeans y mi suéter gris. No. No me veía bien. Pero mamá sí, ahora que se había quitado el delantal. Llevaba un top de encaje color crema con los jeans más caros que tenía. Se veía bien para los cuarenta. En realidad, se veía bien para los treinta. Mi papá era un estúpido, aunque tampoco se veía muy mal. Deseaba que hubiera subido cuarenta kilos.

"Gracias, entra, la cena está lista." Mi mamá se subió a Tristen a la cadera mientras él hacía una especie de ángel de nieve en el suelo. Los niños pequeños eran raros. Los seguí a todos a la mesa, anticipando la cena familiar más incómoda de la historia.

"¿Cómo estás, Row-b?" Se aclaró la garganta. "¿Rowyn?"

"Oh, estelar". Mi madre me miró con intensidad, haciéndome suspirar. "No lo sé. Sólo estoy... aquí. Estoy respirando." Me miró durante un largo momento, y yo le imploraba que no se lanzara a dar algún tipo de consejo paternal.

"Lo siento mucho. Y lamento que haya sido bajo estas circunstancias el que nos sentemos juntos."

"Podríamos habernos sentado juntos sin que mi mejor amiga fuera atropellada por un camión. Sólo tendrías que haber estado aquí". El golpeteo de los tenedores en los platos me hizo saber que podría haber cruzado la línea allí. Me encogí de hombros obstinadamente. No me arrepentí.

"Está bien, Jude", aseguró mi padre a mi madre. Me concentré en cortar mi pasta, sin hacer contacto visual.

"Sabes que he estado aquí para ver a Tristen. No me verías a mí. Así que sí, soy culpable de no estar mucho por aquí, pero elegiste ignorarlo cuando lo estaba". Sí... hubo toda esa pequeña confusión con mi odio hacia él. Volaba de vuelta, quizás una vez al mes, a veces un poco menos. ¿Pero cuál era el punto de verlo cuando se iba a ir tres días después? Era más fácil no hacerlo en absoluto. "Rowyn..." Miró a mi madre como si no estuviera seguro de querer un público. Ella captó la indirecta y llevó a T al baño para quitarle de encima lo que parecía ser su plato entero de espaguetis.

"OK, ¿qué?" Pregunté ya que se había ido mamá.

"Por favor, sólo habla conmigo. Sé que yo... bueno, me arrepiento de cómo sucedieron las cosas. Si hubiera sabido que te perdería..."

"No me perdiste. Me dejaste ir. Deberías llevar a tu trabajo a cenar y pedirle que hable contigo". Mi voz se tambaleaba en el borde ahora, y no sabía si me perdonaría a mí misma si me dejara verme llorar. Sólo... la gente necesitaba dejar de desaparecer. No podía soportar más.

"No te deje ir". Casi susurraba ahora, sus ojos ya rebosaban de lágrimas de lo que esperaba que fuera remordimiento. Debería sentirse *mal*, porque yo me sentía fatal. De cuando se fue, cada vez que entraba y salía, y ahora. "He venido aquí esta noche para pedirte que pases las vacaciones de invierno en Los Ángeles. Conmigo".

"No".

"Rowyn". Por favor, no me hagas hacer esto. Quiero verte, y quiero pasar tiempo real contigo. No quiero que esto se convierta en nuestra normalidad. Las cosas no eran así, así que por favor acepta venir".

"Dije que no. No voy a ir a Los Ángeles. Especialmente no para Yule. No voy a estar lejos de mamá y Tristen. Es es una locura. Puedes venir aquí si tanto quieres verme". Dejó escapar un largo suspiro y pasó sus manos por su cabello oscuro. Empezaba a tener canas a los lados.

"Estar aquí no es realmente tú y yo pasando tiempo juntos. Quiero que vengas a California."

"Y yo quiero un padre de verdad que no se vaya cuando alguien agita algo de dinero en su cara."

"No tienes opción realmente. Está en nuestro acuerdo de custodia que alternarás las vacaciones escolares entre aquí y conmigo. Si lo necesito, haré que un juez ordene a tu madre que te ponga en un avión, o ella estará en desacato al tribunal". Las múltiples capas de repugnancia y traición se derramaron sobre mí. Sabía que no quería darle ningún estrés extra a mi madre, y lo estaba usando en mi contra.

"Realmente estás buscando el premio al Padre del Año. Me vas a obligar a ir a tu casa, ¿y qué? ¿Crees que una vez que llegue allí y vea tu estúpido condominio, de repente cambiaré de opinión e iremos a comer un poco de helado de yogurt? ¿Sabe mamá que me estás pidiendo esto?"

"Ella sabe. Y el helado suena bien".

"No hagas eso. No puedes hacer bromas como si fueras un buen tipo. No eres un buen tipo. Iré para el descanso de Acción de Gracias. Quiero estar en casa con Tristen antes de Yule... él es lo que lo hace divertido. Si no estás de acuerdo con eso, supongo que tendré que ser la hija de mierda que hace que sus padres vuelvan a la corte".

"Bien. Podemos vernos el Día de Acción de Gracias".

"Entonces supongo que hemos terminado de hablar." Tristen y mamá volvieron a la mesa, y yo escuché como ella y mi padre hacían reír a T con bigotes de espagueti y pan de ajo parlante. Me quedé sentada, apuñalando mi pasta y deseando que la tierra me tragara. O a él. O a todos nosotros, porque ¿qué importaba realmente?

Esa noche no hice más. Ni envié mensajes de texto a Reed, ni me lavé el cabello, ni di las buenas noches a nadie. Sólo había la cama y lágrimas y rabia.

CUARENTA Y OCHO
JARED

El aire se sentía frío en mi cara. No me había dado cuenta de lo frío que hacía en las noches de práctica porque normalmente estaba participando en ellas. Viví para noches como la de hoy. Las gradas estaban tranquilas, el olor del pasto rodeaba el aire, y el marcador no estaba iluminado. Noches como ésta eran sólo para jugar al fútbol, y me encantaba.

A veces me levantaba de mi silla plegable y me apoyaba en mis muletas mientras me convencía de que esto era importante, que quería volver a ello eventualmente y necesitaba seguir siendo parte del equipo. *Al diablo con el equipo.* Eso fue todo lo que pasó por mi mente mientras me inclinaba y veía al mariscal de campo de segunda línea lanzar el balón fuera de los límites.

Unos fuertes aplausos llamaron mi atención y miré a mi izquierda. Bobby dio un grito al comienzo de la siguiente jugada antes de mirar hacia mí.

"¡Vamos a patear el culo de Central mañana por la noche!"

"Parece que es así". Esperaba que hubiera un poco de emoción en mi voz o que su energía compensara mi falta de entusiasmo.

"Eres un junior, no te preocupes por eso."

"¿Eh?" No tenía ni idea de lo que mi año en la escuela tenía que ver con nada.

"Volverás el año que viene, jugarás. Estará bien."

"Sí, estará bien". No estaría *nada bien*, pero me estaba dando cuenta de lo difícil que era decirle eso a la gente. Bobby ya estaba absorto de nuevo en el juego. Todo el mundo quería decirme lo afortunado que era y cómo todo sucedió por una razón. Todos me miraban con la misma expresión que decía que necesitaban creerlo, tal vez más que yo. Constantemente, me encontré asintiendo a las cosas cuando en mi cabeza decía, *¿qué carajo?* Como si no estar en el equipo por ahora fuera el problema. No el hecho de que mi novia estuviera muerta por mi culpa. *No por mi culpa. No por mi culpa.* Se había convertido en un mantra que necesitaba para seguir respirando. *El camión cruzó. No fue mi culpa.* Pero aún así había sido yo el que conducía. Si hubiera hecho... Ni siquiera lo sabía. Hubo muchas escenas que se desarrollaron en mi cabeza para llenar los espacios en blanco de algunas de las cosas que aún no podía recordar. Muchas de ellas incluían algunas habilidades de conducción como de "Rápido y Furioso", pero eso no ayudaba mucho. Otras eran tan simples como que yo la besara más tiempo en el auto antes de salir. Cinco minutos habrían hecho la diferencia.

Sentí que se me ponía la piel de gallina en los brazos, aunque el sudor me llegaba a las sienes. Tenía que salir de allí. Sonó un silbato, y el entrenador estaba llamando a sus jugadores; me dirigí al asistente del entrenador.

"¡Oye, entrenador!" Grité por el estruendo.

"¿Sí, hijo? ¿Estás bien?"

"Uh, no, no realmente. No me siento muy bien". La preocupación cruzó su cara cuando realmente me miró. Estaba seguro de que me veía como una mierda.

"¿Quieres que llame a alguien?"

"No, está bien. Puedo conseguir que me lleven. Los analgésicos... me fastidian."

"Muy bien, Simpson, sólo avíseme si necesita algo". Me dio una palmada en el hombro antes de que cojeara hacia la valla que separa el campo de la libertad. Recé para no vomitar.

Saqué mi teléfono del bolsillo y le envié un mensaje a Reed. Esperaba que no estuviera con Rowyn en este momento y que viniera a recogerme. Todos los demás que conocía seguían en el campo.

Reed: Sí, hombre. Acabo de volver del gimnasio; dame cinco minutos para ducharme.

Jared: No hay problema. Gracias.

Me desplomé contra la pared de ladrillos más cercana al estacionamiento e ignoré a los chicos que fumaban hierba en su coche. Solo quería dormir.

CUARENTA Y NUEVE
REED

No había dormido bien. En realidad, no sabía si había dormido del todo. Cada vez que miraba mi teléfono, era quince minutos más tarde. Todo estaba mal. No fui una gran compañía al fui a recoger a Jared. Aunque para ser justos, él tampoco lo era. Fue un viaje casi silencioso a su casa, pero no lo cuestioné. Había ejercitado hasta el límite en el gimnasio. No creí que Cole me diera más de dos golpes de verdad, y eso fue después de que pasara una hora haciendo pesas y golpeando la bolsa. Acabó agitando su bandera blanca después de ver de qué humor estaba yo. Quería obligarlo a retractarse de lo que había dicho sobre Rowyn y yo. Y el ahogamiento. Todo lo que pude ver fue una imagen de los dos tratando de nadar en arenas movedizas y preguntándome en qué diablos estaba pensando. Tenía tantas ganas de que las cosas siguieran la misma trayectoria que antes de que todo se estropeara.

Me encontré conduciendo por la casa de Rose últimamente sin ninguna razón para estar allí. Pasé por allí a principios de semana, y la Sra. Stone tenía un montón de fotos esperándome. Las había tomado de habitación de Rose y había hecho copias. Mirar esos recuerdos fue como tragar fuego. Todo dolía. Ella me abrazó y me envió a seguir mi camino, dejándome llorar en mi coche aparcado a la vuelta de la esquina de su casa. Necesitaba a mi amiga. Necesitaba que me dijera si estaba siendo un idiota o si debería haberle dicho a Cole que se metiera en sus propios asuntos.

Rowyn había estado conduciendo a la escuela más de lo normal. Se comportaba bien cuando estábamos juntos, pero yo sabía que algo andaba mal. O tal vez eso era normal ahora. Ni siquiera podía decir qué era arriba y qué abajo, y mucho menos cómo había cambiado su energía. Quería ser lo suficientemente hombre para asegurarme de que estaba bien. Estaba saliendo de su coche cuando me detuve junto a ella en el estacionamiento. La sonrisa que puse no era del todo falsa; ella me hacía feliz. Me esperó, apoyándose en su coche, mirando... bueno, algo enojada, pero eso no me impidió pensar que era increíble. Llevaba una chaqueta negra con capucha gris y los jeans más ajustados que jamás había visto. Era como una versión mucho más oscura de Sandy de "Vaselina". Sí, había visto "Vaselina". Crecí con dos mujeres como mis mejores amigas. Danny Zuko fue mi héroe por muchos años.

"Hola, hermosa". Le di un beso rápido en los labios, tratando de ver si podía averiguar lo mala que había sido la cena con su padre. No había llamado ni enviado mensajes de texto, y lo tomé como una buena señal, pero ahora no estaba muy seguro. "¿Está todo b...?" Se tragó el resto de mi pregunta con su boca sobre la mía. Sus manos llegaron a mi cinturón y me tiró, trayéndome para protegernos del resto del estacionamiento. Toda la sangre de mi cabeza había desaparecido, y no me habría importado menos si el Sr. Hyllar estuviera mirando cuando metí mis manos en sus bolsillos. Las puntas de los dedos de Rowyn se abrieron paso hasta mi cabello, y me sostuvo junto a ella como si fuera a tratar retroceder. Un pequeño suspiro se escapó de su boca y tuve que tomarlo como mi último momento de claridad antes de enfrentarme al primer período con un serio problema.

"Rowyn, Row, Bombón", intercambié los nombres entre besos más pequeños, tratando de averiguar si debería secuestrarla y faltar a la escuela, o si esto era sólo una manera maravillosamente cruel de comenzar nuestro día.

"¿Sí?" me preguntó como si no tuviera ni idea de lo que me estaba haciendo.

"No me estoy quejando en absoluto... pero si quieres que pueda entrar en la escuela en los próximos diez minutos..."

"Tal vez no. Quizá vayamos a Carbondale a ver una película y nos besuqueemos en la última fila. Y podemos comer caramelos y beber refrescos gigantes y hacer que ese sea nuestro día". El tono de su voz era suplicante, y yo quería tanto dárselo.

"Si eso es lo que quieres hacer... podemos ocuparnos de las consecuencias más tarde. Podemos irnos". Sonrió, pero no estuvo de acuerdo. Sólo pensaba que era un pensamiento agradable.

"Gracias por entretener mi fantasía".

"Tal vez más tarde devuelvas el favor", añadí rápidamente.

"Tenías que decir eso."

"Usaste las palabras 'entretenimiento' y 'fantasía' juntas. ¿Qué quieres de mí?" Ella se rio de eso, girando hacia el edificio y uniendo su mano con la mía. "¿Pero de verdad estás bien?" Ya sabía la respuesta. Podía sentir el estrés que se desprendía de ella antes de que nos tocáramos.

"Vamos a la escuela. No puedo hablar de todo eso ahora mismo. O incluso más tarde. No en la noche de la cita".

"Están mostrando "Laberinto" en el autocinema."

"¿En serio? Eso es impresionante. Sí, definitivamente nada de hablar de mis problemas en la noche de la cita cuando David Bowie esté en la pantalla. Diablos, no."

"Si tú lo dices". La vi alejarse, esperando que su padre no hubiera dicho nada estúpido, pero realmente no podía dejar de pensar en la forma en que sus uñas se sentían en mi cuello. *Va a ser un día insufriblemente largo.*

Pude sobrevivir ocho clases sin perder la cabeza, y eso incluyó el almuerzo, donde Rowyn se encargó de sentarse en mi regazo y besarme el cuello cuando no había ojos adultos sobre nosotros. Asustó a Jared y no tuve la impresión de que le importara.

"Entonces, ¿tu reaparición en el almuerzo significa que te pusiste al día con todo tu trabajo?" La mirada fulminante que recibí al final de esa pregunta se explicó por sí misma.

"Sólo estaba tomando un descanso, Reed". *Mierda.*

"Está bien, lo entiendo. Sólo preguntaba." La mirada no se fue. "Oye, siento haber sacado el tema. Es viernes, tienes razón, te mereces un descanso. Me encargaré personalmente de que te diviertas esta noche". En realidad no quise decir eso tan abiertamente como sonaba. Sin embargo, hizo que su cara volviera a la normalidad.

"Estoy pensando en insistir que cumplas eso". Se encogió de hombros y se fue a inglés, dejándome completamente boquiabierto y estúpido en el pasillo. ¿Hablábamos en serio sobre esto? Empezó a ser muy evidente que tal vez no estábamos sólo bromeando. *¿Es el autocinema realmente a donde queremos ir? Tal vez su mamá salga... o podríamos ir y al parque y... ugh.* Era extremadamente frustrante que aunque tuviera dieciocho años y podría conseguir una habitación de hotel, tendríamos que ir a 80 kilómetros de aquí porque todo el mundo sabía todo. Mis pies comenzaron a caminar hacia mi siguiente clase, pero mi cerebro no estaba involucrado. Había pensado en este día más veces de las que me gustaría admitir a lo largo de los años, y en mi mente siempre fue perfecto. La realidad era que éramos dos vírgenes con la voluntad de hacer algo al respecto, pero no teníamos una manera. El zumbido que tenía ante la posibilidad de estar realmente con Rowyn era casi suficiente para aplacar los ecos del consejo de Cole que sonaban en mis oídos. Dejar entrar ese pensamiento traería consigo un nuevo conjunto de preguntas que no podría responder mientras escuchaba una conferencia sobre una guerra en algún lugar donde alguien alguna vez luchó.

Estaba estacionado en mi casa después de la escuela posiblemente cuatro minutos después de que sonara la campana final. Le dije a Row que me cambiaría y me reuniría con ella en su casa. Me puse un suéter gris claro que sabía que le gustaba y un par de jeans oscuros. ¿Mentas? Miré alrededor y encontré una lata de Altoids y las metí en mi bolsillo. El universo fue amable en el sentido de que Cole no estaba en casa para que yo le pidiera, así que me metí sigilosamente en su habitación, sintiéndome todavía como un niño pequeño fisgón, y cogí algunos condones del cajón de su mesilla de noche. Su permiso tendría que venir más tarde.

Tambaleándome, llegué a mi coche y a la casa de Rowyn sin incidentes, e intenté que pareciera que no estaba enloqueciendo cuando ella abrió la puerta. Pero entonces...

Por el amor de todo lo que es sagrado. Llevaba la blusa de tirantes que le compré, y si hoy hubiera sido un indicio, habría apostado por que la ropa interior a juego estuviera bajo sus jeans. Creo que todo lo que salió fue un desesperado sonido de aprobación de algún lugar de mi pecho.

CINCUENTA
ROWYN

Esta mirada fue aún más intensa que la de "quiero comerte". Todavía no tenía un nombre para ella, pero me gustó. Esto era lo que necesitaba. Necesitaba perderme con él. Sólo para olvidarme de todo.

"¿Te gusta? Me queda perfecto." Hice un giro para mostrarle el efecto completo del top que me había comprado. No estaba segura de cuánto tiempo lo iba a dejar ahí parado antes de decirle que mi madre estaba en un parto y T estaba con una niñera.

"Sí". No creí que su corta respuesta tuviera algo que ver con que no tuviera una opinión, y todo que ver con sus ojos saliendo de su cabeza.

"Sube, tengo que coger mi chaqueta".

"¿Vas a hacerme esperar en las escaleras?"

Contuve la respiración antes de responder, dándome cuenta de que este era el punto en el que si no hablábamos en serio, tendríamos que parar. No tenía intención de hacerlo, sin embargo. "No". Me siguió rápidamente después de eso. Sentí que mis nervios se elevaban cuando llegué a la cima, y visualicé con fuerza mis preocupaciones siendo colocadas en una bolsa y puestas en el armario. Lejos de mí. El aura de Reed era un completo caos en ese momento, y me consternó que yo era la razón. Se sentó en el borde de mi cama mientras yo recogía mi chaqueta de la silla del tocador. En lugar de ir hacia a la salida, me paré frente a Reed... mis manos en sus hombros, las suyas en mi cintura. "Entonces, ¿estás listo para ir a la película?"

"Sí. Cuando estés lista." Su respiración ya era superficial, y admiré su compromiso con el plan de la película. Me incliné para besarlo como lo había hecho esa mañana... parecía que me entendía. Me tiró de las rodillas hasta que compartí su espacio en la cama, inhalando su esencia. Humo de vainilla y fogata... juro que así olía él, y yo quería hacer un malvavisco. *Postres más tarde. Esto ahora.*

Los dedos de Reed subieron por mi espalda y se metieron en mi cabello, que finalmente había domesticado un poco más de lo normal, mientras él trazaba un camino con sus labios por mi mandíbula.

"Rowyn". Su voz era baja e intensa, pero no quería parar y tener una conversación. Habíamos estado teniendo conversaciones durante diecisiete años.

"¿Hmm?"

"¿Estás segura de que quieres hacer esto... como ahora mismo?" En vez de eso, sólo le saqué el botón del pantalón, para evitar que hablara. "Realmente necesito que me respondas".

"Sí, Reed. Claramente quiero hacer esto ahora mismo. Sólo quiero... quiero olvidar. Sólo por un tiempo. Así que sí, quiero hacer esto". Volví a la lucha con los pantalones más difíciles del mundo cuando me detuvo. Fue como si un cubo de agua helada se hubiera vertido sobre todo el encuentro.

"Detente".

"¿Qué? ¿Por qué?" Me empujó suavemente de su regazo y se sentó en la cama, con la cabeza entre las manos. *¿Qué podría haber hecho? Sólo le dije que quiero acostarme con él. Ahora mismo. ¿En serio?* Empecé a sentir ira en mi pecho, empapada en un poco de vergüenza.

"No puedo hacer esto... para olvidar. Eso no es lo que debería ser, Row. Te quiero. He estado enamorado de ti desde siempre, y...

maldita sea, no puedo creer que esté diciendo esto, pero sólo podemos hacer esto una vez... la primera vez, quiero decir, y no puedo dejar que digas que es para olvidar.

"Jodéte, Reed". No podía creer que me dijera una maldita mierda sobre que era especial cuando nos conocíamos desde hace tanto tiempo. Ese ni siquiera era mi estilo. Yo arruinaba los grandes momentos. Normalmente diciendo algo inapropiado. Como ahora mismo. Pero él me *conocía*. Me conocía mejor que nadie, y no me quería. No era lo suficientemente especial como para solo estar conmigo. Si le decía algo de esto en voz alta, las lágrimas llegarían, y no sabía si se detendrían. Así que estaba decidida a aferrarme a la ira tanto como pudiera.

"Espera, ¿qué? Row, como quiera que te lo tomes, no es lo que quiero decir. Te quiero a ti. Sabes lo mucho que te deseo. Eres perfecta. Sólo quiero que esté bien. Nos merecemos hacer esto de la manera correcta".

"Estoy bastante segura de que la forma *correcta* hubiera incluido que fuéramos felices, aunque fuera temporal. Y no sentirme así, donde acabo de ofrecerme a ti, y de repente no tienes interés en eso. Sólo vete a casa".

"No me iré a casa hasta que me comprendas". Se levantó de la cama y se paró frente a mí en un momento.

"Lo comprendo perfectamente. Estar con mi verdadero yo no está a la altura de la fantasía con la que te has estado masturbando durante cinco años. Lo siento. Lárgate". La maldad era mejor. La maldad era más fácil que el dolor o la tristeza.

"Rowyn, *detente*. En serio, sé lo que estás haciendo, y no voy a dejar que me apartes. Estar con tu verdadero yo es todo lo que siempre he querido. Sólo quiero que toda tú estés aquí. Por favor, cuéntame lo que pasó en la cena de anoche, o dime cualquier cosa. Habla conmigo" Estaba suplicando ahora, sus propios ojos mostrando las lágrimas que yo había ocultado. Agarré mi chaqueta y mi bolso y volé por las escaleras sin respuesta. "¿A dónde diablos vas?"

"Si tú no te vas, lo haré yo. No voy a sentarme a tomar el té contigo después de esto. Sólo, vete para cuando regrese." Apagué mi teléfono a propósito y lo dejé en la mesa de la entrada antes de cerrar la puerta con todas mis fuerzas. No podía soportar que sonara o que me enviara mensajes de texto incesantemente.

Mi vehículo temperamental arrancó sin problemas, y envié un agradecimiento silencioso a cualquiera que me ayudara a hacer esa escapada. El volumen no estaba tan alto como para ahogar todo lo que pasaba por mi cabeza, así que lo solucioné inmediatamente, entrando en la autopista. En realidad, no pensé que Reed intentaría seguirme. Me conocía lo suficiente para entender que sería una idea realmente terrible. Llegué a un kilómetro y medio de la carretera antes de que la nube de vergüenza, enojo y vergüenza y un poco de santurronería y arrepentimiento entraran en espiral. Si Reed, el chico que había estado enamorado de mí al menos un tercio de su vida, no me quería como era, entonces quizás estaba realmente rota. Demasiado rota para que alguien pueda salvarme de todos modos. Luché por mantener mis ojos enfocados en el camino a través de las lágrimas que ahora caían libremente. Finalmente, terminé donde sabía que estaría: estacionada frente a la casa de Rose.

No me bajé del auto, porque, bueno, no había nadie allí para mí. Karen no quería verme, así que no podía fingir que estaba allí para una visita amistosa, aunque tuviera control de mis expresiones faciales. No paraba de repetir toda la semana en mi mente y lo estúpido que sonaba tratando de ser sexy. *No* era sexy. Era una maldita colección de edición especial de metidas de pata y colapsos. *Tiene que haber un hechizo o un té o algo para borrar la memoria de alguien.* Entonces me di cuenta de que el nombre de esa poción sería vodka, pero no había ninguna posibilidad de que bebiera con Reed pronto. Sólo pensar en nuestra última noche de actividad ilegal me hizo apoyar mi frente en el volante. No había forma de que eso fuera sólo hace un par de meses. Parecía como si hubiera estado viviendo en este vacío de "por favor no dejes que esto sea real" durante mucho tiempo. Casi salté de mi asiento cuando un golpe en la ventanilla del conductor me hizo jadear. Me recuperé lo suficiente como para bajarla y mirarlo fijamente.

"Entonces... ¿planeas sentarte aquí toda la noche, o había un propósito para tu visita?" Hunter me sonrió arrogantemente, de pie y sin camisa fuera del coche.

"Está a diez grados afuera. Ponte una camisa". Me limpié la cara con la manga de mi chaqueta, siendo él la peor persona posible para atraparme llorando. Aunque, me estacioné directamente frente a su casa, así que no me atrapó exactamente.

"Bueno, me alegra ver que no eres todo lágrimas y depresión aquí sentada" Se detuvo por un largo momento, y me pregunté si tenía algún tipo de plan más allá de hacerme enojar cuando golpeó la ventana. "¿Quieres entrar o algo así?"

"Bueno, con esa invitación de bienvenida... creo que pasaré. Saldré de tu entrada en un minuto." Miró hacia el cielo como si estuviera pensando

"Sólo... entra, ¿quieres? Siento haberlo dicho así. En serio, entra. No te haré el té, pero puedo hacer funcionar el refrigerador, así que hay agua disponible.

"Realmente no tienes que hacer nada. Estaré bien, sólo tengo que averiguar cómo... bueno, arreglar mi vida entera. Eso es todo. Estoy segura de que terminaré pronto".

"La puerta estará abierta. Sólo sal del coche." Se alejó, aún sin parecer tener frío, y entró en la casa sin una mirada atrás. *Bueno, eso es presuntuoso.* Y aun así, salí del coche y lo seguí adentro. En realidad nunca había estado con Hunter en una situación de uno a uno. Al crecer, al menos después de los seis años, no quería tener nada que ver con Rose y conmigo. Él y Reed se llevaron bien hasta más tarde, pero luego no tanto. No estaba segura de por qué. Mi corazón se tambaleó cuando finalmente llegué a la casa. Las bolsas de ropa estaban todavía en la entrada. Me quedé mirándolas, recordando la positividad forzada de Karen al ofrecerlas, y no dije nada. Un suspiro y un giro de ojos vinieron de frente a mí, y Hunter vino a empujarme físicamente a la cocina. "Aquí está el agua prometida". Me puso un vaso en la mano y me tomé un trago sólo para hacer algo.

"Así que..."

"Así que, ¿qué te trae por aquí?" Su tono era expectante. Supuse que el mío también lo sería si alguien se sentara frente a mi casa sin motivo.

"Prefiero no decirlo".

"¿Qué preferirías decir?" Otro trago de agua. Esto era dolorosamente incómodo. Se sentó encima del mostrador, sus jeans se deslizaron lo suficiente para mostrar su ropa interior de Batman.

"Bonitos calzones de superhéroe". Resopló, mirando hacia abajo.

"¿Quién dice 'calzones'? ¿Tienes cuatro años?"

"¿Cómo prefieres que los llame?"

"No lo sé. Nada, supongo."

"¿Tienes galletas?" Nunca había estado en su casa sin comer algo horneado. Eso era decir algo en serio, porque había estado mucho en esa casa.

"No lo sé. Tal vez una galleta de duende o algo así."

"Espera. ¿Una galleta de duende? ¿Cómo una galleta comprada en una tienda que viene en una bandeja de plástico?"

"Sí. ¿Quieres una?" La mirada en su rostro me dijo que lamentaba su momento de amabilidad al invitarme a entrar.

"Em, no".

"OK, pues, snob de galletas". Su cabello oscuro cubría la esquina de uno de sus ojos. Me distrajo, y seguí perdiendo el hilo de nuestra conversación. *¿Por qué el descuido es atractivo para las mujeres? Ningún hombre en la historia de los hombres ha dicho nunca "Quiero a esa chica, hoy no se ha cepillado el cabello". Injusto.*

Acepté lo que dijo. Era una especie de snob de galletas. Rose se había asegurado de ello. "Vamos a hornear algo".

"¿Qué?"

"No nada complicado, sólo, vamos a hornear algo. Sabes que todo lo que necesitamos está aquí. Sólo un lote de galletas. Vamos."

"No voy a hornear. Sólo hay un tipo de horneado que me gusta. Y ya soy bastante bueno en eso." Volví a ver su aspecto. Lo que yo había calificado de fatiga era en realidad que estaba drogado. También se veía demasiado cómodo encaramado en el borde de un pedazo de granito.

"¿Y te ayuda?"

"¿Qué cosa ayuda?"

"Ya sabes lo que estoy preguntando". Dejó escapar un suspiro como si no tuviera la energía para explicarlo.

"Claro. Ayuda. Durante unos veinte minutos. A veces más. Normalmente sólo fumo lo suficiente para llegar a los veinte minutos. Necesito un descanso, viviendo en esta casa. Necesito mudarme, carajo".

"¿Mudarte? ¿Adónde te mudarías?"

"Tengo un par de amigos que siempre están buscando compañeros de cuarto. No lo sé".

"Veinte minutos suena muy bien".

"A veces lo es. Hasta que se acaba."

"¿Tienes...?"

"Detente ahí. No le voy a dar a la mejor amiga de mi hermana menor algo de hierba. No tengo más, de todos modos. Así que sólo... vuelve a pensar a dónde vas con eso".

"Entonces supongo que vamos a hacer galletas".

"¿En serio?"

"En serio". No podía ir a casa todavía. Estaba segura de que Reed esperaría allí hasta que mi madre llegara a casa. "Nada elegante. Chispas de chocolate." Entré en su despensa y me sentí perdida por un momento, pero finalmente encontré harina regular entre otros cuatro tipos de harina. No sabía que había otros tipos. Empecé a sacar cosas de los estantes que me resultaban familiares. Azúcar, polvo de hornear, bicarbonato de sodio, vainilla, chispas de chocolate, y cualquier tamaño de taza y cuchara que pudiera encontrar. Al salir, encontré a Hunter todavía de pie allí y parecía aburrido.

"Sólo consigue huevos y leche y un tazón". No se movió. "¡Hunter!" Finalmente, abrió la puerta del refrigerador y sacó lo que necesitábamos. Hice que buscara lo que parecía una receta fácil en su teléfono y empecé a medir.

"Probablemente necesites cernir la harina. Es más fácil de mezclar de esa manera."

"¿Qué es 'cernir'?" Recordé haber visto la palabra antes, sólo que nunca me habían pedido que la usara en una frase.

"OK, pues", suspiró, sacando lo que yo asumí que era un mecanismo de cernir. A mí me pareció un colador.

"¿Cómo sabes eso?"

"Viví con Rose durante diecisiete años. Aprendí algunos términos de repostería, sin importar lo mucho que traté de ignorar sus monólogos de Food Network".

"Oh. Supongo que tiene sentido".

"Bien". Se metió un puñado de chispas de chocolate en la boca cuando terminó de *cernir*.

"¡Oye! No puedes comerte los ingredientes. Eso es trampa". Salté para sentarme en el mostrador, como lo había hecho un millón de veces antes cuando Rose estaba cocinando. Recogiendo la bolsa de chispas de chocolate, la puse detrás de mí y lejos del ladrón de ingredientes.

"Vaya, realmente has creado una gran fortaleza allí. Ahora nunca podré comerlas." Estaba desenrollando un batidor de mano mientras sacaba ese poco de sarcasmo. Fue algo lindo verlo con todos sus tatuajes haciendo algo tan doméstico.

"Pruébame, Stone", lo desafié, siendo como una mocosa. Sus cejas se levantaron marginalmente. Todavía parecía cansado, bueno, drogado, por así decirlo, así que el gesto fue divertido. Con más velocidad de la que alguien en su condición debería haber sido capaz de manejar, se puso detrás de mí con un brazo y me agarró la cintura con el otro, metiendo sus dedos en mi costado. Casi me caigo del mostrador en el repentino movimiento ninja que hizo que mi cuerpo se comprometió a protegerse de las cosquillas. "¡NO ME HAGAS COSQUILLAS!" Salió como una especie de aullido estrangulado, pero se detuvo, evitando que me cayera al suelo.

"Muy dramática, ¿no?" preguntó, todavía sosteniendo mi cintura. También resulta que tenía la bolsa de chispas de chocolate en su otra mano.

"No planeaba ser atacada. Fue una respuesta de luchar o huir".

"Tu cabello es suave". OK... *¿es esto una especie de extraño efecto secundario delirante de fumar hierba?*

"Eh, ¿gracias?" Se inclinó un poco, su mano se movió hacia mi espalda para tocarme el cabello otra vez. Mis ojos se cruzaron confundidos cuando me incliné hacia atrás y me pregunté si debería estar preparada para buscar atención médica para él. Realmente no estaba familiarizado con el uso de drogas recreativas. Me miró a los ojos por un momento. *¿Qué demonios está pasando?*

"Ah, al diablo", dijo.

"Al diablo con..." Pero terminó ese pensamiento con sus labios sobre los míos. Mi cuerpo trató de jadear, pero con eso encontré la lengua de Hunter en mi boca. Sabía a chispas de chocolate, y eso no era tan malo. Podía sentir el calor que irradiaba de su piel cuando me rodeaba con sus brazos un poco más apretados. Mierda. No. Puse mis manos en su pecho y lo empujé ligeramente, pero fue suficiente para hacer que retrocediera. Y luego retroceder de nuevo.

"Mierda". Parecía genuinamente sorprendido, así que al menos eso era algo que compartíamos.

"Creo que debería... irme. Estoy seguro de que tienes las galletas bajo control." *Claro, eso es todo. Nunca sucedió. Eso fue simplemente una alucinación compartida.* Excepto que mi corazón seguía latiendo y mi cabeza daba vueltas por una confusión total.

"Rowyn..."

"Sólo, eh. ¿Sabes? Te veré más tarde. ¡Que tengas una buena noche!" *Tal vez yo soy la que se droga. ¿Qué diablos me pasa?* Salí volando a mi coche y respiré un incómodo suspiro de alivio cuando pasé junto a Karen en la carretera. *Vale, eso podría haber hecho las cosas más incómodas. ¿Ves? El lado bueno.* Mis manos temblaron ligeramente cuando la realidad de la situación se hundió. *Tenía un novio. Tenía un Reed, y alguien más me besó. ¿Le devolví el beso? No* lo creo. Al menos no a propósito. *OK, ok, ok, ok, ok, ok, ok.* Tuve que concentrarme en la respiración por una razón completamente diferente a la que tenía cuando fui allí. Todavía sentía náuseas. Más aún cuando recordé por qué me fui y que seguía enojada con Reed. Por favor, no dejes que esté allí. Sólo... por favor. Todo mi cuerpo se relajó un poco cuando llegué a la entrada y su coche no estaba allí. Y luego se puso doblemente tenso cuando mi madre salió al porche. Su cara me dijo que no estaba contenta. Una visión de mi teléfono en la mesa vino corriendo hacia mí y gemí en voz alta, mi frente encontrando el volante. *Me rindo.*

CINCUENTA Y UNO
JARED

Tuve que pedirle un aventón a casa a Amy Stecker, ya que todos los demás a los que podía pedirles estaban jugando fútbol y se preparaban para el partido de esta noche, o hubiera sido Reed, pero él había desaparecido demasiado rápido después de la campana como para que yo quisiera preguntarle. El viaje fue agradable. Hablamos de la escuela, el fútbol, lo normal de chismes basura.

"¿Vas a ir al baile del Día de la Cosecha?" Preguntó como si fuera en serio.

"Uh, no. No estaba planeando hacerlo. Sería una pesadilla logística, de todos modos. Con la silla o las muletas". *Y el conocimiento de que Rose está muerta y no puede ir a ningún baile. Y lo bonita que se habría visto...*

"Oh, vamos, Jared. En silla de ruedas o no, conozco al menos diez chicas que morirían por ir a un baile contigo." Hubo un momento en que se dio cuenta de lo que acababa de decir, pero aparentemente se fue tan rápido como llegó. Y yo no podía seguir jugando el juego de "intenta ser normal" por más tiempo.

"Eso está bien, Amy, pero en realidad, no voy a ir". Asintió con la cabeza, resignada al hecho de que había terminado de hablar.

Después de que se hizo evidente que nadie iba a llevar mis muletas al coche, tuve que enviarla a buscarlas. Siguió una incómoda despedida, pero estaba demasiado intrigado de que no hubiera nadie en casa como para que me importara.

La casa estaba completamente vacía. La casa no había estado vacía desde que llegué del hospital. Mi corazón se aceleró por un momento, preguntándome si mi madre estaba bien, pero había dejado una nota en el mostrador haciéndome saber que tenía una cita. Como si fuera 1995 y no podía haberme mandado un mensaje de texto. Josh estaba en casa de un amigo. Tenía un rato antes de que necesitara aparecer en el partido para... ver y no hacer nada, y estaba solo.

Me acerqué al sofá y miré el control remoto a distancia. No había literalmente nada que quisiera ver; sólo necesitaba ruido. Estaba demasiado silencioso, y podía sentir una presión ya familiar que empezaba a acumularse en mi garganta. Era como si mi cuerpo tratara de expulsar todos los pensamientos venenosos que tuve que soportar todo el día. En lugar del control remoto, saqué el teléfono, con el dedo sobre el último botón que debería haber querido presionar. Al estar rodeado de gente todo el tiempo, aprendí a abrir una caja en mi cerebro y poner toda la mierda que no podía pensar allí. La culpa, el echar de menos, los fracasos, los buenos recuerdos también. Todo estaba guardado, y casi nunca pude sacarlo. Abrí mis mensajes de texto y me permití bajar a nuestros mensajes. Empecé por el principio.

Yo: ¡Hola! Soy Jared... ¿del supermercado?

Rosalyn: ¿Ese es tu nombre completo? ¿Jared del supermercado? Sólo te puse en mis contactos como Jared ;)

Yo: Jared está muy bien. Hablando de eso, ¿es Rosalyn o Rose?

Rosalyn: Cualquiera de las dos.

Yo: De acuerdo, me quedaré con Rosalyn por ahora. Entonces, Rosalyn, ¿quieres ir al lago mañana?

Rosalyn: ¿Sólo tú y yo?

Yo: Estoy seguro de que habrá otros seres humanos allí, pero sí. Tú y yo. ¿Te parece bien?

Rosalyn: Sí, suena divertido. ¿Me recogerás?

Yo: Te veo a las 10

Rosalyn: ¿Tienes alguna preferencia en los sabores de las magdalenas?

Yo: Em, no estoy muy seguro de lo que eso significa... Pero creo que iré con "sorpréndeme".

Rosalyn: Lol. Lo haré

Y LO HIZO. ME HABÍA SORPRENDIDO TODOS LOS DÍAS QUE ESTUVE con ella. La presión en mi garganta exigía que la dejara salir. Así que lo hice. Un grito comenzó y un sollozo terminó, y lancé el control remoto del televisor a la pared con todas mis fuerzas. En algún lugar de mi cabeza sabía que tendría que parchar la pared de yeso más tarde; simplemente me importaba una mierda. Recordé el olor de su cabello y cómo se sentía cuando se inclinaba para besarme. No jugó ningún juego estúpido ni trató de ponerme celoso. Era tan... fácil. Estar con ella. Y ahora me quedo con esto.

No me molesté en tratar de detener las lágrimas. Fue una de las únicas veces que las dejé salir. Se merecían su libertad. No vi ninguna salida en ese momento. Sólo vi recuerdos de ella mientras volvía a gritar en el cojín del sofá.

ME RINDO.

CINCUENTA Y DOS
REED

Sentí que no había dejado de moverme desde que Rowyn salió de su casa. Eran las nueve de la noche, y no había descanso en el horizonte. Caminé en su casa, caminé en mi casa después de que su mamá me hizo ir a casa, golpeé el saco en mi garaje, hice flexiones, caminé alrededor de la cuadra. Seguía caminando y considerando el hecho de que era la persona más tonta del mundo cuando mi teléfono sonó en mi bolsillo. Lo tenía en la mano antes de que se hiciera la notificación.

Rowyn: Hola.
    Reed: Hola.

No hubo palabrotas, y tenía un miedo increíble de que sin importar lo que dijera, empeoraría las cosas.

. . .

Rowyn: Mi mamá me va a quitar el teléfono el fin de semana, así que no podré mandarte un mensaje. Todavía no sé qué decir sobre el día de hoy. Mi mamá dijo que podías venir el domingo a cenar si quieres hablar, pero por lo demás estoy castigada por dejar mi teléfono aquí.
 Reed: Lo siento. Siento que hoy haya sido así. Iré el domingo.
 Rowyn: De acuerdo.
 Reed: Oye... ¿estamos bien? ¿O estaremos bien?

Hubo un largo período en el que no había ningún punto triple que indicara que estaba escribiendo. Mi lengua estaba entre mis dientes en una súplica silenciosa.

Rowyn: Somos tú y yo. Estoy seguro de que estaremos bien. Sólo que no esta noche.
 Reed: De acuerdo. Te veo el domingo. <3

No mandó el corazón de vuelta, pero al menos pude sentarme después de su respuesta. *¿Por qué le dije que no podía hacerlo? La he querido desde... siempre. Había tantas otras cosas que decir además de eso.* La mirada en su cara como si la hubiera herido físicamente se grabó en mi mente. Tan pronto como la objeción salió de mi boca, supe que se saldría mal. Sentí que su energía cambió como una ola, y la alejó de donde podía alcanzarla. Me tiré de nuevo en mi cama y me di cuenta de que me estaba muriendo de hambre. *Alguien tan estúpido como tú ni siquiera merece comida.*
 "Hola. ¿Por qué estás en casa? Pensé que tenías una gran noche hoy." Podía oír la sonrisa en la cara de Cole sin mirarlo.
 "Odio todo de ti como ser humano. Sal de mi habitación".
 "Vaya, ¿qué demonios he hecho?"
 "Te metiste en mi cabeza, como siempre lo haces, y ahora mi vida

entera está completamente jodida." Realmente esperaba que mamá no me escuchara. Mis padres no eran estrictos en absoluto, pero a ella no le gustaba cuando maldecía.

"Supongo que las cosas no salieron según lo planeado, entonces", respondió lentamente.

"Juro que te golpearé en la cara si no te vas."

"Amigo, cálmate. Me iré si quieres. Voy a una fiesta, de todos modos. ¿Quieres venir? Incluso te regresaré a casa."

"Quiero dormir y arrepentirme de mi existencia. Diviértete."

"Como sea. Lamento que no hayas tenido sexo".

"¿Te callarás antes de que mamá te oiga?"

"Mamá y papá están dormidos. Tienen como cien años."

"Sólo ve. Pero el próximo fin de semana, cuando quizás ya no te odie, ¿nos traerás cerveza a Jared y a mí?"

"Tienes agallas, hermano." Terminó con eso y rápidamente salió de mi habitación.

Me rindo.

El sábado y el domingo fueron como las profundidades del Tártaro. Todo lo terrible del universo estaba ahí para que me concentrara en ello con cero distracciones. Jared estaba haciendo una especie de rehabilitación en casa, Cole seguía enfadado conmigo por ser un idiota, y la lista de personas con las que podía pasar el rato no era mucho más larga que eso. Lo único positivo de andar por ahí como un zombi, deseando poder hablar con Rose y preguntándome si mi novia estaba tramando formas de matarme, fue que mi madre insistió en hacerme macarrones con queso y costillas cuando se enteró de que Rowyn y yo nos habíamos peleado. Para el domingo por la tarde yo era un maldito caso perdido.

"¿Quieres que llame a Judith y le pregunte si puedes ir allí antes?"

"No, mamá. No quiero que llames a la madre de mi novia para preguntarle si puedo ir."

"Entonces deja de dar portazos a armarios. De hecho, ve a hacer algo afuera."

"Hace frío".

"Entonces tal vez te tranquilice. Ve." Su voz sonaba agradable, pero yo sabía que no lo era. Así que fui. Me senté en el garaje unos minutos, contemplando la posibilidad de ponerme los guantes, pero no hubo tiempo suficiente para hacerlo y ducharme antes de ir con Rowyn. Divisé una pelota de tela en uno de los contenedores transparentes en los que trabajamos como esclavos ese verano. Abriendo la tapa, la alcancé y la saqué, lanzándola al aire. No había jugado con una pelota así desde el quinto grado, pero parecía una actividad tan buena como cualquier otra desde que me desterraron de mi casa. Así que ahí estaba yo, un estudiante de secundaria pateando un hacky sack en mi jardín delantero, cuando Danny, un chico vecino de catorce años, llegó en su bicicleta y pidió jugar. No se me pasó por alto que Danny podría haber sido mi mejor amigo en el mundo en ese momento.

Alterné de mi pie derecho a mi izquierdo mientras estaba parado frente a la puerta de entrada de los Black. Decidí usar la sudadera gris que le gustaba a Rowyn en vez de ponerme otra cosa. La puerta se abrió antes de que tocara el timbre.

"¿Cuánto tiempo vas a bailar aquí?"

"No estoy seguro". *OK. Una Rowyn descarada es mejor que una callada o increíblemente enojada.* Se veía bonita. Ni siquiera en su típica forma sexy pero enojada, sólo bonita. Su cabello era suave y estaba hacia un lado, y llevaba un suéter crema con el que la había dado cumplidos antes.

"La cena no está lista todavía".

"OK". Su prolongado silencio estaba haciendo que me apretara la mandíbula. No sentí ira, necesariamente, viniendo de ella, pero estaba tan mal que no podía confiar en eso. "¿Quieres que vuelva más tarde o algo así?"

"No", suspiró. "Siéntate. Podemos hablar aquí... sólo, elige tus palabras sabiamente. Los oídos de mamá son aterradoramente buenos". Me senté en el banco del porche delantero, esperando que no fuera un mal presagio que no hubiéramos entrado en la casa.

"Rowyn... lo siento mucho".

"¿Por qué?"

"Por... la forma en que dije lo que dije. Me doy cuenta de que probablemente sonó..."

"¿Como si me rechazaras por haber usado una palabra que no te gustaba?" Tragué saliva.

"Sí... puedo ver cómo piensas eso. O como si no estuviera viviendo a la altura de algo que tenía en mi cabeza. Aunque lo dijiste mucho más elocuentemente". Casi me reí. Tenía el don del insulto, eso era cierto.

"Lo siento. Sé que no soy famoso por mi habilidad para mantener la calma". Me reprimí otra sonrisa.

"Por favor, quiero sepas que que no quise decir ninguna de esas cosas".

"Lo sé".

"¿Lo sabes?"

"Tuve mucho tiempo libre para pensarlo este fin de semana. Es más fácil ser racional cuando no quiero asesinarte".

"Puedo entender cómo eso sería una distracción".

"Entiendo que querías que fuera algo memorable. No una forma de olvidar que extraño a Rose y que odio a mi padre y que estoy reprobando en la escuela. Tenías razón. No debería ser eso".

"Eh, realmente no sé cómo responder." Me miró enfadada. "¡No, no! Tampoco lo digo en serio. Las palabras no son mis amigas. Quiero decir, estaba listo para suplicar perdón. No estaba listo para eso".

"Puedo explotar mi rabia si eso te facilita las cosas", dijo.

"Por favor, no lo hagas".

"Como quieras". Pude ver que estaba incómoda, pero no estaba seguro de por qué... la mayoría de las partes incómodas ya habían pasado. "Así que... no lo sé."

"Sólo dime".

"¿No puedes leer mi mente?"

"¿No puedes darme una pista?" Intenté calmarme lo suficiente para leer mejor su energía. No funcionó.

"Em, sólo quiero saber, mm, lo que hacemos..."

"Lo que hacemos..."

"Estoy empezando a perder mi calma y mi mentalidad racionalidad."

"Lo siento. No sé qué me estás preguntando. Juro que responderé a lo que sea."

"¿Qué hacemos ahora?"

¿"Con nosotros? No estás tratando de romper conmigo ahora mismo. Eso no sería ni tranquilo ni razonable". Mi ritmo cardíaco aumentó un poco por la vaguedad de su pregunta.

"Eres tan distraído, Reed. ¿Qué hacemos juntos? Las cosas estaban bastante claras antes del viernes, y ahora no sé dónde tienes la cabeza, ni siquiera la mía." El alivio me despejó el pecho.

"Lo que quieras hacer, Row. Ahí es donde tengo la cabeza."

"Eso es una evasión."

"¿Qué? No, no lo es, eso es ser caballeroso. Caballeroso. Respetuoso."

"Cobarde. Indeciso. Flojo." Lo pensé, y supuse que era un poco patético darle toda la responsabilidad a ella.

"Bien. Dejémoslo sobre la mesa, pero no está planeado".

"OK".

"¿Está bien?"

"Sí. Sé que eres sincero cuando ni siquiera intentas hacer una broma de 'sobre la mesa'"

Sólo podía reírme de eso. Ella tenía razón, y yo estaba casi enojado por haber perdido la oportunidad de la broma. *OK, pues. ¿Buenas noticias?*

"¿Puedes acercarte ahora?" Si alguien me hubiera dado diez oportunidades para describir cómo pensaba que iba a ser esta conversación, esta secuencia de eventos no habría estado en esa lista. Rowyn estaba siendo demasiado complaciente. Si no estuviera tan aliviado, podría haber estado preocupado por mi bebida en la cena. Se deslizó sobre el banco y me dejó poner mi brazo alrededor de ella.

Sentado allí, disfrutando del resultado de nuestra conversación de contentarnos, algo todavía se sentía mal. Me imaginé que esa sería la menor de mis preocupaciones. Se disipará. Volveríamos a un buen lugar; teníamos que hacerlo. Ya no sabía dónde existía lo "bueno", pero tenía que ser algo real. Ya habíamos estado allí una vez, pero tal vez sin Rose, se había ido, y teníamos que encontrar un nuevo lugar. Todavía tenía la sospecha en mi estómago de que no habíamos empezado a sentir su ausencia. Era como ver una ola gigante llegar a la orilla. Era visible durante mucho tiempo antes de que se sintiera. Esperaba que ambos estuviéramos listos para nadar.

CINCUENTA Y TRES
ROWYN

No era que las cosas estuvieran tensas. No lo estaban. Yo sí lo estaba. Cada vez que Reed me miraba durante los siguientes días, quería decir que Hunter me había besado. Era como llevar un arma cargada que nunca quise, pero ahora la tenía, y estaba aterrorizada de que se disparara y lastimara a alguien. Había probado el yoga. No estaba lista para leer mis cartas o abrirme a mis guías todavía. Nadie sabía que todavía me estaba protegiendo de todo. Me sentí traicionada... por mis dones, por el universo. Ya no confiaba en nada de eso. Pero aún confiaba en que Reed y yo podríamos estar bien. Juntos. Sólo tenía que seguir adelante.

Me quejé interiormente cuando vi al grupo reunido cerca de mi casillero ese miércoles al entrar a la escuela. Traté de permanecer invisible mientras pasaba al lado de los futuros miembros del consejo municipal. La mayoría de la gente se referiría a ellos como "completamente americanos". Si es que eso fuera aun políticamente correcto. Dudaba mucho que fuera posible que un humano fuera completamente americano a menos que fuera un nativo de pura cepa. ¿Poblaciones nativas? El término "completamente americano" era algo racista ahora que lo pienso. Me olvidé de ese enigma en particular cuando reconocí que estaban hablando de Rosie. No sabía si lo sentí o lo escuché primero, pero contuve la respiración cuando llegué a mi casillero, deseando no haberlo hecho.

"Deberíamos hacer una ceremonia por ella, ¿sabes? Han pasado semanas y parece que todo el mundo lo ha olvidado. Creo que es porque nadie pudo despedirse. Ya que nadie iba a ir a ese *funeral* que tuvieron". Ah. Amy Sue. ASS. A pesar del énfasis en la palabra "funeral", la verdadera palabra operativa en su discurso era "nadie". Porque éramos, ¿qué, parias? Ya no me importaba. Yo, una niña de siete años, lloraba por no haber sido invitada a las fiestas de ella y su hermano. Yo, de 17 años, no iría a menos que fuera con una cubeta de sangre encima, al estilo de Carrie.

"Tienes razón. Podríamos organizar algo. Te ayudaré". Una tímida estudiante de segundo año, cuyo nombre nunca me molesté en aprender, aplacó a su amiga. Todo su grupo era como un programa de televisión mal hecho de los años setenta. La rubia alegre, la deportista tonta, la deportista inteligente, la mejor amiga que la apoyaba. Quería vomitar por la falta de originalidad. "Quiero decir, es tan triste. Rosalyn era tan... *agradable*".

"¿Qué tiene de triste? Escuché que no había ni siquiera un cuerpo en el funeral. Probablemente lo sacrificaron al diablo o algo así".

"¡Bobby!" Amy regañó. Literalmente tuve que agarrar mi casillero para no hacerme notar. Le reté a que terminara su palabrerío santurrón.

"Como sea, iré si lo organizas, sólo... Quiero decir, ella va a ir al infierno, eso es una obviedad, ¿no? Supongo que es triste, pero fue su decisión, ser así."

"Podemos rezar por ella de todos modos." La voz de Amy estaba resignada a la verdad de lo que su hermano había dicho. Había vivido toda mi vida con los juicios de la gente. Incluso, en ocasiones, los ignoré. Me alejé de ellos. ¿Pero decir algo con tanto odio detrás de ello sobre la mejor persona que había conocido? ¿Decir que no importaba porque llevaba algún tipo de etiqueta? Y todo eso ni siquiera tocaba los estereotipos, las cajas en las que todos teníamos que encajar. Ya era *suficiente*. Ya había tenido suficiente. El metal del casillero había dejado una huella en mis dedos, pero ni siquiera la sentí. Lo golpeé en su lugar, asegurándome de que todos fueran conscientes de mi presencia a menos de tres metros de su pequeña reunión de mentes.

"Es una pena que no fueras tú. En el coche con Jared, quiero decir. Al menos tu muerte habría *importado*, ¿verdad BullShit? Tú y tus tan santos caminos, siguiendo los pasos de tu profeta. ¿Crees que Jesús habría venido a tu fiesta este fin de semana? Probablemente habría sido el alma de la fiesta, ¿tengo razón?" Todos parecían suficientemente incómodos, tratando de fingir que de alguna manera no les hablaba. Bobby acababa de aclarar su garganta. "En caso de que alguno de ustedes, imbéciles de primera, se pregunte cuánto escuché de su ceremonia de juicio aquí, fue todo. No soy un erudito bíblico, pero estoy segura de que hay algo en dejar que su Dios se encargue de eso. Está en la descripción general de su trabajo, estoy segura de ello." Intenté asegurarme de que sólo permitía la cantidad de oxígeno que necesitaba. Había una posibilidad muy real de que me hiperventilara si se me daba la oportunidad. La única imagen en mi mente era Rosie defendiéndome ante Miles Brekken. Necesitaba ser así de valiente.

"Rowyn, no estábamos juzgando..."

"Cierra la puta boca, Amy". Los ojos de Bobby se abrieron de par en par, y se sintió bien.

"OK, Bruja-Piruja. Ya es suficiente. Siento que tu amiga esté muerta. No es culpa nuestra. Tampoco es nuestra culpa que ustedes adoren al diablo. Probablemente esté como en casa..."

Unas cuantas cosas ocurrieron simultáneamente en ese momento. Aparte de que mi cabeza explotó. Puede que haya llamado a Bobby Stecker una enfermedad infecciosa andante con un cerebro del tamaño de su inconsecuente hombría. Podría haber añadido varias palabrotas. Podría haber hecho que todo esto lo escuchara la Sra. Grayhill, que ya me odiaba a mí y a mis cuadernos con pentagramas.

Jared también se acercó al grupo y pasó por encima del pie de Bobby con su silla de ruedas.

"Vamos a necesitar tener una charla, Bobby". La voz de Jared apenas se escuchaba en los jadeos de las dos chicas cuando se dieron vuelta y salieron corriendo por el pasillo.

"Mira, Simpson", BS comenzó mientras se estremecía y se agarraba su zapato, "Sé que era como tu novia, y no quiero ser irrespetuoso, pero esta psicópata atacó a Amy, y..."

"Si alguien aquí es un psicópata, eres tú. Tienes mucha suerte de que esté atrapado en este yeso ahora mismo." Jared estaba recostado en su silla, fingiendo calma, y yo deseaba poder decir lo mismo sobre mí cuando sentí una mano en forma de garra en mi brazo.

"Oficina. Ahora." La Srta. Grayhill no parecía estar de humor para negociar. Incluso su cabello delgado se veía serio. Recordé la sonrisa come-mierda de Bobby. Necesitaría la imagen más tarde. Jared empezó a decir algo, presumiblemente en mi nombre, pero yo sacudí un poco la cabeza. Preferiría que se quedara allí para que Stecker se sintiera lo más incómodo posible. Aunque era posible que no fuera humano. Así que tan incómodo como sea posible. Así como me sentía, seguí a mi profesora con el *tac-tac* de sus tacones desencadenando algunos recuerdos no tan agradables del piso del hospital. Las lágrimas estaban detrás de mis ojos, pero apreté la mandíbula hasta que se calmaron.

"Sé dónde está la oficina. No tiene que acompañarme".

"Estoy segura que sí. No quisiera que te perdieras". Las palabras eran inocuas, pero el significado subyacente era bastante claro. Increíble. O tristemente, creíble. "Aquí tiene". Me hizo un gesto para que me sentara y fue a hablar con la secretaria del Sr. Hyllar. Sus ojos se abrieron, y casi sonreí a la Sra. Grayhill que tenía que repetir lo que dije. Palabra. Por. Palabra. Fue a la oficina del director, donde las repetiría de nuevo. *Oh, hoy va a ser un día estelar.* La puerta de la oficina del Sr. Hyllar se abrió, Grayhill siguiéndolo victoriosamente. Quería hacerla tropezar.

"Srta. Black". La voz del director me sacudió de mis delirios y me puse de pie, con las piernas temblando ligeramente, aunque sólo por el intenso torrente de adrenalina que ya había desaparecido. No le tenía miedo a Hyllar. Lo prefería por encima de Grayhill. Aún así, esto no iba a ser agradable, especialmente si las lágrimas que había enterrado no se quedaban abajo. *No pienses. Sólo asiente con la cabeza.* Mantuve mi barbilla en alto mientras me sentaba en otra silla azul.

Una vez que la puerta se cerró, me concentré en el trofeo de golf de su escritorio. Mi mente tenía que estar ocupada. "Rowyn".

"Sr. Hyllar".

"¿Quieres decirme qué pasó?" Lo miré seriamente, tal vez por primera vez, a pesar de mis muchos viajes a su oficina. Siempre había sido sólo "el director". Sus ojos marrones no estaban enfadados, ni siquiera sorprendidos. Esto es lo que me gustaba del tipo. En realidad me recordaba al padre de Reed. Lo había considerado un hippie en los 70, aunque probablemente era al menos diez años demasiado joven para serlo. Siempre usaba trajes para ir a la escuela, pero cuando lo veía salir, iba en jeans y camiseta, usualmente con una cerveza en la mano.

"Yo... no sé si puedo". Aclaré mi garganta, tratando de mantener mi voz firme.

"Inténtalo. Todo lo que me dijeron es un insulto ligeramente divertido, pero muy inapropiado. Así que dame algo más". Mi cuerpo se relajó marginalmente al admitir mi ingenio asesino.

"No puedo permitir que digan cosas sobre... sobre Rosalyn. No puedo. Lo siento. No, no lo siento. Quiero decir, siento estar en esta posición, pero él se lo merecía."

"Necesito saber lo que dijo, Rowyn". Miré al cielo, o al techo, sabiendo que estaba a punto de llorar delante de mi director.

"Bobby y Amy y la chica morena y el otro deportista", comencé.

"¿Melissa y Tom?"

"Sí". El Sr. H sólo sacudió la cabeza.

"Estaban teniendo un gran debate bíblico sobre el... bueno, ¿dónde está Rose? El infierno ganó." Las lágrimas comenzaron sin importar lo sarcástica que traté de mantener mi historia. Imaginar a Rosie en cualquier lugar que no fuera sentarse conmigo en inglés ya era bastante difícil. No creía en el infierno, pero tener a otras personas imaginándola ardiendo por una eternidad literal y estando bien con eso hizo que mi interior se retorciera.

"Vale. Estoy mucho más inclinado a entender el arrebato".

"Bobby dijo que no importaba. Que ella murió. Porque no somos como ellos. Necesito que él... o necesito que ellos... Ugh, no necesito que hagan nada. Pero importa."

"Por supuesto que importa". Su voz era pesada. Una breve imagen me recordaba, de él de pie en la parte de atrás del servicio ese día. Él había ido.

"Usted estaba en el funeral". Asintió con la cabeza. Ahora parecía ser él el que estaba en peligro de llorar.

"Puedes ir a clase. O a la biblioteca. Sólo dile a la Sra. Green a dónde escribir el pase".

"¿No estoy suspendida?"

"No. ¿Pero Rowyn?"

"Sí".

"Siempre habrá alguien con quien luchar. No significa que siempre tengas que elegir hacerlo."

"Bien. Lo entiendo. Gracias Sr. Hyllar." Me hizo señas para que me fuera y salí de su oficina, un poco aturdida. Había dicho algunas cosas realmente ofensivas. A veces olvidaba que los profesores eran personas. Él era mi tipo de persona. Escuché el nombre de Bobby anunciado por el altavoz de camino a la biblioteca y me sentí confiada de que le darían una buena lección. Fue una buena sensación. Por suerte, salió al pasillo antes de que yo llegara a mi destino.

"Buena suerte, BullShit".

"Jódete".

"Qué bocota. ¿Qué haría Jesús?" ¿Esa mirada, la de él queriendo decir algo aún peor pero conteniendose? No tiene precio. Un pequeño peso se levantó mientras hacía una rabieta silenciosa en el pasillo. En la parte racional de mi mente, sabía que estaba siendo una hipócrita, usando sus creencias en su contra cuando lo odiaba por hacerme eso. Al resto de mí no le importaba.

"Bombón". Me di la vuelta en la otra dirección, preguntándome por qué Reed estaría en el pasillo a mitad del primer período, pero allí estaba. Estaba enojado. No necesitaba ver su aura. Más que eso, sin embargo, estaba preocupado.

"Estoy bien".

"Yo no". Se acercó a mí y me abrazó. Salvia y cítricos.

"¿Cómo lo supiste?"

"Hago pesas con Simpson en la primera hora. Habla mucho ya que él no puede hacerlas. Tampoco está bien, si eso te hace sentir mejor. Me preguntó si tenía un hechizo para que los labios de Bobby se sellen permanentemente". En realidad me reí de eso. Hasta que no lo hice. Había mucha rabia residual allí para probar algo de magia que no fuera blanca.

"No lo hagas. No eres así, y no eres como él". A veces me molestaba que pudiera leerme tan bien.

"Tal vez sí. Siento que lo soy."

"Sé que no lo eres". Traté de creerle.

"Entonces, Hyllar me dejó salir sin siquiera una detención, pero supongo que estar en el pasillo mientras nos abrazamos es llevarlo al límite de su paciencia.

"Sí, se supone que voy a ir a la enfermería. Te veré más tarde. A menos que me encuentre con Bobby primero y me suspendan".

"A Hyllar no le agradas tanto como yo. Contrólate, Hansen."

"¿Otra vez con el apellido?"

"Me pareció apropiado".

"Me excita un poco".

"Todo te excita". Sólo sonrió y se fue. Finalmente logré entrar en la biblioteca para los quince minutos restantes de la primera clase.

CINCUENTA Y CUATRO
JARED

Es cierto que la conversación que siguió después de atropellar el pie de Bobby esa mañana fue unilateral. Más que nada yo diciéndole que se fuera a la mierda y que cerrara su boca. No sabía si era una maldición o una bendición que estuviera atrapado en la estúpida silla, porque podría haber hecho algún daño. En realidad, sabía que lo habría hecho. Golpeé mi casillero tan fuerte después de que la multitud se dispersó que me abrí los nudillos y me dolió horriblemente. Tuve que ir con la enfermera por vendajes, y decidí pedirle prestadas sus muletas mientras estaba allí. No más silla. No más gente mirando hacia abajo para hablar conmigo.

Ese día recibí unas cuantas miradas críticas y cejas levantadas, algunas miradas de lástima también, pero también unas impresionadas poco sutiles. Así que, no todos eran fanáticos de Bobby Stecker. No pude evitar que mis manos temblaran cuando recordaba lo que esos imbéciles habían dicho en el pasillo. Y el rostro de Rowyn. Era más valiente que yo. No es que hubiera dejado que nadie dijera algo tan descarado sobre Rose; no lo había hecho, pero me había cansado demasiado como para contarle a alguien lo que realmente sentía cuando decían que todo había sucedido por una razón, o cualquier otro tema estúpido al que pudieran recurrir. Me dolía hasta los huesos cada vez, y aún así no había dicho algo para no ofender a nadie. Ya había superado esa mierda. Más vale que la gente se esté cómoda al sentirse ofendida por mí, porque no podía vivir más tragándome todo.

Busqué a los amigos que me quedaban cuando entré en la cafetería, y vi a Rowyn en la fila del almuerzo, con una expresión de desafío. Los dos chicos de delante de ella se olvidaron de repente de lo que estaban hablando cuando me acerqué por detrás.

"Hola".

"Oye... ¿no estabas en una silla de ruedas hace como tres horas?" Se giró para mirarme a la cara y casi parecía sorprendida de que tuviera que mirar hacia arriba.

"Sí. He estado haciendo fisioterapia, y me dijeron que podía deshacerme de la silla... De verdad odio estas cosas."

"Entonces, ¿por qué el cambio a mediodía?"

"Quería que algunas personas tuvieran que mirarme a los ojos en vez de hacia abajo cuando me hablaran, así que conseguí esto de la oficina de la enfermera". Lo que apareció en su rostro no era una emoción a la que yo estaba acostumbrado... parecía admiración. Casi pensé que podría abrazarme, y esperaba que no lo hiciera.

"Digo que el punto va para ti". Me encogí de hombros con alivio, y subimos juntos por la línea.

"¿Estás bien? Escuché que no te metiste en problemas... Iba a ir a la oficina de Hyllar si lo hacías. Fue completamente..."

"¿En serio? Quiero decir, sí, estoy bien. Todavía estoy enojada, pero ¿qué hay de nuevo en eso, verdad?" Me reí. Fue un lindo descanso momentáneo.

"¿Qué quieres decir con 'en serio'? ¿De ir a la oficina? Por supuesto."

"Eso es... eso es genial. Quiero decir, aparte de Rose y Reed, no creo que nadie hubiera hecho eso por mí. Así que gracias. Pero sí, no me metí en problemas. Hyllar es bastante decente, de hecho." Me quedé callado cuando nos acercamos al cajero. Pagué por su batido y traté de pensar en cómo decir lo que quería decir. Una vez que salimos de la fila de la cafetería, me di vuelta para enfrentarla. "Rowyn".

"Jared".

"Necesito que sepas que no pienso eso".

"¿No piensas qué?" Me miraba fijamente, y yo seguía intentando averiguar qué demonios intentaba decir.

"Como Bobby y Amy. Quiero decir, no quiero que pienses que todo el mundo se siente... así. Rose era la más... y... quiero decir, tú la conocías mejor que yo, sabes. Sólo que no creo eso. No, sé que ella no está... ahí. ¿Sabes?" No tenía ni idea de por qué no podía usar las palabras correctamente. Nunca superé el miedo a Rowyn, y no me ayudó en ese momento.

"Creo que sí. No crees que esté en el infierno". Finalmente estaba agradecido por su habilidad de decir lo que nadie más diría en casi cualquier circunstancia.

"Eso. Lo siento. Ni siquiera quería decirlo. Es... bueno, difícil". Esta fue una conversación mucho más pesada de lo que el entorno permitía. La gente iba pasando cuando iban a la mesa del almuerzo, con panecillos o pizza en la mano. Me hizo señas para que la siguiera al patio justo fuera de la cafetería. Me alegré; no podía pensar más allí.

"Gracias... por decir eso. A veces olvido que no soy la única a la que etiquetan, o ponen en una categoría o algo así. No eres como Bobby y Amy, pero no lo hubiera sabido si no fuera por Rose. Ella lo supo todo el tiempo, desde el día en que se encontró contigo en la tienda, creo. Siempre dijo que no eras así. Prejuicioso, quiero decir."

"¿Pero sabes qué?" No sabía por qué estaba a punto de decir lo que me vino a la cabeza. La vergüenza era una emoción poderosa, me había dado cuenta.

"¿Qué?"

"Creo que sí. Yo solía ser como ellos. Simple, blanco y negro, pero... ahora no. No volveré a ser así de nuevo." Cambié mi peso en las muletas, más que un poco incómodo al admitir eso.

"Las cosas se ponen un poco grises cuando llegas a conocer a la gente, supongo." Pensé en la primera noche que salí con ella, y en cómo empecé a pensar que era una especie de aspirante al teatro. Cambié de opinión a los diez segundos de haber sacado sus cartas del Tarot. Tal vez ambos habíamos aprendido algo de Rose, entonces.

"Sí. Definitivamente. Siento haberte emboscado. He estado pensando en ello toda la mañana, y no quería que pensaras... bueno, la echo de menos." Mi voz se sintió pesada, y ambos nos volvimos hacia las puertas dobles antes de que la conversación se convirtiera en algo totalmente distinto.

CINCUENTA Y CINCO
ROWYN

Cuando salí del edificio, finalmente libre, estaba tratando de olvidar esa mañana. Lo que Jared y yo discutimos, sumado a lo que dijo el Sr. Hyllar, me tocó una fibra sensible, de todos modos. No podía pelear con todos los que no estaban de acuerdo conmigo. No iba a cambiarlos.

Me dirigí al coche de Reed cuando me di cuenta de que había una pequeña criatura rubia delante de él. Me dejó sin aliento por unos pocos segundos, porque a primera vista, era Rose. Mi corazón se contrajo cuando acepté que no lo era, y otra vez cuando vi quién era... Amy. Aceleré el paso mientras me apretaba la chaqueta contra la el viento frígido. *Esta chica no tiene límites.* Su mano con manicura francesa estaba en el brazo de Reed, justo debajo de su hombro. Todos mis encantadores pensamientos de pacifismo se evaporaron en el éter. *Puede que me meta en una pelea. Una pelea del tipo de tirarse del cabello, quitarme mis siete arracadas, y ser expulsada de la escuela.* El torrente de locura del que había estado trabajando tan duro para librarme burbujeó de vuelta a la superficie.

"¿Necesitas algo?" Hablé despacio en caso de que no fuera tan lista.

"Necesitaba, pero ahora lo tengo", dijo en voz cansina, dejando sus dedos apoyados ligeramente en el brazo de mi novio. Él se puso de lado para romper cualquier contacto que ella tuviera con él. En vez de eso, dirigí mi mirada hacia él.

"¿Qué era lo que necesitaba?"

"Estaba hablando de la remembranza que quería planear..." Seguí esperando el remate. ¿Había sido poseído por un extraterrestre? ¿No amenazó con dañar físicamente al hermano de esta chica esa misma mañana por este asunto?

"Y tu dijiste..."

"Dije que realmente no era necesario porque ya habíamos hecho una."

"Estaba explicando lo que intentaba decirles esta mañana, que a muchos de nosotros nos gustaría tener la oportunidad de despedirnos también. Reed estuvo de acuerdo."

"¿Te *drogaste*?" Ni siquiera sabía con quién estaba hablando. Era como un universo paralelo en el que nadie entendía lo que era arriba o abajo o lo que era negro o blanco. Esta chica estaba *loca*.

"Row, vamos. Pueden hacer lo que quieran".

"Al diablo que pueden, Reed. Es completamente absurdo que llegue a hacer una ceremonia en la que ella y todos sus santurrones amigos puedan sentarse y fingir que extrañan a Rose cuando ni siquiera la *conocieron*. Todo lo que quieren es sentirse orgullosos de poder decir que rezaron por su alma o alguna mierda, y *no* va a suceder. Bajo ninguna circunstancia". Miré de Reed a Amy, y de Amy a Reed, y no pude en absoluto entender por qué no le decía a ella que se fuera. Era como si su cerebro se hubiera reiniciado. Quería chasquear mis dedos en su cara hasta que volviera a ser él mismo.

"No puedes *detenernos*, es como la primera enmienda de la Constitución".

"¿Hablas en serio? Estoy empezando a preocuparme seriamente por tu estado mental. ¿Te escuchas a ti misma? A nadie aquí le importa lo que tengas que decir. Déjalo ir."

"Bueno, él solía preocuparse mucho por lo que yo tenía que decir.

¿Verdad, Reed? Toda la *charla* que hicimos el año pasado. Lo echo de menos".

"Amy, sólo vete". La súplica en su voz y su incapacidad de mirarme a los ojos causó una ruptura en el tejido del universo. Toda la escena cambió en ese momento para mí. La mano de ella en su brazo, su negativa a callarla, la forma en que todos sus estúpidos amigos siempre lo miraban y se reían como si tuvieran doce años. Esperé un momento para que las piezas encajaran y la encontré todavía de pie allí. Parecía que iba a conseguir el espectáculo que quería.

"Te enrollaste con *ella*". Lo dije en voz baja al principio. Las palabras se sintieron mal al salir de mi boca. "¿Te has enrollado con ella? ¿Amy Sue? Como, esta no soy yo teniendo un derrame cerebral, ¿verdad? ¿Esto es la vida real?" Algo se rompió, casi tangible, y una risa surgió de mi vientre. "¿Cuándo?"

"Antes de que estuviéramos juntos, Row, lo juro. Nunca, sabes que nunca..."

"Oh, pensé que sabía muchas cosas que tú nunca harías. Como meter la lengua en un basurero, y aún así, aquí estamos." Más risas. *Así es como se siente un brote psicótico. Te van a poner en un hospital con paredes acolchadas.* Estaba histérica. "También estoy bastante segura de que siempre hemos estado juntos. Al menos de la forma en que esto aun así estaría mal." La sonrisa de Amy había desaparecido después de que la llamé basurero. La basura era realmente una metáfora, al menos la mayoría de la basura en un momento dado tenía un propósito. Traté de calmarme, pero no pude detenerme.

"Dios, estás loca. No es de extrañar que Rosalyn saliera con Jared. Todos pensamos que era raro, pero claramente ella sólo necesitaba estar cerca de alguien sin *problemas.*" Lo único que existía en el mundo en ese momento era mi odio por este pequeño monstruo rubio. Todo el aire salió de mis pulmones; la risa maníaca murió en mi garganta. Iba a matarla.

CINCUENTA Y SEIS
REED

Nunca me había movido tan rápido en mi vida. Ni en el ring de boxeo, ni huyendo de un tipo del doble de mi tamaño que me persigue a casa desde la escuela, nunca. Rowyn iba a matar a Amy. Agarré sus dos muñecas en mis manos y me preparé para que reaccionara. Y entonces lo hizo.

"Amy, VETE. *AHORA*". La voz que salió ni siquiera sonaba como la mía, y tal vez por eso se apresuró a irse a su Jeep. Si no me preocupara lo que le acababa de hacer a Rowyn, podría haber intentado matarla yo mismo.

"*Eso*. Eso de ahí es lo que es. Es la chica que usaría la muerte de Rose en mi contra. Como un juego. Y tú... elegiste... ¿qué *hiciste*, Reed? ¿Te acostaste con ella? ¿Es por eso que no..." Su voz se quebró en ese momento, y eso me sacudió. Yo hice esto. Lo arruiné todo.

"¡No! Rowyn, no. Por favor, escúchame, no lo hice. Te diré todo lo que quieras saber, pero no lo hice, te lo juro".

"No puedo saberlo, Reed. No puedo saber nada. La tocaste. La tocaste. Sabías el tipo de cosas que ella me había dicho, que me había hecho. Lo sabías, y lo hiciste de todas formas".

Las lágrimas empezaron a caer de mis ojos primero. Todavía me agarraba a sus muñecas e intenté llevarla de espaldas hacia mi coche. Necesitaba que estuviéramos en algún lugar solos. Ella se estaba alterando. Y fue mi culpa.

"Suéltame".

"Rowyn".

"Dije, suéltame. No me *toques*." Nunca había sentido más furia en ninguna parte que en ese momento viniendo de ella. Me sacudió lo suficiente como para que me arrancara las manos, e intenté atraparla una vez más. Toda la situación estaba mal. Me encontré temblando al darme cuenta de que no podía hacer que se quedara. No quería obligarla a hacer nada.

"No puedo dejarte ir. Necesito explicarme, por favor. Tú y yo no estábamos juntos, Rowyn. Pensé que nunca estaríamos juntos, y me estaba matando. No era más que una distracción. Lo siento mucho. Siento mucho que esto te haya herido". Me habría puesto de rodillas y rogado si hubiera creído que eso hubiera cambiado las cosas. No tenía calma en mi interior para tratar de calmar las olas de ira que se desprendían de ella. Algo se le ocurrió en ese momento. Vi cómo su expresión cambiaba de defensa a ataque.

"Supongo que podemos estar en paz, entonces". No me miraba cuando hablaba, y yo tenía cuidado con su repentino cambio de tono.

"¿Qué quieres decir con en 'paz'?"

"El día que hiciste tu rutina de *no puedo hacer esto, Rowyn*... Fui a la casa de Rose.

"¿OK?"

"Hunter era el único que estaba en casa. Terminamos hablando, y así. Una cosa llevó a la otra. Nos besamos". Dijo la última parte lentamente. "¿Qué tanto quieres pelear por mí ahora, eh?" Sus ojos finalmente se encontraron con los míos, y fue como un ataque aéreo que dio en el blanco. "Hemos terminado, Reed. Ve a buscar a Amy."

Me encontré deslizándome por el costado de mi auto, descansando sobre el asfalto. Me agarré el cabello con las manos y respiré como si pudiera desconocer esa información si dejara entrar suficiente oxígeno. Como si me fuera a ir flotando.

LA TORRE

Debió haberse ido caminado hacia su casa después de entregar el KO. No podía estar absolutamente seguro porque las únicas cosas en mi campo de visión eran escenas de Hunter con sus manos sobre mi novia. Reproduje cada momento de nuestra relación desde entonces. Ella me había mentido a la cara el domingo. Dijo que todo estaba bien. *Nada* estaba bien. Nada estaba bien.

Rose había sido más profética que cualquiera de nosotros, me di cuenta cuando me derretí en la tierra. Una vez dijo que Rowyn me arrastraría al abismo. *Eso es lo que es esto. Esto es el abismo.*

CINCUENTA Y SIETE
ROWYN

No había nada más que dudas con cada paso gélido que di. Las nubes habían llegado rodando como un mal presagio, y me estaba congelando. Las palabras no dichas que brillaban tan claramente a través de los ojos de Reed cortaban cualquier forma de histeria que estuviera experimentando. Quería hacerle daño. Habría hecho cualquier cosa para lastimarlo, y me sentía bien de una manera enfermiza. Hasta que vi que tomó forma. *Puedes retractarte. Sólo dile la verdad.*

No había vuelta a casa en ese momento. No estaba preparada para ser una hermana y una hija todavía. No tenía ni idea de lo que necesitaba. Parte de mí quería moldearme a un sofá y conquistar una cubeta de helado. Otra parte quería llevarse todo lo que corría por mis venas y hacer algo dañino. Dañino. Mágico. En lugar de eso, caminé hasta el parque. Estar cerca de cualquier tipo de agua siempre ayudaba. Nunca antes había vivido este estado de caos, pero no creí que pudiera hacer daño.

Las fuentes habían sido apagadas por el invierno, pero la paz era probablemente mejor para mí de todos modos. Traté de respirar. Traté de calmar mi corazón. Pensé en abrirme a mis guías, incluso.

No creía que el dolor pudiera empeorar, así que, ¿qué sentido tenía seguir protegiéndome de todo? Todo estaba desarticulado.

Lo sentí antes de que hablara. Hunter tenía una especie de presencia. Era atractivo pero no del todo acogedor al mismo tiempo. Probablemente por eso no le pegaron tanto como a Reed cuando era niño. "Te vi pasar por la casa... estaba trabajando en mi moto. Me preguntaba si volverías por más." Su tono era ligero, incluso coqueto, y yo no estaba de humor.

"Perdona mi incapacidad para fingir que eres gracioso". Mi voz aún estaba llena de arrepentimiento, furia e incredulidad de que esta era mi vida. Le eché un vistazo. Estaba sudado y con una camiseta de manga larga de otra banda de la que nunca había oído hablar, un gorrito encima de su sucio cabello que le llegaba casi hasta la barbilla. No importaba, seguía siendo *él* sin importar lo que llevara puesto.

"Mierda, ¿estás llorando?" Ahora él sonaba arrepentido, aunque dudaba que fuera por ser insensible tanto como por desear que me quedara en su garaje. "Lo siento", murmuró, sentándose pesadamente en el banco junto a mí. "Fue tonto decirlo, pero es peor si eres... esto. Lo que sea. ¿Debería irme?"

"Quédate, vete. Haz lo que quieras. Y no te arrepientas."

"Bien".

"Además... no te sorprendas si Reed aparece aquí queriendo matarte." Pensé que sería razonable darle ese aviso.

"Joder. ¿En serio? ¿Le dijiste? Eso fue una estupidez. No tenías que decírselo".

"¿Qué? ¿Ahora le temes a Reed?"

"¿Temerle? No exactamente. Es tan intimidante como una mosca doméstica en un día normal, pero le he visto lanzar puñetazos en el ring, y es cuando no quiere matar al tipo". Estaba tranquilo por un rato. "Probablemente me lo merezco, sin embargo, ¿verdad? Por muchas razones."

"Me alegro de que te sientas así, amigo. Porque puede que haya exagerado".

"¿Qué demonios, Rowyn? ¿Qué estás tratando de hacer aquí?"

"Se enrolló con Amy Stecker".

"¿La hermana de Bobby?"

"La mismísima".

"Espera, ¿Reed te engañó? ¿A ti? Que jodida mentira. Nunca sucedió."

"No lo hizo. Fue antes de que estuviéramos juntos."

"Entonces... no lo entiendo. Me estoy perdiendo algo."

"¿Alguna vez tuviste un némesis?"

"No. No soy Batman".

"Callate".

"OK. Supongo que sí. Hubo un tipo que siempre trató de enfrentarse a mí mientras crecía".

"¿Y si el supuesto amor de tu vida estuviera metiéndose con él? Alguna vez. No sólo cuando estuvieron juntos, sabiendo que él hizo de tu vida un infierno."

"Bien. Lo entiendo. Fue una mala decisión".

"Es una forma de decirlo. De todos modos, habría dicho cualquier cosa, creo, pero esto resultó ser parcialmente cierto. Y sabía que funcionaría. Sabía que me dejaría marchar si decía que nos habíamos enrollado tu y yo".

"Odio ser el portador de noticias irónicas, pero sabes por qué Reed y yo no... o bueno, por qué no somos amigos, ¿verdad?"

"No... sólo asumí que eras demasiado guay para salir con alguien más joven que tú."

"No. En realidad no puedo creer que nunca te haya contado esta historia. Solíamos salir juntos. De niños. Especialmente cuando tú y Rose hacían algo de chicas. Era genial tener un amigo cuyos padres no me miraban como si fuera el anticristo. Así que éramos amigos, yo, él, Cole."

"Y luego..."

"Y entonces llegó ese día. En el que se rompió las costillas".

"Ese fue un mal día". Lo recordaba bien. Quería estrangular a los tipos que le habían hecho eso, aunque él trató de restarle importancia a todo el asunto.

"Yo estaba allí".

"¿Qué quieres decir con que estuviste allí?"

"No como si hubiera participado, caramba, no me mires así. Sólo... podría haber ayudado. Salía tarde de la escuela. Ya estaba en la escuela secundaria entonces, obviamente. Probablemente tuve detención".

"Ve al grano".

"Vi a esos tipos amontonándose con él. Quiero decir, no habían hecho nada todavía, pero él parecía... asustado. Y me di la vuelta y me fui en la otra dirección."

"¿Por qué harías eso?" Estaba completamente aturdida.

"Porque... Porque sólo quería socializar. Quería ser normal. Y defender a Reed significaba que sería..."

"Que a ti también te molestarían."

"Sí. Sé que me vio. Antes de que me fuera, quiero decir. Dejamos de ser amigos después de eso".

"Bueno, ¿puedes culparlo?"

"No. Si hubiera sabido lo mal que lo iban a arruinar, habría... no lo sé. Tal vez no lo habría hecho".

"No entiendo por qué todo esto es irónico, sin embargo..."

"Dijiste que estaba tonteando con tu némesis. Y si Reed tiene uno... probablemente sea yo."

"Desearía que no me hubieras contado esa historia".

"Lo siento".

"Aunque me siento menos mal por la posibilidad de que te golpee".

"El lado bueno".

Nos sentamos y miramos fijamente al lago durante un largo minuto.

"Puedes irte, ya lo sabes. Yo llegaré a casa eventualmente."

"Tal vez deberías subir a saludar a mi madre". Lo miré bizca. No podía recordar un día en que él y su madre se hubieran visto cara a cara durante más de una hora, pero toda su postura cambió cuando habló de ella ahora.

"No sé, Hunter... la última vez que hablé con tu madre, sonó como... bueno, no quiero herirla siendo un recordatorio o algo así".

"Si crees que ha olvidado que Rose está muerta, no lo ha hecho. No se lo recordarás. Pero creo que le gustaría verte. Voy a terminar de poner este tubo de escape en mi moto, pero puedo llevarte a casa después de eso... si no quieres caminar."

"Me vas a llevar a casa. En tu motocicleta."

"Ese es mi actual medio de transporte, sí."

"Bien, entonces. Claro. Hagamos que este sea el día más extraño de todos los tiempos".

"Te haré saber cuando esté listo."

"OK". Me senté en el banco unos minutos más, incapaz de concluir nada del día entero de una mierda tras otra. Decidí aceptar la sugerencia de ir a ver a Karen. La echaba de menos. Echaba de menos a Rose. Por eso seguí pasando por ahí de todos modos. Sólo la necesitaba.

Los pasos que una vez fueron familiares se sentían extraños. Nunca les había prestado atención antes; siempre estaba corriendo para ver a Rosie. Pero ahora me tomé mi tiempo, estudiando cada grieta del pavimento. Me detuve en la puerta principal, sin saber si debía llamar o tocar el timbre, nunca había hecho ninguna de las dos cosas. Elegí llamar... se sentía menos intrusivo. La puerta se abrió momentos después, y la cara de Karen parecía... aliviada cuando me vio. No me dijo que entrara o que saludara, sólo salió y me abrazó. Un abrazo de verdad, en el que no estaba segura de cuándo me iba a soltar, y después de dos respiraciones de estar envuelto en tanto amor y pena y añoranza y ausencia, me rompí. Puede que también la haya roto a ella, porque todo el dolor que había estado guardando salió. Los sollozos no fueron silenciosos o subestimados. El dolor que se había instalado permanentemente en mi pecho salió con la fuerza de un martillo neumático. Me aferré a la madre de Rose como si fuera capaz de salvarme, pero era posible que esperara que yo pudiera hacer lo mismo por ella. Se sentía frágil bajo mis brazos, su delgada estructura cubierta con un viejo suéter gris. Nos quedamos de pie, y lloramos, y nos mantuvimos frente a esa puerta amarillo brillante de su porche hasta que las respiraciones empezaron a sentirse más en casa en mis pulmones de lo que lo habían hecho en un tiempo.

"¿Puedo hacerte un té?" Los ojos de la Sra. Stone se veían tan hinchados como los míos. Sólo asentí con la cabeza y la seguí dentro. Su casa olía casi igual, aunque le faltaba el aroma de panes recién horneados. Me senté en una silla de cocina acolchada mientras ella ponía la tetera en la estufa. "¿Quieres hablar de ello?"

"¿Hablar de qué?"

"¿Qué es lo que te pasa?"

"No lo sé".

"OK".

"Sólo... Reed. Y Amy y Bobby Stecker". Su cara se arrugó al mencionar sus nombres.

"Sólo puedo imaginarlo". No iba a decirle lo que dijeron. No era necesario. Era muy probable que ella ya lo supiera; no era como si la gente de este pueblo de repente ganara tolerancia al envejecer. "¿Puedo darte una idea de algo que he aprendido?"

"Claro. Tomaré toda la información que pueda obtener."

"Cosas como esta... tragedias, supongo que podrías llamarlas. Hacen que la gente... bueno, les obligan a enfrentarse a cosas con las que no se sienten cómodos. Y eso provoca algunas reacciones interesantes. Algunas de ellas dolorosas, otras sorprendentes".

"¿Cómo?"

"Bueno... a veces es más fácil para la gente ver las cosas en blanco y negro. Y eso puede ser duro, especialmente para la gente como nosotros que tiende a vivir dentro de las áreas grises. Pero algunas personas, bueno, abren sus corazones en vez de apagarlos. Y significa que sienten más dolor, comparten la pérdida, pero es... no sé cómo explicarlo". Al principio pensé lo extraño que era que esta misma idea surgiera de nuevo después de mi conversación con Jared, pero luego me di cuenta de que no era extraño en absoluto. Tal vez tenía perfecto sentido.

"Como si quisieran llevar algo de tu dolor con ellos", añadí. Vertió el té en tazas rosas y amarillas que fue el juego favorito de Rose.

"Sí, exactamente. Como si algunas de las señoras de la iglesia vinieran y trajeran comida y se sentaran conmigo para hablar de Rose... cosas que recordaban de diferentes festivales o de su canto en los programas escolares. No tenía nada que ver con la religión o la política ni nada, eran personas siendo buenas personas, No quiero que pienses que todo el mundo es un Stecker. Hay gente buena en todos los ámbitos de la vida, que quiere hacer un mundo mejor para los que les rodean." Pensé en Jared otra vez. Había aceptado a Rose desde el principio, e incluso a mí a pesar de mis esfuerzos. Yo como que amaba a Todd en ese momento.

"Sí. Tal vez tengas razón. Eso ayuda, en realidad." Bebí mi té, jengibre y miel, y traté de atar esa verdad a mi mente. El mundo era mucho más grande que esta ciudad y Constitution High. No quería dejar que Bobby y Amy ganaran, para arruinar todo mi mundo. Mi revelación momentánea se detuvo, sin embargo, cuando pensé en cómo fuera de todo este gran mundo, Reed había decidido de alguna manera que ella era lo que quería. Me dio náuseas pensar en ello. La forma en que lo había mirado en el estacionamiento, como si lo conociera. No podía ser.

"Reed te ama, ¿sabes?"

"Ya no sé si creo en eso. O si lo sigo amando." Esas palabras trajeron lágrimas frescas porque sabía que eran una mentira. No quería amarlo. Pero él era lo que quedaba de mi mundo, lo que quedaba de lo que yo era antes de todo esto, y lo hice. Iba a ser un infierno especial tratando de averiguar qué hacer con eso. Terminamos nuestro té en silencio hasta que Hunter entró, sudoroso y aún así, de alguna manera, guapo. *¿Por qué tiene que abrir la boca?*

"Vamos, Black".

"Hunter, toma el auto, por favor. Rowyn no necesita estar en la motcicleta."

"Tengo un casco para ella, madre. Tiene diecisiete años, no seis".

"Hunter, no puedo discutir contigo ahora mismo."

"¿No? ¡Genial! Vamos, Rowyn".

"Está bien, de verdad, Sra. Stone. Está justo al final del camino. Gracias por el té". Traté de transmitir una sensación de disculpa antes de perseguir a Hunter, que ya estaba en la puerta principal.

"Ella está triste, ¿sabes? No se trata realmente de que esté enfadada contigo".

"No psicoanalicemos mi relación con mi madre ahora mismo."

"OK". Tomé el brillante casco negro y me subí detrás de él. La moto rugió a la vida debajo de nosotros, e instintivamente apreté mis brazos fuertemente alrededor de su cintura.

"Sólo mira tus manos... sé que soy difícil de resistir", gritó sobre el ruido del motor. Levanté una mano por un momento para golpearlo. Se rió y puso la moto en marcha. La sensación de moverse tan rápido sin la cobertura las puertas y techo era algo estimulante. Entendí por qué a la gente le gustaban los viajes en moto. Mi cabello revoloteó y se me puso en la cara como si estuviera probando la libertad por primera vez. Desafortunadamente, todos los sentimientos de libertad se detuvieron cuando pasamos el Jetta de Reed en la autopista a mitad de camino de mi casa. A su favor, no se dio la vuelta y nos persiguió, pero era completamente imposible que no viera mis olas delatoras saliendo de debajo de ese casco. *Mierda.* ¿Por qué me importaba? Deja que piense lo que quiera. Puede llamar a Amy y quejarse de ello esta noche. Siempre hubo la posibilidad de que cuanto más me dijera que no me importaba, más podría ser verdad.

Los neumáticos disminuyeron la velocidad cuando Hunter se metió al camino. Me quité el casco de la cabeza y se lo sostuve con inquietud.

"¿Hay alguna posibilidad de que Hansen no nos haya visto?"

"¿Quieres decir en el siguiente carril mientras nos pasaba en la otra dirección?"

"Sí".

"Claro, totalmente dentro del ámbito de lo posible". Hunter se rió de eso.

"Bueno. Si no me iba a pegar antes, probablemente lo haga ahora. ¿Crees que tenga más pegue con un ojo morado?"

"¿Realmente necesitas ayuda?"

"No. En realidad no." Los chicos guapos tatuados raramente lo hacían.

"Gracias por el paseo".

"Cuando quieras", respondió, guiñándome el ojo.

"Eres repugnante. Adiós Hunter".

"Adiós Rowyn". Eso fue un poco más serio, así que no lo golpeé antes de entrar. Mi aspecto en el espejo del pasillo era espantoso, pero lo único que realmente me importaba era *dormir*. Tal vez me dormiría y me despertaría con todo esto siendo un sueño muy vívido inducido por el estrés. Mi corazón se retorció porque sabía que no lo era, y que cuando me despertara, tendría que lidiar con otra cosa más que echaría de menos.

CINCUENTA Y OCHO
REED

No tenía un marco de referencia moral para saber qué hacer. Quería esperar fuera de la casa de los Stone a que Hunter llegara a casa, pero todo mi ser sabía que si se iba más tiempo del necesario para dejar a Rowyn a salvo en su puerta, iba a tener algún tipo de crisis nerviosa. Quería salir de mi piel y dejarla a un lado del camino. Necesitaba estar en otro lugar, en otro lugar, en otro lugar.

Me senté en mi coche encendido frente a mi casa, en reposo probablemente por más tiempo del que era bueno para el medio ambiente. La calefacción estaba apagada, el estéreo estaba apagado, y yo estaba tratando de apagar mi cerebro. Inspiré profundamente, pero todo lo que salió fue un rugido que me quemó la garganta al salir. Grité y mis manos intentaron arrancar el volante de su lugar de descanso. A continuación, un sollozo ahogado me siguió y agradecí que mis esfuerzos con el volante no hubieran tenido éxito; necesitaba un lugar donde poner mi frente. Con cada inhalación, traté de convencerme de que dejara de llorar. El pensamiento fue rechazado. Me senté y lloré y golpeé el techo de mi coche y me senté y lloré un poco más.

Finalmente, la decisión se redujo a entrar y tratar de dormir o ir a ver a Hunter. Rápidamente decidí que no habría más escondites en mi habitación. No iba a ser el tipo que pasivamente permitía que esto sucediera. Al menos toda la energía acumulada que tenía tendría adónde ir cuando lo golpeara. No había ningún "si", sólo "cuando". Dí la vuelta al coche y me dirigí de nuevo fuera de mi vecindario y hacia la casa de los Stone. El zumbido del motor me ayudó a estabilizar mi ritmo cardíaco, pero ninguna cantidad de concentración o de respiración profunda iba a impedirme querer pelear. O vomitar. La idea de sus manos sobre ella, en los lugares que sólo yo había tocado, era definitivamente digna de vomitar.

Me detuve frente a la casa cuando vi su motocicleta en el frente. Mis pies estaban en el suelo, y no me molesté en apagar el motor. No tenía la intención de estar allí mucho tiempo. Dudando por un momento, traté de decidir si debía golpear la puerta o tocar el timbre sin saber cómo se hacía para pelearse frente a la casa de alguien. La puerta se abrió antes de que tuviera que decidir.

"Hansen, escucha..." empezó inmediatamente después de cerrar la puerta. No escuché nada más. Todo lo que vi fue mi puño conectando con su mandíbula, y sentí las reverberaciones bailando en mi brazo. Golpeó la puerta principal, con fuerza, antes de deslizarse al suelo. Soltó algo entre una tos y un jadeo y se preparó para otro golpe.

"Joder, eso dolió". Casi sonaba divertido, y yo quería pegarle de nuevo. Pero ya había terminado. No importaba lo que me hubiera hecho ahora, o lo que dejara que esos imbéciles me hicieran cuando éramos jóvenes, yo no iba a ser ese tipo. En cambio, dejé que mi aliento saliera de mi pecho y me volví hacia mi coche cuando se abrió la puerta principal.

"¿Qué diablos pasó?" Brent gritó mientras miraba a Hunter en el suelo.

"Papá, vete. Estamos bien", gimió Hunter.

"No estamos bien. Pero hemos terminado. Lo siento", le agregué al Sr. Stone. No sabía qué clase de disculpa era apropiada para golpear a su hijo en su porche. Sabía que parecía un completo desastre, habiendo estado llorando durante una hora, y que tenía que irme. Inmediatamente. Brent miró de mí a Hunter, y Hunter a mí antes de suspirar de resignación y volver a entrar en la casa. Continué hacia mi auto, deseando sentirme mejor después de haberlo golpeado. Todo lo que realmente sentí fue más dolor del que ya había estado llevando, ahora que la niebla de la ira se había disipado.

"Hansen, espera. En serio." Hunter estaba de pie pero parecía dolido, y por eso me alegré.

"Deja de hablar. No hay nada que puedas decirme que importe, así que ve a fumar un porro, y yo volveré a fingir que no existes". Llegué al coche y me di cuenta de que ahora tendría que ir a casa.

"No nos enrollamos". Volví mi mirada a la suya y vi su moretón que se formaba rápidamente. No había forma de que dijera la verdad, porque ¿por qué habría esperado hasta ahora para decir algo en vez de antes de que le diera un puñetazo en la cara?

"Jódete". No tenía nada más que decir; no entendí su punto de vista. Desafortunadamente, sin embargo, él tenía mi atención, y yo realmente odiaba eso.

"Mira, no iba a decírtelo. Pensé en dejar que Rowyn se diera cuenta de que debía confesar por su cuenta, pero entonces apareces aquí con ese aspecto, y golpeas muy fuerte... no sé, creo que te debo una. Y por si sirve de algo, lamento haber sido un amigo de mierda sin valor para ti en ese entonces".

Esto era como estar en un universo alterno. Aunque no confiaba en él, ahora que me había calmado, podía ver que estaba siendo honesto. Los mentirosos tenían una energía muy específica para mí. Si no hubiera estado en medio de la explosión de mi corazón, habría sido capaz de ver a través de la mentira de Rowyn.

"¿Por qué?"

"¿Por qué qué? ¿Por qué mintió? Bueno, probablemente debería ser claro que la besé. Así que no te sientas mal por haberme pegado. Aunque preferiría que no lo hicieras de nuevo. Pero ella me detuvo y se fue. No hubo ninguna conexión. Soy un idiota, lo entiendo." Mi puño se tensó de nuevo involuntariamente.

"No me sentí mal por ello". Se rió de eso, pero hizo un gesto de dolor cuando se dio cuenta de que tenía que mover la cara para reírse.

"OK".

"Así que la besaste. Según tú, ella no hizo nada malo, así que ¿por qué mintió?"

"¿Por qué crees?"

"Realmente no tengo tiempo para esto".

"En su mundo, te metiste con su 'némesis'... esa es su palabra, le dije que era patético. Amy Stecker es como nuestra versión del diablo. Hizo que Rowyn se sintiera como una mierda toda su vida por ser quien es, y se suponía que tú eras la persona que la amaba de todas formas. Pero entonces elegiste a Amy. Su *némesis*. En caso de que no haya explicado esa parte antes".

"Ella te dijo todo eso". Era más una acusación que una pregunta.

"No. Bueno, algo de eso, sí. Las otras cosas las sé porque Rose solía llegar a casa súper enfadada porque esa chica era una perra con Row. Ella parloteaba mucho en la cocina." Empecé a perderme en su explicación. Estaba bajo el agua y me estaba ahogando por la culpa. Me senté en el capó de mi coche, y Hunter se atrevió a acercarse un poco más. Si antes pensaba que estaba perdido, no tenía una palabra para esto.

"¿Ella tiene razón?"

"¿Me estás preguntando?"

"Me estoy quedando sin amigos". Me di cuenta demasiado tarde de que era una grosería, incluso para hablar con él. Su hermana estaba muerta, y yo me quejaba de mi relación. La falta de relación ahora.

"Supongo que sí. Y no creo que exista realmente el tener razón, pero ¿qué sé yo? Estoy bastante seguro de que sólo gravito hacia las cosas si hay un claro mal estampado en ellas. Ambos mintieron. No estaban juntos. Es una especie de "no hay nada que hacer" para mí. Se detuvo incómodamente. "De nuevo, sin embargo, soy el tipo equivocado para responder."

"Tal vez. Tal vez no. Gracias por... bueno, la verdad, supongo. Pero no lamento haberte golpeado".

"No lo siento mucho que lo hayas hecho, tampoco. Se veía venir desde hace mucho tiempo."

"Nos vemos".

"Vemos". Odiaba a los tipos que decían *vemos*, como si fuera un inconveniente para añadir una sílaba más. Pero ese fue un final apropiado para todo el encuentro. Me subí a mi vehículo todavía en marcha y me dirigí a casa.

Cuando él contó esa historia, mi único instinto fue ir con Rowyn y pedirle perdón. Pero todo lo que había dicho... bueno, no me sorprendió. Puede que nunca haya pensado en la historia de Rowyn y Amy con tanta profundidad, pero sabía que la lastimaría si se enteraba de mi relación arruinada, si es que podía llamarla así. Lo hice de todas formas. Y en este momento, ella no sabía que yo sabía la verdad sobre ella y Hunter. Quería hacerme daño a mí también, y tuvo éxito. ¿Dónde estaba el amor en todo eso? ¿Dónde estaba su capacidad de preocuparse por mí cuando me engañó durante años, sentándose en mi regazo, tomándome la mano, besándome la mejilla... todos los gestos amistosos que sabía que me impedían encontrar a alguien más. Estaba tan enamorado de ella que nunca me enojé. Sin embargo, Rose lo hizo. Lo vio todo como lo que era, y tal vez, con todo lo demás, ya era demasiado tarde. Tal vez podríamos haber estado bien, o felices, y juntos, pero no sabía si tenía espacio en mi cerebro para más mierda y drama. Todo parecía tan intrascendente ahora que había visto a mi mejor amiga perder la vida.

De todas formas, esta noche no era la noche para hacer nada más que dormir.

CINCUENTA Y NUEVE
JARED

Me había reducido a sentarme y vigilar. Parecía que de vez en cuando, alguien se sentía lo suficientemente mal o valiente para invitarme a salir. Normalmente, decía que no. A veces, sin embargo, como hoy, la idea de volver a casa era más abrumadora que la de salir. De cualquier manera, tenía que fingir. También podría haberlo hecho donde había mucho ruido y se requería menos conversación. Estaba sentado en una silla de plástico duro mirando a mis amigos jugar a los bolos. No eran nada buenos en ello, pero eso no parecía molestar a nadie.

Había tenido una serie de días malos desde la mierda de Stecker. Parecía que todos pensaban lo mismo que él. Como si nadie en mi vida sintiera realmente que Rose se hubiera ido. Decían que sí, pero parecía que había una fecha de caducidad para el tiempo que se me permitía estar triste.

"Oye hombre, ¿quieres algo de la cafetería?" Jake, el tipo que me había invitado, me había mirado más de una vez, sin duda preguntándose por qué había accedido a venir si iba a sentarme solo y sin hablar con nadie. El ruido de los pinos y la mala música eran más propicios para el olvido que estar en la habitación de invitados de mi casa, supongo.

"Eh, claro. Sólo una Coca-Cola o lo que sea." Alcancé mi cartera para coger un par de dólares, pero me hizo señas para que me detuviera. Era el mismo tipo que, sin ninguna vergüenza, exigía que todo el mundo dividiera la cuenta en un restaurante hasta el último centavo. Había habido más de una ocasión en la que había pagado la cuenta de cinco o seis personas sólo para evitar su retención anal. Me sentiría mucho mejor acerca de la Coca-Cola gratis si no fuera generada por lástima. Ya me sentía bastante patético.

Coca-Cola en mano, me arrepentí de la decisión de venir. No podía irme sin hacer que alguien más se fuera, y todos parecían disfrutar de los bolos. Incluso le envié un mensaje a Reed para ver si se ofrecía a recogerme, pero no recibí respuesta. Tomé mi trago, hablé cuando se me pidió y esperé a que el juego terminara.

Me pregunto si esto será para siempre. Esperaba que no, pero al mismo tiempo, parecía que tal vez me lo merecía. Salir y pasarla bien podría haberme hecho sentir aún peor.

SESENTA
ROWYN

Mi mamá realmente me hizo caso cuando le sacudí la cabeza sobre la cena. No me iba a pasar esa noche; había ácido burbujeando en mi estómago. Ella me preguntó qué estaba mal, y no pude decírselo. Una vez que Hunter se fue, sólo tuve que lidiar conmigo misma, y no fue nada bonito. Podía sentir la presión que se acumulaba en mi pecho, y sólo necesitaba estar sola y no hacer que mi mamá se preocupara por mí más de lo que ya lo hacía. No quería verla a los ojos pero le permití que me preparara un sándwich de mantequilla de maní y jalea para llevar arriba. Tristen me ignoró en gran medida por su papa dulce.

"Gracias", ofrecí, tomando el sándwich.

"Rowyn".

"¿Qué, mamá? Por favor, ahora no."

"OK". Me volví para finalmente caminar a mi lugar seguro. "¿Debo dejarlo entrar? ¿Si viene?"

"No lo hará". Casi pierdo el control de mi voz en esa respuesta, pero sabía que era verdad. Reed no aparecería en mi puerta esa noche.

Dejé la luz de arriba apagada cuando llegué a mi habitación.

Quería apagar todo. Dos bocados del sándwich fueron suficientes. Mis entrañas no funcionaban bien. Mis pulmones se negaron a inflarse por completo. Traté de racionalizar el hecho de que estaba respirando aunque sentía que no podía respirar. Ni siquiera sabía qué era lo peor de todo el día. Estaba tan enfadada con tanta gente, pero debajo de eso había una capa de verdad mucho más aterradora. Estaba sola. Las dos personas con las que había pasado toda mi vida se habían ido. Tres si contaba a mi padre, lo cual no hice, pero él también se había ido. Mi madre estaba allí, siempre, y yo lo entendí. También entendí que tenía a Tristen, y que era una madre soltera, y que estaba lidiando con la muerte de Rose por derecho propio. Así que estaba yo.

Sabía que estaba a punto de entrar en un torbellino de autocompasión, y por más que tratara de luchar contra ello y de aprovechar mi poder interior femenino, no me quedaba nada. Y me *dolió* mucho que eligiera a Amy. Una vez que me dejé llevar por la madriguera del conejo de imaginarlos juntos, me desmoroné. Las lágrimas corrían por mis mejillas, y respirar normalmente se convirtió en una broma. Presioné mi cara contra mi suave almohada púrpura.

Sabía que había salido o se había metido con chicas. Supuse que nunca pensé mucho en quiénes eran, porque cuando lo llamaba, él estaba conmigo. Nunca tuve que competir en serio. Pero toda mi vida había sido una competencia con Amy, y parecía que siempre perdía. Ella era la que se parecía a Barbie y lucía perfecta en las fotos de la escuela y le pedían que fuera la ayudante del maestro. Bobby no fue un problema para mí hasta más tarde, ya que era un año mayor; no lo veía mucho. Pero ella... ella fue la razón de mi debacle de alisar el cabello en el séptimo grado después de que me dijo que mi grueso cabello rizado se parecía a una mala peluca de Diana Ross, y todos en matemáticas se rieron. Me llamaron "Suprema" durante semanas. La versión alisada químicamente de mi cabello me hacía parecer una rata regada con manguera, y lo llevé en un moño durante casi dos años.

También fue la razón por la que le rogué a mi madre por las

entradas para Justin Bieber al año siguiente, aunque sabía que no podíamos pagarlas. Aunque en realidad no me gustaba. Sabía que ella iba a ir y que todos la adularían como si hubiera actuado en el show. Mi madre y yo nos sentamos en la primera fila, y me sentí culpable todo el tiempo. Al día siguiente, a nadie le importaba que yo también hubiera ido al concierto. Nunca hizo ninguna diferencia. Yo era yo, y no era como ella, o como ellos.

La odiaba. La *odiaba*. Me dolía físicamente el pecho por tratar de respirar profundamente contra el rechazo de mis pulmones.

Aunque nada de eso era el punto. Era que ella era todo lo que yo no era, y él la quería. No había manera posible de que pudiera sentir algo por ella y amarme al mismo tiempo. O incluso en la misma vida. *Nunca te quiso*. Ese fue el único pensamiento que rondaba mi mente, aunque las imágenes cambiaban de un lado a otro entre Reed y mi padre. *¿Cómo de jodida estás?* Ahora era una de esas chicas con problemas paternales. Probablemente me convertiría en una stripper. No ayudaba que no tuviera coordinación. Ni siquiera sería una buena stripper.

Me permití sentir todo eso. Me abrazaba las rodillas a la barbilla y quería que el estómago dejara de revolverse, y dejaba que todo el dolor, la vergüenza, la ira, la pérdida y el dolor se sentaran en la habitación conmigo hasta que mi cerebro no pudo soportarlo más.

Había un par de manos muy molestas que me sacudían.

"Vas a llegar tarde a la escuela si no te levantas. Pensé que ya te habías ido; estaba tan tranquilo aquí arriba." Mi visión se centró, y me di cuenta de que el mundo era todavía un lugar real en el que vivía. Todos los detalles insoportables volvieron también. Sentí como si el episodio que estaba viviendo la noche anterior continuara justo donde lo dejé. "Te hice pan tostado".

La mención de la comida me puso al límite. Mi estómago estaba hecho un nudo, y no podía pensar en tragar mi propia saliva, y mucho menos productos alimenticios. "Mamá. Llama a la escuela. Por favor, no puedo ir hoy." *Tal vez nunca*, añadí en silencio.

"¿Vas a decirme qué está pasando? Porque me costó luchar contra cada instinto maternal que tuve para dejarte dormir anoche. Necesito saber qué pasó".

"Todavía no". Sobre todo porque no había descubierto qué parte de la historia contarle. Me miraría fijamente si admitiera la mentira, especialmente si le dijera que era sobre Hunter. Ella lo toleraba bien, pero no era miembro de su club de fans.

"Entonces no".

"¿No?"

"No, no voy a llamar. Ya has faltado mucho a la escuela, y a menos que quieras aclararme por qué necesitas faltar otro día, vas a ir". Luché contra otra oleada de náuseas, pero sabía que no sería la última. Salí de la cama, bajé las escaleras y entré al baño antes de jadear sobre el tazón blanco. Maldije mi pelo por ser una molestia para contenerme, maldije mi mente y mi cuerpo por no poder soportar una ruptura, y maldije a Rose sobre todo por morir y dejarme en paz. Mi madre estaba detrás de mí, sujetándome el cabello mientras vaciaba el estómago. Me acosté en las frescas baldosas blancas después de enjuagarme la boca.

"Un poco dramático sólo para faltar a la escuela". Su voz era mucho más amable de lo que las palabras sugerían.

"Sí, bueno, tenía que ser convincente", gemí desde el suelo, mi garganta ahora con ese horrible ardor que sólo viene con el vómito. Todavía no podía respirar bien, pero estaba segura de que mi madre ya estaba suficientemente preocupada. No creí que fuera necesario mencionarlo.

"¿Necesitas algo?"

"Una nueva vida".

"¿Algo que pueda proporcionarte en este momento, hija?"

"Algo que no sea agua".

"OK". La oí salir arrastrando los pies por la puerta para ver cómo estaba Tristen antes de llegar a la cocina. Cuando regresó, era con jugo de manzana, y nada había lucido mejor en toda mi vida.

"Gracias".

"Bueno, no me agradezcas demasiado. Tú y yo vamos a tener una verdadera conversación antes de que termine el día. Duerme, o haz lo que necesites hacer. Entonces prepárate para ser un adulto. Más o menos. Un casi adulto". Mi respuesta fue ininteligible, pero me hice entender el punto. Dentro de mí estaba diciendo *oblígame*, lo cual no era muy adulto en absoluto. Casi me arrastré de vuelta a mi cama y bajo las sábanas, decidida a dormir y así eliminar todo lo que había sucedido en las últimas veinticuatro horas. No, todo el mes pasado.

En cambio, me desperté y mi cama vibraba. Como no tenía una cama de un motel del amor espeluznante, esto era preocupante. Se volvió más preocupante cuando me di cuenta de que yo era la que vibraba. Cada miembro de mi cuerpo temblaba como si estuviera durmiendo en el ártico. Mi cerebro pasó por una especie de lista de crisis que no sabía que tenía. No tenía dolor, todavía podía mover los brazos y las piernas, y no tenía frío aunque los dientes estuvieran castañeteando. Respiré lo más profundo que pude, y quise que mi cuerpo se quedara quieto. Me di cuenta de que podía disminuir el temblor, pero no podía hacer que desapareciera. *¿Qué me está pasando?*

Tragué aire mientras empezaba a enloquecer en serio. Sólo quería que todo se detuviera por un maldito minuto. Necesitaba un minuto de no saber que Rose se había ido para poder lidiar con toda esta otra mierda, pero no podía desconocerlo; no podía bloquearlo ni siquiera por un segundo.

Intenté salir de la cama, porque aunque no quería que mi madre se preocupara, tenía la sensación de que esto podría valer la pena. Necesitaba saber qué estaba pasando. Puse peso en mis piernas después de balancearlas al lado de la cama con dificultad, y no se sostuvieron. En cambio, me arrodillé y moví a gatas hacia las escaleras. *Esto está mal*. No quería morir. Sabía que había pensado en ello en diferentes momentos de mi vida... que morir podría ser más fácil. No quería morir. No quería dejar a mi madre y a Tristen, sólo quería estar bien, y no lo estaba. Nada estaba bien, y no sabía qué hacer porque no podía ni siquiera caminar. *Por favor no me dejes morir*, le rogué al universo. "¡Mamá!" Grité, sin saber si podría bajar las escaleras. "¡Mamá!"

Sus rápidos pasos implicaban que escuchaba el pánico en mi voz. "¿Qué pasa? ¿Qué pasa?" preguntó rápidamente cuando me vio en el suelo. "¿Tienes naúseas otra vez?"

"No lo sé", sollocé. "No puedo caminar. No puedo dejar de... temblar, o no sé qué es esto, pero no puedo detenerlo". Se hundió en el suelo y me rodeó con sus brazos para sentir lo que quería decir. Sentí que perdía cualquier tipo de control que tuviera y temblé en sus brazos y lloré.

"Rowyn, necesito que me escuches y seas honesta, ¿de acuerdo?" Estaba intensamente calmada, así que la escuché.

"Muy bien, ¿qué?" Traté de hablar sin llorar.

"¿Has tomado algo? ¿Drogas, medicinas, algo?"

"¡No!"

"¡Rowyn! Necesito que me digas la verdad porque es muy importante. ¿Has tomado algo, incluso antes de hoy o ayer?"

"Nunca. ¿Por qué no me crees?" Se detuvo y evaluó mi honestidad. Me di cuenta de que ella podía decir si estaba mintiendo tan fácilmente como con cualquier otra persona si era capaz de leer mi energía.

"Sí. Sólo necesitaba estar segura. Lo siento... sólo que las drogas pueden hacerte cosas... ¿te duele? ¿Puedes respirar?"

"No, dolor no, sólo temblor." Mis dientes seguían castañeteando mientras hablaba. "Puedo respirar bien ahora, pero ayer no pude. Sentí que no podía respirar profundamente". Mi mamá me abrazó más fuerte y me acunó de un lado a otro como si tuviera tres años, pero no me quejé.

"Bien. Esto es lo que vamos a hacer. Después de llamar a tu médico, voy a traer una de las píldoras contra la ansiedad que el médico te recetó en el hospital y una almohadilla térmica y algo de comida. Si no te sientes mejor en media hora, te llevaré a la sala de emergencias".

Mi ritmo cardíaco se disparó en esto. "Por favor, no me lleves a ese hospital. No puedo ir allí. No puedo ir allí. No puedo. Por favor, no me lleves allí."

"Shhhhhh, Rowyn, detente. Por favor, detente". Ahora también había lágrimas en sus ojos. "No creo que lo necesites. Creo que tienes un ataque de ansiedad y tu nivel de azúcar en la sangre es bajo porque no has comido y has estado vomitando. Arreglemos esas cosas".

"OK". Me tragué el siguiente sollozo que surgió y dejé que me ayudara a volver a mi cama.

"Volveré enseguida, sólo intenta despejar tu mente. Tienes que dejarte descansar". Asentí con la cabeza, pero traté de no decir nada más mientras envolvía mis brazos alrededor de mi estómago lo más fuerte posible para tratar de forzar mi cuerpo a la quietud. Pude escuchar su conversación en la oficina de mi médico, aunque no sabía de qué serviría... nunca iba allí. Ni siquiera sabía qué diría mi historial además de mi fecha de nacimiento.

"Aquí tienes", dijo en voz baja al volver a entrar en mi habitación. Sostenía una bandeja con huevos, pan tostado y una banana, junto con otra taza de jugo y una pequeña píldora blanca.

"Gracias". Me puse la píldora en la lengua y dejé que se me metiera en la garganta con la esperanza de que funcionara. La almohadilla térmica se sentía bien aunque no tuviera frío.

"¿Estás lo suficientemente bien para que yo lleve a Tristen a que lo cuiden? Si no, puedo preguntar..."

"Está bien. Puedes irte."

"Volveré en quince minutos."

Dejé que el silencio se instalara una vez que la camioneta salió de nuestra entrada. Pude sentir cuando la droga empezó a hacer efecto, y ya me sentía más fuerte después de comer la mitad de la bandeja de comida. Traté de aclarar mi mente. Pasé por mi secuencia meditativa usual, pero no podía salir de mis pensamientos. Posteriormente, me di cuenta de que no tenía ni idea de dónde estaba mi teléfono cuando pensé en escuchar una secuencia guiada, y ni siquiera me importó. De todos modos, no tenía a nadie con quien hablar. En cambio, me concentré en la respiración. Cuando mi mamá volvió a subir las escaleras, mis dientes habían dejado de castañetear y, además de sentirme dolorida, había recuperado el control de mis músculos.

"Te ves mejor". El alivio en su voz era palpable.

"¿Así que esto es lo que se siente el estar loco?"

"Tener ataques de ansiedad después del trauma que has pasado no es ni de lejos una locura, Row. No hay nada malo en ti".

"No me siento así en absoluto".

"Entonces dime cómo te sientes." La miré con recelo. "Por favor, Rowyn. Siento que te estoy fallando a cada paso y no sé qué hacer". Su fachada tranquila se desmoronó por eso, y se convirtió en una madre preocupada. "Me gustaría que Mary viniera a hacerte una sesión de Reiki, pero si quieres ir al médico de cabecera te llevaré, o a un consejero o psicólogo, y lo que sea necesario, lo haremos."

Que mi madre me sugiriera llevarme a mi médico de cabecera para alguna cosa era algo muy serio. Sabía que pensaba que eran vendedores de píldoras, y no quería tener nada que ver con eso. Asistía en partos de bebés como su principal fuente de ingresos, así que sabía más que unas cuantas cosas sobre cómo traer la vida al mundo y cómo funcionaba el cuerpo humano, y no solía estar de acuerdo con la mayoría de las teorías médicas occidentales. Fue entonces cuando supe que mis problemas la estaban lastimando. No podía soportarlo.

"Mamá, estoy bien", mentí. "Mary puede venir, eso estaría bien, pero... ayer pasaron demasiadas cosas y me sentí abrumada. Lo resolveré."

"Dime lo que pasó".

Me preparé para toda la historia emotiva. Decidí contarle todo lo que pasó, excepto lo que le dije a Reed. O que Hunter me había besado. No había ninguna conversación que quisiera tener con mi madre que contuviera el término "enganchar". Y entonces sonreía cansadamente y ella se sentía mejor y yo me sentía menos culpable.

SESENTA Y UNO
REED

No tenía ni idea de lo que pasó en la escuela ese día. No dormí. En su lugar, participé en un círculo vicioso de decidir que tenía razón en contenerme y resolver las cosas y saber que era el tonto más grande del mundo. Escribí tantos mensajes de texto que estaba seguro de que acabaría con artritis. Algunos pedían perdón, otros explicaban mi decisión de tomar un descanso de "nosotros", y otros declaraban que iba de camino a su casa. Finalmente, mi teléfono murió, y le di un descanso, sin haber decidido absolutamente nada.

Cuando salió el sol, experimenté algún extraño efecto secundario de insomnio o tuve una epifanía. Tenía que dejar de pensar en Rowyn como mi novia en esta situación. Cuando me enganché con Amy, Rowyn y yo seguíamos siendo esencialmente sólo amigos, y así es como tenía que hablar con ella. Dolería, pero se lo debía, sin importar lo que viniera después. Llevaba los mismos jeans y camiseta con los que me quedé dormido; me puse una sudadera limpia al salir de la casa. Entré a la escuela, cansado pero listo, sólo para descubrir que ella no estaba allí. No solo justo antes de la campana, pero en absoluto. Había cogido mi teléfono para enviarle un mensaje de texto para asegurarme de que estaba bien, y quería golpearme la cabeza contra la pared cuando recordé que estaba sin batería y no me había molestado en cargarlo. Iba a estar atrapado allí al menos hasta el almuerzo como si fuera 1990. Era imposible que la gente funcionara antes de los teléfonos inteligentes.

Esto me dio toda la mañana para contemplar por qué se había quedado en casa. Todo mi cuerpo se sentía estremecido, y no podía evitar rechinar los dientes. Lo obvio era que ella me odiaba y no podía ni siquiera soportar la idea de verme. Eso dolía. Nos habíamos peleado mucho a lo largo de los años porque era algo dramática, pero siempre me escuchaba y nos contentábamos. Ese conocimiento por sí solo alimentó el creciente nudo en mi pecho de que esto sería demasiado, que todo el curso de nuestra relación cambiaría... *otra vez*.

Mi cerebro también sirvió para otras ideas. Que algo le había sucedido. Estaba tan enojada cuando se fue. Y después del asunto con Bobby y Amy esa mañana... no lo sabía. No sabía si la habían presionado demasiado. No quería dar palabras a lo que imaginaba, pero estaba sintiéndome físicamente enfermo pensando en que algo le pasara. Jared trató de calmarme durante el primer período, algo acerca de que las mujeres son emocionales y necesitan tiempo para calmarse, pero no la conocía como yo la conocía. Había una capa tan pesada de complicación vertiginosa sobre todo este asunto que sabía que no se iba a resolver con un día para refrescarse.

Tan pronto como sonó la campana del almuerzo, estaba alterado y me dirigí a mi coche. Los alumnos que salían a almorzar no estaban estrictamente permitidos, pero la gente lo hacía de todas formas. Era un pueblo pequeño; realmente no había muchos lugares a los que ir. Minutos después, estaba de pie en el porche de la casa de los Black, meciéndome nerviosamente en los talones. No sabía si quería que me respondiera o no, puede que vomite en sus zapatos.

Su madre abrió la puerta en su lugar, y yo respiré un suspiro de alivio demasiado audible. "¿Está bien?" Pregunté inmediatamente. Judith salió y cerró la puerta. Eso fue siniestro.

"No lo sé, Reed. ¿Está bien?" Esto no fue acusatorio ni sarcástico.

No era realmente su estilo. Sólo estaba preocupada. Me senté en el banco frente a su casa y sentí el peso de la pregunta en mi pecho.

"No lo sé. No sé si yo estoy bien. Todo está tan jodido". Me miró durante un largo suspiro antes de sentarse.

"Creo que tal vez te he dejado cargar con demasiadas cosas cuando se trata de Rowyn". Se envolvió su suéter negro alrededor de sí misma y no me miraba a los ojos.

"¿Qué quieres decir?"

"Quiero decir... quiero decir que egoístamente me alegré tanto de que te tuviera mientras estábamos, o estamos, todos lidiando con la pérdida de Rose. Sabía que podía apoyarse en ti, y que te diría cosas que no me diría a mí, y eso la ayudaría. Sabía que cuidarías de ella, y eso no es justo porque tú también necesitas cuidarte. Y tal vez eso no está funcionando tan bien." Tragué saliva. No me gustó la dirección en la que se dirigía esto. Su tono era muy definitivo.

"Siento haberla herido". Tampoco pude mirarla. En cambio, dejé caer mi cabeza en mis manos y estudié las complejidades del suelo de su porche mientras intentaba no llorar.

"No, no. No entiendes lo que digo. O tal vez lo estoy diciendo mal. Quiero decir que no puedes hacerlo todo, y eso no es una falla, Reed. Te conozco desde que naciste... Te he visto crecer hasta convertirte en un joven cariñoso y protector, y sé que amas a Rowyn. Lo que sea que haya pasado con ustedes dos, sé que no es tan sencillo como Rowyn lo hizo parecer. No creo que tuvieras la intención de hacerle daño, al menos no de esta manera. Puedo ver que tú también estás herido, y eso descansa sobre sus hombros, aunque no me diga por qué".

Presioné mis labios para no derramar mis tripas. Judith Black tenía una vibración particular en ella, siempre la tuvo. Era acogedora como las olas, pero también temible como ellas. Querías contarle todo mientras temblaba al pensar en su juicio.

"Tú tampoco me lo vas a contar, ¿eh?"

"No creo que eso mejore las cosas". Suspiró por mi respuesta, pero asintió con la cabeza.

"¿Qué hago?" Realmente sólo necesitaba que alguien me lo dijera. Estaba tan cansado y no sabía cómo seguir adelante.

"Creo que todos estamos haciendo esa pregunta, chico, y probablemente no te guste mi respuesta."

"¿Puedes decírmelo de todas formas?"

"Ustedes dos son como... una persona que se ahoga tratando de salvar a otra. Y los dos se están tirando el uno al otro más abajo, aunque crean que están ayudando. Puedo verlo ahora; antes no podía. Creo que tienes que averiguar cómo mantener tu propia cabeza fuera del agua antes de que puedas hacer algo con ustedes dos."

"¿Crees que debería dejarla en paz?"

"Se siente como la respuesta correcta por ahora. No para siempre. Y no estoy diciendo que se ignoren mutuamente por completo... pero... sólo veo un período de enfoque interno. Tiene que suceder, Reed, para que puedas lidiar con la pérdida de Rose. ¿Entiendes?" Siempre hablaba en términos de lo que veía, como lo hacía Rowyn. Supuse que buscaba orientación de sus propios guías, y esperaba que tuvieran razón. Porque ella tenía razón en que yo odiaría ese consejo.

"Sí. Quiero decir, no realmente, porque estar solo suena como la peor cosa de todas, pero lo entiendo."

"¿No te parece bien en cierto modo? Esto es algo con lo que he estado tratando de llegar a un acuerdo. Todos queremos estar bien, queremos sentirnos como nosotros mismos otra vez, pero ¿no te parece mal? Perder a Rose... es inimaginable, y quizás todos necesitamos aceptar que el mundo se está derrumbando a nuestro alrededor por un tiempo, porque eso es lo que pasó. Ninguno de nosotros puede estar bien o ser nosotros mismos hasta que lo reconozcamos."

Siempre era tan intensa. Hablar con ella era lo que imaginaba que los antiguos griegos experimentaban cuando iban a visitar al Oráculo. Ella hablaba con tal convicción y autoridad que tuve que ajustar mi pensamiento bajo el peso de ella. "Tal vez tengas razón".

"Tal vez la tenga. Quizá estoy completamente equivocada y

debería dejarte subir a ver la tele y comer caramelos con Rowyn hasta que vuelvan a sonreír".

"Quiero decir, si eso es lo que quieres..." Conseguí media sonrisa con eso. Por lo menos ella se retrajo un poco de la energía intensa.

"Vuelve a la escuela. Dale un poco de tiempo. Creo que ustedes encontrarán un camino de regreso. De verdad lo creo."

"Gracias. Lo intentaré, en serio". Me dio una palmadita en el hombro como lo haría mi propia madre y volvió a entrar. No podía creer que acababa de aceptar alejarme de mi "novia-mejor-amiga-única-persona-que-todavía-me-conocía." Había perdido completamente la cabeza.

―――

Volví a la escuela justo cuando sonó la campana. Jared me pilló en el pasillo de camino al sexto período.

"Hola, ¿cómo están las cosas?"

"Honestamente no tengo ni idea. Quiero decir, no es bueno. No entre Rowyn y yo. No está bien".

"Oh. Lo siento, hombre, yo..."

"Mañana, vamos a pasar el rato con mi hermano, ¿sí?"

"OK pues, lo vamos evitar. Estoy a bordo, sí, hagámoslo".

"OK. Te veré más tarde, tío".

"Nos vemos", añadió con escepticismo mientras hacía clic con sus muletas en el pasillo. Me convencí a mí mismo de que esto era lo que necesitaba para mantener mi cabeza por encima del agua. Era hora de nadar.

SESENTA Y DOS
ROWYN

Estaba segura de que mi madre se pasaba todo el día al teléfono pidiendo favores a sus amistades. Al estar en nuestra comunidad, conocíamos a mucha gente con diferentes habilidades que podrían parecer poco comunes. Dormí de vez en cuando durante la tarde, pero antes de la cena me enteré de que Mary iba a venir. Eso sonó realmente bien. Siempre me sentí mejor después de una sesión, aunque normalmente era Reed quien trabajaba en mí. Tenía que librarme de la sensación en mi estómago al pensar en él.

Mary era un alma reconfortante. Su presencia irradiaba calidez, y era un sentimiento acogedor. Había puesto una camilla de masaje en nuestra sala, y mi madre había ido a recoger a T, así que la casa estaba tranquila. Mary no juzgó, pero me hizo saber que entendía que no me sentía conectada. Eso fue un eufemismo.

"No sé... no puedo..."

"No es importante que me lo digas. Vamos a poner en marcha un poco de energía, ¿de acuerdo?" Sólo asentí con la cabeza y cerré los ojos. Perdí la noción del tiempo mientras ella trabajaba, pero eso era normal. En ciertos momentos, sentí la sensación de que agua corría sobre mí sin estar mojada. En otros, no sentía nada, pero de cierta forma no necesitaba sentir nada. Necesitaba que mi cerebro descansara de sentir todo. El trabajo de energía era difícil de describir, pero fácil de creer una vez que lo habías sentido.

"Cuando estés lista, quiero que vuelvas a este espacio. Mueve tus manos y pies, y luego abre los ojos." Al volver a mi cuerpo desde donde había estado mi mente, me encontré con que era menos sólido y más líquido. Recordé lo que era respirar profundamente.

"Gracias", le dije una vez que mis ojos se abrieron.

"No me agradezcas, pero ven a verme antes de que las cosas se vuelvan tan abrumadoras, ¿sí?" Empezó a doblar la mesa, y me trasladé al sofá, no del todo lista para unirme al mundo del móvil.

"Sí. Lo haré."

"¿Hay algo más que pueda hacer por ti ahora mismo?" Sus ojos marrones se suavizaron con la pregunta, y supe que era sincera. Su aura era de un rojo terroso... estaba conectada a la tierra y llena de compasión. Lo sentí.

"No, me siento mejor. Gracias de nuevo por venir... lo siento si fue un inconveniente."

"Ayudar a las personas nunca es un inconveniente. Dile a tu madre que me despedí y que la llamaré más tarde."

"Vale, claro". Me levanté para acompañarla a nuestra puerta, y ella se despidió y salió. Aproveché el resto de los momentos de tranquilidad y me tumbé en el sofá para sentir realmente el estado de relajación que se había establecido sobre mí. Deseaba de verdad que durase, o que pudiese quedarme en este sofá el resto de mi vida.

Cuando mamá y Tristen entraron por la puerta principal, pensé en sentarme. En realidad no lo hice, pero lo consideré cuidadosamente.

"Ve a darle a tu hermana el abrazo más grande del mundo", mi mamá instruyó a mi hermano mono. Entró a rastras en la habitación y saltó con una fuerza que ningún niño pequeño debería poseer sobre mi pecho en una nube de risas y me abrazó con todo lo que tenía. Fue tal vez lo mejor que me había pasado en mucho tiempo. Lo sostuve hasta que exigió que lo soltaran. "¡Mamá te compra regalos!"

"¿Regalos?" Esto me hizo sentarme de verdad porque, bueno, me gustaban los regalos.

"No sé si los considerarás regalos, pero ven aquí de todas formas." Me arrastré hasta la mesa de la cocina y me dejé caer en una silla para encontrar un impresionante despliegue de todo tipo de elementos curativos naturales. Había cristales, aceites esenciales, paquetes frescos de salvia, té embolsado a mano, un recambio de mis medicamentos, lo que parecía ser una especie de diario, lasaña y un pastel de chocolate.

"Esto es... interesante".

"¡Quiero pastel!" Tristen gritó.

"Estoy segura de que quieres. Puedes comer un poco después de la cena".

"¿Qué vamos a hacer con todas estas cosas?"

"Tú y yo, Rowyn. Vamos a empezar a lidiar con todo".

¿"Como"?

"Como tu padre que se va, como perder a Rose, lo que sea que esté pasando entre tú y Reed. Vamos a atravesar por ello. Y va a ser horrible, pero lo haremos juntas." Su tono optimista no coincidía con las palabras que salían de su boca.

"Em, ¿de acuerdo?" La mención de mi padre le dio un serio golpe a mi relajación post-Reiki. Tenía una semana antes de que se suponía que volara a Los Ángeles para Acción de Gracias. Agradecida ni siquiera estaba en mi lista de las diez mejores emociones sobre eso.

"Te compré un diario. También me compré uno para mí, y vamos a escribir en él".

"Entiendo que ese es el punto general de un diario."

"Voy a ignorar tu comentario. He hablado con casi todos los que conocemos hoy en día que podrían darnos una idea de cómo devolver la positividad a nuestras vidas, así que aquí estamos." Señaló todo lo que había en la mesa.

"¿Quién sugirió el pastel? Quiero agradecerle a esa persona".

"Esa fue mi propia sugerencia, y de nada."

"Bien, bueno... ¿Podemos comer lasaña antes de empezar este viaje de transformación?"

"Sí", estuvo de acuerdo de manera decisiva.

Me sentí casi humana después de atiborrarme de carbohidratos, queso y azúcar, y me saqué de la cabeza todo pensamiento de volver a la escuela. El único que se quedó fue Reed. Había encontrado mi teléfono antes, y él no había llamado ni enviado un mensaje de texto. Me sentía extraña no saber si podía hablar con él o no. No sabía dónde se habían trazado los nuevos límites, o incluso dónde quería que estuvieran. Dí vuelta el dispositivo en mi mano al pensarlo.

"¿Quieres saber lo que pienso?" preguntó mi madre, poniendo platos en el fregadero.

"¿Vas a decírmelo de todas formas?"

"No lo sé".

"Adelante".

"Creo que si quieres una verdadera oportunidad de salvar algo con él, deberían tomarse un tiempo para respirar". Me encontré con sus ojos, no estando segura de cómo leer este consejo.

"¿Crees que debería ignorarlo?" No creí que supiera cómo hacerlo. Quería causarle daño corporal y angustia mental, pero eso implicaba estar cerca de él.

"No ignorar... sólo coexistir. Él está sufriendo tanto como tú, hija mía."

"¿Qué? Él es el que se fue y..."

"No estoy hablando de Amy. Estoy hablando de Rose." Eso me detuvo. Golpeé las puntas de mis dedos nerviosamente. Abrí la boca varias veces para responder, pero no pasó nada. "Necesita espacio para curarse sin preocuparse por herirte más. Vino hoy. Así que si piensas que simplemente desapareció, no lo hizo".

"¿Me lo dices ahora?"

"Aparentemente, sí."

"¿Por qué no me lo dijiste antes?"

"Porque necesitabas centrarte en ti". La miré con furia por ocultar información, pero no estaba del todo equivocada. Odié eso.

"¿Qué dijo?"

"Sólo quería ver si estabas bien. Le dije lo mismo que acabo de decirte a ti".

"Le dijiste que me ignorara".

"Yo lo sugerí".

"Wow".

"No estoy jugando, Rowyn. Los dos son casi adultos, hagan lo que quieran. Pero estoy tratando... estoy tratando de asegurarme de que no se derriben el uno al otro. Hay tanto dolor entre ustedes que es... no sé... es difícil ver el pasado".

"No quería verlo de todos modos", señalé tercamente. Tal vez ella me había facilitado las cosas. No podía estar cerca de él de todos modos después de lo que sabía de Amy. Había demasiada carga allí. Esto también me impidió dejar que cualquier forma de culpabilidad se apoderara de mí y me obligara a decir la verdad sobre Hunter. Aunque mi ira fue atenuada después de la sesión de Reiki, todavía la sentía al acecho, y sabía que no estaba lista para enfrentarlo.

"Entonces supongo que no hay problema con mi *sugerencia* ahora, ¿verdad?"

"No. Nada de nada".

Me ofrecí a acostar a Tristen mientras mi madre arreglaba la locura de todo lo que había en la mesa de la cocina. Tristen ni siquiera se resistió a cepillarse los dientes, y estaba muy cómodo. Había muy pocas cosas en la vida que los abrazos de los niños pequeños no pudieran al menos ayudar, y por eso estaba agradecida. Sólo tenía que pasar otra semana de escuela, y luego estaría en Los Ángeles para el Día de Acción de Gracias. Intenté desesperadamente en mi mente hacer de eso algo positivo, pero me quedé corta.

Sabía que mi mamá estaba haciendo un esfuerzo extremo para que "volviéramos a encaminarnos", pero en los momentos tranquilos después de que Tristen se durmió sobre mi hombro, no podía decidir si había un camino que seguir. Se me escaparon unas cuantas lágrimas y las dejé reposar en mis mejillas mientras escuchaba a mi hermano respirar uniformemente. Podría intentarlo. Eso era todo lo que tenía para ofrecer a cualquiera.

―――

Me levanté con mi alarma por primera vez en mi vida el viernes por la mañana. Mi madre y yo habíamos acordado que debía seguir tomando las píldoras contra la ansiedad hasta que me recuperara físicamente de mi... lo que sea. Episodio. Colapso. Lo que sea que haya sido. Y sí había dormido tranquilamente. *Sólo haz que pase el día de hoy, y eso será suficiente por ahora.* Me puse todas las joyas que pude. Me colgué las cosas buenas - brazaletes, pendientes colgantes, un anillo en casi todos los dedos, pero dejé la pieza gitana alrededor de mi cuello. Me puse la falda con cascabel y luché contra la ola de desaprobación que sentí cuando pensé en la última vez que me la puse. Hoy iba a ser difícil. Pero sólo eran seis horas, y podía sobrevivir seis horas. Sí podía.

Mi madre estaba levantada y haciendo un verdadero desayuno de panqueques paleo y huevos. Los panqueques no veían tan mal como sonaban.

"¿Y bien?" Esa fueron las únicas palabras que pronunció cuando me senté a la mesa.

"Pues, me siento bien. Hoy va a ser una mierda, pero me siento bien." "Bien" fue un comienzo un poco ambicioso, pero sabía que la haría sentir mejor. Estaba manteniendo mi trato con el universo para intentarlo.

"OK. Este fin de semana tengo grandes planes para nosotros".

"Mamá... no quiero grandes planes."

"Vamos, es sólo una cosa de yoga. Será bueno para nosotras."

"Oh. Vale, sí, el yoga suena bien.

"Cómete tus panqueques".

"Sí, madre". Le di el fantasma de mis viejas costumbres sarcásticas, y parecía apaciguada. Comí, Tristen comió, y evité pensar en la escuela por el mayor tiempo posible.

Mi aprehensión creció en algo mucho más fuerte a medida que me acercaba al campus, y deseaba haber tenido la precaución de traer algo conmigo que me calmara. *No tienes novio, no tienes amigos, estás reprobando el undécimo grado, y no hay nada aquí para ti.* Estos eran los pensamientos que nadaban en mi conciencia sin importar cuantas veces visualizara un arroyo balbuceante. Me traté de centrar lo mejor que pude antes de salir.

Mi corazón hizo una especie de combo de sacudidas cuando floté por el pasillo y vi a Reed parado en mi casillero. *Inhala, exhala.*

"Necesito abrir mi casillero". *Directa, eso es bueno.* Parecía sorprendido de verme, pero se movió para dejarme pasar.

"Row... No lo sé. Había planeado algo para decir, pero ahora suena..."

"Entonces sólo dilo. Necesito ir a clase y ver lo que me perdí ayer". Su expresión se hizo seria al darse cuenta de que todo lo que había pasado entre nosotros había sido real. Me sorprendió que estuviera allí hablándome después de mi falsa confesión sobre Hunter.

"Hablé con tu madre..."

"Sí. Lo sé. ¿Algo más?"

"¿Quieres... quieres un descanso? ¿De todo? Quiero decir, ¿de que seamos amigos?" Aparentemente había recibido el memorándum sobre ser directo, pero aún dolía en algún lugar profundo de mí el que lo dijera en voz alta.

"Sí. Un descanso debería darte suficiente tiempo para resolver las cosas con Amy. Te deseo la mejor de las suertes". Las lágrimas me picaron los ojos incluso cuando lo dije.

"No puedes decir eso en serio después de todo lo que me dijiste. Es tan injusto", siseó con una voz que apenas reconocí.

"Sí. He oído que la vida tampoco lo es. Te veré luego." Cerré la puerta con un ruido satisfactorio y me preparé mentalmente para un día de almuerzo en la biblioteca y paseos solitarios a clase. No sería divertido, pero sobreviviría.

SESENTA Y TRES
JARED

No voy a mentir, estar en la escuela seguía siendo una rara experiencia. Toda mi vida fue extraña, surrealista, cuando realmente pensaba en ello. Hace seis semanas, estaba en el cielo: preocupado por el fútbol y por lo que una chica en particular sentía por mí. La deseaba tanto... que nunca antes había perseguido a una chica. Había salido con muchas, algunas más seriamente que otras, pero nunca había planeado salidas con ninguna de ellas, o me quedaba despierto pensando en formas de hacerla reír. Nunca había pensado en vacaciones y viajes de esquí y en lo que ella querría para su cumpleaños en la primavera siguiente.

¿Y ahora? Ahora estaba siendo arrastrado por una corriente imposible que no me dejaba ir. La escuela, la fisioterapia, lidiar con la mirada constante de mi madre de algo que sólo podía describirse como culpabilidad y alivio y un deseo imparable de asegurarme de que estaba bien. Todavía luchaba con que rara vez me dejaran *en paz*. El viernes por la mañana había hojeado mi app de calendario para calcular cuántas semanas necesitaba para sobrevivir hasta las vacaciones de invierno, cuando vi un evento marcado en diciembre para el viaje de esquí de la escuela. Me golpeó como un martillo. Recordé haberlo visto en los anuncios la segunda semana de clases y decidí que convencería a Rose de que viniera conmigo para que al menos pudiéramos estar un poco solos. Pensar que ella tuviera frío y necesitaba calentarse me había puesto de nervios. Cada vez que la tocaba se sentía *importante*. Una parte de mí se preguntaba si de alguna manera sabía que esos momentos se acabarían.

Todavía no podía pensar en ningún detalle del accidente sin vomitar. Tenía que ser muy cuidadoso con el momento en que me dejaba viajar por ese camino mental. Mi madre quería que fuera, bueno, yo, y no podía serlo. Así que fingí lo mejor que pude durante el día, y normalmente me despertaba con un sudor frío alrededor de las tres de la mañana y echaba las tripas al retrete mientras todos los demás dormían. Mi hermano vino a verme las primeras veces, ya que el baño está al lado de su habitación, pero después de un tiempo dejó de venir. Esperé a sentirme remotamente mejor, pero en realidad sólo sentí frío y vacío. Estaba subiendo las escaleras de la escuela después de que mi mamá me dejara, llegando tarde como siempre porque todo se demoraba tanto cuando no podía usar una de mis piernas, y honestamente quería sólo sentarme y ver cuánto tiempo le tomaba a alguien importarle. Pero no lo hice. Seguí moviéndome hasta que llegué a la sala de pesas. Parecía que teníamos un día libre, ya que los chicos estaban repartidos por todo el lugar en lugar de escuchar al entrenador hablar sobre cualquier grupo muscular del que le apeteciera hablar ese día. Habían intentado convertirme en un estudiante ayudante para una clase de inglés, ya que no podía participar, y yo lo rechacé amablemente. El entrenador accedió a pasarme siempre y cuando me presentara y tomara notas de sus "conferencias". Miré alrededor para ver a Reed tratando de levantar más de lo normal, y nadie lo veía.

"Vaya, vaya, amigo". Cojeé hacia él y agarré la barra lo mejor que pude sin perder el equilibrio. Apretó los dientes en lugar de hacer un comentario, aunque asumí que era porque estaba haciendo demasiado esfuerzo para empujar la barra hasta un punto de descanso. Le ayudé, y se sentó con un resoplido.

"Estaba bien".

"Claro, sí, ¿quién no quiere un esternón aplastado o un pulmón perforado? Suena súper."

"Podría ser una mejora", dijo de una manera controlada.

"Mira, si no quieres salir esta noche, no es..."

"Diablos no, *necesito* salir de mi casa esta noche. No puedo soportarlo. Estoy bastante seguro de que mi cerebro ya no funciona correctamente allí. Sólo me siento y miro fijamente al techo".

"Lo entiendo. Bien. Tal vez intente no suicidarme antes de eso".

"Sí, sí". Al menos redujo los pesos exteriores. *Esta noche será interesante.* Técnicamente, se suponía que debía asistir a los partidos de fútbol y sentarme al margen. Sólo que no me importaba. Le dije al entrenador que al final del día, mi pierna debía estar elevada y ya no podía asistir a los juegos. Todo el mundo decía que "lo entendía", pero la única persona que sentía que estaba en el mismo canal que yo, aunque no en la misma TV, era Reed.

Los chicos de los que había sido amigo desde el preescolar todavía se ofrecían a recogerme para fiestas o juegos o incluso para ir a sentarse en los bolos, pero estaba claro que esperaban que dijera que no. En realidad no enseñaban un curso de "Cómo hablar con tu amigo cuando su novia muere". Ni siquiera los culpaba. Al menos con Reed, podía mencionar el nombre de Rosa sin que nadie pareciera querer huir.

―――

"Entra al coche, Cojo." Reed se había detenido junto al borde de la acera y bajó la ventanilla del lado del pasajero.

"Mira a quién insultas. No estaré en este yeso para siempre".

"Estoy aterrorizado. De verdad. Entra al coche." Subió el volumen de su estéreo para cortar todo lo que yo pudiera haber dicho. Me encogí de hombros y tiré mis muletas en el asiento trasero antes de maniobrar dentro del vehículo.

"¿Necesito cambiarme?" Hice un gesto con mi cremallera gris y mis jeans.

"Sí. Necesitas cambiar de ser el tipo de persona que hace esa pregunta. No vamos a ir a un baile, Cenicienta".

"Imbécil".

"Como sea, no, vamos a ir al apartamento de un amigo de mi hermano o algo así."

"¿Y le parece bien los dos niños menores de edad que van con él?"

"¿*Niños*? Eso me molesta, Jared. Y sí. Bueno, creo que. No parecía emocionado, pero no es como si tuviéramos doce años".

"Jóvenes adultos, entonces. Tu hermano es genial, ¿verdad?"

"¿Cole? Sí, es genial. Es mi hermano".

"Ya me percataba de eso."

"Esa contusión cerebral no te hizo nada, hermano. Todavía estás afilado como una cuchara".

Nos detuvimos en su casa, y lo que su madre estaba cocinando para la cena olía a mantequilla, y se me antojó. Su familia era algo... normal. A veces hay una idea de cómo va a ser algo... como, si alguien me hubiera preguntado cómo sería una cena con una familia de brujas, podría haber dicho extremadamente incómodo, pero eso no podría estar más lejos de la verdad. Además, aprendí que no todos los paganos son brujos. Y que hay diferentes tipos de brujas. Pregunté por la palabra *hechicero*, y ellos como que la ignoraron, así que asumí que era ofensivo o algo así. La descripción exacta de Reed era que era un "pagano de influencia oriental con prácticas artesanales menores". No tenía ni idea de lo que eso significaba, pero ya no me importaba. Reed y su padre hablaron de deportes durante la cena, y no hubo silencios incómodos ni nadie fue regañado por tener los codos sobre la mesa.

"Esta fue, como, la mejor cena que he tenido", comenté sinceramente cuando miré alrededor de las sobras de pollo, maíz, algún tipo de platillo de batata glaseada y pastel de chocolate. "¿Siempre comen así?"

"Eso es muy lindo. Reed, ¿por qué no tomas el ejemplo de tu amigo?", dijo su madre a la ligera.

"Mamá, eres la mejor productora de papas del mundo entero. El pollo estaba un poco seco". Le tiró un grano de maíz por encima de la vieja mesa de madera. "Bromeo, bromeo. La cena estuvo excelente. Y sí, comemos así la mayor parte del tiempo porque mi madre es una santa".

"Lo que sea que vayas a pedir, hazlo. No hay necesidad de exagerar, hijo." La Sra. Hansen le sonrió a Reed de todos modos, y me preguntaba si esto era un vistazo a su normalidad. Había mencionado que las cosas en su casa estaban tensas, pero comparado con mi casa esto era como un episodio de *Déjenselo a Beaver*.

"No quiero nada, madre". Reed le devolvió la sonrisa y ayudó a limpiar los platos de la mesa. Me sentí como un tonto sentado ahí con mi estúpida pierna. Cole irrumpió en la puerta del garaje en ese momento. Nunca lo había conocido formalmente, y había ido cuatro años por delante de nosotros en la escuela, así que no era como si corriéramos en los mismos círculos. Se veía exactamente como Reed, aunque... era algo interesante.

"Geniaaaal, hiciste esas cosas de patatas", exclamó mientras caía en una silla vacía. Levantó el sartén y comió directamente de él.

"Usa un plato, niño." La Sra. Hansen deslizó un plato limpio entre él y las patatas.

"¿Así que tenemos compañía y de repente somos civilizados?" Se volvió hacia mí y me tendió la mano. "No les creas, es todo una farsa. Soy Cole".

"Jared". Me dio la mano y volvió a comer papas.

"¿Están listos para ir? Tengo que meterme en la ducha, pero denme unos quince minutos".

"Sí, cuando sea", respondió Reed. Su madre no parecía ni un poco preocupada de que saliéramos. Era como estar en un mundo extraño. Le tomó a mi mamá una conversación de veinte minutos y una llamada telefónica real a la madre de Reed para asegurarse de que estaría en su casa antes de que me dijera que podía quedarme a dormir. De acuerdo, planeaba salir a beber, pero ella no lo sabía. Juré que a veces olvidaba que tenía diecisiete años.

Fiel a su palabra, Cole salió de la ducha y se vistió con jeans y una chaqueta negra quince minutos después. Honestamente era raro mirarlos uno al lado del otro. Aparte del hecho de que Cole era algo más ancho y tenía el cabello más corto, podrían haber sido gemelos.

"Lo sé, nos parecemos. No hables de ello, a Cole le molesta", dijo Reed después de que yo mirara de uno a otro.

"No, definitivamente soy más guapo", interrumpió Cole, agarrando sus llaves. "Vámonos".

Conducía un viejo Firebird, y era una especie de coche genial. Hizo que la imagen de mi camioneta se viera triste en mi mente. Entonces la eché de menos. Y luego fue como si me golpearan cuando pensé en como probablemente se veía ahora. Sabía que estaba destrozada, pero no había visto ninguna foto. Casi muero en esa camioneta, y Rose... tuve que sacudirme para salir de el recuerdo, e intenté concentrarme en el auto, o en cualquier otra cosa.

Nos detuvimos en un viejo complejo de apartamentos en el siguiente pueblo.

"Le dije a mi hermano que conduciría esta noche, sobre todo porque es un saco triste todo el tiempo, pero si pudieran *no* vomitar en mi coche, sería genial".

"Te aseguro que no voy a vomitar en tu coche."

"Tú tampoco", dirigió a Reed.

"Fue una vez, y nunca había tomado un *shot* antes."

"Sí, sí. Vámonos. Y no hagan el ridículo coqueteando con mis amigas. Se reirán de ustedes, y yo también". Llegó un momento de silencio incómodo. Mi novia estaba muerta, y la de Reed no le hablaba, así que ligar con otras chicas probablemente no estaba en la agenda. "Lo siento", murmuró Cole mientras buscábamos un ascensor para no tener que subir dos pisos con muletas. El apartamento era bastante estándar: alfombra marrón, encimeras peladas y viejos ventiladores de techo, pero la música era buena y las bebidas eran gratis, así que era el mejor apartamento de la historia.

Tenía una cerveza en la mano y encontré un lugar donde sentarme, mis muletas disminuyeron mi capacidad de relajarme y vi a Reed tomar tres tragos antes de tomar una cerveza y seguir mi camino. "Te estás moderando, ¿verdad?"

"Sí, no. Mi cerebro necesita un escape serio. Ya he terminado, tío".

"Bueno, salud, supongo", respondí, sosteniendo mi botella.

"¿Por qué coño brindamos?" Tuve que pensar en eso. No había mucho que celebrar.

"Yo estando fuera de mi casa".

"Bien. Brindaré por eso." Una hora más tarde, Reed había roto la regla de ligar con las amigas de Cole, pero a su hermano no parecía importarle. A su favor Reed, no se deshizo de su amigo discapacitado, incluso cuando una de las chicas le ofreció dejarle hacer un *shot* en su cuerpo. En vez de eso, terminamos jugando a Tekken en una PlayStation hasta que Reed estaba demasiado borracho para apretar los botones con precisión. Yo también tenía una ebriedad decente, y tuve que admitir que era agradable no sentirse como una completa mierda. Sabía que probablemente no me sentiría así por la mañana, pero por ahora, me dejé sonreír sin fingir.

"Bien, ahí, Sparky. Nos vamos a casa ahora. Recuerda la regla: no...".

"Vomitanenelcoshrecor. Recordaaar." Reed ya había pasado el punto de sonreír, estaba bastante seguro. Juró que no se iba a vomitar, pero yo pretendía dormir en el suelo. Lejos de cualquier tipo de alcance de proyectil.

"¿No le gustará a tu mamá, notar, que él es... esto?" Pregunté mientras bajábamos en el ascensor a la planta baja. Manejar las muletas mientras estaba ligeramente borracho era un nuevo tipo de riesgo. Realmente no podía soportar caerme.

"¿Notar? Claro. ¿Decir algo? No."

"¿En serio?"

"Reed es el chico de oro, el número uno, y está triste todo el tiempo. Así que mientras esté en casa a salvo... No. Él estará bien."

"Sigoaquii, tarado".

"Claro que sí, amigo". Cole le abrió la puerta y lo colocó en el asiento trasero.

"Sólostas enojado porque sel favorito".

"Sí. Súper enojado, hermano." Estaba dormido antes de que saliéramos del estacionamiento. Casi me apetecía silbar para llenar el silencio.

"Así que..." Cole comenzó.

"Así que... gracias por dejarnos salir. Ha sido un... bueno, un mal mes."

"En realidad me alegro de que hayan venido. Me divirtieron más las frases de Reed que cualquier otra cosa. ¿Crees... crees que está bien?"

Suspiré. Odié esa pregunta. "No lo sé. Quiero decir que creo que está tratando de estarlo. Con Rowyn fuera del contexto... simplemente no lo sé".

"Me patearía el culo por decir esto, y yo te patearé el tuyo si le dices que lo hice, pero probablemente sea lo mejor."

"¿Qué, él y Rowyn....?"

"Sí".

"¿Por qué? Parecen tan... obvios, como una pareja".

"Me gusta Row, es como una hermana, pero Reed pasó no sé cuántos años, como enamorado de ella, y ella lo sabía y no le importaba lo suficiente como para hacer algo. Lo dejó colgado por siempre, ¿y ahora se supone que él debe pagar por besarse con Amy cuando ella no le daba la hora? Creo que eso es muy... mezquino, considerando todo lo demás que ha pasado. Ella va a deshechar todo cuando acaban de perder, bueno, todos ustedes perdieron a Rose." No lo había pensado así. La cara de Cole sólo mostraba preocupación por su hermano, y su ira tenía una causa justificada.

"Tienes razón, creo".

"Sí, la tengo de vez en cuando." Dimos la vuelta en su calle, y me di cuenta de lo mucho que había necesitado esa noche. Necesitaba estar rodeado de gente que estuviera bien con que yo no estuviera bien. No necesariamente me hacía sentir mejor, pero no tenía la sensación de agotamiento que tengo al final de cada día que paso fingiendo normalidad y tratando de hacer que todos los demás se sientan cómodos. Tenía la sensación de que podría dormir toda la noche sin vomitar.

SESENTA Y CUATRO
REED

Mi cerebro estaba hecho de cuchillos y gelatina. Y martillos también, no podía olvidar los martillos. En el momento en que abrí los ojos y me di cuenta de que no tenía ni idea de cómo me había metido en la cama, supe que iba a ser un mal día. Mi boca sabía cómo el fondo de un basurero, o al menos eso me imaginaba.

"Gruff".

"¿Era eso una palabra?" preguntó una voz desde el suelo. Había olvidado que Jared estaba allí.

"Sólo mátame". Me di cuenta demasiado tarde de que eso podría haber sido una estupidez. Mi cerebro no seguía el ritmo de mis palabras.

"Eso no se puede".

"Entonces ven conmigo por un burrito de desayuno."

"Eso puedo aceptarlo. ¿Puedes conducir?"

"Sí, estoy totalmente en un estado de resaca. ¿Por qué me dejaste beber tanto? Se supone que eres mi amigo". Tuve un breve momento en el que pensé que tal vez no estaba hablando con nadie, y tal vez me había vuelto loco. Me di la vuelta hasta que pude ver la parte superior de la rodilla de Jared en el lado de mi cama. *Bien.*

¿"Dejarte"? Te das cuenta de que soy el único con el yeso, ¿verdad?"

"Estas excusas tienen que parar, Simpson. Se llama responsabilidad".

"OK. Vamos a por burritos".

"¿Crees que podemos conseguirlos sin que me mueva de esta cama?"

"Eso depende enteramente de la relación que tengas con los cocineros de Federico's." Suspiré. No iba a librar de moverme. Eché un vistazo a mi teléfono para ver si Rowyn había enviado un mensaje de texto. Recordé vagamente que Cole me quitó el teléfono en la fiesta bajo el código de los estatutos contra la marcación de borrachos. Probablemente fue lo mejor. No hay mensajes. Quería sacudirla y decirle que sabía que estaba mintiendo, bueno, mayormente mintiendo, sobre Hunter y sólo conseguir que ella dijera la verdad. No había perdido su caparazón de perra todo el tiempo que estuve parado frente a ella el día anterior. No había nada que pudiera hacer cuando ella estaba así, excepto alejarme. *Maldita sea, maldita sea, maldita sea.* Finalmente convencí a mi cuerpo para que fuera vertical, pero no estaba contento con eso. Podía resolver la mierda con Rowyn más tarde. Después de que mi cerebro se convirtiera de nuevo en un cerebro.

JARED PASÓ CASI TODO EL FIN DE SEMANA EN MI CASA. TENGO LA sensación de que se habría quedado para siempre si le hubiera extendido la invitación. Su mamá lo hizo ir a casa para poder ir a la iglesia, pero volvió el domingo por la tarde con camisa y corbata diciendo que teníamos que estudiar historia. Sin embargo, estaba agradecido por la compañía. No había pasado más de tres minutos sin que se me ocurriera un escenario sobre Rowyn. Era imposible para mí decidir si estaba enojado con ella o simplemente perdido por no tenerla cerca. Estaba exhausto. El viernes había sido una escapada, pero ahora volvía a repetir el sonido de su casillero golpeando mi cara. No podía imaginarme un mundo en el que no reconociéramos la existencia del otro.

Aparentemente, ese era el mundo en el que vivía, porque cuando llegó el lunes, encontré a Rowyn sentada al otro lado de la sala en todas nuestras clases compartidas y negándose a mirarme cuando la miraba fijamente de una forma nada espeluznante. No la vi en el almuerzo, y su auto ya no estaba en el estacionamiento cuando salí. Y entonces el lunes se convirtió en martes, y el martes en viernes, y de alguna manera había pasado una semana sin que yo le hablara, y mi corazón se sentía frío por todo el asunto.

Estaba enojado con ella. Por todo. Por desquitarse conmigo, por no querer escucharme, por mentirme, por querer herirme tanto, y por guardar ese rencor tan fuerte. Pero yo también la echaba de menos. Echaba de menos a la mujer que no era nada sarcástica o enfadada, la parte que sólo yo pude ver. Pero ahora que esa chica se ha ido, me he dado cuenta de que también estoy enfadado por eso. El viernes por la noche me sentía tan mal que convencí a Cole de que bebiera conmigo en el porche trasero mientras nuestros padres estaban en el cine. No fue tan fácil como la semana anterior. No podía fingir que bebía por otra razón que no fuera para aliviar el dolor de pecho cuando pensaba en perder a mis dos mejores amigas, aunque de maneras muy diferentes. Eso no cambió el hecho de que no estaban allí.

"¿Estás bien?" Cole me preguntó al tomar mi cuarta cerveza.

"¿Qué respuesta quieres?" Había empezado a agotar mis respuestas habituales a esa pregunta. Sonaba falso.

"La verdadera".

"No. No estoy en absoluto bien." Me tomé el resto de la bebida y me ofrecí a limpiar antes de que nuestros padres llegaran a casa.

"Lo siento. Por si sirve de algo."

"Gracias". Desafortunadamente, no servía mucho. La vida apestaba, tanto si mi hermano se disculpaba como si no. Iba a ser una semana muy larga de descanso de Acción de Gracias, y me preguntaba vagamente cuánto tiempo podría jugar la carta del hermano triste para que Cole me comprara alcohol. De ninguna manera iba a estar sobrio durante un día festivo en el que se suponía que tenía que agradecer.. No tenía nada para agradecer.

SESENTA Y CINCO
ROWYN

Me quedé en silencio de camino al aeropuerto. En realidad, me había encontrado en silencio mucho últimamente debido a que no hay nadie con quien hablar, excepto mi madre o un niño pequeño. Ni siquiera me quejé de escuchar las canciones infantiles en las que Tristen insistía.

"¿Recordaste el cargador de tu teléfono?" Mi madre ya me había hecho esta pregunta cuatro veces.

"Sí, mamá. Y mi cepillo de dientes y mis recetas y el quinto de vodka que tiré en mi maleta".

"Muy gracioso".

"Me lo imaginaba".

"No será tan malo como crees."

"Probablemente tengas razón. Será peor. ¿Qué se supone que debo hacer en Los Ángeles? Mírame. No estoy hecha ni para el sol ni para la arena."

"El océano es hermoso y calmante. Será bueno para un cambio".

"Claro". En realidad ni siquiera me concentraba en estar en Los Ángeles. Nunca había volado sola, y estaba preocupada por perder mi vuelo de conexión y quedarme atrapada en Denver sin un lugar

LA TORRE

donde quedarme. Mi mamá había hecho un hechizo de viaje seguro la noche anterior, aunque no me lo había dicho. Tenía la ventana abierta a pesar del frío, sólo necesitaba respirar aire puro, y la escuché en la cubierta trasera llamando a los elementos y pidiendo mi protección. Me preguntaba cuántas veces lo hacía sin que yo lo supiera, y mi corazón me recordaba por qué estaba haciendo este estúpido viaje de Acción de Gracias de todos modos. No le daría más dificultades.

Nos estacionamos, y ella y Tristen fueron conmigo a registrarse antes de acompañarme al control de seguridad. "Prométanme que irán a algún lugar para el Día de Acción de Gracias, ¿sí?" Sabía que algunas personas los habían invitado, pero en realidad no le había dado un sí a nadie. Siempre, siempre hacíamos vacaciones con los Stone, y normalmente la familia de Reed también si no iban a visitar a su abuela. La mirada en los ojos de mi madre mostraba que ella también echaba de menos a su amiga. Karen no había devuelto sus llamadas hasta donde yo sabía.

"Lo haremos. Encontraremos algo que hacer, ¿no es así, amigo?" preguntó, pellizcando a Tristen. "Llámame cuando llegues a Denver y a casa de tu padre".

"Lo haré. Te quiero. También te quiero, T." Nos abrazamos en una especie de sándwich familiar de los Black, y luego me sometí a quitarme los zapatos y poner mis pertenencias en el cinturón de seguridad. Encontré mi terminal y me compré un ridículo café con leche desnatada con más chupitos de caramelo que de expreso y me senté. Mirando alrededor, traté de evaluar a mis compañeros de vuelo. Había varias familias con niños, pero no podía envidiarles sus niños gritones. Cuando habíamos volado a Carolina del Sur para unas vacaciones familiares que resultaron ser las últimas, Tristen lloró durante todo el vuelo hasta que se desmayó. Pensar en ese viaje me entristeció. Mi mamá había tratado de hacer todo tan perfecto, y aunque hubo algunos puntos altos, mi papá trabajó la mayor parte de la semana desde el hotel. *Qué sorpresa*. Pero sí deseaba tener mejores recuerdos de antes de que se fuera.

Un tipo con un gorrito me llamó la atención mientras continuaba mi lectura. Parecía que pertenecía a Seattle y no a Illinois. A juzgar por su barba, probablemente tenía unos veinte años, y me sentí como una acosadora cuando me miró y me sonrió. *No me quejaría si su asiento estuviera al lado del mío,* lo admití yo misma y rápidamente volví a prestar atención a mi café con leche.

Como sucedió, esas probabilidades no estaban a mi favor, y terminé sentándome al lado de un caballero anciano en el vuelo a Denver. De todas formas, ¿qué le habrías dicho al lindo chico del gorrito? *"Hola, soy Rowyn. Soy una bruja y no tengo ningún amigo. ¿Te gustaría que nos besáramos durante el vuelo? Ugh."*

En vez de eso, me puse los auriculares y traté de desconectar al resto del mundo.

―――――

El segundo vuelo pasó como el primero, y aterricé en Los Ángeles sin problemas. Había estado dentro de mi cabeza todo el tiempo y no me había dado cuenta de que había pasado tanto tiempo. Ahora que el viaje estaba en marcha, sólo podía pensar en qué demonios le iba a decir a mi padre durante cinco días y medio. Llevé mi trasero hasta la recepción de equipaje y lo vi sonriendo muy alegremente.

"Hola, papá".

"Estoy tan contento de que estés aquí", dijo en serio, acercándome a un abrazo que no devolví. "¿Cómo estuvo tu vuelo?"

"Bien. Volamos, aterrizamos. Había pretzels". Agarramos mis maletas y nos dirigimos al transporte interno del aeropuerto para llegar al estacionamiento. Había demasiada gente, y el cielo estaba demasiado soleado para ser noviembre. Decidí que odiaba Los Ángeles antes de llegar a su coche Mercedes vintage. Él estaba aquí conduciendo un Benz, y mi madre conducía un Ford del siglo XIX. Totalmente justo.

"Creo que de verdad te va a gustar estar aquí. El condominio no está lejos de la playa, y hay mucho que hacer si quieres ir de compras o algo así. Creo que hay algunos chicos en mi complejo también. Al menos escucho su música todo el tiempo." Estaba vendiendo. Yo no estaba comprando.

"Sí... los adolescentes no son como los niños pequeños, no fijamos citas de juego y de repente tenemos nuevos amigos porque el otro ser humano tiene más o menos nuestra edad."

"Sólo estoy diciendo".

"OK". Encendió la radio, y al menos aún tenía buen gusto para la música. Me relajé un poco al escuchar una canción familiar de los Rolling Stones.

"¿Tienes hambre? Podríamos parar en algún sitio. Hay unas hamburguesas In-N-Out a las afueras del aeropuerto.

"¿Qué es un In-N-Out?"

"Vale, bueno, ahí es donde vamos." Minutos más tarde, nos detuvimos en un autoservicio y me ordenó algo llamado doble-doble *estilo animal*. No tenía ni idea de lo que significaba, pero también pidió una malteada de chocolate, así que pensé que no podía ser tan malo. Mamá nunca nos permitía la comida rápida, así que estaba un poco emocionada. Lo que entró por la ventana fue una hamburguesa con un olor delicioso envuelta en un papel marrón muy fino. También era la forma más desordenada de comida para llevar que había encontrado. Sin embargo, entendí su insistencia cuando la mordí. Así que, bien, el viaje no estaba empezando horriblemente. Hubiera estado bien si volvíamos allí para la cena de Acción de Gracias. Realmente esperaba no tener que cocinar nada. Él lo lamentaría.

Condujimos durante lo que debieron ser dieciocho horas en un silencio desconocido que se salpicó con él haciendo preguntas de las que ya debería saber las respuestas. Qué clases estaba tomando, si mi coche seguía funcionando bien, cómo le iba a Reed. Todo era una charla insustancial. Lo odiaba. Odiaba que este hombre, que se parecía al padre de mi feliz infancia, ya no fuera realmente él mismo. O si lo era, entonces tal vez yo era diferente. De cualquier manera, las cosas estaban mal. Deseaba más que nada que no me importara. Deseaba que no hubiera habido una pequeña parte de mí que pensara que cuando me bajara del avión, cogería un ritmo que solía venir tan fácilmente para nosotros, como si recordara cómo ser su hija. Dos años estando a distancia arruinarían eso, suponía.

Finalmente, nos detuvimos en un pequeño complejo de casas pintadas con un motivo blanco y azul. *Al menos no está viviendo en un penthouse.* Mi madre se jodió en su divorcio porque cuando se casaron, él no ganaba tanto dinero como ahora. Aunque hubiera sido bueno para él ofrecer más dinero cada mes, no era así como funcionaba el mundo. Su condominio estaba bien. Estaba limpio, si algo anticuado, y podía ver un poco del océano a lo lejos.

"Iba a hacer una lista de compras... no sabía qué querrías para la semana."

"Si hubiera algún tipo de tecnología que te permitiera preguntar."

"Rowyn. Esta semana entera no va a estar llena de tus comentarios sarcásticos. ¿Podemos al menos intentarlo?" Suspiré. No tenía ganas de pasar ocho o diez rondas con mi padre.

"Vale. Hagamos una lista". Me enteré de que iríamos a la casa de una de sus amistades para la cena de Acción de Gracias, y la idea de sentarme con un grupo de publicistas y diseñadores para mis vacaciones no era nada apetitosa. Empezaba a pensar que debería haber traído más cosas para hacer. Él se fue a la tienda y yo exploré "mi" habitación. De nuevo, simple. Paredes blancas, colcha blanca, sábanas azules. Claramente, había un tema. Llamé a mi madre para hacerle saber que estaba allí y a salvo, y enseguida me eché una siesta.

Esa noche, me desperté con el olor de unos tacos cocinándose. Mi padre hizo buenos tacos en el pasado, así que no fue un despertar desagradable. Nos sentamos durante una comida cordial, y otra vez en el desayuno, y después de ducharme y ver la televisión, tuve que salir de allí antes del incómodo almuerzo.

"¿Podría ir a la playa un rato?"

"Sí, por supuesto. ¿Quieres tomar mi auto o caminar?"

"Cualquiera de los dos. Caminar está bien si no es demasiado lejos."

"Alrededor de dos kilómetros". Era agradable salir, así que no me molestaba. Sólo asentí con la cabeza. "Bien, te recogeré cuando termines si no quieres volver caminando". Parecía feliz de que yo intentara experimentar el mundo exterior. Me dibujó un mapa y yo cogí una manta ligera, un libro y unos bocadillos antes de salir a la aventura. Tuve que admitir que había algo interesante en estar en un lugar completamente diferente que me hizo pensar un poco menos en toda la mierda de mi vida. Me sentí un poco culpable, pero sabía que me esperaría cuando volviera a casa. La playa era agradable. Un poco concurrida, pero no tanto ya que hacía más frío afuera. Encontré un lugar y de hecho logré terminar algunas de mis lecturas obligatorias para inglés antes de lo previsto. Fue un milagro del Día de Acción de Gracias.

Mi mamá no se había equivocado. Estar afuera y respirar el aire que salía del océano era tan purificador como sentarse en nuestro porche y respirar en los árboles. Tal vez aún más, ya que era algo diferente. La brisa jugaba con mi cabello y lo hacía más indomable, pero no me importaba. Me sentí apropiadamente insignificante cuando miré al océano. Pensé que mis problemas no podían ser tan malos como se sentían, porque yo era muy pequeña. En el gran esquema de todo.

Papá me recogió ese día, vimos películas y pedimos la cena. Eso se convirtió en nuestro programa temporal para los próximos días. Empezaba a pensar que este viaje no era tan mala idea después de todo. Hablaba con mi mamá todos los días, y pude sentir su estrés aliviándose cuando se dio cuenta de que no era miserable. Todavía quería volver a casa, pero en realidad se sentía más como unas vacaciones de lo que esperaba. Incluso encontramos puntos en común al hablar de películas y música. Mientras no intentáramos ir más allá de eso, pensé que ambos sobreviviríamos la semana.

Cuando llegó el Día de Acción de Gracias, me alegró saber que sólo teníamos que hacer puré de papas. Eso fue fácil.

"¿Desde cuándo puedes cocinar?", preguntó.

"No puedo. Tengo mucha agresividad reprimida, y creo que el puré de papas podría ser una forma muy barata de terapia". Estaba bromeando, pero la mirada que se le cruzó por la cara mostraba preocupación. "Estoy bien, papá. Sólo era una broma".

"¿Es así? Quiero decir, sé que no debo preguntar si estás bien, pero ¿no estás bien en el sentido de que estás bien?"

"¿Perdón?" Entendí lo que decía; sólo que no sentí que tuviera derecho a hacerme más preguntas.

"Hay una diferencia entre la pena y la depresión, eso es todo. Quiero saber que todavía... estás avanzando, supongo. Que no estás atascada".

"No estoy atascada". Eso fue una mentira. Estaba completamente atascada. Ni siquiera sabía si quería desatascarme. ¿Cómo podría cuando no había nada a lo que sostenerme?

"De acuerdo. ¿Y bien? Estas papas se ven deliciosas, ¿estás lista para irte?"

"Claro. ¿Está bien usar esto?" Tenía puestos unos jeans y un suéter negro algo nuevo.

"Sí, está bien. Lo que sea con lo que te sientas cómoda."

Su comportamiento cambió un poco cuando nos preparamos para salir. Nervioso, casi. Espero que no le preocupara que lo avergonzara delante de sus amigos. Me tiré del suéter pensando en ello. Lo que sea. Que se joda.

Sostuve las papas en mi regazo en el auto, ahora sintiéndome lista para ir a casa en la mañana. Mi padre tamborileó sus dedos en el volante. Nos detuvimos en otro condominio, no muy diferente al suyo, aunque el área circundante puede haber sido un poco más agradable. Llamamos a la puerta y se abrió para revelar a una rubia sonriente de unos treinta años con un delantal floreado sobre una blusa y falda de lápiz. *¿Quién cocina en una falda de lápiz?*

"¡Hola!", dijo entusiasmada. "Tú debes ser Rowyn, ¡he oído hablar mucho de ti!" Se hizo a un lado para dejarnos entrar en su casa. Estaba impecable. Eso fue lo único que noté. Sabía que había arte, pero no destacaba. Todo era neutral y obsesivamente limpio. Me hizo extrañar mi casa. No había nadie más allí, sin embargo, y pensé que era extraño.

"Sí, hola. Eres..." No tenía ni idea porque mi padre no había dicho ni una palabra sobre ella. Había asumido que íbamos a ir a la casa de uno de sus amigos del trabajo.

"Sheila. Glasser. Me alegro de que hayan podido venir". Ella se paró torpemente antes de inclinarse y besar a mi padre en la mejilla. Luego tomó el puré y nos llevó a la cocina. Me quedé atónita en medio de una cocina blanca con un pavo de porcelana blanca en la encimera. No había ni siquiera ollas y sartenes sucias en el fregadero, y esto era una cena de Acción de Gracias. Me puse de pie y pensé. Pensé que no había forma de que mi papá me llevara a casa de su *novia* sin decírmelo antes. *No* había manera de que ni siquiera él hiciera esto y me emboscara el día de Acción de Gracias. Tal vez la mujer era muy amigable. Era una posibilidad. No es muy probable, pero posible. *Él no haría esto. No lo haría.*

"Entonces, Rowyn, cuéntame sobre Elizabethtown. Suena realmente encantador por lo que me ha contado tu papá". Dijo cada palabra con una sonrisa cuando empezó a sacar platos calientes llenos de comida tradicional de Acción de Gracias.

"Em, no... lo siento, parece que sabes mucho sobre mí, y no estoy segura de por qué. ¿Qué está pasando aquí?" Estaba respondiendo a su pregunta, pero dirigiéndome completamente a mi padre, cuyos ojos estaban ahora muy abiertos y su aura latía.

"Escucha, Rowyn, Sheila es mi, bueno, es mi novia, y quería decírtelo antes, pero no creí que aceptaras venir, y quería que tuviéramos un buen día de Acción de Gracias. Sólo pensé que si la conocías..."

"¿No se lo has *dicho?*" Sheila preguntó acusadoramente, su cara formando sólo una arruga entre sus cejas. Al menos alguien más vio la injusticia de esto. No estaba todo en mi cabeza. Una risa agotada salió de mis pulmones. Lo miré, y cualquier parte de él que había sido mi papá oficialmente se había ido.

"Eres increíble".

"Rowyn, salgamos y discutamos esto. Siento no habértelo dicho".

"No quiero salir. No quiero hablar contigo. Lo que quiero es que me dejen salir de este maldito carrusel del infierno. Si te importara lo más mínimo lo que he pasado, no habrías hecho esto. No de esta manera."

"Lo siento". Lo dijo sin mucha emoción, y tuve la sensación de que sólo quería que dejara de hablar. Aunque yo estaba como en una especie de racha. Sheila era un ciervo enfrente de faros. *Bien*.

"Excepto que no lo sientes. No te arrepientes de dejarnos por un trabajo, no te arrepientes de perderte la vida entera de Tristen, no te arrepientes de que mamá no haya tenido una cita desde el día que te fuiste, no te arrepientes de conducir por aquí en tu estúpido y lujoso coche mientras cortamos cupones y no derrochamos en nada, no te arrepientes de que una de mis mejores amigas esté muerta, no te arrepientes de que el otro me odie, no te arrepientes de mentirme. No sientes nada de eso, porque si lo hicieras, NUNCA me habrías hecho esto. No eres mi padre, no sé quién coño eres. Consígueme un taxi, cogeré mis cosas e iré al aeropuerto. No me importa si tengo que dormir allí." En algún lugar en medio de mi discurso, las lágrimas en mi cara comenzaron a traicionar lo mucho que esto dolía. Mis manos temblaban y yo sólo quería estar en casa. No quería *ir* a casa. Quería abrir los ojos y estar en mi cálida casa y con mi verdadero padre.

"¿Has terminado?" Podía oír lo que sonaba a resignación en su voz.

"Completamente".

"No voy a llamar a un taxi. Te llevaré a casa si quieres, y te llevaré al aeropuerto por la mañana."

"Desafortunadamente, tengo mi propio teléfono, y llamaré al taxi yo misma. Feliz Día de Acción de Gracias". Me limpié las mejillas en mi suéter y me dejé salir por la puerta principal, donde lo que quedaba de mi corazón se desintegró. Me hundí en la acera de cemento y solté un sollozo que agradecidamente había aguantado durante mi actuación. No tenía ni idea de cómo llamar un taxi, ni de dónde estaba, ni de cuánto costaría. Sólo quería llamar a Reed, o mejor aún a Rose. Y odiaba cada parte del universo por quitármelos.

Para mi sorpresa, la puerta se abrió, y Sheila salió pisando fuertemente. Honestamente pensé que me iba a meter en una especie de confrontación con esta extraña rubia, pero la energía de su ira no estaba dirigida a mí. Sus ojos eran suaves. "Si quieres, te llevaré a buscar tus cosas y te llevaré al aeropuerto. Te ayudaré a cambiar tu vuelo".

Este inesperado rescate provocó una nueva ola de lágrimas, y todo lo que pude hacer fue asentir con la cabeza. Me ayudó a levantarme y me llevó a un sedán azul. Me hundí en el suave asiento gris y dejé que Sheila Glasser me ayudara. Esperó pacientemente a que recogiera mis pertenencias, y me contó hechos sin sentido sobre los nombres de los de las calles. Creo que... No pude recordar exactamente, pero fue muy amable de su parte llenar el silencio. Se ocupó de todo en el aeropuerto, y ni siquiera le pareció raro abrazarme cuando me acompañó al módulo seguridad. Había arreglado un vuelo en una aerolínea asociada, y sospeché que había pagado la tarifa de cambio de vuelo por mí.

"Gracias. Lo digo en serio." Esa fue probablemente la colección más coherente de palabras que le dije desde que salimos de su casa, pero ella sólo agitó su mano como si no fuera nada, y yo estaba en camino de regreso a casa.

Le envié a mi madre un mensaje con la nueva información del vuelo, y ella simplemente respondió con un "Vale". En este Día de Acción de Gracias en particular, agradecí que no se sintiera inclinada a llamarme para interrogarme sobre lo que pasó. Estaba especialmente agradecido por Sheila Glasser. Y yo estaba agradecida de volver a casa. Todo lo demás podría ser una mierda.

Por mucho que hablara de mi padre en los últimos dos años, siempre me había preguntado si encontraríamos el camino para volver a ser un nuevo tipo de familia. El día de hoy se rompió eso tal vez en un nunca. Y maldita sea, eso dolió.

SESENTA Y SEIS
REED

Fue la peor semana de mierda. No, no lo fue. Tuvo que haber sido todo el mes pasado. Esta fue la segunda peor semana. No tenía nada que hacer, y sólo podía estar en el gimnasio tanto tiempo antes de que se me cayeran los brazos. Normalmente hacíamos Acción de Gracias con las familias de Rowyn y Rose. Y comíamos hasta que queríamos vomitar y veíamos una Navidad de Charlie Brown por insistencia de Rose aunque no celebráramos la Navidad. Afirmaba que le gustaba la negativa de Charlie Brown sobre abandonar la costumbre de poner el árbol, y que era realmente un pagano y él no lo sabía. Fue una gran fiesta. Los tres solíamos convencer a los papás de que nos quedáramos a dormir, y la mamá de Rowyn nos hacía rollos de canela a la mañana siguiente.

No estaba particularmente orgulloso de ello, pero tomé una botella de vodka del escondite de mis padres, la vertí en una botella de agua vacía, y llené la suya de nuevo con agua. Obviamente, este plan retorcido tenía una fecha de caducidad cuando fueran a usar el vodka; no me importaba. Pasé todos los días sintiendo que estaba bien. Tan pronto como se ponía el sol, estaba ansioso. Quería hacer algo o simplemente hablar con mis amigos. En vez de eso, tomé un par de tragos y jugué videojuegos hasta que me dolió parpadear.

El Día de Acción de Gracias en sí fue tranquilo, siendo sólo nosotros cuatro. No fue malo, simplemente fue, bueno, nada. Por primera vez, quería volver a la escuela, aunque sólo fuera para darme algo para pasar el tiempo.

SESENTA Y SIETE
JARED

No podía esperar a salir del coche. Habíamos ido a visitar a mi abuela en Ohio para el día de Acción de Gracias, y era como estar en una pecera. Obviamente mi familia sabía lo que había sucedido en el accidente, y me sentí *observado* todo el tiempo. Parecía haber una división entre ellos: o no decían nada y me miraban con ojos tristes, o repartían temas genéricos que no hacían nada para que me sintiera mejor.

Mi favorito fue "Podría haber sido peor, gracias a Dios que estás vivo". Eso era de mi tío. Era tan incorrecta esa declaración que lo miré y encontré otro lugar donde sentarme. Había estado conduciendo el coche en el accidente que mató a mi novia. No había muchos aspectos positivos en esa situación para mí. No era que quisiera ser desagradecido por vivir, pero había decidido tan pronto como fui lo suficientemente coherente en el hospital para pensar, que hubiera preferido haber sido yo. Obviamente deseaba que nunca hubiera sucedido. Deseaba eso cada minuto de cada día, pero si tenía que suceder, si ese era mi destino, entonces deseaba que fuera yo y no ella. Incluso le había rezado a Dios por algún tipo de dispositivo de viaje en el tiempo para poder volver y cambiarlo todo.

LA TORRE

No estaba seguro de si alguien me escuchaba, pero había rezado por el corazón de mi madre a principios de ese año, y de repente Rowyn Black había estado frente a mí, leyendo las cartas del tarot y dándome la respuesta a una pregunta que no sabía que tenía que hacer. El corazón de mi madre funcionaba bien según las últimas pruebas que se había hecho. Ese doctor en Tennessee le imprimió una nueva válvula cardíaca en 3-D. Había mucho más, estaba seguro, pero todo lo que sabía era que cuando llegó a casa, al menos después de su recuperación, no estaba cansada todo el tiempo. Podía subir las escaleras sin quedarse sin aliento, y yo había dejado de llevar la preocupación por su salud a mi espalda. Poco sabía que un mes más tarde llegarían cosas aún más pesadas.

Josh puso algo molesto en su iPad todo el camino a casa, y yo fingí dormir la mayor parte del tiempo en lugar de seguir hablando.

"Oye, ¿puedes dejarme en casa de Reed?" Pregunté una vez que volvimos a la ciudad.

"Preferiría no hacerlo". Miré a mi madre con incredulidad. Se me dificultaba el hecho que ella tuviera un problema con él.

"¿Cuál es el problema, mamá?"

"Has estado pasando mucho tiempo allí."

"¿Y?"

"No quiero que olvides que tienes otros amigos que se preocupan por ti. No he visto a Bobby o Max o a nadie en un tiempo. Deberías llamarlos".

"Ah, quieres que salga con Bobby, que dice que no importa que mi novia esté muerta porque no fue a la iglesia. Odio tener que decírtelo, pero no volveré a salir con Bobby. Nunca más." Su rostro se veía todo molesto por esta historia.

"A veces... la gente dice cosas que no quieren decir, Jared. Tenemos que darles el beneficio de la duda."

"Sé que no soy el mejor en idiomas, pero estoy seguro de que eso es irónico. Quieres que le dé a Bobby Stecker el beneficio de la duda cuando ha estado diciendo cosas horribles, pero no harás lo mismo por Reed, cuando es la única persona que se presentó en el hospital, la única persona que me recoge y me lleva en coche, y la única persona que sigue invitándome a hacer cosas. Esa es la persona que merece el beneficio de la duda, mamá. No Bobby".

Respiró profundamente y no estaba seguro de adónde iba con eso. "OK".

"¿OK qué?"

"Te llevaré allí. Sólo... tal vez invítalo a la casa alguna vez."

Me sorprendió un poco la facilidad de esa conversación. "Sí. Está bien, es justo. Y para que lo sepas, no reclutan gente para su religión. Nadie en su familia ha hecho nunca un solo comentario sobre algo incómodo. Sólo son gente agradable".

"Bueno, me alegro de que sean buenas personas y que tengas un amigo que se preocupe". Fue lo más maternal que pudo haber dicho en ese momento, pero me sentí bien por eso. Necesitaba que empezara a actuar como mi madre de nuevo en vez de como mi enfermera o mi psicóloga. Incluso la dejé besarme la cabeza antes de tomar las muletas y saliera del auto.

SESENTA Y OCHO
ROWYN

No había manera que yo pudiera seguir llorando. Tenía que haber un límite en el que el cuerpo de una persona dijera "ya basta" y se negara a producir más lágrimas. Eso no es cierto, sin embargo. Lo busqué en Google. El vuelo de vuelta a casa había sido largo, pero al menos había sido capaz de calmarme después de tomar algo. Me dio sueño, y dormir fue lo mejor que pude ser en ese momento.

Tristen estaba dormido en su asiento del coche cuando mi madre me recogió en la acera del aeropuerto. Era tarde. Me sentí mal por eso, pero no podía negar que necesitaba estar en casa. Mi mamá no me preguntó qué había pasado, aunque por la mirada de compasión en su rostro, era probable que hubiera llamado a mi papá y ya tuviera toda la historia. Esa noche, todos fuimos a casa y dormimos.

El día siguiente, sin embargo, fue una historia diferente. Mi madre estaba en mi habitación temprano, antes del sol, aunque llevó café, así que la perdoné un poco.

"¿Quieres hablar de tu viaje?"

"No".

"¿Necesitas hablar de tu viaje?" Lógica de madre tramposa, eso es lo que estaba usando. Su cabello oscuro estaba en una coleta desordenada, y sus ojos se veían cansados.

"No lo sé". Esperó pacientemente y bebió su café, así que yo hice lo mismo. "¿Todavía quieres a papá?"

"OK, entonces. No era lo que pensé que ibas a decir."

"No puedo averiguar qué sentir o pensar hasta que lo sepa. No has salido con nadie, así que ¿esperas que vuelva?"

Respiró profundamente. "Creo que durante mucho tiempo lo estuve. Esperaba que se despertara un día y se diera cuenta de lo que había dejado atrás. Pensé en él apareciendo en la puerta principal y todo volviendo a la normalidad."

"¿Y ahora?"

"Y ahora... me doy cuenta de que tal vez las cosas no habían sido normales durante mucho tiempo. No era feliz aquí, y yo no estaba feliz con él trabajando todo el tiempo o con la idea de criar a nuestros hijos en Los Ángeles. Pero era más que eso... ambos habíamos cambiado. Nuestras ideas de lo que queríamos para nuestras vidas habían cambiado. Así que no, ya no voy a esperar a que aparezca en nuestra puerta. Todavía lo amo. Me dio a ti y a T. Pero desearía que las cosas hubieran sido diferentes." Su voz se hizo más gruesa y empecé a sentirme culpable por preguntar. "No quiero que odies a tu padre, y quiero que sepas que te quiere. Siento mucho que esta semana acabara así. Esperaba que quizás volvieras a casa sintiéndote... menos enfadada. Y ahora estás más enfadada, y siento que no debería haberte dejado ir".

"¿Entonces sabes lo que pasó entonces?"

"Sí. Pero te escucharé contarlo, si quieres".

"Estoy bien con no revivirlo".

Se sentó allí un minuto sin mirarme, y me preguntó qué más iba a pasar en esta pequeña charla. Realmente quería volver a la cama.

"¿Sigues dejando de lado a tus guías?" *OK, entonces nos vamos a ir por la tangente.*

"¿Por qué preguntarías eso?"

"Tengo mis propios poderes de intuición, Rowyn. En caso de que hayas olvidado quién te enseñó a conectarte con los tuyos". Esto no era algo que me hubiera preparado para discutir con nadie. Sólo quería quedarme dentro de mi caparazón de tortuga un poco más y… y autodestruirme. Eso es lo que estaba haciendo por mi cuenta.

"Ya no confío en nada".

"¿Qué significa eso?"

"Quiero decir… no lo vi venir. Rose, quiero decir. No papá. Leí para ella, y leí para Jared, y mis guías me dejaron fuera. No tenía nada para esto, mamá, así que ¿cómo puedo confiar en nada de esto?"

"No podías verlo porque no había ninguna decisión que tomar de nuestro lado. No es que no puedas confiar en ti misma, Rowyn, sí puedes. Tienes un verdadero don, y siento que te he dado la espalda. Fue mi sueño absoluto cuando descubrí que iba a tener una hija y que estaríamos en este tipo de viaje juntas. Y durante mucho tiempo, creo que lo estuvimos. Me encantó trabajar contigo en la lectura de cartas y conectarme con tus guías y enseñarte a trabajar con las hierbas, aunque lo odiaras. Yo sólo… cuando tu padre se fue, no podía concentrarme ni siquiera en hacer la cena, así que todo lo demás se quedó en el camino, y ahora siento que tienes toda esta fuerza, y no te estoy ayudando a desarrollarla. Eso es mi culpa."

"No me diste la espalda. La vida sólo… bueno, se interpuso en el camino."

"Pero no debería. No lo hará. Me gustaría que practicáramos más. Podemos empezar de a poco y hacer algunos hechizos de protección y deshacernos de la negatividad e ir desde ahí." Sólo parpadeé. No sabía si estaba preparada para volver a todo esto. No sabía si lo echaba de menos. La energía que sentía al hacer un círculo y un hechizo. O simplemente leyendo para la gente, ayudándoles.

"No voy a presionarte, pero debes saber que quiero que hagas esto conmigo. Cuando estés lista. No voy a dejar que desaparezcas, ¿de acuerdo?" Sólo asentí sin decir nada. "Voy a hacer el desayuno. Duerme más si quieres." Ese no fue el intercambio que pensé que tendríamos. Pensé que tendríamos una especie de sesión conjunta de desahogo sobre lo idiota que era mi padre. En vez de eso, me estaba haciendo todo tipo de grandes preguntas en vez de quedarme estancada en los últimos días. Miré al suelo y vi una pequeña pluma blanca junto a mi cama. Una pequeña sonrisa jugaba en mis labios. Sostuve la pluma en mi corazón y le dije a mi amiga que la extrañaba.

SESENTA Y NUEVE
REED

Jared había pasado en mi casa la mayor parte del fin de semana, y eso me hizo sentir un poco más cuerdo. La semana siguiente en la escuela fue bastante tranquila, en realidad. La mayoría se preparaban para hacer el primer examen de aptitud durante las vacaciones de invierno, y mucha conversación se centró en eso. No había decidido si me inscribiría en esta ronda o no, pero si lo hacía, sería improvisando. No había forma de que mi cerebro pudiera hacer un curso de preparación en este momento.

Nuestra mesa del comedor había crecido para incorporar a algunos de los otros amigos de Jared, que honestamente, eran geniales. Estaba aprendiendo lo que me había perdido al tener sólo mejores amigas mujeres toda mi vida. Nadie aquí hablaba de cejas o de crema hidratante. Esa parte era agradable.

Fue raro porque asumí que cuanto más tiempo Rowyn y yo no habláramos, más difícil sería. Nunca nos habíamos ido más de unos días antes. Pero no se estaba haciendo más difícil. Sólo buscaba mi teléfono para enviarle un mensaje tres veces al día en lugar de treinta. Me preocupaba por ella más que nada, pero pensé que tal vez su madre tenía razón. No podía retenerla y resolver mi propia mierda también. Me dolía pensar eso. Quería salvarnos a los dos de tener que lidiar con la desaparición de Rose, y poco a poco me di cuenta de que no había estado lidiando con nada. Había estado bebiendo. Antes de eso, me había concentrado en nuestra relación, y de alguna manera intentaba llenar la parte que me faltaba con eso, pero no funcionó. Beber tampoco funcionaba. Pasé la noche del sábado en el piso del baño, y cuando me desperté, me dije que había sido suficiente. Me di cuenta de que todos los que bebían demasiado prometían que no volverían a beber, pero yo iba a intentarlo de todas formas.

Cuando vi a Rowyn junto a su casillero después del almuerzo, algo me hizo detenerme. Me di la vuelta y tomé el camino largo hacia mi siguiente clase. Ni siquiera sabía por qué me esforzaba por evitarla; ella hizo un gran trabajo al alejarse de mí por su cuenta. Sabía que no podría soportar su fría personalidad de nuevo. Iba a tener que ser ella quien derribara el primer ladrillo de la pared que había levantado tan rápidamente.

Mi pecho se apretó cuando pensé en cómo las cosas se pusieron así, hasta el punto de que no podía acercarme, pero tenía que dejar de lastimarme en mis intentos de estar con ella, en cualquier capacidad. No podía pensar en que nuestra última interacción fuera la *última* interacción real. No estaba preparado para enfrentarme a la posibilidad de eso todavía.

Diciembre llegó rápidamente, y esa sesión de exámenes vino y se fue. Empezó a ser más y más probable que esta fuera mi nueva normalidad. El hielo no se había descongelado entre Rowyn y yo, y mientras las vidas de los demás parecían avanzar, la mía seguía en octubre, sentado en una silla de vinilo en el pasillo de cuidados intensivos. Al menos Jared lo entendió. No hablábamos de Rosie muy a menudo, pero había algo en su energía que coincidía con la mía, porque ambos echábamos de menos a la misma persona.

Un día, a principios de mes, mientras me preparaba para la

escuela, recogí la llamativa botella de agua que tenía al lado de mi cama y, al ver su contenido medio vacío, la tiré en mi mochila. No tenía un plan particular para lo que haría con ella, pero se había convertido en la única forma de dormir por la noche, y la escuela estaba agotando toda mi energía. Llevé a Jared a la escuela, ya que se había convertido en parte de mi nueva rutina, y ya parecía estar algo alterado. Había aprendido que era el tipo de hombre que era bastante directo cuando quería serlo, así que no le pregunté qué pasaba. Tal vez debería haberlo hecho. Ya ni siquiera sabía cúal era el protocolo de ser un amigo decente.

"Oye, ¿has ido al gimnasio últimamente?" preguntó de repente esa mañana.

"No, supongo que no. Tal vez desde las vacaciones de Acción de Gracias. Voy a perder mis brazos si no tengo cuidado. ¿Por qué?"

"No lo sé... se supone que tal vez me quiten el yeso en las vacaciones de invierno. Pensé en probarlo. Mi fisioterapeuta dijo que también era una buena idea".

"Deberías, definitivamente. Hay algunos tipos realmente geniales que trabajarían contigo para recuperar tu pierna".

"Genial". Aunque fue él quien lo mencionó, no parecía muy emocionado por ello. *Como sea. Apestaría tener que volver de una lesión cuando eras un maldito mariscal de campo hace dos meses.* Me detuve en el estacionamiento y logramos llegar a la sala de pesas antes de que sonara la última campana. Las pesas normalmente me hacían bien. Me estaba moviendo; estaba *haciendo* algo. Pero cuando llegó el segundo período y tuve que escuchar un sermón interminable sobre la mierda de seno coseno, no pude mantener la cabeza en el juego. En vez de eso, saqué mi botella de agua y bebí unos cuantos tragos rápidamente antes de perder los nervios. Nunca había sido un estudiante modelo, pero esto era un terreno nuevo. Era una ofensa expulsable. Y no me importaba. Después de que el ligero aumento de mi ritmo cardíaco disminuyó, me di cuenta de que no sentía nada más que la quemadura residual del vodka en mi garganta.

Para el almuerzo me sentía bastante confiado, y fue la primera vez que realmente participé plenamente en una conversación de mesa redonda con los otros chicos. Se sentía bien ser una persona, sólo por ese breve período de tiempo. Me sentí como si fuera un chico normal de diecisiete años, diciendo tonterías con sus amigos en el almuerzo. No lo odiaba.

El problema llegó cuando salí del séptimo período y casi colisiono con Jared en el pasillo.

"Lo siento, hombre", salí, estabilizándonos a los dos.

"Claro, ¿qué...? Quiero decir, ¿va todo bien?" Me miraba de esa manera igual que mi madre, preocupada, pero demasiado asustada para entrometerse en caso de que me desmoronara. Desafortunadamente, todas las grietas habían aparecido mucho antes de ahora.

"Nunca mejor, sí. Es increíble." No estaba tratando de ser un idiota, no con él. Estaba tan harto de que todos me hicieran esa pregunta.

"Hansen... ¿estás *borracho*?" Lo susurró, para estar seguro, pero a mí me pareció que lo gritaba para que todos lo oyeran.

"Para nada, amigo. ¿Y podrías bajar la voz?"

"Mi voz está baja. Y tú estás absolutamente ebrio en este momento."

"Estoy bien". Empecé a despegar por el pasillo, para no llegar tarde a mi última clase y perderme la lección estelar que seguramente se presentaría ese día.

"Dame las llaves de tu coche".

"Ni de broma".

"Hazlo antes de que me hagas hacer algo de lo que me arrepienta." Casi reí al pensar en Jared tratando de meterse conmigo con sus muletas.

"Como quieras. Sólo no me lleves. Nos vemos luego."

Entré a mi última clase y me hundí en mi asiento, sintiéndome menos normal. Era el único borracho en una fiesta, excepto que esto no era una fiesta; era mi patética vida.

SETENTA
ROWYN

Estaba apresurada por llegar al octavo período, enojada conmigo mismo por tratar de cronometrarlo para no tener que ver a Reed antes de que empezara la clase, y ahora iba a llegar tarde. Entonces Jared me llamó por el pasillo, y dejé de importarme si llegaba tarde cuando vi su cara. Lo que quería decirme no era bueno. Jared había perdido mucho de su Todd desde el accidente. Ya no era un chico genérico de secundaria. En vez de eso, su cara mantenía dolor, más que los demás, y eso lo hacía destacar de alguna manera.

"¿Qué pasa?" Parece que he empezado muchas más conversaciones con esta pregunta en los últimos meses.

"Reed... bueno, está siendo un poco idiota, y no me escucha. Sé que ustedes lo son, o no lo son, o lo que sea, pero él no puede conducir a casa hoy."

"¿Por qué no?"

"Porque ahora mismo está completamente volcado". Su voz era baja ahora, aunque no había nadie en el pasillo para oírnos.

"Lo siento, ¿qué?"

"Rowyn... ¿puedes confiar en mí en esto? Le pedí las llaves y se enojó. Pero no puede conducir. Nadie más puede... sólo, podría herir a alguien o..." Ahora comprendí por qué su cara estaba tan afectada. Me superó el darme cuenta de lo idiota que era Reed por pensar que estaría bien conducir a casa borracho. Desde la escuela. *Idiota*.

"Lo tengo. Sí, haré algo".

"Vale. Siento que llegues tarde."

"No te preocupes, el Sr. Poller ya me odia." Me giré hacia allí, pero añadí: "Oye, gracias. Por decírmelo. Y por interesarte, en general si le pasa algo". Sólo asintió con la cabeza y continuó su camino. Jared y yo nos habíamos mantenido amistosos, pero él había pasado tanto tiempo con Reed que no nos veíamos a menudo. Arranqué un pedazo de papel de mi cuaderno y garabateé una nota antes de interrumpir toda mi clase. Por supuesto que todos miraron hacia arriba cuando entré, pero aún así traté de caminar discretamente a mi escritorio mientras dejaba caer la nota doblada apresuradamente en el de Reed.

"Srta. Black, qué amable de su parte unirse a la clase. Supongo que no tiene un pase."

"Supone correctamente". El Sr. Poller me miró fijamente y me coloqué en mi asiento. Afortunadamente, reanudó su lección en lugar de enviarme a la oficina del director.

Cuando terminó sus instrucciones, traté de concentrarme en la nota escrita sin mirar a mi mejor amigo. O mi antiguo mejor amigo. O ex-novio. Fuera lo que fuera, me mataba no mirarlo hasta que entendiera lo estúpido que era. Entonces un trozo de papel llegó a mi escritorio. Reed casualmente continuó su caminata para conseguir un pañuelo de papel. Desplegué el papel con cuidado.

Dame tus llaves, idiota. - Rowyn
    NO. -Reed

Eso salió bien. Levanté la vista para encontrar sus ojos sobre mí, y le envié una mirada que quería mostrar que lo iba a lamentar mucho. Me encogí de hombros y levanté la mano.

"¿Sí, Srta. Black?"

"¿Puedo ir al baño?"

"¿Entraste cinco minutos tarde, y ahora te gustaría ir al baño?" La voz del Sr. Poller no mostraba gracia. No quería hacer lo que hice después, pero realmente no había otra opción.

"Lo siento mucho, señor, es que estoy teniendo algunos, eh, problemas femeninos." Su rostro se convirtió en una mezcla de arrepentimiento y cansancio, y sólo me hizo una seña con la mano. Puse mi teléfono en mi bolsillo y me dirigí al baño. Deslicé por mis contactos y le di al nombre que estaba buscando. *Por favor, contesta, por favor, contesta, por favor, contesta.*

"¿Rowyn?" La voz de Cole cuestionó. "¿Qué ha pasado?" *Así que no soy sólo yo quien está paranoica.*

"Escucha, necesito que vengas a la escuela para asegurarte de que Reed no conduzca a casa".

"¿Qué? ¿Por qué?"

"Es incapaz de operar un vehículo en este momento".

"Mierda. Estoy al menos a media hora de distancia, ¿cuánto tiempo tengo?"

"Alrededor de media hora".

"Me voy ahora".

"Gracias".

"Gracias. En serio."

Ahora sólo tenía que esperar que llegara a tiempo. Me escabullí de vuelta a mi asiento en la clase de ciencias, plenamente consciente de que ahora todo el mundo en esa sala pensaba que estaba teniendo problemas con la regla. *Algún día, más le vale que me agradezca por esto.* Ya tenía suficientes problemas propios de los que preocuparme.

SETENTA Y UNO
JARED

En el último período del día, todo lo que hice fue mirar el reloj. Técnicamente se me permitía salir de clase unos minutos antes debido a las muletas, y hoy iba a aprovecharlo. Si podía llegar al coche de Reed lo suficientemente rápido, entonces podría convencerle de que no condujera si Rowyn no lo lograba. No tenía ni idea de cómo, pero ese era mi único plan. *Malditas sean estas estúpidas muletas.*

La verdad era que no podía permitir que la muerte de otro fuera mi culpa, o que fuera algo que pudiera haber evitado. Un cheque llegó por correo la semana anterior de nuestra compañía de seguros por el total de mi camioneta. Cinco mil dólares. Mi mamá me había preguntado si quería empezar a buscar algo en Internet, ya que probablemente me quitarían el yeso pronto. La idea de sentarme al volante de un auto ahora estaba a la par de los payasos y las espeluznantes muñecas viejas para mí, en otras palabras, era aterradora. No quería pensar en ello. No quería buscar una nueva camioneta, ni siquiera quería una bicicleta. Así que, por supuesto, eso era todo lo que había pensado durante días.

Me había abstenido de decírselo a nadie, pero ahora recordaba ese día. Recordé los minutos previos a que el semirremolque cruzara el carril. Esos minutos se reproducían en un bucle cada vez que mi mente no estaba ocupada en otra cosa. Soñaba con ellos. Rose me había estado hablando del glaseado que iba a hacer. Me dijo un ingrediente que no conocía y se rió cuando lo pronuncié mal. *Cardamomo*. Le pregunté por qué no podíamos comprar una caja de mezcla para pasteles y dar por terminado el día en lugar de conducir a dos pueblos para conseguir harina de pastelería orgánica, sabiendo que eso la haría intentar una expresión de enfado, pero cuando le sonreí, siempre me devolvía la sonrisa. Su juguetón humor se desplomó antes que el mío, y yo todavía no sabía si ella sintió lo que iba a pasar antes de que pasara, pero se acercó y me agarró la muñeca cuando vi el semirremolque ya en mi carril. Traté de desviarme a su alrededor, pero ambos íbamos demasiado rápido. Recordé el momento del impacto, recordé el sonido de sus gritos y recordé que estaba en el aire. Después de eso, todo era negro hasta que me desperté en la ambulancia.

¿Por qué no había dicho algo importante? Parecía que debería haber algún tipo de instinto humano para sacar un último pensamiento importante antes de que algo así suceda. Nunca le había dicho que la amaba, y eso me molestaba. Me molestó porque ahora no importaba. Pensar que la amaba después de que se fue no era un riesgo. Creo que la amé antes de eso. Al menos recuerdo haber pensado que ella era la chica de la que podía enamorarme. Pero ahora ni siquiera importaba. Lo que sentía antes... no podía saber si ahora me sentía así porque nunca tuve la oportunidad de decirlo, o si me había sentido así todo el tiempo. Era enloquecedor no poder confiar en mi propia mente. Y fue enloquecedor saber que esto era todo. Toda esta persona, una persona que amaba, se había ido. Toda ella, en un instante, y yo era el único que pude haberlo evitado.

La conclusión era que realmente no importaba lo que yo tuviera que hacer. Reed no iba a subir a ese coche.

SETENTA Y DOS
REED

Si todos se hubieran callado y se hubieran ocupado de sus propios asuntos, habría sido genial. Yo estaba bien para los 2.25 kilómetros del camino a mi casa, y todo el mundo estaba actuando como si yo fuera un idiota violento. Y Rowyn, de entre todos los que exigían que hiciera algo, de verdad me había irritado. Como si pudiera dejar una nota en mi escritorio, y puf, mágicamente la escucharía.

Que se joda todo el mundo. Sólo necesitaba que sonara el timbre. Me di cuenta de que había destrozado la esquina de mi hoja de ciencias, y forcé mis manos a estar quietas. Mis ojos se cerraron por un momento, y los hice enfocar en el papel hasta que pudiera salir de allí. Cuando finalmente llegó la hora, casi derribé a la chica sentada a mi lado en mi prisa por salir. Murmuré una especie de disculpa y llevé mi trasero al estacionamiento. Mi corazón cayó en mi estómago cuando levanté la vista, y no fue por las secuelas del vodka.

Cole estaba sentado en el maletero del Jetta, pareciendo que acababa de salir de debajo del capó de un coche. La ira se encendió en mi cabeza, y me obligué a caminar hacia él con calma.

"Bájate de mi auto".

"¿Este auto?" preguntó, fingiendo confusión.

"Cole... te juro que te dejaré tirado en este estacionamiento." Apreté los dientes, sin estar seguro de si lo decía en serio o no.

"Podrías intentarlo. Mi suposición es que probablemente te muevas un poco lento esta tarde. Sólo déjame llevarte a casa. Te traeré más tarde." Lo pasé y me puse en el asiento del conductor. ¿Por qué no me dejaban todos en paz? Giré la llave de encendido, y, bueno, no pasó nada. Lo intenté de nuevo en un gesto inútil, y entendí por qué Cole pudo actuar tan tranquilo sentado ahí fuera. Abrí la puerta de nuevo y abrí el capó de mi coche.

"¡¿Sacaste la batería?!" El corazón me latía en el pecho, y me sentía seriamente enfermo ahora. Sólo necesitaba alejarme.

"Puedes venir a casa conmigo o puedes caminar. Te devolveré tu batería mañana." Su voz estaba tranquila ahora; había perdido su cualidad jovial, como si hubiera renunciado a dejar pasar esto como un acto rebelde de mi adolescencia. Cuando lo miré, vi la gravedad de mi error reflejado en sus ojos. Siendo realistas, me había quedado sin opciones. Jared no podía llevarme, Rowyn no lo haría, y hacía mucho frío afuera. Abrí la puerta del pasajero de su auto y la cerré de golpe después de tumbarme en el asiento. Estaba a mi lado y salió del estacionamiento en un momento. Encendí su estéreo y subí el volumen a 20. Esto no iba a ser un paseo en coche con charla. Mis ojos se cerraron mientras intentaba mantener a raya las olas de náuseas. El coche se detuvo y se apagó. Ya estaba alcanzando la manija cuando la mano de Cole se enredó en mi brazo.

"Amigo, sólo detente. Detente un minuto". Me encogí de hombros y salí del coche y caminé hacia la casa. Antes de llegar al garaje, sin embargo, él estaba delante de mí, empujándome hacia atrás. Su cara había perdido la calma. Ahora estaba enojado. "He dicho que pares".

"Y no me importó".

"¿Qué coño está pasando, Reed? Me llaman en medio de la clase y me dicen que tengo que ir a buscarte. Si no hubiera contestado, ¿a quién habría llamado, eh? ¿Mamá? ¿Cómo crees que habría pasado eso? De nada, por cierto, por dejar la escuela y salvar tu trasero".

"Gracias", respondí rotundamente. Sólo quería dormir.

"Dame tu mochila".

"Vete a la mierda".

"Dame tu mochila entraré y le contaré todo a mamá. Le diré que te he estado comprando cerveza, me haré cargo de eso, pero dejarás esta mierda." La rabia se estaba acumulando en mi pecho, e intenté respirar para calmarla, pero no había ninguna cantidad de aliento que pudiera haberme llevado de vuelta desde la cornisa donde estaba parado. En lugar de eso, simplemente salté.

"¿QUÉ COÑO QUIERES DE MÍ?" Era un grito profundo y gutural, del tipo que cicatriza las cuerdas vocales y hace que los vecinos miren hacia afuera. Cole ni siquiera se inmutó.

"Quiero saber qué hacer, Reed. No sé qué hacer".

"Sólo déjame en paz". Estaba más callado entonces, pero no menos enojado, ya sentía los efectos en mi voz de ese único arrebato.

"No puedo. No puedo dejarte solo, porque siento que ya estás solo. Te quiero. Eres mi hermano, y te estás ahogando, y no sé qué hacer". Su voz se quebró, y mi determinación también lo hizo en ese momento. Las lágrimas se derramaron mientras apretaba mis puños contra mi cara, tratando de contenerlo todo. Cole suspiró, en lo que sonaba a alivio, y me abrazó fuertemente. Le dejé. Nos paramos en la entrada y lloré por todo lo que había perdido. Tenía razón; me estaba ahogando. Lo sentí con cada respiración ahogada que tomé, pero dejé que me sostuviera. No trató de callarme, y no me dijo que no llorara. Era la persona más fuerte que conocí en ese momento.

"Escucha", comenzó una vez que mi respiración se niveló. "Voy a hacer mucho café. Te vas a deshacer del alcohol, y luego vamos a ver a Mary. La llamaré. Yo también haré una sesión. Pero tienes que hacer algo diferente. A partir de hoy, ¿de acuerdo? Te ayudaré, y no se lo diré a mamá y papá, pero te digo que es la última vez, Reed. Les diré la verdad si es lo que necesito para asegurarme de que no te vas a autodestruir".

Por un momento, sentí que me miraba a mí mismo desde fuera. Tal vez se me ocurrió que me emborraché en la escuela y podría haber arruinado mucho más que ese día. Volví a mi propio espacio para encontrarme con que Cole me miraba atentamente. Suspiré antes de responder. "Está bien".

"¿Está bien?"

"Sí. Por todo ello. No puedo seguir haciendo esto, eso es seguro." Cole exhaló de nuevo, desde algún lugar profundo. Finalmente entramos en la casa, y sinceramente esperaba que nadie llamara a la policía. O a nuestra madre. Pero todo estaba tranquilo cuando entramos. Por los poderes del universo, mamá estaba en el supermercado, y papá aún no llegaba a casa. Sentado en mi cama, traté de concentrarme en una sola cosa. El café. Luego el Reiki. Debí haber ido hace semanas. Debería haber estado haciendo sesiones para mí, pero dejé que todo se estropeara. No más.

Me cepillé los dientes por el sabor ácido de mi boca y planeé tomar la taza de café más grande del planeta. *Paso uno*. Todo lo demás podría venir después.

SETENTA Y TRES
ROWYN

Me paré en las escaleras de la escuela y vi cómo se desarrollaban las cosas entre Reed y Cole. En lo que respecta a hermanos, Cole era algo impresionante; siempre lo había sido. Quiero decir, amaba a Tristen, pero los hermanos pequeños eran una historia completamente diferente. Cole nunca nos trató como si fuéramos una molestia cuando crecíamos. Cuando dijo que llegaría, supe que lo haría, y me alegré de que me diera la razón. Cuando Reed se subió al coche de su hermano, finalmente respiré por primera vez en una hora.

Una sensación de frío entró en ese momento, una vez que supe que estaba a salvo. Yo no fui la única que no pudo llegar a él. Me había dejado fuera por completo, y esa era la realidad de donde estábamos. Yo era su *nada*. Y creo que no es lo que quería ser. Había tomado la decisión de mentirle sobre Hunter y negarme a escucharlo con la situación de Amy. Elegí la autopreservación. No podía soportar más daño o más dolor. Perder a Rose se sintió como morir, y elegí no dejar que se sumara al dolor que llevaba en ese momento, que todavía llevaba en este momento.

Elegí mal.

LA TORRE

Eso me golpeó mientras lo veía caer en el asiento del pasajero, completamente exhausto. Él también cargaba con eso. Por supuesto que lo sabía. Sabía que la extrañaba como yo la extrañaba, pero las palabras de mi mamá sobre nosotros dos hundiéndonos no aterrizaron hasta ese momento, cuando vi la lucha y sentí que me empujaba como yo lo había hecho con él. Había aumentado su dolor con mi decisión. Me tragué las lágrimas que sabía que lloraría más tarde y finalmente decidí que necesitaba ir a casa.

Desde que volví de Acción de Gracias, había estado viajando pasivamente por el camino que mi madre nos había marcado. Ella compartía más cosas conmigo como su igual, y eso en sí mismo ayudaba, sólo por tener alguien con quien hablar. Hicimos yoga, a veces con Tristen, lo cual fue una aventura divertida, meditamos, y ella trató de explicar cómo elegir las hierbas con intención. Pero no lo había intentado como me prometí una y otra vez que lo haría. En realidad no. Hacía lo que me decía, y en muchos aspectos, me sentía mejor. No había tenido un ataque de ansiedad en más de una semana. Incluso empecé a almorzar con esa chica, Alex, que me dio un pañuelo en clase. *No más biblioteca de perdedores para mí,* pensé en auto-felicitación de burla. Pero en realidad, mi madre era la que estaba tirando de todo el peso.

Una vez más, resolví intentarlo. Pero esta vez me hice la promesa a mí misma con un aire de esperanza en lugar de derrota. Tenía que haber una forma de llegar a otro lugar que no fuera aquí: ver a mi mejor amigo salir borracho de la escuela y no poder hacer nada al respecto.

Hice la cena. Una cena de verdad con una guarnición. No era nada elegante, sólo espaguetis con salsa de sobra del congelador y pan de ajo. Pero era comida de verdad, y estaba lista cuando mamá y T entraron por la puerta.

"¿Cocinaste?"

"Mhm", respondí con una cucharada de salsa en mi boca. Tuve que probarla para asegurarme de que era segura para el consumo.

"OK, pues", respondió con un levantamiento de cejas.

"¿Puedo... puedo decirte algo?"

"Por supuesto". Hubo un parpadeo de preocupación que cruzó su cara, pero dejó a Tristen en su área de juego y volvió a mí.

"Quería decirte que voy a intentarlo. Y siento no haberlo estado". Las lágrimas que había escondido antes hicieron un inesperado resurgimiento ahora, pero las superé. "No lo vi realmente, antes. Lo que estaba haciendo, y cómo Reed y yo no estábamos... bueno, no estamos funcionando... ahora mismo." Me miró y no pude leer su expresión, pero quería sacar lo que tenía en el corazón. "Simplemente, era demasiado difícil intentarlo, ¿sabes? Con él, con la escuela, aquí con ustedes, dejé que todo sucediera, y luego no pude recuperar el control. Todavía no puedo, pero haré un esfuerzo ahora. Sólo te digo esto para poder ser responsable. No quiero tener un mal día y volver a caer en lo que es fácil. Es más fácil no hacer nada".

Mi mamá asentía enfáticamente ahora, con sus propias lágrimas derramándose. "Es más fácil. Sé que estás herida, y desearía que no te doliera, pero a veces en la vida hay que pasar por eso, y no evitarlo. Pasaré por esto contigo. Todos los días. Incluso cuando sea difícil".

Me abrazó rápidamente antes de que Tristen gritara: "¿Por qué lloras? ¡Toma espaguetis!" Nuestro momento de unión se rompió efectivamente, pero las cosas se sentían más estables de lo que habían sido desde ese día en octubre.

"Sí a los espaguetis, señor." Me sonrió antes de volver a impacientarse. "Oh, una cosa más..."

"¿Sí?", preguntó mi madre.

"Creo que deberíamos invitar a los Hansen y a los Stone a Yule. Y tal vez a los Simpsons". Me miró como si tuviera un brazo saliendo de mi cabeza, pero no dijo que no. "Sé que puede que no vengan, pero son más familiares para mí que los miembros de nuestra familia, así que quiero invitarlos."

"Entonces los invitaremos." Y eso fue todo. Sabía que probablemente no me sentiría tan positiva al día siguiente, o tal vez ni siquiera a la hora siguiente, pero al recordar lo que se sentía al participar en mi propia vida, estaba recordando quién era, y pensé que a Rose le gustaría más. Más que nada, quería que ella se sentara al otro lado, orgullosa de mí, sin verme desperdiciar la vida que tenía y los dones que me habían dado. Así que me iba a concentrar en eso por ahora, y capear la próxima ola de dolor cuando llegara.

SETENTA Y CUATRO
JARED

Escondí una sonrisa mientras veía a mi madre caminar en círculos sin razón por nuestra cocina.

"¿Estás seguro de que esto es ropa apropiada para una fiesta de Yule?"

"Estoy bastante seguro de que es como una fiesta de Navidad cualquiera, mamá". También habíamos tenido esta conversación al menos siete veces.

"¿Está Josh listo?"

"Sí, mamá, está listo. Los dos hemos estado listos, porque es sólo una cena".

"Vale, vale. Vamos a celebrar Yule entonces. ¿Es 'Feliz Yule'? O ¿'Felices Fiestas'?"

"Estoy seguro de que ambos serían aceptables. Vámonos porque me muero de hambre".

Nos apilamos en la furgoneta. No podía esperar a deshacerme de esas estúpidas muletas. Después de que Reed se disculpó por su maniobra de conducir casi borracho, me convenció de hacer un par de sesiones de Reiki con esta señora, o practicante más bien, llamada Mary. Si bien las sesiones mejoraron un poco mi estado de ánimo, me ayudó a darme cuenta de que probablemente estaba lidiando con algunos problemas postraumáticos, y me senté con mi mamá para ver si podía ir a un psicólogo. Al principio me pareció una estupidez, porque sabía que nada iba a devolverle la vida a Rose y que no había ninguna terapia de conversación que pudiera cambiar el hecho de que yo había estado conduciendo el auto. Pero empecé a hacer algo llamado EMDR en la terapia, y dejé de despertar con pesadillas por completo. Sentí que en algún momento podría volver a conducir, aunque no estaba preparado para volver a hacerlo.

Cuando recibí el mensaje de Rowyn sobre ir a su casa para una fiesta de Yule, mi respuesta fue casi un "no" inmediato. Fue muy honesta sobre el hecho de que la familia de Rose podría estar allí, y yo no quería arruinarles la noche apareciendo en unas fiestas que no eran mías. Me llamó más tarde esa semana para decirme que los Stone no asistirían, y no tenía nada que ver con que me invitaran, pero volvió a invitarme, y no pude encontrar una razón para no ir. Así que aquí nos encontrábamos, conduciendo a la casa de los Black para una fiesta pagana. Mi mamá ni siquiera había discutido conmigo por eso, así que sabía que lo estaba intentando. Creo que se sintió mejor después de convencer a Reed para que nos acompañara a hacer galletas de Navidad la semana anterior.

Nos detuvimos en la entrada de grava de una casa decorada con pequeñas luces parpadeantes y una gran corona en la puerta principal. Creí haber percibido a la relajación de mamá ante la familiaridad. Llamamos, y Rowyn abrió la puerta rápidamente. Su cara se veía más brillante que en las últimas semanas, y me abrazó de forma sorprendente. Lo que sea que estuvieran sirviendo en esta fiesta, yo quería algo de eso.

"¡Feliz Yule!" exclamó.

"Feliz Yule", dije de vuelta, esperando que mi madre estuviera satisfecha con la respuesta a su pregunta.

"¡Estoy tan contenta de que hayan venido! Entren y tomen una bebida y algo de comida." Tomó nuestros abrigos, y me sorprendió lo parecido que era el interior de su casa con la nuestra. Tenía un árbol decorado y otra corona dentro, y la casa olía a canela. Me sentía con espíritu navideño por haber entrado en su casa. La mesa estaba preparada con más comida de la que podríamos comer, pero el ambiente era alegre, y no me había dado cuenta de cuánto lo necesitaba. Había algunas otras personas allí; reconocí a Mary y la saludé con la mano, pero no parecía que Reed hubiera aparecido todavía. Si acaso. Él y Rowyn habían tenido algunos encuentros vacilantes en la escuela, pero yo sabía que las cosas estaban lejos de ser "normales", fuera lo que fuera. En lugar de preocuparme por eso, tomé un poco de sidra y fui a convivir tan bien como pude con una pierna.

Encontré a Alex Sheppard sentada en la sala de estar viendo las llamas crepitar en la chimenea. Elegí sentarme con ella y obligar a mi mamá a hablar con los otros adultos. Ella necesitaba más amigos de todos modos. De hecho, yo también.

SETENTA Y CINCO
REED

Recorrí mi habitación durante una buena media hora antes de irnos a casa de los Black. Había un regalo envuelto en papel púrpura con un lazo dorado en mi cama, y no tenía ni idea de si dárselo o no a Rowyn. Las cosas se habían sentido... forzadas, últimamente, entre ella y yo, pero al menos había cosas reales en lugar de nada. Vi a una chica en el centro comercial que llevaba una camiseta que me hizo pensar en ella, e inmediatamente me fui a casa y la pedí en línea. Ahora que tenía que pensar en dársela, parecía que tal vez no estábamos en ese punto todavía.

Al diablo. La compré; la iba a llevar. Lo peor que podía pasar era un silencio incómodo, y ya habíamos tenido muchos de esos últimamente. Toda mi familia se metió en el viejo Volvo diésel de mi padre y se dirigió a la fiesta. Me dejé mirar de verdad a Rowyn cuando abrió la puerta. A menudo, últimamente, he sentido que intentaba no mirarla, que me dolería demasiado ver lo que habíamos perdido, pero esta noche me encontré con sus ojos, y eran brillantes. Fue lo más feliz que la había visto en mucho tiempo. Había trenzado una pequeña corona alrededor de su cabeza tejida con acebo, y se había vestido bien. Normalmente se burlaba de los niños con sus trajes de fiesta, pero esta noche parecía... más madura tal vez. O simplemente más ligera. Su vestido era dorado y pendientes de plumas colgaban de sus orejas. Se veía perfecta.

En mi observación, no me di cuenta de que ella también me había mirado. Yo había usado un saco.

"Feliz Yule", nos dijo suavemente a todos. Mi mamá la envolvió en un abrazo antes de ir a buscar un lugar para los dulces que había traído con nosotros.

"Sí, no hay ninguna tensión aquí", anunció Cole antes de abrazar a Rowyn. "Te ves sexy, así que si no es amable contigo, ven a buscarme". Sabía que estaba bromeando, pero su coqueteo con Row me dio ganas de darle un puñetazo en la cabeza.

"Sí, sí, tu adulación estilo Hansen se desperdicia en mí. Soy inmune". Mi corazón se hundió un poco en eso; parecía significar algo más grande que el hecho de que ella lo rechazara.

"Eso es desafortunado", intervine, más valiente de lo que me sentía.

"¿Qué es?"

"Tu inmunidad. Iba a decir que no estaba equivocado. Te ves... bonita". Bajó la mirada durante el cumplido, y yo estaba dudando en darle el regalo. Sin embargo, ya estaba en mis manos y no era particularmente fácil de esconder. "Yo, ah, te he traído un regalo." Su cabeza se dirigió a mí de nuevo.

"¿Eso es para mí?"

"Tiene tu nombre en él." Me dio una verdadera sonrisa, y yo exhalé, pensando que tal vez hice lo correcto.

"¿Puedo abrirla ahora? ¿O debo esperar?" Sabía que estaba pensando en la ropa interior, y me reí a carcajadas.

"Oh cielos, ¿es algo completamente inapropiado?"

"No, no, lo juro. Estaba pensando en... lo que sea. Sólo ábrelo."

"Más vale que no estés mintiendo". Nos quedamos quietos en su entrada y la vi rasgar el papel como un niño de cinco años. Sacó una camiseta gris claro, y contuve la respiración mientras sus ojos viajaban sobre las palabras. Entonces estalló con una risa genuina.

"Al Cabello Grande no le importa". Esta es quizás la prenda más perfecta que he tenido. Gracias". Sonrió de nuevo y se acercó para abrazarme. Ella cabía justo debajo de mi hombro, y me costó mucho soltarla.

"De nada, me alegro de que te guste".

"Me encanta". Ella estaba tranquila al respirar, y me moví para quizás dejar nuestro momento y unirme a la fiesta, sólo feliz de que esta parte haya ido bien.

"Podría tener un regalo para ti también."

"¿Podrías?"

"Bueno, yo sí. Sólo que no estaba segura de si iba a dártelo".

"Ya somos dos."

"¿De verdad?" Su voz era seria.

"Miré fijamente el regalo en mi cama durante media hora. Así que sí, de verdad".

"Estamos ganando en todo esto de ser amigos, ¿sí?"

"Oh, definitivamente ganando. Absolutamente."

"Bien entonces, iré a buscarlo. O puedes subir a mi habitación. O yo iré a buscarlo." Se mordió el labio en un despliegue de nervios.

"Subiré. Está bien." Se giró con aprensión y la seguí por las escaleras. No pude evitar revivir nuestro último encuentro allí y cómo comenzó un efecto dominó de eventos que deseaba cambiar. Era posible, sin embargo, que todos fueran inevitables de una forma u otra. Ella fue a su armario, y yo me quedé de pie torpemente, meciéndome en los talones mientras ella sacaba una caja cuadrada que parecía que podía sostener una bola de bolos. Esperaba que no fuera una bola de bolos. Me senté en el borde de su cama, sin tener otras opciones, y separé el papel de plata para abrir la tapa. Dentro estaba un par de guantes de boxeo nuevos. Los levanté y sentí el cuero negro. Eran unos bonitos guantes.

"Tienes que leer los puños". La miré con curiosidad, pero volteé los guantes para encontrar una palabra bordada donde normalmente se encuentra la marca. Cada uno de ellos decía *"Man-Witch"*.

"Me conseguiste guantes de hombre brujo".

"Sí. Creo que Rose lo habría aprobado".

No quería ser el tipo que se pone a llorar por un regalo, pero la imagen de Rose riéndose a carcajadas en la grava de afuera me hizo extrañarla tanto que no pude evitarlo.

"Los amo".

"¿Los usarás de verdad?"

"Diablos, sí. Voy a noquear a algunos tipos con estos bebés".

"Eres tan rudo".

"Ese soy yo. Un tipo grande y duro llorando por su regalo de Yule". Ella extendió su mano para ayudarme a levantarme, y la abracé de nuevo, más fuerte esta vez. Nos llevó de nuevo a la fiesta, y fui a saludar a Jared antes de comer el equivalente de mi propio peso corporal en pavo, pan y sopa. Tuve una reacción tardía cuando vi al director Hyllar sentado en el salón riéndose con Judith, pero Rowyn me miró fijamente, así que acepté la rareza sin dudarlo.

Esta no era la forma en que me hubiera imaginado que serían estas vacaciones. Rose debería haber estado allí, y nuestras vidas deberían haber sido muy diferentes, pero estaba agradecido por la noche de todos modos, aunque me doliera.

Escuché que llamaban a la puerta, aunque nadie más parecía hacerlo, así que fui a contestar. Delante de mí estaba Hunter, y parte de mi alegría se desvaneció un poco.

SETENTA Y SEIS
ROWYN

A través del bullicio de la cocina, vi a Reed de pie en mi puerta, inmóvil. *¿Raro?* Al acercarme a él, vi el perfil de Hunter a la luz del porche. *Oh no, oh no, oh no.* Esto no era ni festivo ni alegre. Para mi sorpresa, cuando llegué, no hubo gritos. Tal vez una fuerte tensión, pero no una batalla de testosterona.

"Oye..." Realmente no había planeado más allá de eso.

"Hola Row. Le estaba diciendo a Reed, ah, mi mamá quería que dejara algo para ustedes. Ellos, quiero decir, mis padres, no están realmente dispuestos a salir, pero esto es para ustedes." Sostuvo dos paquetes idénticos envueltos en papel de artesanía y cuerda. No parecía él mismo, y me tomó un momento para darme cuenta de que sus ojos estaban despejados, y también estaba algo nervioso.

"Deberías entrar. Tenemos demasiada comida", insistí después de tomar el regalo.

"No, estoy bien. Aunque feliz Yule." Se volvió para volver a salir a la fría noche cuando Reed habló.

"Hunter, vamos, hombre. Al menos tienes que comer pastel, ¿verdad?" Mi mandíbula casi se cae al suelo, pero Hunter asintió lentamente y pasó el umbral. También estaba bastante segura de que no le había ofrecido bombones a propósito. Cuando ya no podía escucharme, me volví hacia Reed. No sabía si estaba sorprendida o sospechosa.

"¿Estás enfermo?"

"Tal vez. No lo sé. Parecía triste ahí fuera, y bueno, no dejaba de pensar en Rose regañándome por no superarlo y hacer que se quedara". Yo también me lo imaginé, en realidad. Pero había algo más allí, en ese intercambio. Podía sentirlo; casi podía saborearlo. Finalmente, supe lo que era cuando Reed se paró allí, moviendo el paquete rectangular en sus manos y negándose a mirarme a los ojos.

"Sabes que mentí, ¿no es así?" No era una pregunta. No había forma de que invitara a Hunter después de todo si no sabía la verdad.

"Mira..."

"Ni siquiera puedo creer..."

"Detente". Dijo esa palabra con tal convicción que lo hice.

"He terminado de jugar, y no voy a ser deshonesto. Lo sé. Lo sé desde hace tiempo. También sé que no estoy listo para ir estar contigo de esa manera ahora mismo. Esta es la primera noche realmente buena que he tenido en mucho tiempo. Te he echado de menos. Así que voy a seguir con eso." Sus palabras flotaron sobre mi corazón antes de que realmente se hundieran. No iba a arruinar esta noche, pero lo habría hecho si me hubiera dejado.

"Está bien". Me dió una mirada de gratitud, pero yo estaba en un completo estado de confusión sobre lo que acababa de pasar. Dejé que se alejara mientras yo estaba en mi sala. *Así es como debería sentirse cuando ambos estamos nadando.* No me dejó hundirlo en ese momento. En vez de eso, le dejé que subiera. El equilibrio de poder no había cambiado exactamente, pero se había nivelado. Me sentí estable después de un par de respiraciones, porque él tenía razón. Esta noche estuvo bien. Me dolió el corazón al pensarlo, porque las cosas no deberían haber sido así. Pero al mismo tiempo, la imagen de Reed, de Rose sonriendo en aprobación de que habíamos convencido a Hunter para que se uniera, se quedó conmigo, y yo me aferré a eso en su lugar.

Reed debió tener una fuerza de voluntad enorme, porque yo no podía dejar para más tarde un regalo, especialmente uno de Karen. Subí parcialmente las escaleras y me senté. Tan pronto como mi dedo se deslizó por debajo del lado encintado, Reed estaba frente a mí, haciéndome cuestionar de nuevo si sus sentidos eran completamente humanos.

"¿Te atreverías a abrir tu regalo sin mí? Y entonces sabrías lo que tengo también, ¡Y arruinarías la sorpresa!"

"Nunca lo haría, eso es ridículo".

"Tercer grado, fiesta de Navidad de la clase".

"No tengo ni idea de lo que estás hablando".

"La Srta. Grier dijo que nos había comprado a todos un regalo, y que podíamos abrirlos en la fiesta. Me contagié de estreptococos y no pude ir, y se suponía que tú traerías a casa mis cosas de la fiesta y mi boletín de notas. En cuanto entraste en mi habitación, dijiste que era un libro de 'La laguna negra'."

"¿Cómo recuerdas esto, en serio? Y eso no es técnicamente arruinarlo. No sabías cuál libro."

"Tienes razón. Si te hubieras detenido allí. En cambio, me dijiste lo que pasó al final del libro porque ya lo habías leído".

"Te lo estás inventando".

"No lo hago en absoluto. Así que seamos realistas sobre las posibilidades de que arruines este regalo". Su sonrisa inducida por la nostalgia se desvaneció momentáneamente ya que ambos reconocimos que este regalo en particular probablemente iba a doler, sin importar lo que fuera. Karen no habría enviado a Hunter sólo para darnos a cada uno una caja de dulces.

"OK. Podemos abrirlos al mismo tiempo". Se sentó a mi lado, y olía como el invierno. Crujiente como el pino y la menta, pero cálido como el chocolate caliente. Realmente esperaba que hubiera un nuevo jabón para mí de su madre en estas vacaciones. Abrimos el papel juntos, y compartimos un momento de silencio una vez que nos dimos cuenta de lo que teníamos. Eran dos copias a color del libro de hechizos de Rosie. Karen incluso se había acostumbrado a tenerlos encuadernados como un libro y a marcar páginas específicas para cada uno de nosotros con tarjetas de notas escritas a mano. Me quedé sin aliento mientras hojeaba las páginas con la escritura cursiva de Rose. A todos nos habían dado una especie de diario cuando éramos un poco más jóvenes y empezamos a hacer trabajos de ortografía básica. Tanto Reed como yo nos dimos por vencidos en algún momento del camino, aunque siempre supuse que crearía uno más tarde. Pero Rose... escribió con intención, y eso era evidente incluso en una fotocopia. Fue como si me devolvieran una parte preciosa de mi amistad. Como una nota que nunca pasó, o un secreto que nunca contó... todo estaba aquí, una parte de ella, y mi corazón se hinchó de amor y pérdida y dolor y orgullo y simplemente *echándola de menos*.

"¿Sabías que ella tenía esto? Quiero decir, como..." Reed se quedó a la deriva.

"No tenía ni idea. Sabía que practicaba, definitivamente más que nosotros, pero esto es..."

"Esto es lo que se supone que es la magia", terminó para mí. Tenía razón. A veces olvidaba lo hermoso que podía ser, establecer una intención y lanzarla al universo, pero todos estos hechizos, rituales, notas... estaban escritos con amor, y eso era lo que significaba el oficio. Me inspiró mi mejor amiga una vez más, y ahora tenía el beneficio de saber que podía leer todo este libro y sentirme así una y otra vez. Este era el mejor regalo que podía imaginar.

"La extraño tanto".

"Yo también".

Puso mi mano en la suya, y nos sentamos allí un rato sin hablar. Mi mirada viajó por la ventana, y vi los primeros copos de nieve del año flotando desde el cielo exterior. Realmente no me importaba lo que la ciencia del clima hiciera para crear nieve. Era mágico. Dejé que los sonidos de la risa y la luz me invadieran desde la fiesta de abajo. Su mano apretó la mía una vez más, y lo seguí por las escaleras y de vuelta al mundo real.

SETENTA Y SIETE
REED

Yule significaba simbólicamente el fin de los días oscuros, y la bienvenida al comienzo de los más claros. Esas palabras sonaron verdaderas para mí este año.

Desde aquella noche con Rowyn, las cosas habían estado... bueno, aún apagadas, pero al menos ella estaba en mi vida, aunque en la periferia. Enero estuvo salpicado de algunas conversaciones demasiado educadas y mucha charla en nuestros casilleros, pero estaba claro que estábamos intentando construir un puente sobre un hueco demasiado grande. Nunca parecía ser el momento adecuado para hablar de Amy o Hunter o de todas las cosas que se habían dicho, así que para mí, todavía no era real. Estábamos como existiendo en la memoria de nuestra amistad, temiendo que si la mirábamos demasiado, se desvanecería. Sin embargo, ya no era suficiente.

Me había tomado mi tiempo para revisar el grimorio de Rose. Sabía que una vez que lo hubiera leído todo, no habría oportunidad de continuar, de encontrar algo nuevo, así que era una experiencia a la que quería aferrarme. El último día de enero, mientras estaba sentado en el suelo leyendo, llegué a otra página que la Sra. Stone había marcado. Esta tarjeta de notas decía: "Cuando estés listo".

Sus notas habían sido sorprendentemente perspicaces hasta ahora... Nunca supe que estaba prestando tanta atención todos esos años, pero lo hacía. El título en la parte superior de la página decía, en los bucles de la caligrafía de Rosie, *Remendando una relación rota*.

Remendando una relación rota
Se necesita:
- Una Vela Rosa
- Átame u otro cuchillo ceremonial
- Papel
- Bolígrafo
- Magdalenas (opcional pero recomendado)

Esto parecía bastante fácil, y sentí que finalmente estaba listo. No tenía ni idea de dónde estaba la cabeza de Rowyn, pero si no lo averiguaba, entonces esta sería nuestra nueva normalidad. Nos habíamos convertido en conocidos que solían ser los mejores amigos, o más que amigos, no lo sabía. Extrañaba más que su amistad, pero sabía que la aceptaría en un santiamén si eso era todo lo que podía ofrecer. Había estado probando algunos de los hechizos de Rose y recordando lo que significaba practicar magia. No era como montar en bicicleta. Era como estar fuera de forma y volver a un deporte que solía practicar.

Estaba a tres días de Imbolc, y aunque se trataba sobre todo de dar la bienvenida a la próxima primavera, normalmente también lo tratábamos como nuestro propio día de San Valentín. Ambas cosas ayudarían en este caso. Sentí fuertemente que había una razón para que me encontrara con este hechizo hoy. Yule había sido, de hecho, un punto de inflexión de la oscuridad a la luz para nosotros, e Imbolc podría ser nuestro nuevo comienzo.

LA TORRE

Felizmente, Imbolc cayó un sábado, y por eso estaba agradecido. Los pasillos de Constitution High no se prestaban bien para intentar encajar una conversación como la que se avecinaba. Pasé un tiempo meditando primero, y me conecté en la tierra. Finalmente, saqué la vela rosa que había encontrado en un contenedor en nuestro garaje, junto con mi átame. Tallé un corazón en la cera lisa de la vela antes de conjurar mi círculo y encenderla. Puse una intención muy clara a los poderes del universo de que necesitaba que Rowyn volviera a mi vida y que resolviéramos las cosas que aún había entre nosotros.

Después de lo que ha pasado, no podemos volver
Pero podemos avanzar juntos
Tantas cosas nos han desviado del camino
Pero nuestro vínculo no puede ser cortado

Dibujé el mismo corazón que había tallado en la vela encima de la tarjeta de San Valentín que había hecho para ella. Era de la vieja escuela: papel de construcción rojo y rosa cortado en corazones. Tuve que doblar el papel por la mitad como un niño de seis años para que salieran bien. Me senté en mi círculo y escribí. Escribí todo lo que me llegaba al corazón, y no me contuve. Estar con Rowyn fue lo que me ayudó a recordar quién era yo, y pensé que hacía lo mismo con ella. La amaba tanto como aquel día de la foto en el quinto grado, aunque más ahora que vi la verdadera fuerza que ella poseía. Esto iba a pasar a la historia como la tarjeta de San Valentín más larga jamás creado, pero era importante. Finalmente terminé y puse los corazones de papel, ahora cubiertos con mis palabras, en un sobre y lo sellé con la cera de las velas.

He escrito estas palabras con cuidado

Por favor, deja que mi intención suene verdadera
Aceptando el dolor que ha habido
Que nuestra amistad comience de nuevo

Cerré los ojos para visualizar lo que quería que sucediera cuando me presentara en su puerta, y con eso abrí mi círculo y envié lejos a los elementos que había llamado. Era hora de irse. Me detuve y recogí una magdalena por si acaso.

Mi corazón estaba más firme de lo que pensaba mientras estaba en su porche. Sabía que era porque no tenía otra opción... teníamos que sacar esto a la luz. Abrió la puerta y pareció ligeramente sorprendida; hacía mucho tiempo que no me presentaba inesperadamente en su casa. Llevaba la camiseta que le compré para Yule bajo una sudadera negra, y decidí tomarlo como un presagio de que mi tiempo estaba en su punto.

"Oye, ¿va todo bien?" Sus ojos marrones nadaban de preocupación, y casi deseé haber llamado primero.

"Sí, en el sentido de que no pasa nada, pero no en el sentido de que te echo de menos." Su sonrisa se suavizó por eso.

"Estoy aquí mismo".

"Te voy a dar tu Valentín, y espero que podamos hablar después de que lo leas." No iba a jugar a juegos sobre lo que quería. Esto era todo. Le entregué el sobre con el sello de cera, y cuando lo vio, soltó una carcajada. *No es lo que esperaba...* Levantando un dedo, desapareció hacia dentro de la casa. Estaba completamente confundido, pero aún no estaba derrotado. Entré en la casa y fui atraído al porche trasero. Hacía tiempo que no estaba allí, pero era donde quería arreglar las cosas. Rowyn reapareció con dos sobres, y me dio uno a mí. Estaba sellado con cera rosa.

"No habrás tenido, por casualidad, un hechizo marcado en tu copia del grimorio de Rose que pensabas probar hoy, ¿verdad?"

"Bueno, técnicamente lo hice la semana pasada, pero sí." La miré seriamente por un momento, porque una vez que nos sumergiéramos en esto, realmente no había vuelta atrás. Íbamos a salir al otro lado habiendo curado la grieta, o dejaríamos que nos dividiera para siempre.

"¿Estás listo, entonces?"

"Listo". Abrí la carta y dejé que las palabras me bañaran junto con el viento helado que venía de los árboles.

Reed,

Sé que esto te parecerá sorprendente, pero voy a abrir con una disculpa. Mentí sobre Hunter para lastimarte porque estaba herida, y no hizo nada más que empeorar la situación. Lo siento, y siento mucho no haberte dicho la verdad más tarde. Me alegra que hayas tenido la oportunidad de golpear a Hunter.

Eras lo único que me mantenía a flote, y eso no era justo. Ambos necesitábamos apoyarnos en otras personas que pudieran ayudarnos. Yo quería ser esa persona para ti, pero estábamos demasiado rotos para ayudarnos a volver a estar juntos.

Estoy lista para hablar de Amy. No voy a ponerlo en la carta, pero estoy lista para escuchar. Intentaré maldecir poco.

Te echo de menos.

Con amor,
    Rowyn

. . .

Lo que quedaba de mi incertidumbre salió de mi cuerpo en ese punto, e incluso me reí un par de veces. Ella aún estaba leyendo mi novela corta cuando la miré. La encontré asintiendo en ciertos puntos de mi carta, y me sentí listo para hablar de todo ello.

"Gracias... por escribir eso." Estaba más tranquila de lo que recordaba que estuviera antes.

"De nada. Lo mismo digo."

"No estoy segura de cómo empezar..."

"Lo haré, entonces". Respiré una vez antes de empezar. "Sabía que si te enterabas de lo mío con Amy, te enfadarías. Y eso es en gran razón porque lo hice, y sé que es horrible. Pero por favor, por favor entiende que no pensé que te causaría dolor. Sabías lo que sentía por ti, aunque nunca lo dije en voz alta, y la idea de hacer algo que te hiciera sentir algo por mí aparte de la amistad era atractiva. Pensé que si te enterabas, y estabas celosa... entonces tal vez, no lo sé."

"Entonces tal vez me daría cuenta de lo que me estoy perdiendo?"

"Sí. Eso".

"¿Te gustó?"

"Me gustó la atención".

"Eso no es lo que pregunté".

"No la odiaba, si es lo que preguntas, pero sabía lo que hacía y por qué estaba conmigo. Así que, no, no estaba bajo ningún tipo de enamoramiento delirante donde pensaba que las cosas eran diferentes de lo que realmente eran."

"¿Y ahora?"

"Ahora nada. No he hablado con ella desde aquel día en el estacionamiento."

"Pero, ¿lo entiendes ahora? ¿Entiendes por qué... por qué era la peor persona que podías tener...?"

"Sí, Row. Lo entiendo, lo juro. En realidad, Hunter me lo explicó, y no sé si lo entendí antes, pero lo entiendo. Lo entiendo".

"Me dijo que ustedes hablaron". Mi garganta se negó a tragar en esa admisión, mientras algunas de las imágenes residuales de su mentira bailaban en mi cabeza.

"¿Son ustedes..."

"¡No! No, no, no, Reed. Sólo fui a darle las gracias a Karen por el regalo... nada estaba o está pasando allí."

"OK. Gracias por eso".

"Quería hablar por fin de Amy, porque estoy lista para dejarlo pasar". Yo asentí para que ella continuara. No estaba totalmente seguro de a dónde ir desde aquí. "He estado tratando de ver el panorama general últimamente, y eso significa extrañarte... mucho. Y entiendo el motivo para hacer lo que hiciste. Eso no me hace estar de acuerdo o sentirme bien con ello, pero puedo seguir adelante."

"Ni siquiera sé qué decir, en realidad. Escuchar esas palabras me hace... no lo sé. Feliz, aliviado, culpable."

"Igual a mí. No sé que siga luego de esto." Pensé en eso por un minuto, y decidí dar un paso más hacia el equilibrio que sentía venir.

"Hay una forma de averiguarlo, lo sabes."

"¿Sí? ¿Cómo?"

"No me pegues por preguntar, pero, ¿me leerías las cartas?"

Sus hombros se enderezaron un poco y me mordí el interior de la mejilla.

"No he leído... bueno, en mucho tiempo."

"No tienes que hacerlo, sólo pensé que tal vez sería... agradable, o simbólico, no sé".

"Creo que deberíamos hacerlo".

"¿En serio?"

"He estado pensando mucho en ello últimamente, cuánto extraño leer para la gente, y no puedo pensar en una mejor razón que para nosotros, así que sí".

"Bien, sí. Hagámoslo".

"Aunque tenemos que entrar."

"¿Por qué?"

"Porque me estoy congelando el culo". Le levanté una ceja.

"Sabes que me voy a ofrecer para mantenerlo caliente, ¿verdad?"

"Sí, me lo imaginaba." Me sonrió y me dio esperanzas de que esta lectura saliera a mi favor, y le di un beso en la cabeza antes de entrar.

Antes de cruzar el umbral, Rowyn se agachó y tomó algo del suelo del porche.

"¿Qué fue eso?"

"Una pluma", respondió, como si eso tuviera todo el sentido del mundo.

"Una pluma".

"Te lo contaré después."

Y cuando dijo eso, supe que era verdad. Sabía que tendríamos *un* después.

SETENTA Y OCHO
ROWYN

Mis dedos se deslizaron perezosamente a través de los objetos de mi armario. Mi mente volvió a ser arrojada al lago el año pasado en la luna llena de verano, y decidí que tendría que convencer a Cole para que arrojara a Reed esta noche. A Reed le encantaría, de hecho; le daría una excusa para quitarse la camisa. Por fin era verano, y Litha era quizás mi fiesta favorita del año. También había sido la suya. La gente parecía mucho más relajada cuando los días eran más largos. Encontré un vestido largo y floral con tirantes cruzados que a Rose le hubiera encantado.

Me había encontrado haciendo eso recientemente, gravitando hacia cosas que sabía que le habrían gustado. No sabía por qué, tal vez porque sabía que ella no las tendría o algo así, así que terminé comprándolas para mí. En esta época del año pasado, Rose se empeñó en que admitiera que sentía algo por Reed. Muchas cosas habían cambiado, y el cambio era, bueno, difícil. A veces. ¿El tipo de cambio como que Bobby Stecker finalmente se gradúe y esté fuera de mi mundo? Ese cambio estaba bien. ¿Después de cuatro años de salirse con la suya con el mismo comportamiento, fue detenido casi inmediatamente por el sheriff del condado por montar una fiesta con cerveza de celebración? Eso fue oro kármico. Puede que hubiera una ligera posibilidad de que yo misma hubiera llamado a la oficina del sheriff, pero a veces el karma necesitaba ayuda. Estaba más que feliz de ayudar.

Escuché los pasos de Reed en las escaleras mientras me ponía la cantidad necesaria de joyas en mi cuerpo. Ya no le hice esperar en las escaleras. No desde... bueno, no desde Beltane cuando ambos decidimos que estábamos listos. Realmente listos. No de la manera que pensábamos que estábamos antes.

Después de eso, me disculpé mucho por la forma en que nuestra primera vez casi se había ido, y me di cuenta de que tal vez el caos había intervenido entonces por una razón. Apareció en mi habitación ahora, y fue una de esas veces en las que recordé cómo era cuando sus ojos me encontraron, y mi estómago aún se revolvió un poco.

"Hola, Bombón", sonrió, cayendo sobre mi cama. Las mangas de su camisa negra estaban enrolladas, exponiendo el tatuaje en su antebrazo que se había hecho cuando Hunter comenzó su aprendizaje en un estudio. Sí, Reed dejó que Hunter le hiciera marcas permanentes, y todo salió bien. Era como un mundo completamente nuevo. Había tres pequeñas R entrelazadas, cada una con su propio encanto incrustado en la caligrafía. Una con una rosa, otra con una pluma, y otra con un par de guantes de boxeo.

"Hola, tú". Me acerqué ligeramente a él y me acosté donde cabía justo debajo de su hombro.

"Estás bonita".

"Tú también estás bonito". Le sonreí en el pecho, sabiendo que fingiría molestia cuando lo dijera, pero no era falso. Una parte de mí quería quedarse allí con sus brazos alrededor de mí y saltarse los festejos. OK, toda yo quería hacer eso.

"¿Estás listo para irte?"

"Cinco minutos más", sugerí, dejando que mis uñas subieran por cuerpo.

"Que sean veinte, y estoy bien", respondió en un tono silencioso, sus palabras viajando sobre mi cuerpo con un escalofrío.

"Eres una mala influencia para mí".

"Lo sé". Finalmente me besó, de la forma en que me había acostumbrado a ser besada por él. Fue un acuerdo de lo que éramos, algo profundo pero no del todo establecido, sólo en el sentido de que aún me quitaba el aliento. Se me puso la piel de gallina en los brazos cuando sus dedos se rozaron con ellos y él sonrió en mis labios. Gemí en protesta, pero si no salía de allí en ese momento, dejaría que me convenciera de saltarme todo el ritual.

"Tenemos que irnos".

"¿Tenemos que?"

"Sí. Levántate o me llevo tu coche sin ti."

"Está bien, está bien. Eres tan mandona". Levanté una ceja ante el comentario. "Me encanta. Es lo más sexy de la historia, y siempre tienes razón". Lo pellizqué en el codo como represalia.

"¿Vamos a recoger a Jared?"

"No, creo que ya está harto de las fiestas paganas después de toda la charla sobre la fertilidad y ah, las uniones en Beltane." Me reí un poco y ni siquiera pude culparlo. "Estoy seguro de que podemos convencerlo de que venga a pasar el rato más tarde. Le dije que tomara cafeína; las prácticas de verano a las cinco de la mañana no son excusa para irse a dormir a las ocho de la tarde. Eso es cosa de aficionados".

"Oh, totalmente, porque tu te has levantado a las cinco de la mañana." Le eché una mirada fija antes de salir de la casa. Reed había dormido hasta el mediodía todos los días del verano, a menos que estuviera ayudando a Mary, e incluso entonces salía a las diez.

"Te haré saber que me he levantado a las cinco de la mañana antes. Recientemente incluso."

"Permanecer despierto y despertar son dos cosas muy diferentes, Hansen." Suspiré un poco por el recuerdo. Esa noche de Beltane, no dormimos después. En cambio, nos sentamos en mi porche, yo en su regazo, sus brazos alrededor de mi cintura, y vimos salir el sol. No podría recordar un mejor amanecer que el que habíamos presenciado.

Cerré mi casa. Mamá y Tristen se habían ido temprano para ayudar a Karen con algo a lo que yo no había prestado atención. Estaba demasiado ocupada tomando iluminándome con la luz de lo feliz que estaba cuando ella admitió que el Sr. Hyllar iba a venir. Aunque, creo que se me permitía llamarlo Patrick ahora, al menos fuera de la escuela. Fue un poco raro que mi madre me preguntara qué ponerse en una cita, pero las cosas entre nosotras estaban bien. De hecho, eran mejores que bien, y servía a toda clase de justicia kármica verla emocionada como una colegiala.

Respiré el aire espeso del verano con una especie de energía nostálgica. Este sería el último verano de la escuela secundaria. No estaba preocupaba como otras personas lo estaban, y estoy segura de que no estaba triste. Se sentía más bien como una victoria obstinada, en realidad, que había logrado pasar los últimos once años, este último especialmente, con cualquier parte de mí intacta. Por fin había recuperado mis notas a algo respetable, y la consejera encontró algunas escuelas donde podía estudiar para convertirme en una consejera de adicciones cerca de casa. Reed cambiaba de opinión cada cuatro semanas, pero actualmente quería unirse a un programa de paramédicos, que era posiblemente el mejor trabajo que podía pensar para alguien con sus dones. Me apretó la mano y me di cuenta de que había estado en mi propio mundo por un minuto parada frente a su coche.

"¿Todo bien?"

"Sí, todo está bien".

Esa noche, la magia fue fuerte. Creo que siempre había sido así, y que ahora yo era más fuerte, pero Reed también lo sintió. La energía del círculo pulsaba bajo mi piel mientras los últimos rayos de luz se mantenían como si supieran que su próxima oportunidad se acortaría. Me sentí poderosa. El sol se ponía en el día más largo del año, y para mí, eso tenía toda clase de importancia, porque sabía que volvería a salir mañana. Esa fue la parte más difícil de tener todo mi mundo sacudido hasta sus cimientos cuando Rose murió. No estaba segura de que volvería a ver la luz de nuevo. La carta de la Torre no había mentido. Todo se desmoronó y cayó, y se llevó pedazos de mí con ella. Fue sólo ahora que pude ver el otro significado de la carta... la reconstrucción. Ahora era diferente, y esperaba que mi nuevo cimiento fuera más fuerte que el anterior, aunque no tenía prisa por ponerlo a prueba pronto.

Todavía había noches en las que cuestionaba la existencia del sol, noches que parecían estirarse para siempre, pero ahora sabía a quiénes escuchar para volver a encontrar mi camino. Estaba trabajando para cumplir la promesa de hacer que Rose se sintiera orgullosa. Juré que cuando miré a Reed a través del círculo, sólo para encontrarlo mirándome, vi un parpadeo del aura de Rosie a su alrededor. Permaneció un momento antes de desvanecerse, pero la sentí allí con nosotros esa noche.

De todas las cosas que me inspiraron de mi mejor amiga, en la que había llegado a confiar, la que estaba reformando mi visión de este mundo, era su capacidad de sólo creer. En ella misma, en nuestro poder, y sobre todo, en otras personas. Nunca iba a superar la pérdida de ella, pero me aseguraría de que, a través de mí, otras personas sintieran su influencia.

Incluso podría aprender a hacer panecillos.

NOTAS

17. Rowyn

1. Un festival gaélico que celebra la cosecha y la mitad más oscura del año. Muchos grupos paganos consideran que barrera entre los vivos y los muertos es más frágil en este día. Se pronuncia sah-win.

27. Rowyn

1. Después de esto, por lo tanto, debido a esto

28. Reed

1. Una técnica de curación basada en el principio de que el terapeuta puede canalizar la energía en el paciente por medio del tacto, para activar los procesos naturales de curación del cuerpo del paciente y restaurar el bienestar físico y emocional.